計策師
甲駿相三国同盟異聞
赤神諒
Akagami Ryo
朝日新聞出版

目次

第一章　平瀬城　9
第二章　下命　61
第三章　女と金　99
第四章　黒衣の宰相　125
第五章　小田原の貴公子　150
第六章　筆頭計策師　182
第七章　放浪の画僧　216
第八章　又七郎がゆく　225
第九章　一輪の梅花　253
第十章　善徳寺の会盟　278
第十一章　心を血に染めて　323
終章　千本浜　341

主な登場人物

武田家（甲斐）

向山又七郎《むこうやままたしちろう》　武田晴信側近の計策師。諱《いみな》は虎継《とらつぐ》。
駒井高白斎《こまいこうはくさい》　武田家の筆頭計策師。又七郎の師。諱は政武。
千春《ちはる》　謎の若い女。
山家右馬允《やまべうまのじょう》　旧小笠原家臣の降将。計策師となる。
伊織《いおり》　勝沼衆の若い忍び。隻眼。
武田晴信《たけだはるのぶ》　又七郎の主君。甲斐国主。後の信玄。
勝沼信元《かつぬまのぶもと》　晴信の従兄。武田家御親類衆の実力者。
穴山信友《あなやまのぶとも》　晴信の姉婿。今川手筋（外交ルート）の取次（外交交渉担当者）。あだ名は「ゴマ目」。
小山田信有《おやまだのぶあり》　御譜代家老衆。北条手筋の取次。あだ名は「鼻毛」。
小山田弥三郎《おやまだやさぶろう》　信有の長男。

今川家（駿河）

太原崇孚《たいげんすうふ》　今川家軍師。今川方の取次。あだ名は「鷲鼻」。
朝比奈蔵人《あさひなくらんど》　今川家臣。あだ名は「眉毛」。

北条家（相模）

北条助五郎《ほうじょうすけごろう》　北条氏康の五男。後の氏規《うじのり》。
桑原盛正《くわはらもりまさ》　北条方の取次。あだ名は「鼠」。
松田憲秀《まつだのりひで》　北条家の重臣で、筆頭取次。あだ名は「首なし」。
南条差府《なんじょうさふ》　北条方の取次。あだ名は「えせ仙人」。
団真之助《だんしんのすけ》　助五郎の身辺を守る北条家臣。

その他

平瀬義兼《ひらせよしかね》　小笠原家の忠臣。
薫《かおる》　義兼の幼い姫。
平瀬玄蕃《げんば》　平瀬一族の重鎮。
主水《もんど》　面疱《にきび》顔の若い平瀬家臣。
雪村《せっそん》　放浪の絵師。

＊本作で「計策」とは、主として外交上の目的を達するため、調略、誘導、説得、欺罔《ぎもう》、提案、駆け引きその他、言葉を用いた非公式な交渉とそれに付随する準備・関連行為を指す。

1551年（天文20年）頃の甲駿相三カ国
越後
下野
上野
千曲川
尾川
小県
平瀬城
望月城
佐久
信濃
諏訪
八ヶ岳
下総
秩父
武田家
伊那
武蔵
笛吹川
甲斐駒ヶ岳
勝沼館
（躑躅ヶ崎館）
甲府
山梨
都留
鮎川
猿橋
甲斐
河口湖
谷村館
奥三保
北条家
吉田
星谷寺
穴山館
富士川
相模
下山
富士山
山中湖
相模川
円覚寺
酒匂川
箱根
鎌倉
黄瀬川
芦ノ湖
今川家
小田原
富士
泉之郷
相模湾
駿河
善徳寺
千本浜
安倍川
狩野川
大井川
江尻湊
駿府
遠江
伊豆
駿河湾

『計策師』登場人物・関係図

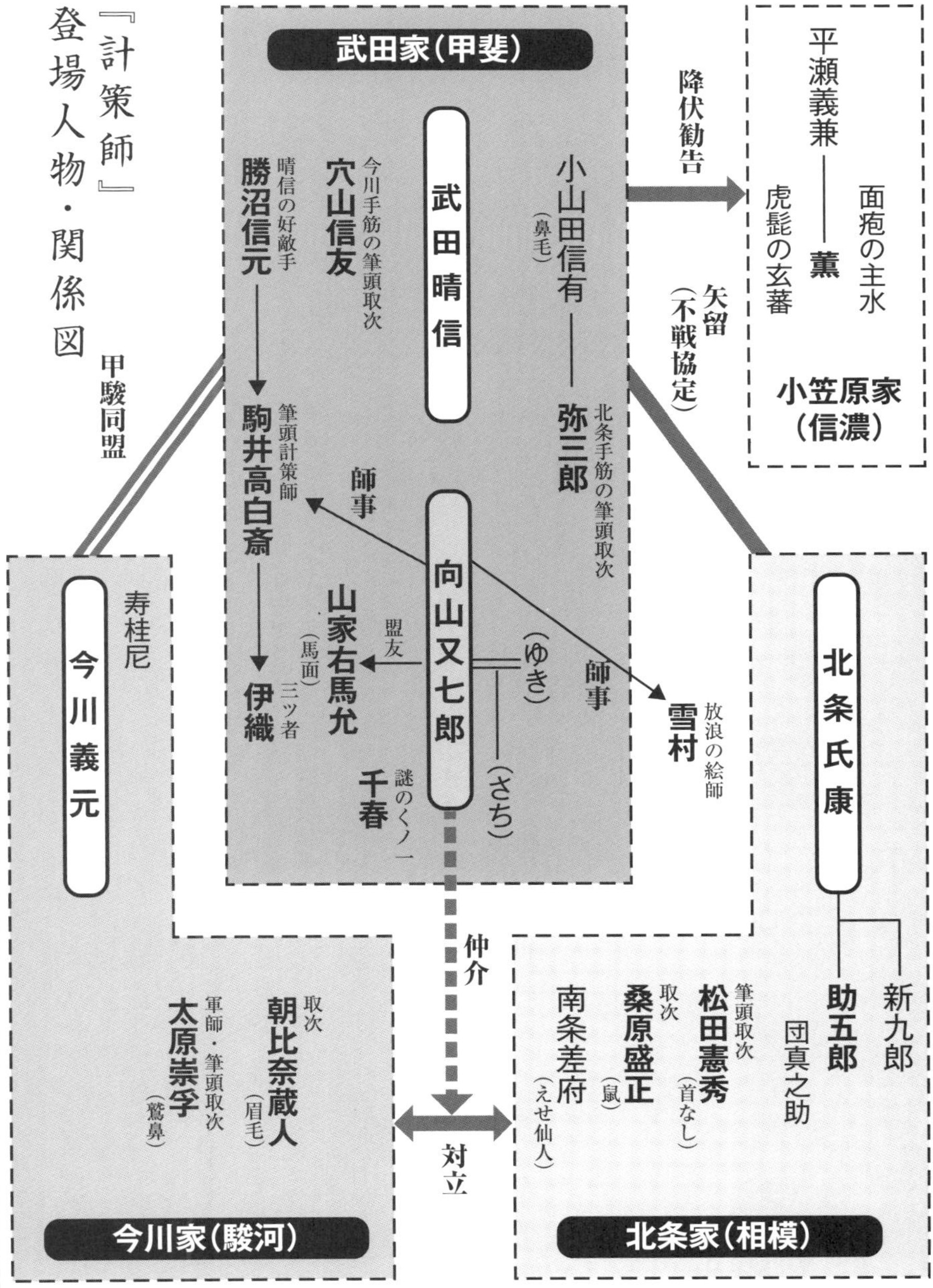
武田家（甲斐）
武田晴信
今川手筋の筆頭取次
穴山信友
晴信の好敵手
勝沼信元
小山田信有
（鼻毛）
弥三郎
北条手筋の筆頭取次
筆頭計策師
駒井高白斎
伊織
師事
向山又七郎
（ゆき）
（さち）
盟友
山家右馬允
（馬面）
三ツ者
謎のくノ一
千春
師事
雪村
放浪の絵師
降伏勧告
矢留
（不戦協定）
小笠原家
（信濃）
平瀬義兼
薫
面疱の主水
虎髭の玄蕃
甲駿同盟
今川家（駿河）
今川義元
寿桂尼
取次
朝比奈蔵人
（眉毛）
軍師・筆頭取次
太原崇孚
（鷲鼻）
仲介
対立
北条家（相模）
北条氏康
助五郎
新九郎
団真之助
筆頭取次
松田憲秀
（首なし）
取次
桑原盛正
（鼠）
南条差府
（えせ仙人）

計策師　甲駿相三国同盟異聞

武略、知略、計策の三つの作法、その術を知り、
これをはかって勝利を得る事わざを指して、よき軍法と申す。

——『甲陽軍鑑』巻十六

第一章　平瀬城

一

安曇野《あずみの》の山間《やまあい》を漂う晩秋の風に、血の匂いが往生際悪くしがみついている。

平瀬城正門の前には、若い武田兵の骸《むくろ》がひとつ、赤く鮮やかな死に化粧を施して、首も取られぬまま放置されていた。

「武田家臣、向山又七郎《むこうやままたしちろう》でござる。平瀬様に申し上げたき儀あり」

櫓門《やぐらもん》の上で、虎髭の武者がきりりと音を立てて、矢を番《つが》えた。

又七郎は威嚇にすぎぬと踏んだ。

天文二十年（一五五一年）十月、傾き始めた陽光は、落城寸前の山塞を憐れむように柔らかく包み込んでいた。野暮な戦などせず、又七郎に絵筆の一本でも持たせてくれれば、大切に描き残しておきたいほど、光と風が心憎い造形を人に届けているのだが、誰も気づいてはいまい。

又七郎は名乗りと用向きを、大音声で繰り返した。

ボッと風音《かざおと》がした。

返事代わりに放たれた矢羽根が、又七郎の右頰をかすめる。軽い痛みが走った。

なるほど弓の腕前は一級品らしいが、先の思いやられる挨拶だ。

城門の前で手持ちぶさたに仁王立ちしたまま、又七郎は改めて開門を求めた。

「忌わしき武田の計策師ぞ！　血祭りに上げよ！」

「見せしめにせい！　仇討ちじゃ！」

狂い切った殺気がこぼれ出てきそうな敵城から、矢継ぎ早に怒号が飛んだ。

計策師は必要なら単身、死地に飛び入る剣呑な商売だ。今回の城明渡し交渉は、特に気が進まなかった。又七郎が帰陣できる公算は一、二分か。「命を懸けずして、人は説けぬ」が口癖だった兄弟子《あにでし》の計策師は、佐久《さく》の望月城で磔《はりつけ》にされ、城門に首を晒されたが。

横木の門《かんぬき》をはずす擦《こす》れた音がした。

城門が軋みながら、ゆっくりと開いてゆく。

又七郎は肩衣《かたぎぬ》に袴姿で、ゆうゆうと門をくぐった。長身に、甲冑はもちろん、寸鉄も帯びていない。

背後でギィと古い音がし、やがて城門が重く閉じられた。

「武田の二枚舌が殺されに来おったわ！」

城内の陣小屋からばらばらと現れた足軽たちが、いっせいに槍衾《やりぶすま》を作る。尖った視線と穂先に込められた怨嗟をヒリヒリと感じた。籠城三日目、兵らの士気はまだ衰えていない。

又七郎はつるりとした顔のままで本丸へ歩を進めた。

行く手には、跳ね上がった虎髭の似合う四十がらみの将が、太腕を組んで又七郎を睨み付けていた。先ほど矢風《やかぜ》で無粋な挨拶を返した男である。中背だが、三人張の弓でも楽に引けそうな筋骨逞《たくま》しい体つきをしていた。平瀬家随一の勇将にして、筆頭家老の平瀬玄蕃《げんば》に違いなかった。

「貴様が、かの悪名《あくみょう》高き向山又七郎か」

憎々しげな濁声《だみごえ》に、侮蔑は隠されていない。偽名を使うには、又七郎の面は割れすぎていた。必ず見知った者が一人くらいは敵中にいた。

「生憎《あいにく》と、さようでござる」

虎髭の玄蕃は、又七郎の身体《からだ》を殴るように叩きながら、武器を隠し持たぬか自ら検分した。

乱暴な挨拶を終えると、剝き出しの敵意に念を押すごとく、又七郎の足下に唾を吐いた。

「貴様の汚い口車に乗せられて、小笠原家臣は次々と武田に寝返った。己は槍も取らず、舌先で戦うとは卑怯千万な男よ。計策師どもほど嫌いな連中はおらぬ」

――俺とて、好き好んで計策師なぞ、やってはおらんのだがな。

又七郎は総髪に手ぐしを通しながら、内心で口を尖らせる。

「味方からも時おり、さように言われ申す。まこと損な役回りでござる」

苦笑で応じたが、虎髭は無視して背を向けた。

荒くれた動きで、鎧が耳障りな音を立てる。

「わが殿にはしかと申し上げげた。憎《にっく》き計策師の素っ首を刎《は》ねて城門に晒し、仇敵武田と最後の一戦を交えるべしとな。武田兵を一人でも多くあの世へ道連れにして、小笠原の意地を見せるのじゃ。本丸へは案内してやるが、生きてこの城を出られると思うな」

玄蕃は分家の末弟ながら兄弟、一族がことごとく戦死したために筆頭家老となった男だ。三人の息子も、若くして戦場に散った。武田への恨みは骨髄に徹していよう。

又七郎は玄蕃の広い肩幅を追いながら歩を進めた。

後ろには、四人の足軽が従っている。

小笠原残党が落ち延びた最終拠点の一つが、平瀬城であった。

今、この城に籠もる者たちは、六年余に及ぶ武田軍の侵略で身内の誰かを殺されているに違いない。又七郎は憎悪の迸《ほとばし》る視線を全身に痛いほど浴びながら、急坂を上ってゆく。

すでに武田の大軍は、力任せに南北の支城をひと揉みで攻略していた。だが、本城で敵の頑強な抵抗に遭い、いったん兵を引いた。城将の平瀬義兼《よしかね》は徹底抗戦の構えを崩さない。死を怖れぬ平瀬主従の戦いぶりからは、自ら城を捨てて落ち延びる「自落《じらく》」も期待できず、この攻城戦が意外に長引くと武田方は見ていた。

鈍い呻《うめ》き声とともに、真新しい血の匂いが又七郎の鼻を突いた。まだ若い足軽が陣小屋の壁にもたれ、腹を真っ赤に染めて苦痛に悶えていた。その隣では若者が眠りこけている。

敗れた信濃守護職《しゅごしき》、小笠原長時はいずこかへ遁走し、家臣団は続々と武田に服属していた。武田の勝利は揺るぎない。後はこの城で死ぬ人間の数だけの問題だが、武田にも弱みはあった。忍び寄る寒さである。平瀬に援軍の当てはないが、戦が長引き、信濃の厳冬が到来すれば、武田はひとまず退却を余儀なくされる。降雪までに決着させる必要があった。

虎髭に続いて雁木《がんぎ》を昇り、本丸に入った。

ここを死に場所と定めたのか、内部はきれいに掃き清められている。

――さてと、こたびはいかにして、生きて戻るか。

武田としては、消耗を強いられる玉砕戦を避けたい。義兼の説得は困難だが、又七郎とて手ぶらで戻るわけにはいかぬ。

形ばかりの口上を伝え、にべもなく降伏を拒絶された後は、義に殉ずる道を選んだ平瀬家を持ち上げ、「武田に屈したのではない、すべては運命なのだ」と、慨嘆せんばかりに同情を示してみせる。敵城に長居は無用だ。間違った親切心でも起こして下手に説得など試みれば、己の墓穴を掘るだけだ。重ねて一度きり降伏を促した上で、やはり峻拒されたら、驚嘆を禁じえぬ面持ちを作り、心を動かされた様子で、声もわずかに震わせて、

「平瀬家の忠烈には、感服するばかりでござる。されば、総攻撃は明朝まで控えさせましょう。せめて今宵最後のひとときを、皆々様でゆるりと過ごされませぬか」

とでも提案する。

大軍による間断ない力攻めに、平瀬主従は二日間、不眠で必死に抵抗した。将兵たちは身内と籠っている。今生の最後に、束の間でもいい、安らぎと温もりを渇望していよう。ひと晩の平穏を得るかわりに又七郎を生還させるはずだ。

平瀬主従は警戒を緩め、確定した滅びを前に、この山城のそこかしこで愁嘆場をこしらえるに違いない。そこを大軍で一気に攻め上がれば、城はあっけなく落ち、武田軍の被害も最小限に抑えられる。滅びゆく者への信義など、鶏の餌にもならぬ。計策師は調略や交渉だけではない。戦を有利に運ぶための罠をしかける謀略も担った。

又七郎は本丸内部の様子をさりげなく観察しながら、階段を昇っていく。

前を歩く剛毅な男も、今夜には屍《しかばね》になっている。乱世の無常を感じたが、降伏を拒む以上、計策師にできることはない。戦死者の少ないほうが、神仏も喜ぼう。

さしあたり己さえ無事に生きて戻れればよい。ろくでもない己の人生にさして未練もないが、武田家のために犬死にしてみせるほど、又七郎は忠義者でもお人好しでもなかった。

遠くない場所で抜刀する気配を微かに感じ、階段の途中で足を止めた。

「この上じゃ。早う来んか！」

警戒しながら階段を昇り切ると、三階の広間に出た。籠城など、たちの悪い冗談としか思えぬほど、穏やかな晩秋の西日がそっと差し込んでいる。一瞬、見とれた。

とつぜん、背後で殺気がした。

前に倒れ込みながら、身体を捻る。

空を切って振り下ろされた白刃が陽光に煌《きら》めく。

襲撃者は、表情に幼ささえ残る面皰《にきび》顔の若者だった。

「チッ。玄蕃様、殿がこやつに丸め込まれては厄介じゃ。始末しましょうぞ」

「早まるな、主水《もんど》。殿のお指図には従わねばならぬ。されば、ひとまず座敷牢に放り込む」

「参れ！」と、又七郎は角の小部屋に連行され、押し込められた。

「これにてしばし待て。貴様の舌を抜いてからノコギリ引きか、股裂きか。いかにすれば皆の溜飲が下がるか、とくと合議せねばならんでな」

戸に錠のかけられる音がし、辺りは不気味なほどの静寂に支配された。

二

又七郎は狭い座敷牢を見渡した。

高い位置に、人の通れぬ横長の明かり取りがあるきりだ。廊下側の板戸は、蹴破れぬでもないが、大音がしてすぐに騒ぎとなろう。

逃げるなら、片引き戸の壁裏に隠れておき、虎髭か誰かが来たときに隙を突く。が、たとえ本丸から逃れ得ても、城外へは出られまい。面疱《にきび》の若者が来るなら、得物を奪って人質にできようが、交渉に使えるほどの値打ちは、主水とやらにはなさそうだ。

又七郎は板間にだらしなく大の字に寝転がって、天井を見上げた。心中のため息が聞かれそうなほど、城内は静まり返っている。

平瀬主従が玉砕覚悟なら、話も聞かずに武田の使者を道連れにしても不思議はない。だが、合議が必要なのは、生に未練を持つ者が家中にいるからだ。

虎髭や面疱のごとき武略（武勇）頼みの手合いは、どの武家にも必ずいた。敵方の計策師から愚痴を聞いた覚えもある。力任せに刀槍を振り回さずとも、諍《いさか》いの大半は交渉で解決できるのに、猛者《もさ》たちは大仰に戦をおっ始め、事を起こしては人命を奪って話をこじらせる。酒を酌み交わしてみると気のいい連中が多く、又七郎も嫌いではなかった。が、後になって、戦のせいでさんざんに絡まり合った無数の感情の糸を解きほぐせと無理難題を押しつけられ、尻拭いに励むのは計策師たちと、相場が決まっていた。

対小笠原戦もご多分に漏れず、両軍は必要以上に殺し合った。ゆえに、今回の交渉がまとまる可能性は、皆無に近い。

では、又七郎がこの城に遣わされた真の理由は、何か。

使者殺害への報復という筋書きで、武田軍の蛮行を多少なりとも取り繕う肚《はら》か。又七郎が存外、城明渡し交渉をまとめて戻ればそれもよし、失敗したところで、誰も損はせぬ。いや、信濃平定が見えてきた今、主君武田晴信《はるのぶ》（後の信玄）は又七郎を始末しておきたいのか。計策師たちは、敵のみならず味方にまで極秘の謀略をしかける。裏の事情を知りすぎた者は、いずれ使い捨てられる駒だった。

さまざま思案するうち、四半刻（約三十分）ほど経ったろうか、人の近づく気配がした。

又七郎は音を立てずに身を起こすと、入り口横の壁を背にさっと身を潜めた。

鞠《まり》でも弾んだように軽やかな足音だ。その後ろから、重い足取りが続く。

「早う開けなされ」

幼い声に、錠を外す音がした。

座敷牢に飛び込んできたのは、つんとあごを出した澄まし顔の童女だった。きらびやかな唐織りの打掛けを羽織っている。短刀でも忍ばせているのか、白小袖は腰の辺りが不自然に膨らんでいた。

「おかしいのう。誰もおらぬではないか」

まだ十歳にもなるまい。振り返った童女は、壁際に立つ又七郎を見つけると、軽い驚きを見せたが、警戒心を持ち合わせぬ様子で見上げた。長い睫毛《まつげ》の眼をしばたたいている。

又七郎の胸がトクンと鼓動した。先年亡くした娘のさちが生きていたら、今ごろはこれくらいの背格好だったろうか。死んだ子の齢を数えるほど空しき行ないも世に少なかろうが、せめてともに数える妻のゆきが生きていれば……。

「わらわはかおる。風が薫ると言うときの、薫。いい名でしょう？」

平瀬の姫だ。計策師は相手について、あわよくば相手よりも詳しくあらねばならぬ。又七郎は小笠原の降将からも逐一話を聞き、調べ、覚えた。姫は生涯最後のおめかしを楽しんでいるわけか。女手まで防戦に取られて、面倒を見てやれぬのであろう。

「ついて来なされ。このお城でわらわが一番好きな眺めを見せてあげます」

ませてはいるが、大人らしく振る舞おうとする懸命さのわりには、舌足らずが残るあどけない声だった。薫に腕を引っ張られて、座敷牢を出た。

外には例の面皰《にきび》顔の若者が、憮然とした表情で立っていた。姫には頭が上がらぬらしい。

「主水。そちは誰も来ぬように、階段の辺りで見張っておれ」

この姫は利用できる。又七郎は内心ほくそ笑んだ。

三

武田本陣のある山間は、ひと足先に日の光を喪い、異郷の空もかきつばた色に染まり始めていた。

駒井《こまい》高白斎《こうはくさい》が主君に呼ばれ、攻略済みの支城の一室に入ると、武田晴信は座して、ゆったりと扇子をあおいでいた。中背だが恰幅のよい晴信は汗っかきで、真冬でも扇子を手放さないほどだ。

「又七郎は、まだ戻らぬか」

降伏勧告に赴いた向山又七郎が出立してから、半刻（約一時間）あまりが経っていた。

「不首尾かと。このまま戻らぬときは、やはり全軍で力攻めの――」

晴信は左手を軽く挙げて、高白斎を制した。

世辞にも美男とはいえぬが、血色のよい晴信の赤ら顔は、温厚にも見える。実際、ふだんは朗らかで華があった。だが、まん丸のえびす顔は、まれに本性を現わして、牙を剝く鬼の形相と化した。

「総攻めの用意は怠るな。じゃが、わしは平瀬城ごときと、又七郎を引き換える気はないぞ」

高白斎は軽く下唇を噛んだ。

晴信は、又七郎がこの交渉をまとめて帰還すると、信じているのか。又七郎に対する晴信の信頼は、嫉ましいほどに厚かった。いかなる死地へ遣わしても、又七郎は計策を成功させて、涼しい顔で生還してきた。数ヶ月前にも又七郎は、豪槍で名高い信濃高井郡の猛将、保科弾正正俊《ほしなだんじょうまさとし》を見事に調略して、武田への忠誠を誓わせた。

又七郎は飄々《ひょうひょう》として捉え所のない若者だが、敵も味方もなぜか好きになるらしい。武田家中に美男は少ないが、又七郎はその例外に当たった。切れ長の涼やかな眼に鼻筋の通った容貌は、あふれ出んばかりの才知を感じさせるが、嫌味はない。柔らかな物腰に穏やかな低音で笑う又七郎は、春風駘蕩《たいとう》、野良猫さえすり寄ってくるほどに相手を惹きつけた。

諏訪《すわ》神党《しんとう》に連なる向山氏は、家柄こそ由緒正しいが、零落した甲府南端の小領主である。次男坊で寺に出され、花鳥風月の絵ばかり描いていた小坊主を、俗世に戻してやったのは高白斎だった。又七郎は先代武田信虎に可愛がられて、偏諱《へんき》まで受け、虎継《とらつぐ》と名乗った。又七郎に計策のいろはを伝授したのは高白斎だが、今や弟子は、師を軽やかに凌駕している。

――が、今回ばかりは、いかに又七郎でも、容易でない。

高白斎なら絶対に辞退する計策だった。十中九死だ。

「又七郎は必ず戻る。あの男は神の舌を持っておる。わしには天意がわかるのじゃ。又七郎は天に守られておる。わしと同じく、天より選ばれし者よ」

高白斎は腹の底で、又七郎に対する嫉妬を超えて、殺意を強く覚えた。

――いや、又七郎は戻らぬ。

中信濃で平瀬一族ほど、武田に恨みを持つ敵もいまい。

武田の猛将たちは、勝ちの見えた戦で勝ったにすぎぬ。武田の勝利を決定づけたのは、高白斎を筆頭とする計策師たちだ。負けた敵のほうが、骨身に染みてそれを知っていた。

計策師たちの中でも、又七郎は調略不能と見られていた敵将まで寝返らせて、敵味方を仰天させた。平瀬と堅い盟友関係にあった山家《やまべ》さえも、又七郎の甘言でついに小笠原を見捨てた。疫病神に等しい辣腕計策師の忌々しき名を知らぬ者は、平瀬家中にいまい。

「これで中信は武田のものよ。後顧の憂いを断って後、信濃全域をわが手に収めて越後へ出れば、武田は海を得る。わが覇業には、まだ又七郎が必要なのじゃ」

山深い甲斐、信濃に生を享《う》けた者の多くは、海を知らないまま、死ぬ。

南に今川、北条という強大国を持つ武田が、北の海を目指して侵略を続けるなりゆきは、「海を見たい」と願う山国の人間の、切実な欲望に端を発した帰結でもあったろうか。

もともと今回の軍議を降伏勧告へ誘導した張本人は、高白斎だった。武田宗家に連なる最有力家臣、勝沼信元《かつぬまのぶもと》とは密かに示し合わせてあった。信元が平瀬城への遣使を提案すると、高白斎は筆頭計策師として、うわべだけ反対した。

「お待ちを。計策師は殺されに行くようなもの。使者殺害を名目に、平瀬一族の鏖殺《おうさつ》でもなさるおつもりか」と述べ、暗に遣使の利点さえ強調した。諸将は平瀬の滅亡を強く願っていた。怨恨だけではない。仮に平瀬が赦され、所領安堵となれば、配分される恩地も少なくなるからだ。

勝沼信元が高白斎に反駁する形で、二日間の攻城戦における兵の消耗を具体的に挙げると、諸将らは信元への追従もあって、口々に遣使に賛同を示し始めた。側近の又七郎を敵に殺させて、晴信に迷いなく平瀬を滅ぼさせるためだ。高白斎は押し切られる形で「この難しき交渉をなし得る者があるとすれば、向山又七郎をおいてありますまい」と、晴信を見た。

高白斎の秘めた意図を解さぬはずもないが、晴信はわずかに思案するそぶりを見せただけで、遣使に反対しなかった。これまで晴信は用済みの計策師を、容赦なく始末してきた。高白斎が担当した場合もある。中信攻略の完成を機に、又七郎を切り捨てる暗黙の了解だと、高白斎は理解した。

――だが、違ったのか。

晴信は齢《よわい》三十一。五十八歳の高白斎の半分ほどしか生きていないが、実に食えぬ男だった。熟練の計策師を自負する高白斎でも、晴信の腹中はまるで読めなかった。晴信が国主の嫡男なぞに生まれねば、実に恐るべき計策師となったであろう。

「例の一件じゃが、大がかりな計策だけに、そち一人では難しかろうな?」

晴信の棘を含んだ物言いに、高白斎はあわてて両手を突き直した。

肌寒いくらいなのに、全身から脂汗が噴き出してくる。

かねて晴信は、甲斐の武田、駿河の今川、相模の北条による「甲駿相《こうすんそう》三国同盟」の締結をもくろみ、高白斎に指図していた。今川と北条は強国であり、南進は現実的でない。そこで南方の憂いを断ち、北進して海を得て、同族の若狭武田家と海で繋がる。そうすれば、急速に強大化してきた今川よりもひと足早く、天下を窺《うかが》える。

「畏れながら、今川軍師の太原崇孚《たいげんすうふ》は、表裏比興《ひょうりひきょう》の腹黒坊主。急《せ》いたほうが損を致しまする。北条と事を構えておるのは今川。武田が焦る理由はございませぬ」

「なるほどのう」とだけ、晴信は気のない返事で応じたが、撰銭《えりぜに》（悪銭を排除すること）でもするように、高白斎をじろりと見た。「そちでは、崇孚との知恵比べに勝てぬか。さればかまわぬ、又七郎に委ねるまでよ」とでも言いたげな様子だった。

「むろん、すでに地ならしは、あらかた終えておりますれば、引き続き――」

晴信は話を打ち切るように立ち上がった。

「必ず来年のうちに成し遂げよ。……さてと、又七郎が戻り次第、城攻めじゃのう」

晴信が意味もなく高笑いしながら去った後もしばらく、高白斎は両手を突いたままだった。

――やはり、又七郎は邪魔だ。

晴信はしばしば家臣たちに功を競わせる。又七郎が輝くたび、高白斎の値打ちは下がった。近いうちに取って代わられ、用済みとなった高白斎は消されるのではないか。又七郎さえいなければ、高白斎はまだ安泰だった。高白斎は死ぬまでに城持ちになりたかった。小さくともよい、己の所有する城こそが成功の象徴であり、乱世を立派に生き抜いた確たる証《あかし》ではないか。城持ちまであと一歩、いや、半歩のはずなのだ。

放っておいても、又七郎は生還すまい。だが、この機会に、確実に消しておいたほうがよい。

自陣に戻った高白斎が三度高く柏手を打つと、やがて音もなく、小さな黒い影が現れた。

四

向山又七郎は、薫姫に案内されて最上階へ上がり、勧められるまま窓辺に身を寄せた。

眼下には、金茶、辰砂、山吹、紅梅、群青、緑青……手に入る限りの高価な絵具《えのぐ》を惜しげもなくふんだんに使ったような晩秋の山野が広がっている。その向こうには、雪化粧を始めた堂々たる飛騨の山嶺が、夕陽で橙《だいだい》に染まりながら、見事な輝きを誇っていた。

しばし言葉を忘れていると、ねぐらへ帰る烏《からす》の物憂げな鳴き声が届いてきた。

烏にさえ戻る場所があるのに、人は生きる場所を奪い合っている。

ちらりと薫を見た。

猛々しさをすっかり失った日の光が、ふくよかな頰の産毛を輝かせていた。薫がこのまま長じて、たとえば唐紅《からくれない》の打掛けを羽織って甲府の町を歩けば、道行く男たちを振り返らせる美貌を手に入れるだろう。だが無粋な戦乱は、麗しき花を蕾《つぼみ》のまま散らせるわけだ。烏でも雛を守るのに、この童女は今夜、死ぬ。それでも計策師に同情は禁物だ。乱世で敵に情けをかけるほど割に合わず、危険な愚行もなかった。

「夏は飛騨の山が雪を被っていないから嫌い。わらわは春の安曇野が一番好きじゃ」

薫はどこか親しげに、ふわりと隣に立っている。

季節外れの紋白蝶《もんしろちょう》が舞い降りたようだった。長身の又七郎の下ろした左手の辺り、撫でてやりたい高さに、艶やかな黒髪があった。

「小岩の伯父上は秋も好きじゃと仰せなれど、わらわは大嫌いじゃ」

犀川《さいがわ》を渡り、安曇野を挟んで北西の富士尾山には、同じく小笠原残党の籠もる小岩嶽城《こいわだけじょう》があった。前後からの挟撃を懸念した武田軍は、安曇野とは反対側の山間に布陣していた。小岩嶽城は次の標的である。

「俺は絵が好きなんだが、秋は画題に事欠かぬ。姫は何ゆえ嫌いかな?」

又七郎は長い身体を折りたたんで膝を突いた。背と首を曲げて、童女と同じ高さになる。最高の笑顔を作りながら、尋ね顔で童女を見た。子どもは裏表がないから好きだ。

「兄上が嘘をついて、お城に戻って来なかったから。南のお山で栗をとる約束をしたのに」

平瀬義兼は昨秋の武田との合戦で、自慢の嫡男を討たれていた。薫の兄だ。かける言葉を失ってうつむき加減の又七郎の顔を、「武田のお侍さん、名まえは？」と、薫がのぞき込んできた。

又七郎は詫びに近い気持ちで、薫に名乗った。

武田も、いちおう侵略の大義名分はこしらえてある。が、この童女から兄を奪う正当な理由は、ないはずだった。

薫のぷくりとした頬には、いとけない愛らしさがあった。顔かたちは違えども、自然、さちの姿が重なった。又七郎は失った幸せを微かに思い出した。堪《こら》え切れずに、薫の頭をそっと撫でた。

「姫はなぜ春の安曇野が好きなんだ？」

「田植えをした後、春の風に乗って、田んぼでやわらかな、いい香りがし始めるの」

「はて……稲を刈った後には、飯を炊いたときの美味そうな匂いもするが」

「あれとは違う。又七郎には、次の春に教えて進ぜます。よい風が吹けば、きっとわかるはず」

武田軍は、薫から春を永遠に奪い去るために、安曇野へ大挙侵攻してきた。

「わらわは一度、海へ行って、潮風の匂いも嗅いでみたい。色とりどりの檜扇貝《ひおうぎがい》を拾うて、貝合わせもしたい。又七郎は海を見たことがありまするか？」

諸国を歩く計策師は、海を知っている。又七郎がうなずくと、薫が顔を輝かせた。

空と海の色は違うのか、境はどうなっているのか、海は優しいのか、怖いのか……。

そういえば、さちも海について尋ねたものだ。

海を渡る風、潮の匂い、打ち寄せる波の音を語り聞かせるうち、薫が眼を輝かせた。

目をつぶった薫のまぶたの裏には、どんな海が描かれているのか。

「海も、山も、空も、野も、世はかくも美しいのに、どうして大人は喧嘩をするの？　あのお優しい父上が、何か悪い真似でもしたの？」

平瀬義兼は理不尽に国を失わんとする小笠原家に対し、忠義を尽くしているだけだ。乱世には澄まし顔にふたつ返事で、あるいは躊躇の末に泣きながら、主君、親兄弟や友を裏切る輩が多くいた。他方で薫の父のごとき義将も、少ないながら、いた。

「本当は誰も悪うはない。時代のせいだ」

皆、好んで乱世に生を享けてはいまい。勝者の奢《おご》りだと指弾されれば返す言葉もないが、又七郎は同時代を生きる人間に、哀切な共感を抱いていた。誰しもが平穏な世に生まれたかったはずだ。神仏に不条理を叫んだとて何も変わらぬ以上、時代を恨み罵りながら、無力で哀れな人間どうし、とっておきの美酒でも酌み交わして、傷を舐《な》め合うほかないではないか。

「大人は身勝手ね。子どもには仲良くしろって、叱るのに」

「すまんな、姫。大人の世界はちと込み入っておってな」

大人は自己保身と利害打算、愛憎妬心で動く。時には名誉、忠誠、報恩、信義など厄介な事情までごっそりと抱え込む。又七郎も昔はお人好しだった。乱世を嫌々生きるうち、人並みに汚れた。今では虚言《きよげん》を弄して人を欺くのが、誰よりも得意になった。

「よくよく話し合えば、友にもなれるのに」

「乱世に友なんぞ、金山を掘り当てるくらい難しかろうな。俺には友なぞ一人もおらぬ」

又七郎の親友といえば、兄弟子の孫次郎だったが、計策で命を落としてずいぶんになる。

「わらわも、年かさの友が皆、戦で死にました。今は幼い弟くらいしか残っておりませぬ……そうじや！」

迷い道から抜け出したように、薫は沈んでいた顔を一転、輝かせた。

「手始めにわらわと又七郎が友となればよい。さすれば二人とも、今すぐ友を得られまする」

又七郎は少しばかり面食らって、薫を見つめた。

「名案やも知れぬが、会うたばかりで、簡単に友になれるものかのう？」

「なれまする。友とは、相手のために命を張れる間柄じゃと、兄上たちが言うていました」

平瀬の将兵が小笠原軍随一の精強を誇れた理由は、一族の固い絆ゆえであったろう。

「たいせつな宝物を交換して身に付けましょう。わらわはこれを又七郎にあげまする。大好きな兄上の形見なれど、使うてくだされ」

薫が差し出してきた黒塗りの短刀の柄には、平瀬の石畳の家紋が控えめに彫られていた。

「実は武田家の使者が意に沿わぬ者なら、わらわは刺し違える覚悟でした。いずれ今宵にも死ぬ身なら、兄上の仇を討ちたいと思うていたのです」

「たくましい姫だ」

苦笑しながら短刀を受け取ると、腰に差すわけにもいかず、ひとまず懐に忍ばせた。

「又七郎はわらわに何をくれまする？」

しばしためらってから、又七郎はふだん持ち歩いている鼈甲《べっこう》の櫛《くし》を取り出した。計策に赴いた駿府の城下町で土産に買い求め、わずかの間だが、ゆきがさちの髪を梳《す》いていた形見の品だった。だが、男やもめの汗臭い懐の中で、出番もなく揺られているより、薫が使ったほうが、櫛もさちも喜ぶだろうと考えた。

薫は小さな歓声を上げて手に取った。胸の前にやった長い髪をさっそく櫛で梳き始めている。癖のある髪がかえって少し乱れたが、気にも留めていない様子だった。

「これで、わらわたちは肝胆相照らす友となりました。又七郎は戦が好きですか?」

「大嫌いだな」

即答した又七郎に、薫は意外な顔をしたが、やがて笑った。

「変わったお侍ね。されど、又七郎も戦に出れば、人の首を取るのでしょう?」

「いや、俺は計策師ゆえ、刀の代わりに舌を用いる。刀を振り回せば、人が死ぬからな」

「でも、計策師は、言葉で万の人を殺すと聞きました」

そのとおりだ。又七郎が口先に紡ぎ出した言葉のせいで、多くの人間が味方を見捨て、主を裏切った。戦が起こった。戦局は言葉ひとつで変わる。直接手を下さぬだけの話で、計策師たちの罪業の深さは、戦場で首級《しるし》を挙げる武将の蛮勇と毫《ごう》も変わりなかった。いや、自らの手を血で汚さぬがゆえに、よりたちが悪いのかも知れない。

「言葉は戦を生む。が、俺が戦を止めた時もあるんじゃぞ」

幾分《いくぶん》胸を張って立ち上がると、祈るように薫が見上げてきた。

「又七郎は戦を止めるために、この城へ来たのね?」

話の流れとはいえ、困った問いだった。だが、嘘を吐《つ》くのは慣れている。

「そうだ、な。されど、俺の話は姫の父上に聞いてもらえぬやも知れん」

「安心なされ。武田の使者には必ず会うよう、わらわからお願いしておきました。父上は約束を守るお人です。又七郎の力で、安曇野に平和を創ってくだされ」

「平和、か……」

二百年ほど前から使われてきた言葉だ。家族、親族が相和する状態を指す「平和」は、相争う国と国の間にも、実現しうるのか。

「これ以上、人を憎まなくてもいいように。せめて、残った友や家族と、笑顔で暮らせるように」

さちもあのまま大きくなっていれば、薫のように一端《いっぱし》の口を利いたろうか。外では人を欺く又七郎も、短すぎた娘の人生では嘘を吐いた記憶がなかった。

「平和を壊すのは阿呆でもできるが、創るほうは至難でな。平和は飴細工のごとく容易に作れる代物ではない。一計策師が平和のために果たせる役回りなぞ、鼻糞みたいにちっぽけなものだ」

薫はひどく落胆した顔を見せた。

お気に入りの貝独楽《べいごま》が壊れたときのさちの表情を思い出した。ほんのひと時でかまわぬから、もう一度、妻と子に会いたかった。

さちが今、薫となって、再び又七郎の前に姿を現わしている気がした。もう一度、薫の頭を撫でてみた。まだ生きている。滅びの決まった城で、あとしばらくの間だけは。

「承知した。俺に任せよ、姫」

薫が顔を輝かせた。美味い桃を頬ばった時の、さちのはち切れそうな笑顔を思い出した。又七郎が子どもに吐いた初めての嘘であったろうか。

勝利を完全に手中にした武田方が、最大限譲歩できる条件は、城将平瀬義兼の切腹と引き換えに城兵の命を救うくらいしかなかった。出立前に晴信を説得して引き出しておいた条件だが、平瀬主従は誇りある死以外に何も望むまい。

「それでこそわが友。玄蕃たちが騒いでも、又七郎はわらわが守りますゆえ、安堵なされ」

又七郎の新しい友が小さな胸を張った。

「そいつは頼もしいのう。かたじけない」

もしも本当に平瀬方に交渉する気があるのなら、座敷牢へ戻ったほうがよかろう。だが、この話をまとめる自信はなかった。短刀も手に入れた。このまま薫を人質にして城外に出られれば、生還できまいか。あわよくば薫の命を救えもしよう。薫には済まぬが、大人の世は醜い。友も平気で裏切る。計策師はまさに、そう仕向ける役回りだ。

人質に取るなら、薫が又七郎の贈った櫛で髪を直している今だ。やるしかない。生き延びるためだ。又七郎は懐の短刀に右手をやりながら、後ろを向いている薫に左手を伸ばす。

「そうじゃ！」

薫が振り向く。又七郎はあわてて手を髪にやってごまかした。

「願い事の叶うお呪《まじな》いを、又七郎に教えて進ぜます。亡き母上の秘伝じゃ」

薫は、小さな両手の四本指を浅く交差させ、両の親指だけをぴんと立てた。促されて又七郎も同じ形を作る。薫はまぶたを閉じ、下腹の前にかざした。薫のあどけない顔が、さちの寝顔に似ている気がした。

「こうやって、春の光を思い浮かべながら、願いを思い描くのです」

薫はゆっくりと手を上げていく。胸、額の前、最後に頭上で手を止めてから、眼を開いた。

又七郎も倣って始めた。

薫の望むとおり、城明渡しの交渉に成功して、又七郎が薫を抱き上げている姿を思い描いた。交差させた両手を、最後に頭上へ上げようとしたとき、二人の背後で中年女の悲鳴が聞こえた。

――曲者じゃ！　出合え！　姫が攫《さら》われましたぞ！

慣れぬお呪《まじな》いのせいで油断していた。又七郎は背後から突き出された薙刀《なぎなた》を、間一髪で躱《かわ》した。柄《つか》を摑む。体を翻して強襲者を足蹴にした。柔らかい。女だ。

体勢を立て直すと、又七郎は薙刀を片手に、すばやく薫を抱きかかえた。

周囲では、続々と現れた白鉢巻きの女たちが、必死の形相で又七郎に薙刀を突きつけていた。中には又七郎好みの顔立ちの若い女もいて、弓に矢を番えて又七郎を狙っていた。女中頭らしき中年女は、暗い怨念と怯えに満ちた眼で、又七郎を睨んでいた。

「かたがた、誤解がある。俺は戦を止めに参ったんじゃ」

「ならば、姫を返しなされ！」

薙刀を片手に人質を取っている構図では、とても平和の使者には見えまい。どうやら主水に嵌《は》められたらしい。又七郎を討つために、薫を利用したのだろう。

薫は義兼に和睦を説いたらしいが、しょせん童女のわがままだ。大人が耳を傾けるはずもなかった。このまま押し通るほかなかろう。敵には飛び道具もある。油断はならぬ。

又七郎は薙刀を短く持ち変えると、左腕に抱えた薫に、切っ先を突きつけた。

びくりとした薫の震えが、腕に伝わった。

薫の身体が小刻みに震えている。済まぬと思った。

包囲陣から階段、階下への動線をすばやく確認した。足を踏み出す。

とつぜん、左手に激しい痛みを感じた。

覚えず薙刀を取り落とした。薫に思い切り噛まれたのだ。薫が逃げる。薙刀を拾おうと手を伸ばす。が、放たれた矢の音に身を反らせた。

視線を戻すと、すでに薙刀はない。すばやく壁に背を預けた。

侍女たちは、又七郎を半円状に遠巻きにしている。

突き出された薙刀が夕陽に煌《きら》めいていた。相手は女子たちとはいえ、数が多い。懐の短刀では勝負にならぬ。だが、又七郎には武器がまだ残っていた。

「かたがた、落ち着いて聞かれよ」

薫の姿を探すと、駆け寄った中年女が、狂犬から守るように薫を抱き締めていた。

「誤解で大立ち回りになったが、世に起こるたいがいの諍《いさか》いは、話せばわかり合える」

又七郎を殺せば、晴信は使者殺害を口実に、平瀬主従の鏖殺《おうさつ》を命じるだろう。皆、死ぬのだ。早まるなと落ち着いて説いた。

「どうせ皆、武田に殺されるんじゃ！　曲者を早う始末なされ！」

薙刀を構えた忠実な侍女たちが、いっせいに一歩、前へ出た。

「待たれい。俺も武士の端くれだ。せめて辞世の歌だけでも詠ませてくれまいか」

横目でちらりと窓を見やった。先ほど夕景を見たときは階下にも窓があった。

「出合え！　武田の計策師が、座敷牢から逃げおったぞ！　討ち取れ！」

階下から主水の若い声が聞こえた。侍女たちが振り向く。

——一瞬の隙。又七郎は背の壁伝いにすばやく身をずらした。

そのまま後ろ向きに、背から窓の外へ飛び降りた。

又七郎は宙で一回転すると、長い手を生かして三階の窓の格子を摑んだ。狭い屋根伝いに蟹《かに》歩きをした。途中、鳥の巣があった。雉鳩《きじばと》らしい。何かに使えるかと考え、雛を一羽懐に入れた。こそばゆい。華頭窓の格子を蹴破って、身を部屋の中に滑り込ませた。このまま城外へは逃げられぬ。角部屋の座敷牢に戻って、朗々と経でも唱えてみるか。いや、小手先の奇行など通用すまい。平瀬義兼と直談判すべきところあいだ。又七郎の戻りが遅いと、晴信がしびれを切らし、城攻めを再開するおそれがある。又七郎は階段を駆け下りた。

「武田の侍はどこへ逃げた？　探せ！」

階上の騒ぎが下りてくる。

このままなら、問答無用で斬り合いになる。最悪だ。どうする。二階を見渡すと、小姓が二人、外に控えている間が見えた。あの部屋に義兼がいるはずだ。

又七郎は大股で歩き、堂々と広間の入り口に立った。闖入者に対して、敵将たちがいっせいに視線を向けた。甲冑物々しい家臣たちが左右に居並ぶ上座に、敵将平瀬義兼が鎮座していた。

五

駒井高白斎の前に現れた伊織《いおり》は片膝を突き、黙って下命を待っていた。

伊織は小柄で猫のように敏捷な若者で、三ツ者（忍者）としては一級品だった。頰かむりに黒い眼帯をした隻眼だが、残された片目も伏し目がちで、視線の先もわからない。

「平瀬城に、動きは？」

「変わりありませぬ」

喉を潰されたような掠《かす》れ声が特徴的だった。高白斎が長い間手足として使ってきた手練れの三ツ者が二年前に命を落としてから、伊織が計策を手伝うようになった。素性は知れぬが、勝沼信元の推挙だけあって、暗殺、放火、破壊工作から流言飛語の類まで、いかなる指図も見事にこなした。伊織に委ねれば、まず失態はあるまい。

さて、又七郎の始末だ。敵城に出向いた計策師にとって最悪の事態は、交渉中の味方による攻撃である。梯子《はしご》を外すわけだ。まず助かるまい。

「犀川《さいがわ》のほうへ回り込み、平瀬城に火をかけよ」

自落に誘導すべく、武田軍は犀川側の包囲を緩めていた。夕闇に紛れて放火すれば、敵は武田による攻撃再開と勘違いするはずだ。

「いかがした？　お前ほどの忍びなら造作もあるまい」

寡黙な伊織は、命を受け次第、ただちに姿を消すのが常だった。

「平瀬将兵の士気いまだ高く、寡兵ながら、しかと守りを固めておりまする。三ツ者のみで城を焼くのは至難と心得ますが」

伊織は是非につき意見しない。目的を達成するための手段も語らず、可否のみを知らせる。

「御館様の密命で、又七郎の計策に邪魔を入れるだけじゃ。決して味方に気づかれるな」

後に問題とされても、真実など、落城とともに葬ればよい。

黙ってうなずいた伊織が去った後、高白斎は自陣を出た。

若いころのように足腰は達者でない。だが、又七郎さえいなければ、高白斎はまだ煌ける。夢も持たず、世捨て人よろしく、不承不承、計策師を続けている又七郎なぞには負けられぬ。

諸将の集まる本陣へ向かう途中、高白斎は、残照を背に墨で描かれたような平瀬城の本丸を見上げた。又七郎が敵に殺害されれば、死んだ妻子の墓がある東光寺《とうこうじ》に弔ってやろうと考えた。

六

向山又七郎は、両脇から捕えようとする小姓たちを、眼光だけで鋭く制した。

広間の奥を見やる。平瀬義兼と目が合った。その脇には、似合わぬ童具足を身に付けた童が控えていた。薫の弟に当たるわけか。

部屋じゅうに満ちた殺気は、又七郎が危惧したとおり、カラリと乾いていた。絶望の生む諦めが殺気に混じるとき、真夏の日差しがにわか雨で濡れた石を灼く時のように、湿り気が飛ぶ。すでに生を捨てた者にとって、生死は軽い。使者の生還のみを考えれば、相手が生に未練を持ち、殺気が粘り気を帯びている時のほうが、本来は好都合だった。

「御免！　武田家臣、向山又七郎でござる！」

恫喝するような暗さでも、場違いな明るさでもうまくない。又七郎は肛門を閉じ、丹田に気を充溢させている。

敷居をまたぐや、虎髭の玄蕃が立ち上がって目を剝いた。

「貴様、いかにして座敷牢を出た？　火炙《ひあぶ》りの用意が済むまで、大人しゅう待っておれ！」

「昨夜から、ちと腹を壊しておりましてな。厠《かわや》に行かせてもろうたついでにご挨拶をと思い、貴家に耳寄りな話を――」

「武田の犬めが、何を抜かすか！」

売り言葉に買い言葉で飛び出す又七郎の失言を待ち、即座に斬り伏せて義兼の退路を断つ肚か。又七郎は取り合わず、不遜に思われぬ程度に胸を張り、卑屈にならぬほどの丁寧さで、上座の義兼に向かって歩を進める。

又七郎に向かって歩み出そうとした玄蕃を、義兼が手で制して座らせた。話だけは聴く気らしい。又七郎を含め城内すべての人間の命を握っている男だ。

数歩先、板間の途中に継ぎ目でわずかに浮き上がる一枚の床板が見えた。使ってみるか。

又七郎は堂々と歩む。途中、板間の突起に足をとられた。「おおっ」と悲鳴を上げながら、派手に転んでみせた。

「いやはや、これは醜態をお見せいたした。大変失礼をば」

すばやく起き上がり、城主に深く両手を突いて詫びた。頭を掻きながら身を起こすと、座にどっと哄笑が起こった。嘲りといえども、笑いに変わりはない。張り詰めた緊張を破り、燃えさかる憤怒の炎を多少は和らげる時もある。

改めて名乗ってから、今度は平瀬義兼に軽く会釈した。

向山又七郎は一介の計策師にすぎぬが、大武田家から公式に遣わされた降伏勧告の使者であった。小笠原家の一家臣に対し、公の場で下手《したて》に出るわけにはいかぬ。が、己の粗相を詫びても、武田が頭を下げるわけではない。誇りを傷つけぬよう計らったつもりだった。

——だが、失敗したようだ。

気勢を削ぐどころか、座は再び剝き出しの敵意で満ちていた。

又七郎は上座の義兼を見上げるように身を起こしながら、歯を見せて微笑んだ。

一度会ってみたかった男だった。四十半ばだが、忍苦のせいか深く刻まれた口角のしわは意志の強固と覚悟を感じさせた。薫の父だけあって、目鼻立ちの整った美男である。

四方から憎悪の視線が襲う。

又七郎は大口を開け、腹の底から弾けるように笑った。

「何が可笑《おか》しい！」

刀に手をやりながら叫ぶ虎髭に、又七郎は飛びきりの笑顔を返した。

「失礼。腹の中でこやつが元気に暴れておりましたゆえ」

懐から鳥の雛を取り出すと、玄蕃が肩透かしを食らったように素っ頓狂な声を上げた。

「城を散歩しておるうち、鳥の巣を見つけましてな。余興にと思い、捕まえておき申した。巣立ち前の雉鳩《きじばと》でござる。齢はちょうど若君くらいでござるかな」

邪気のない小動物の登場で、虎髭は毒気を抜かれている。殺気立っていた場も白けていた。

「飛べぬ雛鳥のうちは、特に可愛いらしゅうございまするな。人も同じでござるが」

雛がひょこひょこと、上座に向かって歩いて行く。義兼の隣で童が目を輝かせていた。

「なぜ鳴かぬのじゃ？」

「ご覧あれ、若君。この雛は小ぶりで首が細長うござるゆえ、雌とわかり申す。雉鳩の雌は鳴き申さぬ。雄の鳴き声とて冴えませぬが」

又七郎は妻とともに鳥を愛した。鳥は人の思いどおりに動かぬが、人を裏切りもしない。

「姉上に見せてやりたいものじゃ」

「実はお待ちしておる間に、姫君と仲良うなり、もろもろ教えていただきました。この城から見る安曇野の眺めは信濃一やも知れませぬな」

　生への郷愁を誘う湿りけを帯びた口調で、又七郎は相手の故郷を手放しで称え続けた。

「甲斐は富士の霊峰を自慢してござるが、実は甲府の躑躅ヶ崎館《つつじがさきやかた》からは、富士の首から上しか見えませぬ。さればここだけの話、眺めは平瀬城に負けましょうな」

　義兼は背筋を伸ばして着座しているが、黙したままにこりともしなかった。

「雪解けの水は混じりけもなく澄み、春に薫る稲の香はいかなる絵師も描けますまい」

　又七郎が並べ始めた無駄口に、義兼がわずかに眉宇を動かした。

「夏には一面の青稲が風にそよぐ様子が、眼に浮かびまする。言葉にも表せず、生きてここにあらねば味わえぬ光景。薫姫も、来春の安曇野に吹く風を楽しみにしておられました」

　死を覚悟した人間も、生への渇望を心の奥底に封じ込めているだけだ。人の親なら、年端もいかぬわが子を死なせたくないと、願っている。

「平瀬様は、わが手の山家右馬允《やまべうまのじょう》殿と、かねて昵懇《じっこん》の間柄であられたはず。事ここに至れば、双方、すべてを水に流し、山家殿と同じ主に仕えられませぬか？」

　右馬允は又七郎が離反させた小笠原家の降将であった。一族郎党の命と引き換えに、号泣しながら武門の誉れをいったん捨てた。何ら恥ずべき行ないではない。人はそうやって、濁世《じょくせ》を生き延びるものだ。

「平瀬は、山家とは違う」

　山家を引き合いに出すと、狙いどおり義兼が固く閉ざしていた口を開いた。とっかかりは反発でもよい、交渉を始めるためには、まず口を開かせねばならぬ。

「当家は代々小笠原の禄を食んで参った。わしの代で主家を見限るわけにはいかぬ」

人は内心では保身のために、むしろ計策師に説き伏せられたいと願っているものだ。だが、醜い乱世で一人くらい、天晴れな敵将がいたと、酒席でしんみりと語りたい気もした。

「雪はまだ降りませぬ。たとえこの冬を生きながらえたとて、天は小笠原家に味方いたしますまい」

冬の到来で武田軍が兵を引いても、もはや小笠原家に再興する力はない。又七郎は情勢を説いた。武田に抗して滅亡した者たちの末路を憐れみ、嘆いてみせた。武田に与《くみ》して平和と安寧を得た者たちの喜びを生々しく語った。だが、義兼は首を横に振った。

「忠臣は二君に見《まみ》えず。たとえ天意に逆らおうとも、われら最後の一兵となるまで戦う所存。使者の役目、大儀であった」

引き時だ。これ以上食い下がったところで、説得は不可能だ。現に虎髭の玄蕃がただならぬ殺気を放っていた。主君の手前、激情を抑えているが、今にも抜刀しかねない気配だった。

義将ゆえに戦場の節義を守り、使者を生還させてくれるのだ。ありがたい話ではないか。

――望月城を思い出せ。これが乱世なのだ。

義兼に対し、又七郎が「せめて明朝の総攻めまで、皆様で最後のひと時を」と罠掛けに入ろうとしたとき、安曇野から一陣の肌寒い風が吹き上げてきた。

ふっと薫との約束を思い浮かべた。

又七郎は平和を創るために力を尽くしたか。

端《はな》から諦めていて、ただ保身のために、魂の宿らぬ空疎な御託を並べただけではなかったか。

大人の手前勝手な大義や意地や見栄のために、薫は死ぬのか。

人生を始めたばかりの薫に、次の春くらい、迎えさせてはやれぬのか。

左手に残る噛み痕を見た。小さな歯型だった。なりゆきとはいえ、又七郎は友を裏切った。薫はどんな思いで、最期の時を迎えるのだろうか。

――いや、勝負はまだ、これからだ。

俺には「神の舌」がある。薫との出会いは偶然ではない。今日、安曇野に平和を創るためだったのだ。平瀬家の命運は、今だけ計策師の手中にあった。又七郎が手ぶらで帰還すれば、後は、功を焦る武略の将たちの獲物と化す。

「薫姫は、武田との和睦を、お望みでございまする」

平瀬家臣らがどよめいた。

義兼の顔に明らかな当惑が見えた。幼い姫の放つ言葉に、いかほどの意味があろう。だが、今さら、後へは引けぬ。ままよ、全身全霊を舌先に込めてやる。

「この眼で落城を幾つか見て参りましたが、まさにこの世の地獄。お勧めできる道ではございませぬ。城明渡しを拒絶なされば、城内の皆が命を落としましょう」

「不埒者《ふらちもの》めが！　平瀬の誇り高き死さえ、邪魔立てしおるか！」

虎髭が怒髪天を衝く形相で、唾を飛ばした。

玄蕃の罵倒を無視して、又七郎は義兼に向かって恭しく両手を突いた。

「平和のため、平瀬様のお命を頂戴できませぬか？」

一か八かの賭けだ。和にこだわるのは、薫を通してさちに再会したせいか。

「当家には血気に逸る者が多い。これ以上留《とど》まれば、わしとてお主の命を守れぬぞ」

義兼の眼を見た。碧空《へきくう》を映す静かな湖面のように澄んでいた。この男なら、説ける。

「それがしの命より、城内二百余の命をお考えくだされ。同じ命を捨てるなら、平瀬家の皆を守る道を選ばれませぬか」

ドンと、虎髭が刀の鞘で板間を突いた。

「黙らっしゃい！　死ぬのはいつでもでき申そう！　されど、人生は一度きりだ！」

又七郎はすかさず虎髭の玄蕃に吼え返すと、義兼に向かって鄭重《ていちょう》に手を突いた。

「平瀬様は、武田を大いに苦しめられし、小笠原家随一の驍将《ぎょうしょう》。されば、お救いできませぬ。ならばその尊きお命、皆を救うために使わせてくだされ。平瀬様お一人のご切腹で、城内のかたがたを助けてみせまする。すでに勝敗の決したる今、真の名将におわすなら、皆の生きる道を拓《ひら》きて後、独り黄《よ》泉《み》に赴かれては如何《いかん》」

「わが殿に向かって何をほざくか！　小賢しき計策師めが！」

義兼は声を荒らげる虎髭を手で制すると、正面から又七郎に視線を重ねてきた。

「われらは小笠原の盾となりて、武田の侵略に抗うてきた。武田が平瀬を赦すと申すか」

晴信は臣下にかける情が厚いぶん、敵に対しては苛烈だった。諏訪、佐久しかり、これまで武田家が破った約定は、幾つもあった。破約の責めは晴信の謀略と非情にあるとしても、又七郎はその尖兵となって動いた張本人だった。

「わが主はかねて、平瀬様を『敵ながら天晴れな将よ』と、繰り返し惜しんでおりました」

晴信は敵将の調略成功を喜ぶ。だが他方で、主君に忠誠を貫く敵の義将を称えた。

「誇り高き死とともに、主家に殉ずる将との約束、主はしかと守りましょう」

晴信は又七郎との約束を守るはずだ。又七郎の知る武田の内部対立や晴信のしかけた謀略は、晴信の弱みでもあった。近隣諸大名は武田の裏事情を知悉《ちしつ》する計策師を間違いなく重用する。

「子らはどうなる？」

「おそばにおわす若君のお顔を拝見しますに、どうやら玄蕃殿のお子にして、平瀬本家のご嫡男ではないとお見受けいたしました。されば薫姫とともに僧籍にお入れいたしましょう」

又七郎はこの約束を守る気だった。晴信は平瀬家嫡男の助命など決して許すまいが、武田方は幼い嫡男の存在まで把握していなかった。正直に晴信に報告する必要もない。主君をも欺いて事を成すのが一流の計策師だ。

「笑止！　武田の計策師を信じろと抜かすか！　諏訪家の悲惨な末路は――」

「御一同はもう、十分に戦われたではないか！」

又七郎は声を張り上げて、虎髭をさえぎった。

「この城のかたがたは、戦える兵のみではござるまい。傷つきし将兵も、足弱《あしよわ》もおられる。平瀬様、この向山又七郎をお信じくだされ」

「なりませぬぞ、殿！　武田が信義を守らぬは隠れない話。今こそ、亡き御館様へのご恩返しの時でござる。皆で誇りある死を選ぶと、決めたではありませぬか！」

「枕を並べて敵に討たれる死に、誇りなどござらん」

又七郎は座を見回しながら訴えた。

「御一同、ここは生きられよ。生きておれば、きっとまだ何か幸せが見つかるはず。醜き乱世なれど、酒はうまい、女は美しい。喜びはまだまだござるぞ」

「武田に支配された信濃で、幸せなど欲しゅうもないわ！　わが手で退路を断ってくれん！」

ついに抜刀した玄蕃を、義兼が手で鋭く制した。

「亡き御館様も、これまでの平瀬の働きを泉下でご覧あったはず。玄蕃、さにあらずや？」

義兼の問いかけに、虎髭の玄蕃は言葉を失ったように、ごくりと喉を鳴らした。義兼たちにとっての「亡き御館様」とは、小笠原長時の父長棟《ながむね》である。名君と伝わっていた。

「まさか……殿、なりませぬぞ。平瀬だけは、武田に膝を屈してはなりませぬ」

「むろん、わしは主家に殉ずる。向山殿の申すとおり、平瀬家の正統はもうおらぬゆえ、わが死を以て平瀬は滅ぶ。もしも生きる道があるのなら、皆が皆、わしに従《つ》いてくる必要もなかろう」

痛いほどの沈黙が場をゆっくりと流れていく。

「向山殿は命懸けでわしを説いた。わしはこの御仁を信じてみようと思う」

義兼が又七郎にうなずくと、玄蕃は唇を噛みながらゆっくりと刀を鞘に納めて座り込んだ。

薄氷だったが、計策は成功だ。これで薫を救える。教えられたお呪《まじな》いの御利益だろうか。

「ありがたき幸せ。さっそく帰参し、主に伝えまする」

又七郎が義兼に向かって頭を下げたとき、背後の廊下を慌ただしく駆ける足音がした。

――敵襲！　申し上げます！　火攻めにございまする！

時を食いすぎた。わずかの差で間に合わなかったか。

最悪の事態だ。どう切り抜ける。

「見よ！　武田は、こやつがもっともらしい虚言《そらごと》を並べておる間に、われらを油断させ、城を落とす算段であったのじゃ。さあ、何と申し開きをするか！」

「これは誠に面目次第もござりませぬ。わが主武田晴信に代わり、お詫び申し上げまする」

義兼に深く頭を下げながら、又七郎は鄭重に詫びた。

交渉中の攻撃は信義に反する禁じ手だ。家の大小も関係ない。勝ちの見えた戦で晴信が無茶をする必要はないはずだ。時を稼げば、ただの牽制と知れるだろう。内心の苛立ちと焦燥を懸命に隠しながら、又七郎は白を切った。

「武田では遣使より一刻が過ぎると、様子見も兼ねて、火矢で揺さぶりをかける時がござる」

「嘘を吐け！　交渉中に矢を放つなど、聞いた覚えもないぞ！」

玄蕃の言うとおりだ。晴信は全くどうかしている。が、動転する姿は見せられぬ。

「どの家中にも、和を望まず、私利を図らんとする輩がおるもの。これはわが主も与《あずか》り知らぬ暴発に相違ござらん。むろん和睦が成りし暁には、軍律違反にて厳罰に――」

「笑止！」と叫ぶなり、玄蕃が再び立ち上がった。板間を踏みつけるようにして、又七郎の目の前に現れると、胸倉をがしりと摑んだ。

「武田に、計策師どもに、信義の欠片《かけら》もありはせぬわ！　向山又七郎、貴様の禍々しき舌先が小笠原家臣団を蝕んだのじゃ。貴様こそがわれらの仇ぞ！」

玄蕃が拳を振り上げた。又七郎は避《よ》けなかった。

火花が散るほどの衝撃が左頰に走った。仰向けに倒れ込んだ。玄蕃は正しい。暗澹《あんたん》たる見通しを描いて脅し、目に見えるように利を示し、恩義を霞ませる大義を説き、涙を誘う情に訴えれば、人は面白いほど寝返った。

「こやつ、短刀を隠し持っておったぞ！」

玄蕃が再び抜刀した。殴打されたはずみで、薫のくれた短刀が懐から飛び出したらしい。

「最初からわが殿の命を奪うために、潜入したわけか。戦は再開された。手始めに、憎き武田の計策師を血祭りにあげてくれようぞ」

又七郎はゆっくり起きなおると、熱を持ち始めた左頬をさすり始めた。

「ようご覧くだされ。その短刀は――」

「こんな所におったとは！」背後で面皰《にきび》の主水らしき若い声がした。

「殿！　こやつめは畏れ多くも姫を人質に取り、若君の形見の短刀まで奪った不届き者！　こやつの吐く言葉は、すべて偽りじゃ！」

周りの諸将がいっせいに立ち上がった。

――孫次郎殿と同じ轍を踏むとは……。

いつかはこの時が来ると、覚悟はしていた。が、薫との約束を守ろうとして死ぬのだ。悪い話ではない。平瀬家臣の手に掛かるなら、せめてもの罪滅ぼしとなろう。泉下でひさしぶりに妻子に会えるのも楽しみだった。

玄蕃は本気だ。義兼も苦い顔をしたまま、玄蕃を止めようとはしなかった。

又七郎は合掌して目を閉じた。乱世で敵に情けなどかけようとした報いだ。

刀を振り上げた玄蕃の殺気が尖ったのを感じた。

――姫！　お待ちくださりませ！

目を開くと、小柄な童女が又七郎の前に飛び出していた。

「玄蕃、控えよ！」

薫は抜刀した玄蕃に向かい、両手を広げて立ちはだかった。

「その短刀はわが友、向山又七郎にわらわが与えた」

薫の小さな姿を前に、玄蕃が怯んだ。薫は義兼に向き直ると、恭しく両手を突いた。

「わらわは隣の部屋で、途中から聞いておりました。又七郎は命を賭して、平瀬のために説いたはず。どうか父上。わが友の言葉を信じ、皆のため、お腹をお召しくださりませ」

薫は家臣らを見渡し「皆、生きなされ」と言ってから、気丈に微笑もうとした。

だが、できずにかえって目からは大粒の涙がこぼれた。

泣きながら声にならぬ声で「皆、生きるんじゃ」と繰り返した。

「父上」と、薫が泣きながら笑いかけると、義兼が手招きをした。

腕に飛び込んだ薫を、義兼はしっかりと抱き寄せた。

「よき娘に育ったものよ。どうじゃ、皆の衆。われらより幼き娘のほうが、肝が据わっておるではないか。わしからも頼む。皆、生きてくれぬか？」

家臣団から、すすり泣きが聞こえ始めた。

乾き切っていた殺気がたちまち湿り、嘘のように消えていった。

生への渇望が、座を支配していく。

「玄蕃。生きてあれば、お主自慢の愛娘にまた会えるであろう。皆の衆、小岩嶽に落ち延びるもよし、武田に降《くだ》るもよし。己が道を自ら選んで歩め」

義兼は又七郎に向かい、はにかむような笑みを見せた。目を潤ませている。

「又七郎殿は、薫と気が合うようじゃな。薫を頼まれてはくださらぬか」

義兼が眼で軽く会釈すると、又七郎は「はっ」と両手を突いた。

主水がなおも玉砕を唱えたが、玄蕃と薫に制されて黙した。武田の火矢もやはり牽制にすぎなかったらしい。城明渡しと義兼の切腹は、明昼と決まった。

御前を辞した後、虎髭の玄蕃は固く口を閉ざしたまま、城門へ又七郎を案内した。

自ら同道したのは、足軽どもに襲わせぬ配慮であったろう。

門を開かせ、並んで外へ出ると、虎髭は又七郎に向かって、わずかに頭を下げた。兵らの死角に立っている。

「わしは武田に仕えられぬ。されば、姫と若をくれぐれもお頼み申す」

虎髭は義兼に殉ずる覚悟だと察しが付いた。

第一の勇将らしく、平瀬家の最後を戦と血で華々しく飾りたかったに違いない。武略に生き、死にたいのだ。又七郎はそういう男を嫌いではなかった。

又七郎が「お約束いたす」と答えると、虎髭は首だけ深く折って頭を下げた。

「おかげで今宵の酒は美味そうじゃ」

虎髭が寂しげに笑うと、又七郎は微笑みで返した。

七

武田の本陣が敷かれた山中からは日が見えぬが、飛騨の山の端にわずかに残る光は、まだ犀川を煌《きら》めかせているだろうか。薫と将兵が、義兼とともに見る最後の夕陽だ。

帰陣した又七郎は、総大将の武田晴信に向かって片膝を突いた。晴信は帷幄《いあく》の中央にあり、諸将と談笑のまっ最中であった。晴信には威厳があるが、同時に華もあった。晴信がいるだけで、戦場も花やぎ、場には笑いが起こった。

「おお、又七郎。よう戻った！　案じておったぞ」

晴信は肉づきのよい丸顔をほころばせて、床几《しょうぎ》から立ち上がると、足早に歩み寄ってきた。大小さまざまな領主に会ってきたが、晴信ほど分け隔《へだ》てなく家臣と交わる主君もいまい。むろんすべて計算ずくの行為だが。

「もったいなきお言葉」

晴信は又七郎の前にしゃがみ込むと、親しげに又七郎の左肩に右手を置いた。

「こじれる交渉でもなかったはずじゃがな。首尾はいかがであった？」

「明昼、開城。平瀬義兼は切腹。代わりに城内の者たちの命を助けると約してございまする」

家臣団に大きなどよめきが走った。眼前の晴信だけは、えびす顔のまま表情を変えない。

「ようまとめた。お前の舌は万の軍勢に匹敵するわ。して、城内の様子は？」

「戦える者たちは百あまりなれど、意気はまだまだ軒昂。数は足弱を入れて二百ほどかと」

敵城攻略の後、晴信は捕らえた女子ども、老人たち足弱を連れ帰り、甲府で売り払うときもあった。が、全員を捕虜とし、最後に残る小岩嶽城の降伏勧告に利用すれば一石二鳥だ。晴信がそうすると、又七郎は見ていた。

「皆の衆。平瀬の者らに忠義を貫かせてやるもまた、義士に報いるの道であろうぞ」

晴信は丸目を見開くと、さも満足げに大きくうなずき、「大手柄じゃ、又七郎。休め」と肩を叩いて立ち上がった。まさか……。

又七郎は重臣たちの軍議に加われる身分ではない。最側近の一人とはいえ、許しがなくば立ち会えず、御前をただちに辞去せねばならぬ。

晴信は遠く山城を横目に見やりながら、居並ぶ諸将に向かい、つけ足すように続けた。

「夜半に全軍で夜襲をかける。和議が成ったと信じ、敵は油断しておろう。一挙に落とせ。一人も討ち漏らすな」

晴信による鏖殺《おうさつ》の指図に、諸将らは雄叫びを上げた。

甘かった。晴信は義将を好むが、炎の激情と氷の冷酷さを併せ持つ主君だった。対小笠原戦で晴信は忠臣を幾人も失っていた。その埋め合わせをさせる気なのか。武田に刃向かった者たちの悲惨な末路を、家臣たちに示しておく牽制の意味も、計算に入れていよう。

平瀬義兼は、武田の義を信じて交渉に応じた。虎髭の玄蕃でさえ、最後には又七郎を信じてくれた。友である薫が、実の父を犠牲にしてまで摑もうとした仮初めの平和だ。

又七郎が説くまで、平瀬主従はせめて最期に見事な死に花を咲かせ、艱難ばかりの乱世に、皆で別れを告げる覚悟を固めていた。だが、又七郎の言葉を信じて翻意し、今宵、慕い敬う主君との名残惜しい夜を、涙ながらに過ごすと決めたのだ。その城へ、武田の大軍が雲霞のごとく押し寄せ、神でさえ息を吞む殺戮《さつりく》を繰り広げるというのか。

晴信は神々の照覧するがごとき安曇野の夕照を見ていない。春を待つ薫の思いを知らない。薫たちが採った栗の味を想像できまい。いったんは悲壮な覚悟を定めながら、泣いて主君の死を受け容れた家臣たちの、やるせない悲痛と後ろめたい安堵を理解しようとはすまい。

今までの又七郎なら、黙って引き下がったろう。しょせん乱世は醜きものだと諦めていた。だが今夕、又七郎は薫のために、平和を創ると約したのではなかったか。義兼と虎髭に後事を託されたのではなかったか。

篝火《かがりび》が心地よく爆ぜる武田軍の本陣は、勝利を確信した者たちの賑やかな狂気に華やいでいる。

又七郎の心の中で、何かが弾けた。

腹の底から声を絞り出した。

「御館様、お待ちくださりませ！　それではお話が違いまする！」

一計策師が放った予期せぬひと言に、波が引くようにざわめきが止んだ。

晴信がやおら振り返った。

「おお、まだおったのか、又七郎。役目、大儀であったぞ」

晴信は白い歯を見せて笑っていた。案件は、計策師の手を完全に離れていた。聞こえなかったふりは、口を出すなという晴信の警告だと、わかってはいた。

「畏れながら、それがしが使者として赴くにあたり、城将の切腹のみで降伏を許すとのお話、支城の一室にて、御館様よりしかと承っております。わが師、駒井高白斎も傍らにあり、一部始終を聞いていたはず」

二人きりで交わされた話など、言った言わぬの水掛け論だ。ゆえに計策師たちは、できるかぎり、証人たりうる者の前で念を押すか、書面に残す。今回は下命の際、晴信の脇には高白斎が控えていた。又七郎は己が生還できる条件を引き出すべく、晴信と高白斎の間に楔《くさび》を入れる「望月城」の名まで出して、確約を引き出した。

「はて……さようであったかの、高白斎？」

首を軽くかしげる晴信に向かい、諸将の列から歩み出た小柄な将が片膝を突いた。

高白斎は禿頭《とくとう》の猫面を、さも不思議そうな面持ちに変えて、暗がりでも見えるよう、しきりに首をかしげてみせた。

「覚えがございませぬな。平瀬家は武田に仇なす小笠原家の重臣。助命などすれば、小岩嶽城に合力し、頑強に抵抗する者も出ましょう。根絶やしにするほかありますまい」

又七郎の負けだ。空とぼける高白斎の皺ばんだ猫面が小憎らしかった。日和見の高白斎は決して無駄な真似をしない。するなと弟子筋にも教えていた。晴信が「聞いていない」と言った以上は、それが事実であり、武田の意思だ。真実など関係なかった。

たかだか初対面の敗者との約束を守るために、又七郎が武田を離反し敵に走るはずがないと、晴信は見越している。

話は終わったのだ。晴信は再び踵《きびす》を返して、床几へと向かう。

――これでよいのか。

義兼の精悍な顔、玄蕃の虎髭、薫の泣き笑いが思い浮かんだ。

左手を見た。薫が噛んだ小さな歯型がまだ残っていた。友を守ってやりたかった。

悠然とした歩みを止めようとせぬ主君の、丸みを帯びた背に向かって又七郎は叫んだ。

「畏れながら、約定を破れば、武田の信義が傷付きまする！」

晴信がはたと足を止め、首だけで振り向いた。間違って真っ昼間の甲府の大通りにでも現れた、ちっぽけな物の怪でも見るように、けげんそうな表情だった。

「信義……と申したか?」

高白斎が又七郎の前へ駆け出た。晴信に向かい、取りなすように跪《ひざまず》いた。

「御館様、何とぞお赦しくださりませ。こたびは困難を極めし命懸けの計策。交渉が長引き、又七郎めも疲労困憊して、何やら血迷うておるもの」

「望月城をお忘れにございまするか! 御館様はしかとお約束なさいましたぞ!」

高白斎は身体をびくりとさせたが、己の肩ごしに又七郎を叱った。

「お前の聞き間違いじゃ。落城の後には、破約を知る者とて残るまいが」

晴信は高白斎を押しのけて、又七郎の前に傲然と立った。

「又七郎。わしは片時たりとも、平瀬に討たれし忠臣たちの無念を忘れたことはないぞ。わが家臣の仇を討つが、君主の守るべき信義ではないのか」

えびす顔ではない。晴信の顔は悪鬼の形相に変貌していた。破約してまで忠臣たちの仇を討ち、恨みを晴らす。そのような主君だからこそ、子飼いの家臣たちは、晴信に絶対の忠誠を誓うのだ。

「平瀬もまた、己が主君への信義を貫いて戦い抜きし者たち。せめて足弱の命だけでも、救うわけには参りませぬか。何とぞ!」

もしも薫が甲府の人市《ひといち》で売られたなら、全財産と引き換えても買い落とし、娘代わりに育てたいと願った。二人で過ごせば、痛く苦しい乱世の不幸も、少しく和らぎはせぬか。

「向山又七郎。そちはわしに意見する気か?」

又七郎は側近の一武士であり、晴信の手足にすぎぬ。封土と自前の兵力を持つ重臣連中とは、立場がまるで違った。命ぜられるまま役目をこなしてきた又七郎が、問われもせぬのに晴信に意見したのは初めてだった。

晴信が訝《いぶか》しげな面持ちで又七郎を見下ろしていた。晴信には二つの人格が巣喰っている。仏と悪鬼だ。今の晴信は悪鬼そのものと化していた。

「血迷うたか、又七郎。乱世にあって、滅びゆく者たちに要らざる情をかければ、仇で返されるは必定。お前こそ、身に染みて弁《わきま》えておる道理のはずじゃろが」

高白斎が早口で、晴信の心中を代弁してみせた。

平瀬一党は親兄弟、一族、朋輩の命を武田軍に奪われ、深い怨恨を抱いている。一人余さず地上から抹殺しておかねば、後に禍根を残し、武田に仇なすであろう。義兼主従の忠義と誇りを認めるからこそ、晴信は怖れ、迷わずに鏖殺《おうさつ》を命じたのだ。

なお口を開こうとする無力な計策師を、悪鬼が大音声で制した。

「わが側近、向山又七郎が働き、見事である。こたびに限らず、中信平定にあって、又七郎の計策には、目を瞠《みは》るものがあった。家中随一の計策師じゃ。お前にはいずれ、働きに見合う十分な恩賞を取らせるであろう。次は小岩嶽城じゃ。しばし休め」

「参るぞ」と高白斎に強引に腕を引かれて、又七郎は呆然としたまま、帷幄を出た。

又七郎は非力だった。誰ひとり守れなかった。

すでに日は落ちて、空には残照の余韻さえ残っていなかった。

八

夕照が幻であったかのように降り出した不可解な山の雨が、辺りから静寂を奪っている。それでも、総攻撃を控えた武田の陣からは、時おり笑い声さえ聞こえていた。

駒井高白斎は、先代信虎の時代から、武田家に仕えてきた。

その昔、積翠寺《せきすいじ》城代を務めた譜代家臣の家だが、庶子の次男坊で境涯に恵まれず、無一文の計策師から始めた。だが、持ち前の抜け目なさと不断の努力で、数々の計策を成功させてきた。恩賞には、たとえ猫の額の土地でも封土を願った。ないと言われれば辞退し、次の論功行賞で加味するよう求めた。その結果、御譜代家老衆の末席にまでのし上がり、韮崎《にらさき》に近い藤井の地に小領も得て、五十騎を預かる身分にまでなった。

今では計策師の筆頭として、重臣たちの合議にも出席できる。

だが高白斎はもう、若くなかった。

今回の平瀬城攻めで、駒井隊は五番手とされた。高白斎の武勇は人並み以下、武で鳴る武田家中にあってはますます霞んでいる。今宵はおこぼれにも与《あずか》れまい。

「師匠、折り入って頼みがござる」

暗がりから現れた向山又七郎は、負傷兵から借りでもしたのか、見慣れぬ甲冑を身にまとって濡れ鼠になっていた。

「お前が鎧を着けるとは、いかなる風の吹き回しじゃな。戦にでも出るつもりか？」

「駒井隊に俺を加えてくだされ。足手まといにはなり申さぬ」

高白斎の素人剣技など遊戯に等しいが、新當流《しんとうりゅう》を極めた又七郎の伎倆《ぎりょう》は本来、一軍の将たるに相応《ふさわ》しかった。本人が望まず戦場に出ないため、一兵も率いていないだけだ。かようなわがままが、誰にも許されるわけではない。武略の諸将は知るまいが、晴信は又七郎の価値を熟知していた。

今回も無駄な努力とはなったが、いかにして平瀬義兼に城明渡しを諾《うべな》わせたのか。又七郎には「人を信ずるな」と教えたはずだが、根が善良らしく、たとえば未《いま》だに高白斎を信じている節さえあった。先刻も晴信に必死で取りなす姿を見せたように、高白斎を信じるよう、仕向けてはきたのだが。

「わしはかまわぬが、人を斬れぬ男が戦場に何用か？」

又七郎はしばしば公言するように、流血を嫌った。血の匂いを嗅ぐと胸糞が悪くなるらしい。これに対し、高白斎は戦場で一軍を指揮する武将でもある。実際に血を流す努力のすえに、勲功を積み重ねて、ようやく今の地位を築き上げたのだ。勝手気ままに世を渡ってゆく又七郎とは、生き方がまるで違う。

雨空の下、又七郎は苦い顔で、明かりの灯る城を見やりながら答えた。

「あの城でやり残したことがござる。約束を守れませなんだゆえ……」

高白斎は傷心の弟子を鼻で嗤《わら》ってやった。

「乱世では約束なぞ、破るためにあると教えたはずじゃ。計策のいろはじゃろが。……武田の計策師ともあろう者が、敵に情を抱いたか」

傍《かたわ》らに立つ高白斎の問いに又七郎は答えず、独り言のようにつぶやいた。

「武田は、巧みに虚言を弄して相手を信じさせ、用済みになれば約を違《たが》えて滅ぼす。俺を信じた者たちは、武田より、騙した俺を恨んだ」

「一級の計策師たる証《あかし》ではないか。むしろ誇れ。騙される者が愚かなだけよ」

「師匠、今の世は変だ。元来、約束とは、守るためにするものでござろうが」

「笑止。それは平時の話よ。乱世を嫌うなら、早う生まれ変わるがよいわ」

「平時なら、謝って済む話もござろう。されど乱世ではそうはいかぬ。さればこそ人は、信義を重んじ、約束を――」

「甘い、甘いぞ、又七郎」

高白斎は苛立って、言葉を重ねた。

「お前はその甘さゆえに、最愛の妻子を奪われたではないか」

殺し文句を使った。案の定、又七郎は沈黙した。

「……さてと、われらは五番手ゆえ、城への突入は遅かろうが、気の済むようにせよ」

又七郎は軽く会釈すると、まだ滅びの運命を知らぬ敵城を、物憂げな顔で見上げた。高白斎と違い、羨ましいほどの美男だ。諸将の面前で、又七郎を「家中随一の計策師」と持ち上げた晴信のえびす顔を、高白斎は何度も思い起こした。

高白斎は四年前の屈辱を思い出す。当代を代表する公家歌人三条西実枝《さんじようにしさねき》が甲斐を訪れた時だ。栄えある歌会には、晴信の指名で武田信繁、板垣信方《のぶかた》ら和歌に優れた重臣らが列席したが、その中に最年少の向山又七郎が混じっていた。高白斎を差し置いて、である。

やはり又七郎は邪魔だ。戦場に出るのなら、何か手を打てぬか。

四番手の山家右馬允《やまべうまのじよう》に、因果を含めて命を奪わせるか。育ちすぎた若木は、大木となる前に伐《き》っておかねばならぬ。高白斎は又七郎の無防備な横顔を睨んだ。

九

向山又七郎は平瀬城内を駆けた。さいわい縄張りはある程度頭に入っている。

武田軍に不意を突かれた平瀬勢は、全くなす術を持たなかった。昨日は大軍相手に善戦した堅固《けんご》な城門は、もろくも突き破られ、いとも簡単に本丸まで侵入を許していた。昨夕、又七郎に槍を突きつけていた足軽たちが仲よく屍を並べている。あちこちに見える宴の痕跡が、又七郎の心を掻《か》き毟《むし》った。辺りに見えるのは武田兵ばかりだった。これはもう戦ではない。ただの殺戮だった。

本丸には火の手が上がり、炎上を始めていた。功を焦る武田兵がわれ先に突入している。五番手とされた駒井隊が付け入る隙はなさそうだった。

又七郎は本丸の裏手に回り込むと、壁によじ登り始めた。長身を生かして、窓から二階へ潜入すると、味方の兵をかき分けて前へ進んだ。

ようやく広間に出た。

折り重なった遺体に混じって、箸やら割れた皿、食いかけの酒肴に瓶子《へいじ》やらが散乱していた。酒盛りのさなかに、武田軍の急襲を受け、諦めて腹を切ったと見ゆる者もいた。自害して事切れた女たちの姿もあった。あの計策師に騙されたと、又七郎を恨んで死んだに違いない。

少し離れて、野獣のごとき咆哮と悲鳴が聞こえた。

怯えた武田兵があわてて広間へ逃げ出してくる。

流れに逆らって進み、ようやく人垣を抜け出た。

三階に繋がる階段の踊り場には、全身を返り血で染めた一人の将がいた。

虎髭の玄蕃の前には、功名を夢見た武者どもの骸が積み上がっていた。

「血も涙もなき武田の非道、われらを皆殺しにすれば、世に知れぬと思うてか！　沛雨《はいう》の夜でも、天はしかと見ておるぞ！」

猛り狂う驍将《ぎようしよう》の恐るべき武勇に怖れをなして、武田兵は遠巻きに震えながら槍を突きつけているだけだった。鎧を身に着ける時間もなかったのであろう、玄蕃は小袖に袴姿のまま、返り血を浴びていた。玄蕃が上階への入り口を守っていたなら、薫を救えるやも知れぬ。

「そこに見ゆるは、裏切り者の山家右馬允ではないか！　どの面下げて、平瀬の前に出てきおった！　お前たちは皆、われらと同じ小笠原の禄を食んで参ったはずじゃ！」

入れ替わりで玄蕃を取り囲んだのは、山家勢だった。平瀬の盟友であった右馬允には、勝手知ったる城内であったろう。右馬允とて一廉《ひとかど》の将だが、恥じ入るようにうつむいている。

「下郎ども、わからんか！　木端武者《こつぱむしや》が何百人束になろうと、わしの身体に傷ひとつ付けられはせぬわ！　さあ、次に地獄へ連れていって欲しい奴はどやつじゃ！」

山家兵は玄蕃の武略を知悉しているのであろう、やはり波が引くように身を引いた。

その中を、又七郎はついと前へ歩み出た。

気づいた玄蕃は、眼を見開いて歯軋りすると、猛然と吼えた。

「よい所へ来おったわ！　げに憎きは、向山又七郎かな。冥土への道中、貴様をさんざんにいたぶれば、平瀬家一同のよき慰みになろうぞ！」

玄蕃が憤然と突進してきた。

又七郎は怯まずそのまま前へ出た。突き出された槍を左手でいなす。

長身を沈ませながら、すれ違いざまに抜いた刀で鎧を着けぬ胴を払った。峰打ちだ。

うっと、玄蕃が鈍い呻《うめ》き声を上げた。

「玄蕃殿。約を違える仕儀となり、誠に済まぬ。されど乱世にあっては、結果がすべて。俺の非力のなせる業《わざ》なれば、見苦しい言い訳をする気はない」

又七郎は平瀬主従を口先で騙したのだ。事実は変えようがなかった。

振り向いた虎髭が、憤怒に目玉を剝いて雄叫びを上げた。

玄蕃の槍を刀で躱《かわ》す。もし玄蕃が武田に降《くだ》れば、名だたる勇将となりえたであろう。だが、いかに益荒男《ますらお》でも、気の毒なほど技には切れがなかった。

「槍術を極めし武人でも、酒が入っておれば、槍先は鈍るもの」

戦闘による疲労もあろう、玄蕃は身体もふらついていた。

「貴様、これほどの伎倆と胆力を持ちながら、なにゆえ計策師なんぞやっておる?」

山家兵が持つ松明《たいまつ》が、揺らめきながら、玄蕃の赤ら顔を映し出していた。又七郎を信じた主従の別れの酒盛りだったろう。玄蕃は末期の酒を痛飲したに違いない。心底済まぬと思った。

玄蕃は槍を床に突き立てると、キンと太刀を抜いた。

懐近くへ入り込む又七郎の敏捷に対し、槍は不利と考えたわけだ。

「わが命に代えて、貴様だけは道連れにいたす!」

容赦ない斬撃が又七郎を襲ってきた。手の痺れる剛刀だった。

切り結びながら、又七郎はささやくように尋ねた。

「姫と若はこの上におわすのか? せめて、平瀬様との約束だけは守りたい」

素性を隠し秘かに匿えば、晴信もこれまでの又七郎の功に免じて、見逃してくれるはずだ。重臣らの手前、鏖殺《おうさつ》を命じたが、その程度の柔軟さと器量を、晴信は持ち合わせている。

「下郎! この期に及んで、貴様を信じろと抜かすか!」

玄蕃は大喝して、又七郎を押し戻した。

すかさず斬りつけてくる。身体を開いて躱した。

戦場で鍛え上げたらしい玄蕃の喧嘩刀法も、一対一では、新當流を極めた又七郎には通用しない。

だが、こうしている間にも、薫が自害するやも知れぬ。又七郎は焦った。

「俺は救うために来た。時がない。玄蕃殿、道を空けられよ」

唸り声とともに、玄蕃は渾身の突きをくらわそうとする。が、又七郎は左手で軽くいなした。

玄蕃が身体の均衡を崩して宙に泳いだとき、玄蕃の動きが止まった。

二人の戦闘を見守り、隙を窺っていた足軽たちが、いっせいに槍を突き出したためだ。

鍛え上げられた筋肉質の身体を、槍が次々と貫いていく。

玄蕃の身体から噴き出た鮮血が、又七郎の全身を染め上げた。

不思議なことに、玄蕃の血を嫌だとは思わなかった。ただ、悲しいほどに生温かかった。

「武田には、確かな毒を潜ませてある。もうじき武田晴信に、必ずや天罰が下るであろう」

半身を幾つもの槍に貫かれながら、玄蕃は呪いの言葉をはっきりと吐いた。

最後に、気丈にもそのままの姿で、又七郎に向き直った。

「階上の書院におわす。武士の情けじゃ。姫と若に、せめて、安らかなる死を」

目に涙を浮かべる玄蕃に向かって、深々と一礼した。

又七郎は玄蕃の横をすり抜けて、階段を駆け上がる。

玄蕃が階下で大暴れしていたせいで、武田兵はまだ侵入していなかった。

——頼む、薫。生きていてくれ！

自害さえしていなければ、助けられる可能性はあった。

階下でどっと、歓声が上がる。

「虎髭の玄蕃、討ち取ったり！」

又七郎は唇を噛んだ。

階段を昇りきると、世界は赤黒く染まっていた。

次の間には、すでに火が放たれてい、燃え盛る炎のおかげで部屋の様子が見えた。薫と友になった場所だった。血の匂いは、窓から吹き込む風雨のせいか、気にならない。

背後から、われ先にと階段を駆け上がってくる無数の足音がした。

が、足軽たちは炎の勢いを恐れ、息を呑んで後ずさった。

又七郎がかまわず足を踏み出すと、何かが小気味よい音を立てて割れた。貝合わせの貝殻が床に散らばっていた。最愛の父との最後の夜を、楽しい思い出で飾ろうとしたのか。

重なり合ったまま動かない屍たちの中に、小さな友の姿を見つけた。

又七郎は駆け寄ろうとした。が、ぬめる血溜まりに足を取られた。血の海から起き上がって、少女の身体を抱き起こした。あまりに小さな身体だった。

まだ、温もりがあった。

だが、隣で息絶えている侍女が刺したのであろう兄の形見の短刀は、心ノ臓をわずかに逸れていただけで、小さすぎる胸を正確に貫いていた。薫の身体は小刻みに震えている。

又七郎は死にゆく友の名を、夢中で叫んだ。

「済まぬ、薫。俺の力が足りなんだ。計策師なんぞには、何もできなんだ……」

声にならぬ声で、何度も詫びた。

薫が微かに目を開いた。震える手を宙に伸ばそうとした。薫の手の中には、又七郎と交換した櫛があった。又七郎は血に染まった小さな手をしっかりと握った。

小さな唇が、何かを語ろうと動いた。

だが、声はもう、外には出なかった。震える唇だけが動いた。

語れぬと悟った薫は悲しげに、だがむしろ慰めるように、又七郎を見て、うなずいた。

薫は己の名を呼び続ける又七郎に、微笑みかけようとしながら、逝った。

守れなかった。約束を果たせなかった。

薫の一生とは、何だったのか。

又七郎は二度、娘を奪われた気がした。

無力な一介の計策師がたまさか抱いた情けなど、酒肴ほどの値打ちもないと思い知らされた。かくも酷《むご》い乱世なら、人の世など、戦火ですべて、滅びてしまえばいい。

「早う逃げんか、又七郎殿！　火の手が回っておるぞ！」

又七郎が寝返らせた山家右馬允の声だった。平瀬家の最期を汚すように聞こえた。

――俺は無力だ。計策師なんぞに、平和が創れるはずもなかったのだ。

又七郎は小さすぎる亡骸《なきがら》を掻き抱いた。

一向に晴れようとせぬ乱世の天に向かい、声にならぬ声で絶叫した。

「又七郎殿！　かような所で死ぬるな！　逃げるぞ！」

右馬允の逞《たくま》しい手が、又七郎の腕を乱暴に掴んだ。

第二章　下命

一

甲府の町にいつしか忍び寄っていた夕暮れには、雪片が混じっていた。

富士は空にまったく姿を見せず、行き交う人影もまばらだった。あと十日もせぬうちに、天文二十年も暮れる。

平瀬城の陥落から二ヶ月あまり、向山又七郎は晴信の命で、諏訪に潜行していた。左手から小さな歯型の痕は消えたが、両腕にはまだ、薫の震える身体の温もりが残っている気がした。

あの落城の日、平瀬家の滅亡に天が啼《な》いたのか、降り続いた雨は夜明け前から雪に変わり、安曇野を白く染め続けた。武田軍はさらに小岩嶽城へ兵を進めて布陣したが、寒さによる士気の低下を懸念して、晴信は撤兵を決めた。平瀬主従の執念が、小笠原家を来年まで延命させたのかも知れない。とはいえ、もはや形勢は変わらず、同じ運命を辿《たど》るしかないのだが。

又七郎は諏訪での計策を果たして甲府に戻ると、報告のため、政庁の躑躅ヶ崎館《つつじがさきやかた》に出仕した。重臣連中は、広い御主殿で主君と面会するが、側近たちは、御裏方に近い本主殿の一角にある小部屋で、晴信と身近に対面する習わしである。

衣擦れの音がし始めると、又七郎は平伏した。

「よう戻った、又七郎。諏訪の後始末はいかが相成りそうじゃな？」

「諏訪頼継《よりつぐ》が出仕、取りつけてございまする。年が明け、一月半ばには来府いたしましょう」

「さすがは又七郎じゃ。大儀であった」

九年前、高遠《たかとお》城城主の諏訪（高遠）頼継は、又七郎の調略で諏訪惣領家から離反した。だが晴信は、己の義弟にあたる諏訪頼重《よりしげ》を自害させ、惣領家を滅ぼした後、掌《てのひら》を返した。惣領の座を与えるとの約定を反故《ほご》にし、諏訪に軍勢を止《とど》めて所領の半分を占拠し続けた。怒った頼継は後先も考えず、武田領へ攻め込んだ。手ぐすね引いて待ち構えていた武田軍は、頼継の軍勢を木っ端微塵に撃破した。何もかも筋書きどおりの展開だった。敗れた頼継は又七郎の降伏勧告に応じて、武田家に服属した。

だが、中信をほぼ制した武田家にとって、頼継は用済みとなった。家臣団に対する知行地の配分にも、所領が必要だ。城攻めは人命も金も兵糧も無駄になる。頼継を呼び出して謀殺できれば、一番安上がりなわけである。

「これで諏訪は、完全に武田宗家の所領となる」

頼継も、かつて己を騙した又七郎を疑っているはずだった。だが、人は窮地に陥ると、根拠もなく大丈夫だと思いたがる。再び又七郎を信じた頼継の愚かさというより、人間としての甘さ、弱さが気の毒でもあった。

「来府次第、ただちに手を下されまするか」

頼継は参府したら殺す段取りだと、最初から聞いていた。会心の計策成功に、高白斎なら「してやったり」と、祝杯のひとつも上げようが、又七郎は気が塞いだ。

「ひとまず東光寺に幽閉せよ。切腹は、高遠城を完全に手に入れてからじゃな」

又七郎は背筋がぞくりとした。

晴信が浮かべている嘲笑は、黒光りする刃物を思わせた。

頼継を人質に、ささいな抵抗さえ封殺して、城を乗っ取るわけだ。晴信がかくも非情になれるのは、頼継とその一族をほとんど知らぬからだ。晴信は相手に情を抱かぬよう、あえて距離を置いていた。計策の相手に対し、決して情を持つべからずと、高白斎も説いた。さもなくば、計策師の心が到底もたぬからだ。又七郎は人を誑《たぶら》かし欺くたび、己の心を切り苛《さいな》んできた。痛みに呻く心を癒やしてくれる者とて、今は身近にない。

又七郎が晴信の前を辞去しようとすると、「お前に頼みたい次の大事がある」と呼び止められた。

「中信は制したも同然。残すは北信の村上じゃが、二度も煮え湯を飲まされておるゆえ、全軍で北上する。ついては後顧の憂いを断つべく、次なる一手を確実に打っておきたい」

三年前の上田原会戦、昨年の砥石《といし》崩れと、武田は村上義清に二度も大敗を喫していた。晴信は敗戦の痛み、苦しみを熟知している。ゆえに勝つためなら、手段を選ばない。

晴信はひと呼吸置いてから、大きな丸目でまっすぐに又七郎を見た。

視線を合わせては威圧される。凄まじい気迫に目を伏せれば、負けだ。

又七郎は晴信の眉間を見返した。それでようやく、対等に向き合える。

「かねて懸案の、甲駿相三国同盟じゃ」

晴信の双眼が、まん丸のえびす顔に、日月のごとく煌めいていた。

又七郎は猛将、謀将、悪党らを相手に交渉してきたが、晴信ほど強烈な眼力を持つ男は、この乱世でも数えるほどしかいまい。

「外交とは、すなわち計策なり。お前たちの出番じゃ。北信濃の計策は真田に委ね、お前は高白斎とともに、三国同盟の締約に専心せよ」

真田幸隆《ゆきたか》は城持ちの国衆だが、優れた計策師でもあった。中信を制覇した今、敵は村上義清だけだ。対村上戦に的を絞るなら、真田幸隆がいれば十分であろう。

「はっ」と両手を突いたまま、又七郎は内心で小首をかしげた。

武田、今川、北条の三家による大軍事同盟は、これまで幾度となく取り沙汰されてはきた。だが結局、実現していない。今川、北条間に横たわる深刻な対立だけではない。武田家中でも、重臣たちの間で、意見が二分していたためだ。つまり、この同盟は、三つの大国の方針を転換させる一大事業となる。

又七郎のごとき身分の低い計策師は、評定に参加できず、もとより国の方針決定に関与しえない。晴信や高白斎の指図に従い、すでに決定した国の方針を実現する役回りだった。武田家臣団も一枚岩ではないため、又七郎は晴信直属の計策師として、家中工作をも担う。

「かねて高白斎に指図しておったが、はかどらぬでな。お前の力が必要なのじゃ」

この壮大な計策は相当に骨が折れる。気乗りしなかった。

「わが恩師が手を焼くとは、時期尚早やも知れませぬ。事を急《せ》くと、後に話がこじれる場合もございまする。聞けば、かつて京から聖護院門跡《しょうごいんもんぜき》が今川のために――」

「又七郎よ。頼継を片付けた後、お前に諏訪の城を一つくれてやろう。これまでの働きに対する恩賞としては、まだ足りまいがな」

晴信は議論を回避して条件を提示してきた。晴信ほど計策師の役回りを正当に評価する大名も少なかろう。計策師たちは、舌先三寸で敵を味方に変える。戦場で国力を消耗する合戦より賢い国盗りの方法だ。むやみに戦争を起こす大名もいるが、晴信は十分すぎるほど計策を先行させて、最低限の戦争しかしない。晴信ほど味方将兵の人命に吝嗇《りんしょく》な主君もいなかった。だが、そのぶん計策師を平気で危地にさらし、時には捨て石にした。

「その儀は平にご勘弁くださりませ。横着ができぬようになりますゆえ」

城は高白斎が喉から手が出るほどに望む破格の恩賞だ。要らぬと答える家臣も珍しかろうが、又七郎は深く頭を下げて鄭重《ていちょう》に断った。

一城の主ともなれば、面倒な政に日々精を出さねばならぬ。嫌がる民から年貢を取り立て、尻込みする兵を叱咤して出征せねばならぬ。戦場では見も知らぬ人間と殺し合わねばならぬ。そうなれば、まだしも気ままな今の暮らしができなくなる。又七郎の実兄、向山源五左衛門尉《げんござえもんのじょう》は、甲府盆地の南、向山の地を治める小領主だが、年じゅう気苦労が絶えぬらしく、痩せ細っていた。

「若いくせに、お前も欲のない男じゃのう」

じきに三十路を迎える身が若いのかは知らぬが、又七郎にも多少の欲はあった。

他の武田家臣と違って、出世欲に乏しいだけだ。又七郎は日だまりに寝転がって、珍しい美酒に舌鼓を打ち、時おり遊びにくる野良猫の喉でも擽《くすぐ》っていたかった。気が向けば、川へ釣りに行き、あるいは他愛もない日常の瞬間を、絵筆で切り取っていたかった。乱世では奇跡に近い贅沢な望みだと知ってはいるが。

側近として一計策師がかくも重用されてきた理由は、又七郎が人並みの野心さえ持ち合わせず、安心して使える駒だと、晴信が看破しているせいでもあったろう。

「又七郎よ。平瀬攻めでは、お前に済まぬ真似をしたと思うておる」

晴信は又七郎に向かって、鄭重に頭を下げた。

二人きりの場とはいえ、国主が身分の低い側近に頭を下げるなど、他国ではあり得まい。晴信が家臣団から「名君」と崇められる理由の一つは、家臣を何よりも大切にするからだった。晴信は名臣に恵まれた幸運に感謝し、手柄を立てた家臣を手放しで称賛した。家臣を失うと涙を流してともに悲しみ、討った仇を蛇蝎《だかつ》のごとく憎んだ。晴信は子飼いの家臣たちと家族のように交わってきた。根が短気ゆえに、怒りに任せて家臣の失態を叱りもするが、情愛を決して失わず、己が悪いと悟れば、すぐに頭を下げて謝った。

「滅相もございませぬ。どうぞお手をお上げくださりませ」

ひとときの激情に駆られているように見せても、晴信が示す喜怒哀楽は、半ば以上計算ずくだと又七郎は気づいていた。笑い方、怒り方からため息のつき方まで、計算し尽くしている。今も、同じだ。晴信は虚栄よりも実利を選ぶ。誰にも見られぬ場で、家臣にいくら頭を下げても、晴信の権威に傷はつかず、懐も痛まない。その人心収攬《しゅうらん》術は天才的だ。晴信もまた、油断ならぬ一流の計策師であった。

「お前の妻子を死なせたのも、このわしじゃ」

ゆきとさちが武田家のために犠牲になったのは事実だ。だが晴信の責めというより、又七郎が選んだ、「計策師」という業《ごう》の深い生業《なりわい》が、不可避にもたらす災いであったろう。

晴信は家臣の身に降りかかった不幸を、決して忘れなかった。わが事のように記憶して声をかけ、ともに悲しもうとした。それが家臣の心を摑《つか》む術策だとわかっていても、晴信の確かな努力と心配りは、家臣団の忠誠を買うのに役立っていた。現に又七郎が武田家を去らぬ理由は、許しが出ないという事情以外にも、十年間つき従った晴信に対し、愛着に近い感情を抱いているせいもあったろう。又七郎は晴信を怖れてはいるが、嫌いではなかった。

「お前に見合う、よき女子《おなご》がおるのじゃがな」

二度も続けて、ありがたい申し出を断るのは気が引けたが、又七郎は深々と平伏した。

「畏れながら、その儀も平にご勘弁を。行雲のごとく、気ままに生きる性分にございますれば」

「されば、お前ほどの計策師を失うは惜しいが、三国同盟成りし暁には暇《いとま》を取らせてもよい」

又七郎はゆっくりと顔を上げて、晴信の丸顔を見た。

晴信は、殺し文句まで用意していたわけか。

妻子を失う前から、又七郎は、計策師の仕事から足を洗いたいと願っていた。

高白斎とともに暗躍して、武田の佐久平定を成し遂げたおり、晴信に一度打診したが、峻拒された。数多《あまた》の隠密工作を担当してきた又七郎が勝手に抜ければ、三ツ者たちに追われて消される末路は、目に見えている。計策の道に踏み入れた以上、抜けるには、晴信から真の許しを得る必要があった。平瀬城の一件以来、又七郎は計策師を辞めたいと、ますます強く願うようになっていた。

又七郎は恭しく晴信に平伏した。

「承知仕りました。必ずや甲駿相三国同盟を成し遂げてみせましょう」

煮ても焼いても食えぬ、したたかな主君だ。晴信が約束を守る保証はどこにもない。が、守るやも知れぬ。

「当家は、太郎（嫡男の義信）に今川から姫をもらい、当家からは北条へ姫を出す」

武田と今川の甲駿同盟は、先代信虎の時代から十五年近く続く強固な同盟だが、昨年、晴信の姉にあたる今川義元夫人が死去した。両家の間に新たな縁組を重ねて、従来の同盟を維持、強化する。他方、武田と北条の甲相関係は、七年前に又七郎が高白斎とともに苦心のすえ、不戦協定を実現させたものの、その後の関東情勢の変化もあって、梃子《てこ》入れが必要な時期に来ていた。今川よりは明らかに厄介だが、軍事同盟へ格上げできる可能性はいちおうあった。だが――

「駿相同盟はむろん容易でない。が、武田が間に入れば、できる」

晴信はさりげなく付け加えたが、三国同盟の成否は、いがみ合う今川と北条をいかに和解させるかに懸かっていた。駿相間の数度の合戦は、強い怨念を双方に植え付けていた。今川、北条間の縁組と同盟は、もつれにもつれた糸を一本ずつ解きほぐす作業にも似ている。

「して、こたびの計策のために、いかほどご用意願えましょうか」

「金に糸目は付けぬ、と言いたいところじゃが、お前も知ってのとおり、今はとにかく金がのうてな。さしあたりすべて借金で都合するしかない」

武田宗家の懐事情は極秘事項であり、側近でも全容を知らされなかった。

近年の二度の大敗と連年の信濃侵攻作戦で、国庫は火の車のはずだ。折悪しくこの春にも飢饉《ききん》があり、多数の餓死者が出ていた。又七郎は蕨《わらび》の根を掘って食い、露命を繋ぐ者たちの姿を何度も見た。財政難に喘ぐ晴信が過料銭を賦課したために、他国へ逃散《ちょうさん》する者たちまで出ていた。

「これで、どうじゃ」

晴信は又七郎に向かい、指を一本だけ立てた。

又七郎は内心で舌打ちした。向こう二十年の甲信、東海、関八州のゆくすえを決する巨大な下命に、わずか百貫文（約一千万円）の工作金とは、ずいぶん吝嗇ではないか。

「一千貫文（約一億円）も賜りますれば、やりやすうございまする」

又七郎がとぼけると、晴信は片笑みを浮かべながら、大きく頭《かぶり》を振った。

「無理を申すな。されば三百貫文で何とかしてくれい」

最初から晴信もそれくらいは出す肚であったろう。

今の相場では、米一俵が三百文ほどだから、三百貫文もあれば、米が千俵も手に入る。どれほどの民が救われるだろうか。大金だが、厳しい注文だ。いつの世も、金で動く者は多いが、万貫を積んだとて微動だにせぬ者もいる。

「されば当面の普請、賦役なぞに手心を加えても、よろしゅうございましょうか」

利を与えねば、人は動かせぬ。金が出せぬなら、他で便宜を図るしかない。家中なら、もろもろの便宜を、金代わりに使えた。

「お前に任せる。金と知行地以外なら、融通できる利もあろう。信濃を手に入れ、北の海へ出るためには、何としても後顧の憂いを断たねばならぬのじゃ」

駿河の今川、相模の北条はそれぞれ名君を戴く揺るぎない大国だった。今川義元は「海道一の弓取り」と謳われ、北条氏康は「相模の獅子」と称えられた。武田は南の海に出られぬ。

さいわい北の越後は、相次ぐ内戦を経て、長尾景虎《かげとら》（後の上杉謙信）なる弱冠二十二歳の若者が、この夏に所領を統一したばかりだ。越後は動員兵力も少ない。今川、北条に比べれば、後進の一大名のほうが与《くみ》しやすい。晴信も又七郎も、長尾某《なにがし》の人物や戦ぶりなどをまだ知らぬが、武田家には北進以外の選択肢がなかった。

「されば又七郎よ。向こう一年のうちに、必ずや甲駿相三国同盟を成し遂げよ」

二

又七郎が躑躅ヶ崎館《つつじがさきやかた》の丸馬出《まるうまだ》しから町へ出たころには、とっぷりと日が暮れていた。いつしか雪催いの空は晴れ渡り、寒月が甲府の町並みを照らしている。

今回の任務は、又七郎の最後の大仕事になる。晴信が日限を切ったとおり、三国に跨《また》がるこの大がかりな話をまとめるには、優に一年を要しよう。突き刺すような寒さのせいか、人通りは途絶えていた。又七郎が細い路地に折れると、背後で声がした。

「もし、向山又七郎さまでございますね？」

ほどよい気だるさと作られた艶《なま》めかしさを感じさせる、若い女の声だった。蓮っ葉を思わせる口調でいて、微かに漂う気品を隠し切れていない。

又七郎はすぐには答えず、足も止めなかった。女も後ろに続いている。

女は今日、又七郎が甲府に戻って躑躅ヶ崎館に伺候《しこう》したと知っている。その一事だけで面倒な相手だとわかった。気配の殺し方も尋常ではない。

乱世に暗殺など、空がときどき曇るように、何の珍しさもない話だが、女ひとりで向山又七郎を襲うとは、よほど腕に自信があるらしい。振り返った瞬間にでも斬るつもりか。

「偽名も知られすぎたゆえ、気の利いた名を考えねばと思うておったところよ」

無駄口を叩きながら、背後にいる相手の動きに意識を集中させていく。

「次は女郎屋の玄蕃とでも、名乗ろうかの」

又七郎があえて抜刀せずに振り返ると、すでに白刃が月光に煌《きら》めいていた。

三

四郭構造の広大な勝沼館は、「平城」と呼ぶに相応《ふさわ》しい。

郭外には勝沼家臣団の屋敷が建ち並び、館の北には深沢用水が流れている。夜半、火桶の焚かれた部屋が一向に暖かく感じられぬ理由は、途切れぬ川音のせいかも知れなかった。広大な勝沼邸の廊下をゆっくりと渡る足音がいよいよ近づいてくる。

平伏していた駒井高白斎は、板間に額を擦りつけるごとく、さらに頭を下げた。

「面を上げよ。いよいよ晴信が動く」

落ち着き払った声に促されて顔を上げると、勝沼信元の青白い顔があった。凍てつく眼光に目を合わせられず、高白斎はまた平伏して、ひとまず視線を落とした。

信元は晴信の五歳年長の従兄に当たるが、薄い口髭の似合う細面の美男である。信元は常に相手の力量を試すような冷笑を浮かべていた。

武田家は源氏の流れを汲むが、一族の信元もむろん同様だ。源頼朝はその昔、父義朝を裏切って死なせた二家臣を恨み、肉を少しずつ削ぎ取りながら、時をかけて処刑したとも伝わるが、頼朝はおそらく信元と同じ顔つきで、酷刑を眺めていたのではないか。還暦近い齢になっても、高白斎にはまだ、この男から自立するだけの度量と実力がなかった。

「計策師、向山又七郎に対し、三国同盟の下命があった」

板間に突いていた手に、かじかみが残るほど冬は深まっている。だが、高白斎の全身は敏感に汗を搔《か》いていた。高白斎は今夕、晴信に呼ばれて直接聞いたばかりだが、信元はいかにして新たな密命を知りえたのか。

信元は晴信と並び、高白斎が怖れる数少ない男の一人だった。

会ってみると今川義元、北条氏康の二大名も、得体の知れぬ恐怖心を抱かせるが、それは権勢や身分ゆえではない。高白斎はたとえば、関東管領《かんれい》を世襲する家柄の扇谷《おうぎがやつ》上杉朝定《ともさだ》や信濃の村上義清に堂々と対したものだが、信元の前にいると、まるで素裸にされ、心の内まですべて見透かされている怖さを感じた。第一級の知略を持つ者が、権力までも手にした場合に、このような怖れを高白斎に抱かせるのであろう。

「向山は北条との矢留《やどめ》を仕上げ、手合《てあわせ》までさせおった若造であったな?」

「御意」と、高白斎はかしこまった。

七年前の天文十三年、武田は不倶戴天の敵であった北条との間で、一転して和睦を成立させ、他国を驚かせた。その立役者は、実際にはあの若者だった。

信元の意を受けた高白斎は、のらりくらりと動いていたが、あれよあれよという間に、又七郎が盟約へとこぎ着けた。高白斎による妨害がなければ、矢留(不戦協定)にとどまらず、軍事同盟にまでなっていたに違いない。

だが、名を捨て実を取った矢留のもとで、又七郎は手合(援軍派遣)さえ実現させた。翌年、北条氏康は武田軍の上伊那侵攻に合力して、今川軍と同数の兵三百の援軍を差し向けた。結果、敵同士の今川と北条が同陣さえした。駿相の和睦機運は、河東地域を舞台とするその年の両家の大戦(河東《かとう》一乱)で破れたが、当時、武田軍本陣にいた信元と高白斎には、あの援兵が晴信による三国同盟の布石に見えたものだった。

「又七郎めはわが弟子なれど、ちと面倒な男かと心得まする」

しがない弱小国衆の庶子として生まれた高白斎は、勝沼家に拾われ、その推挙で先代信虎の側近となった。勝沼家の推挙と後押しがなければ、出世はなかった。ゆえに高白斎の働きは、あくまで勝沼家の利害が、武田宗家のそれと一致する場合に限られてきた。高白斎も極秘に動いてはきたが、もしや晴信が城をくれぬのは、信元との関係を警戒しているためではないか。

「余は今川、上杉と結び、北条をこそ討つべしと幾たびも晴信に意見してきた。これが、聞き入れられぬとあらば——」

信元は意味ありげな含み笑いを浮かべただけで、言葉を切った。

武田宗家の男系である勝沼家は、他の重臣たちよりも家格が上だった。信元は晴信の身に何かが起きれば、ただちにその跡目を襲える出自である。

勝沼領は国中《くになか》（甲府盆地一帯）の東端に位置し、小山田《おやまだ》氏らの領する郡内とを結ぶ交通の要所、笹子《ささご》峠を支配していた。小山田氏の服属前は、国中地域の守りの要として、勝沼館は城塞化され、服属後も小山田氏の目付として、強大な軍事力の保持が許されていた。

——いよいよ晴信に取って代わる気なのか。

穴山《あなやま》、小山田は両家合わせて、武田宗家にも匹敵する力を持つが、勝沼信元に味方する手筈だ。

勝沼衆二百八十騎は、現武田家臣団で最大の兵力を誇っている。勝沼に次ぐ穴山、小山田も、それぞれ二百騎程度だ。晴信子飼いの武将たちがいかに優れていても、晴信の治世はようやく十年、まだまだ力がなかった。ゆえにこそ晴信は、焦って信濃遠征を繰り返してきたのだ。子飼いを育て土地を与えるには、他国から知行地を切り取るしかなかった。

信元の父、勝沼信友は十六年前、北条との合戦で落命した。

高白斎が出会ったころの信元は、まだ快活な若者だった。だが、敬愛してやまぬ実父を失った信元は、北条への報復を誓い、冷徹な謀略家に変わっていった。甲斐国主の座を狙う目的も復仇《ふっきゅう》なのやも知れぬ。

「武田が信濃に拘泥し、奥深い山々を得たとて、何になるか」

「御意にございまする」

思えば、高白斎は信元に逆らった憶えがない。

内陸にあって、四方を敵に囲まれた武田家は、かねて八方美人の外交戦略を余儀なくされた。関東管領の山内《やまのうち》上杉家と分家の扇谷《おうぎがやつ》上杉家の手筋は代々、勝沼家が取り次いできた。だがこの同盟は、運に恵まれなかった。晴信の最初の正室は扇谷上杉の姫で、勝沼家が差配した輿入れだったが、最初の子の出産に際し、母子ともに亡くなった。

両上杉家の没落は、抗えざる時代の趨勢であったろう。だが、武田と北条のこれ以上の接近は、信元の心情としても、上杉との連携を図ってきた経緯と立場に照らしても、望ましくなかった。ゆえに高白斎は、晴信から三国同盟の計策を命ぜられながら、あえて何の成果も挙げなかったのだ。

「さてと、いかがしたものか。高白斎、其方《そのほう》の存念を申してみよ」

信元の噛んで含めるような口調と、刺し貫くような眼光に、高白斎は内心で戦《おのの》いた。

政治的な動きは、重臣である信元自らが手を下す。今川手筋の取次である穴山も、北条手筋の取次である小山田も、連携する勝沼信元への遠慮から、三国同盟に慎重な姿勢を示してきた。両家にとって、現状維持は最も好都合な処世であり、変更する必要はどこにもなかった。

武田家は有力家臣の聚合《しゅうごう》である。

国主の晴信といえども、家中の反対を押し切って、重要施策は進められない。専断に至れば、重臣たちの不満を買い、先代信虎のごとく王座から放逐されかねなかった。その後の王座に座るのは、勝沼から姓を復した武田信元であろう。

高白斎は、額から流れ落ちて眼に入った冷や汗に、眼をしばたたかせながら答えた。

「盟約は相手のある話。肝心の太原崇孚《たいげんすうふ》は、駿相同盟に反対しておりまする」

「あの坊主が真は何を考えておるか、其方とて、肚のうちを見通せまいが」

高白斎は下唇を噛んだ。今川軍師太原崇孚には、以前に煮え湯を飲まされた経験があった。癪に障る話だが、崇孚は高白斎のごとき、思うがままに操れると、高をくくっていよう。

高白斎は三国同盟の成否など、いずれでもよい。勝沼、穴山、小山田ら最有力重臣の意向を無視してまで、火中の栗を拾う必要はなかった。対外交渉に比べ、家中の利害調整はえてして敵を作りやすい。やり方次第では、己の身が危うくなる。労多くして功少ない地味な仕事は、どこぞの物好きがやればよい。

「この先の武田に、向山又七郎はまだ要り用であろう。わが手につけられぬか?」

長い付き合いの弟子ながら、又七郎はよく摑《つか》めぬ。

たとえば、夏空にふわりと浮かぶ片雲に似ていた。ひと所に留《とど》まっているように見えながら、いつの間にか、場所も形も、融通無碍《むげ》に変えている。諦観を漂わせる寡欲な若者で、大義や理想のために殉ずるような暑苦しい武士ではない。かといって、利得や打算に動かされる気性でもなかった。地位も名声も別段求めておらず、端金《はしたがね》を貰うだけで満足げな様子だった。武田家への忠義のために、いちずに精勤するでもないが、人並み以上の義侠心と熱情を見せるときもあった。

こういう男ほど、扱いに困る。

風変わりで、計策師としても致命的な欠点があるが、敵も味方も高白斎も、あの男に幾度肩すかしを喰らい、欺かれてきたことか。妬ましいが、嫌いにはなれぬ。

「あの者、捉え所なく、気が向けば三国同盟を成し遂げるやも知れませぬ。事と次第によっては、この際、消すに如《し》くはないかと」

又七郎は出世の邪魔だ。高白斎はもともと十人並みの人間だった。武略は武田家中では惨めなほど見劣りがした。ゆえに計策の道を選んだ。高白斎の知力とて実は凡庸だが、ひたむきな努力、砂を噛むような数々の経験と持ち前の粘り強さで、非情の乱世をのし上がってきたのだ。六十路《むそじ》を間近に控え、今さら大失態をしでかして、失脚する愚は犯すまい。念願の城持ちになった後、高白斎には、さらに成し遂げねばならぬ大事があった。

――望月城を思い出せ。

決して口には出さぬが、高白斎は晴信に対し、遺恨があった。目の黒いうちに晴信を失脚させてやるのだ。そのために信元を利用する。

三国同盟には手を出すべきではない、危険すぎると、高白斎の本能と経験が断言していた。いかにこの苦境を無難に乗り切り、わが身を守るか。高白斎は思案を重ね、一つの秘策に辿り着いていた。

これには、信元も乗ってくる。

「こたびはいよいよ、御館様も本気のご様子。こちらの同盟潰しを気取《けど》られては、何かと動きにくうございましょう。されば、一つ妙策が。甲府奉行として、それがしを告発くださりませ。実はちと金に困り、恩地を少しばかり売り払うてございますれば」

高白斎が起草し、晴信が定めた『甲州法度之次第《こうしゅうはっとのしだい》』第十二条では、私領の売買が禁じられていた。

目を細めて説明を求める信元に向かい、高白斎は全身に汗を掻《か》きながら手を突いた。

「三国同盟を実現する計策のため、金が要り用であったと、内々上奏いたしますれば、御館様とて、それがしを重い罪には問えますまい。が、さりとて法度に違背したるは明らかな事実。無責とはできませぬゆえ、それがしめに、蟄居《ちっきょ》の沙汰を賜りとう存じまする」

「なるほど、のう……」

勝沼信元が腑に落ちたように、二つだけうなずいた。信元が三国同盟に反対している事実は公知であった。高白斎の蟄居は、晴信の手足である筆頭計策師の動きを封じる政争として、世人の目には映るはずだった。勝沼家と高白斎の連携は極秘だ。二人の対立を演出しておけば、不審の目も和らぎ、高白斎も裏で動きやすい。

「又七郎には逐次、動きを伝えさせ、それがしが指図してうまく手を打たせまする」

高白斎は心中ほくそ笑んだ。

われながら妙案だった。蟄居中なら、計策に動けぬのは当たり前だ。火中の栗は捨て駒の又七郎だけに拾わせる。又七郎を通じて精いっぱいの動きを見せておけば、晴信にも高白斎の苦心が伝わろう。だが、又七郎の計策は必ず失敗させる。

何が悪い。乱世では己の才覚で、身を守らねばならぬのだ。

たとえば重臣の穴山家も小山田家も、信虎、晴信と二代続けて、武田家に強力な当主が出たために、保身で服従しているだけだ。愚昧な当主が出たら、時を移さず武田を見限り、今川、北条に離反するに違いなかった。

信元に献策を了承されて勝沼館を出ると、高白斎は手拭いで顔の汗を拭いた。

水の中でずっと息を止めていたように息苦しかった。

三国同盟には、障害が多すぎる。

又七郎の失策で失敗する形が、一番収まりがよい。高白斎も無責にはならぬが、傷は浅い。ひとまず保身は図れる。貧乏くじを引かされる又七郎は哀れだが、知った話ではない。逆に、もしも三国同盟が世の趨勢だというのなら、信元とていずれは容認せざるを得ない話だ。その場合は、又七郎の功に相乗りする。

かかっていた雲が行き過ぎた。

月影が勝沼郷を照らし始めると、高白斎は帰路についた。

四

屋敷に戻った又七郎は、差し込んでいる月影を頼りに、若い女の柔らかい身体を、畳の上に横たえた。放置してあった掻い巻きを、埃を払ってから掛けてやった。

甲相間の矢留を成功させた時、又七郎は褒美として躑躅ヶ崎館《つつじがさきやかた》の西、六方小路《ろつぽうこうじ》の一角に、小ぶりな屋敷を与えられた。奥座敷には畳もある贅沢な作りだが、独りで住むには大きすぎた。明かりを点すと、見慣れた間取りが浮かび上がる。

部屋は秋、安曇野攻めのため、晴信に呼ばれて出立した日のままで、数ヶ月ぶんの埃をかぶっていた。同居者がもういないのだから当然だが、気ままに暮らしたいので家人《けにん》もいない。

又七郎は襖《ふすま》を閉めて、火鉢に火を熾《おこ》した。

女を見た。口元にはあどけなさを微かに残している。二十歳にもなるまい。

伏せられた長い睫毛《まつげ》が、美の完成を妨げるように瞳を守っていた。目立たない紺色の野良着姿でも、若さと美しさは隠しようがなかった。長い黒髪が乱れているさまが妖艶で、見飽きぬ容貌だった。

薫もいずれはこの女のように成長したろうか。醜い女は千差万別だが、美しい女はどこか似通っているものだ。又七郎は諏訪での計策に精を出すことで、平瀬城の一件を忘れようとしていたが、ひさかたぶりに心の傷が疼《うず》いた。

今夜もやはり、酒が要る。

又七郎は樽から二本の瓶子《へいじ》に酒を移した。瓶子を手に戻ったが、女は目覚めていない。

酔おうと決めて盃を立て続けに空にし、盃にまた注ぎ始めたとき、女が軽い呻《うめ》き声を上げた。

女の横顔に目をやったせいで、酒をずいぶんと手にこぼした。「もったいない」と手の甲を濡らした酒を舌で舐《な》めていると、気のついた女が驚きの眼で又七郎を見ていた。

眼が合うと、女はハッと身構えて半身を起こしたが、すぐに苦しそうに胸を押さえた。

「済まぬな。肋《あばら》を一、二本折ってしもうたやも知れん」

女は驚きを残した表情のまま訝《いぶか》しげに又七郎を見た。一瞬で酔いが醒めるほどの美貌だった。長い睫毛がまばたきで二、三度優雅に躍った。この女の美しさの秘密は睫毛にあるらしい。睫毛の奥で、女の瞳は乱世に何を見てきたのか、何を見たいと願っているのか。

「お前は蟷螂《かまきり》か？」

武田家では、三ツ者の中で暗殺を請け負う者たちを、特に「蟷螂」と呼んだ。本当に蟷螂なら、答えるはずもない。女は瓶子からゆっくりと盃に酒を注ぐ又七郎の動作を見つめていた。

「なぜ、私を殺さないのです？」

ちょうど又七郎は口の先を尖らせていた。そのまま盃の酒をズルズルすって呑み干すと、心地よくため息をついた。

「この美味い酒と同じよ。うら若き女を散らせるなぞ、もったいないではないか」

又七郎は恩賞に知行地でなく、必ず金を所望する。その金で美酒を買い求めた。又七郎の酒好きは仲間うちでも有名で、なじみの重臣や他国の顔見知りが酒をよく土産にくれた。

「男なる生き物は、一人残らず面食いでな。殺すには惜しい女だと思った」

半分は嘘だった。

先刻、又七郎が振り向いた瞬間、頰かむりした女の長睫毛が見え、月影にいい女だろうとは思った。だがこれほどの佳人とは知らぬし、仮に相手が鼠顔に出っ歯の老人でも、命まで奪いはしなかった。三年前に、又七郎は一度だけ、人を斬った経験がある。以来、二度とせぬと誓った。乱世で人を殺したくないなどと、腑抜けたわがままが、いつまで通用するかは知れぬが。もっとも、自らは手を下さずとも、又七郎は己が舌で、万の人間を死へ追いやってきた罪深い計策師だ。だから毎夜のように、酔うまで深酒をして、憂さを忘れているのだ。

「……甘い男。この乱世をよく生きてこられたもの」

全くだ。情深きゆえに落命する運命を、高白斎にも予言されていた。

「俺もつくづく不思議でな。三日市場で童たちが親にねだる水飴よりも甘いと、師匠や朋輩からも呆れられている」

笑いを誘ってみたつもりだが、女は笑いを忘れたようにニコリともしなかった。

ゆきはよく笑った。ちょうど、名も知らぬ女がいる場所に、ゆきは座っていた。妻子の死後、住まいを変えようかと考えたが、思い出の場まで失いたくなかった。又七郎が忘れた時、本当にゆきとさちが消えてしまう気がした。

「まだ生きておるのは、中途半端に運がよかっただけだろうな」

もっと運がよければ、妻子は生きて、又七郎の帰りを今宵も待っていてくれただろう。もしも正真正銘に幸運なら、三人とも太平の世に生まれ落ちていたはずだ。

「乱世に生まれし者たちは皆が皆、それだけでとびきり不運だ。ならばせめて同情し合い、慰め合い、力を合わせて生きていくべきだとは思わぬか？」

「思いませぬ」

即答した女が首を大きく横に振ると、長い髪がさらりとなびいた。

「情けなぞ、かければ仇で返されるだけの話。向山又七郎は神の舌を持つ計策師と評判ですが、聞いておれば、戯《ざ》れ言《ごと》と世迷《よま》い言《ごと》ばかり。先の平瀬一族鏖殺《おうさつ》の一件しかり、実に鮮やかな計策を成し遂げてきた御仁とも思えませぬ」

武田家中では、平瀬攻めの計策が語り草になっていた。無二の忠臣平瀬義兼を見事に騙して油断させ、武田軍の兵力消耗をわずかにとどめたのだ。その功を晴信は正当に評価して、家臣らに告げた。

又七郎は堪《たま》らなくなって、瓶子ごと酒を勢いよく呷《あお》った。

「今さら何をほざいても詮なき話なれど、平瀬殿を騙す気はなかった。計策師の言葉なぞ誰も信じまいがな。俺はただの、愚かで非力な人間だ。まこと俺に神の舌があったなら、あれほど人が死なずに済んだ」

女はわずかにけげんそうな表情をしたが、話題を変えてきた。

「ずいぶん召し上がること」

「俺が好きなものは酒と女に、猫に鳥。絵も海も好きだな。されば、いつか潮騒の聞こえる海辺で愛する女を抱きながら酒に酔い、のんびり鳥か猫の絵でも描くのが夢だ」

「女好きの男と知っておれば、くノ一の武器を使うて難なく始末できたものを」

悔しげに視線を落とす女を慰めるように、空の盃を差し出した。

「またの機会もあろうゆえ、さように気を落とすな。お前も呑むか？」

受け取らぬので、盃に酒を注いで女に差し出した。目の前で毒見をしてみせる。

女は白い細腕を伸ばして盃を取ると、一気に呑み干した。

「細身の身体に似合わぬ豪快な飲みっぷりだな。名を聞いてもよいか？　俺を信ずる理由もなかろうゆえ、好きな名でかまわぬぞ」

黙して語らぬ女の空の盃に、また酒を注いだ。

酒だけは敵味方なく人の心を慰めてくれる。

「ならば、俺が名を付けてやる。千の春と書いて『千春』はどうだ？　よい名であろう？」

さちと薫には、千度でも春を迎えさせてやりたかった。童女が死なねばならぬ世など、絶対に間違っている。

「事情は知らぬが、お前はさっき死んだことにして、ここで俺とともに暮らさぬか、千春？」

「命を狙われ、私が何者か知りもせぬのに、よくもさような戯れ言を」

千春の名を了解したらしき女は、呆れ返った表情を作っていた。

「問えば、お前の素性を教えてくれるのか?」

千春は長い睫毛を伏せて呟《つぶや》くように答えた。

「……知れば、私を生かしてはおけますまい」

嘘を吐《つ》き慣れた女は、男の目の奥を見ながら騙すものだ。残念ながら本当の話らしい。女の命を奪わねば、いずれ女に殺されるというほどの意味か。

「乱世は厳しいのう。俺は信濃に住まう人間の半分ほどから深い恨みを買うておる。誤解もあろうが、あらかたの者には、俺を殺したがるもっともな理由がある」

又七郎の計策で滅んだ豪族は少なくない。

「お前の素性を知ったところで、俺のひさかたぶりの恋が冷めるとは思えんがな」

「己の命を奪おうとした女に恋する話など、聞いた覚えもありませぬ」

「そういえば、俺もないな」

酔いも手伝っているが、又七郎は半ば以上本気だった。今の千春は本当の姿でないとの確信があった。お節介は承知で救ってやりたかった。やるせないさびしさを、誰かと共有したかった。

「恋も、酒も、醒めさせてあげましょう。私の目的は――」

千春は妖艶な笑みさえ浮かべながら、さらりと言ってのけた。

「甲駿相三国同盟の阻止。そのためには、武田最高の計策師を消さねばなりませぬ」

又七郎はさっき下命を受けたばかりだ。もう躑躅ヶ崎館《つつじがさきやかた》からの密命が漏れているとは、先が思いやられた。勝沼信元の手の者か。いや、敵は武田家中だけとも限らない。

「いい女に誉められると、がぜんやる気が出るのう」

又七郎は内心の動揺を隠すように、酒を呷っておどけた。

「あまり酒を過ごされると、次こそはお命を頂戴しますぞ」

千春は打ち解ける様子もなく、まじめに突き放してきた。

「素面《しらふ》でおると、仕事柄、人間の醜き心ばかり見えてしまうでな。ゆえに計策師には、大酒呑みが多い。されど、呑んだくれの計策師一匹に闇討ちなどと、大仰な話ではないか」

「向山又七郎が動いて、失敗した計策はないと聞きまするゆえ」

いや、ある。平瀬城の計策は失敗だった。駆け出しのころ、兄弟子を死なせた望月城も、そうだった。いずれの戦場でも、武田は相手に勝ったが、成功ではない。

「所用がありますゆえ、これにて。身辺お気をつけ遊ばせ」

誰の指図かは知らぬが、暗殺に失敗した以上、報告に戻らぬのも不自然な話だろう。手酌で呑み進める又七郎を尻目に、千春は静かに立ち上がり、戸口へ向かった。

「なあ、千春。もうすぐ年の瀬だが、お前は何処《いずこ》で誰と過ごす？」

千春は背を向けたままだが、足を止めた。

「一は放っておけば一のままだが、一と一を足せば一ではなくなる。深遠なる算術の話よ」

「回りくどい口説き文句を」

「今年の暮れも、俺は独りでな。お前と初詣でもすれば、楽しいやも知れぬと思うた」

二代の強力な主君を得たおかげで、甲斐国内では長らく戦争がなかった。平和はいい。その一事のみをもって、武田晴信は「名君」と評されるべきだ。

「なぜ、わざわざお命を狙っている私と？」

「酔うておるゆえ、何度でも言ってやろう。俺はお前に惚れた。このまま別れたら、もう会えん気がしてな。お前がどこのくノ一かも知れぬゆえ、会いにも行けぬ」

「私の素性と過去を聞かぬと約束なさるなら、お付き合いいたしましょう。同盟を進める側の事情も探れて、何かと好都合にございますゆえ」

「約束しよう。俺も過去なんぞ、早う忘れたいくちだからな。気が合うではないか」

又七郎の言葉を聞いたか聞かずか、千春は夜の闇に姿を消していた。

五

翌日、又七郎が呼ばれて駒井屋敷に入ると、すでに高白斎が着座していた。

手を突くと、高白斎は「よう参った」と、猫面の口の端に笑みを浮かべて返した。

平瀬城以来である。又七郎好みの酒も、抜かりなく用意されていた。上下に関係なく、高白斎の気配りにはそつがない。ひとしきり諏訪の情勢につき談義した後、又七郎は本題に入った。

「三国同盟の一件、師匠も手こずられておるとか。やはり難事でござろうな」

「大国を三つもくっ付けるのじゃ。泥団子とはわけが違う。家中では皆、見て見ぬふりよ。反対の連中は悪辣な妨害をかけて来おる。一人の計策師でやり遂げるには、巨《おお》きすぎる山じゃ」

又七郎は、高白斎の空いた盃に、瓶子から酒を注いだ。

「北条はともかく、今川手筋で難儀されるとは、やはり勝沼様が邪魔を？」

「いや、その前に穴山様よ。あの御仁の強欲ぶりにも、いよいよ筋金が入って参った。談合のために下山の穴山館に泊まったのじゃが、宿賃まで支払わされたわ」

「吝嗇《りんしょく》な。御館様も、大事を命じておかれながら、肝心の軍資金を出し渋られまするからな」

又七郎が苦笑すると、高白斎も猫面を引き攣《つ》らせた。

「頂戴した三百貫文を使い切ったゆえ、金貸しから借りた。金策でわしに泣きつくなよ」

高白斎にとって計策の成功は己の出世と直結していた。ゆえにこれまでも、惜しみなく私財を投じている。又七郎のほうは、特に妻子の死後、浪費癖もあって蓄えがなかった。

「又七郎、お前は家中をまとめよ。わしは今川と北条の地ならしをしておく」

高白斎は重臣の末席にいる立場上、家中の計策を不得手としていた。さては己が出世のために動き、私利を図る肚かと、家臣団が邪推、警戒するためである。

対して、所領も家臣も持たない又七郎は、晴信側近の立場しかなく、動きやすかった。だが、高白斎は困った師でもあった。己の出世のために仕事を作っては、又七郎ら他の計策師を巻き込んで危い橋を渡らせる。

「承知。されど勝沼様は、師匠に頼み入りまするぞ」

晴信最大の政敵ともいえる対勝沼工作は、かねて高白斎が担ってきた。又七郎なぞには、面談も許されまい。

「わかっておる。が、こたびは相当厄介じゃ。家中と他国の同意を取りつけて、外堀を埋めていかねばなるまいて。勝沼様の筋は時を要しよう」

道のりは長かろうが、半歩でも踏み出さねば、行程は縮まらない。

「なにぶん三国をまたぐ大仕事なれば、優れた三ツ者が要るじゃろう」

もともと三ツ者とは相見（諜報）、見方（謀略）、目付（防諜）の三つを担当する忍びである。晴信が信濃攻略にあたり、傅役《もりやく》の板垣信方に命じて、三ツ者集団を組織させた話は有名である。二百人ほどいたらしいが、総元締めの信方が三年前に上田原の合戦で落命したため、再編成を迫られていた。晴信は町人、農民、旅芸人、浪人から虚無僧まで、才ある者を取り込んでいた。計策のための三ツ者は、高白斎の依願と指図で配置される決まりだった。

「生憎と、くノ一は出払っておるが、こたびの計策に格好の忍びが一人、おる」

「いや、師匠。俺はくノ一がよい。されば、弥生《やよい》と組ませてくだされ」

ともに仕事をするなら、男なぞより若い女のほうが楽しいではないか。又七郎は好んでくノ一と組み、計策を成功させてきた。答えながらふと、千春と仕事をすれば面白かろうにと思った。三国同盟の阻止を企む、素性も知れぬ女を使えるはずもないが。

「できぬ相談じゃな。先だって、弥生は抜け忍として始末された」

三ツ者が味方に殺される末路は、珍しい話ではなかった。器量は人並みだったが、又七郎を慕ってくれたくノ一だった。又七郎がまじめに口説いたら、恋仲になっていたろうか。三ツ者を続けるには、性格が素直すぎたのかも知れない。若い身空で女が命を落とす、その一事だけで、乱世は救いようもなく罪深い。

「お前も相変わらず惚れっぽい男じゃな。三ツ者なぞ使い捨ての道具にすぎぬ。情なぞ移しておっては、計策師は務まらんぞ」

計策では、時として命を預け合う。又七郎は心を通わせられぬ相手とは組みたくなかった。

「そういえば、藤三《とうぞう》も死んだそうな」

高白斎は縁側の鉢植えの松が枯れでもしたように、あっさりと付け加えた。

藤三は小柄な初老の三ツ者だった。以前、二、三度組んだ覚えがあった。ちょうど昨年の今ごろ、又七郎の屋敷をふらりと訪ねてきたとき、酒を酌み交わしたのが最後となったわけか。ふだんは無口だが、酔うとよく喋《しゃべ》る男だった。せめて、味方に消されたのでなければよいが。

「よきくノ一が見つかったら、教えてくだされ。今回は長丁場の計策にて、むさ苦しい男と組まされては、俺の本領を発揮できませぬゆえ。今宵は馳走になり申した」

話を打ち切るように立ち上がった又七郎は、辞去しようとして戸口に向かう途中、高白斎を振り返った。ずっと気に懸かっていたが、高白斎の領分ゆえ、あえて口にしなかった。

「師匠。あの鷲鼻の坊主はこたび、どう出ておりまする？」

「崇孚《すうふ》は三国同盟に断固反対じゃ。ゆえに今川手筋も難航しておる」

今川軍師の太原《たいげん》崇孚の面相は一度見たら、誰も忘れられまい。高すぎる鷲鼻がこれ見よがしに憎たらしく鎮座しているせいである。

「こたびこそは、鷲鼻にひと泡吹かせてやりましょうぞ」

「簡単に申すな。相手は当代一の計策師じゃ」

世は広い。上には上がいた。武田の計策師たちは先年、崇孚に軽々と手玉に取られた。赤子の手を捻るがごとく踊らされ、気がついた時には、晴信ともども武田は、今川のためにさんざん働かされた後だった。崇孚相手に計策なぞさせてもらえなかった。だが、今の又七郎は昔とは違う。

又七郎は拳をぐっと握りしめた。

六

又七郎が辞去すると、駒井高白斎は柏手を三つ打った。音もなく忍びの影が現れる。

「聞いてのとおりじゃ、伊織。お前を又七郎につけようと思うたが、押しつければ怪しまれよう。あやつめ、くノ一にこだわると見せて、すでにわしを警戒しておるのやも知れぬ。されば、しばらく又七郎を泳がせる。まだ誰も知らぬが、わしは明日から蟄居の身じゃ。当面、三国同盟には関わらぬ」

物事がすべて思いどおりに進んでいるせいか、ほろ酔いも手伝って、高白斎は浮かれていた。

高白斎は武田家の筆頭計策師だが、近ごろは名ばかりだ。

たとえば晴信の命を受けて、諏訪大社御神宝である宝鈴「佐那伎《さなぎ》の鈴」を使用できる家臣は、家中で高白斎のみだ。だが、晴信も又七郎も、宝鈴の神威なぞ歯牙にもかけていない。晴信も実際、和平の証として鳴らされた宝鈴など聞かなかったごとくに、約定を破って諏訪家を滅ぼした。

しかるに今回は晴信も、信元も、今のところ高白斎がまんまと手玉に取っているではないか。又七郎もだ。当面は又七郎に三ツ者を配置すまい。

「この大仕事を一人でやるなぞ、諏訪湖の水を飲み干すようなものじゃ」

高白斎は笑ったが、伊織は黙って控えているだけで、気味の悪いほど喋らない。伊織は冷酷無比な仕事人だった。この若者の生きる目的は何なのか。

「計策師も三ツ者と同じく、しょせんは道具。たかだか計策師ごときに何ができる？　又七郎とて、独り相撲で何もできはせぬわ。三国同盟なんぞ夢幻よ。無理じゃ、無駄じゃ」

伊織の反応はない。

言葉を解さぬ獣に話しかけているようだった。伊織はただの道具だが、信元と繋がっている。伊織の前では、勝沼家に対する忠誠ぶりを示さねばならぬ。

「お前はこれより又七郎を見張れ。動きがあり次第知らせよ。必要なら先回りして手を打つ」

高白斎は「待て」と、軽くうなずいて消えようとする伊織を呼び止めた。

「穴山様のもとへ出向き、かねてお心を煩わせておる同盟締結の褒賞には、知行地を確保できそうじゃと、見通しをお伝えせよ。御館様が内々に明かされた話ゆえ、くれぐれもご内密にとな」

むろん、出任せだ。

今の武田家に余分な封土などない。もし与えるなら、武田宗家の身を削らねばならぬ。内密に落とし所を知らされた穴山は、又七郎との交渉でがぜん強気に出るはずだ。

若い又七郎に、穴山の心は読めまい。万一説得できたとしても、今川方には太原崇孚が待ち受けている。不世出の大軍師は三国同盟に反対している。いかにして説くというのだ。

もともと十年前の晴信による父武田信虎追放の政変は、崇孚の献策であったらしい。

信虎の駿河軟禁について、晴信と義元の間にはあらかじめ合意ができていた。信虎による駿府訪問の場を設《しつら》えた武田側の取次は、穴山信友《のぶとも》と高白斎であったが、追放の企ては晴信から事前に明かされなかったため、二人の面目は丸潰れだった。穴山は有力家臣ゆえ免れたが、高白斎なぞは信虎方とみなされて、破滅の危機にさえ直面したものだ。秘かに手を差し伸べてくれたのは、例によって勝沼信元だったが、信虎追放を企図した張本人も信元だった。

非情な晴信でも良心が咎めたのか、追放後はそれまで愛読していた論語にも触れぬようになった。

晴信は義元に対し毎年、信虎の賄い料を払ってきたが、崇孚は見事、武田家から人質を取ることにも成功したわけである。

武田も北条も、対今川との関係では崇孚ひとりのために、いいようにかき回されてきた。

昨夏、駿府を訪れた高白斎に対し、崇孚は武田との同盟継続に異存はないが、三国同盟には、反対すると明確に返答した。崇孚には、勝沼信元の反対も、内密に伝えてある。今川との外交交渉は甲駿同盟までで終わる手筈だ。だが今回は、又七郎が動くうえに、崇孚も信用ならぬ。念には念を入れたほうがいい。

——今川、北条間の駿相同盟を、確実に阻止する手立てはないか。

やがて思案が途切れたとき、伊織が音もなく去っていたことに初めて気づいた。

七

向山又七郎のわびしい屋敷にも、入相《いりあい》の鐘が聞こえてきた。

又七郎にとって年の瀬は、旧年中にした寝覚めの悪い計策を忘れるためにこそ、あるのかも知れなかった。

ふらりと姿を見せた大猫の喉を擽《くすぐ》ってやる。

特徴のある虎斑《とらふ》にちなんで、妻子がとらと名付けていた野良猫だが、齢を取ったのか足取りに以前ほどの敏捷さがなかった。いつか「高白《こうはく》」と名付けた猫もいたが、どこぞで死んだのか、いつしか来なくなった。

小庭に残してあるさちの小さなわら草履から目をそらした。

又七郎に飽きた様子のとらが去ると、又七郎は起き上がり、鳥と猫の絵を脇に押しやって、付立筆《つけたてふで》を取り直した。

諏訪から戻って以来、暇さえあれば絵を描いていた。次は、平瀬城で薫と見た安曇野の夕景を描くと決めていた。薫が生涯の最期に見たであろう残照の一瞬を、この世にとどめたいと思った。短くとも薫が生きた証を残してやりたかった。

朋輩の間でも、又七郎の絵はよく特徴を捉えているとなかなかの評判で、似顔絵を描くよう頼まれもする。が、又七郎は死んだ人間を描かないと決めていた。未練は哀しみしか生まない。その一方で、今のうちに描いておかねば、いつかゆきとさちの顔を、すっかり忘れてしまうのではないかと怯えもした。

安曇野の記憶を辿ろうと目を瞑った。意に反して平瀬城の惨状が浮かんだ。鈍器で殴られたように胸が重く痛む。

根を詰めて描き続けるうち、ふと背後の気配に気づいた。

玄関の戸に心張り棒はしていなかった。高白斎が付けてくれた三ツ者か。初対面の雇い主に己が才を示すために、ふざけて技を誇示する忍びも、たまにいた。

「その……景色は？」

わずかに震えを帯びた女の声に振り返る。

千春が短刀を手に、又七郎の絵に見入っていた。

土器《かわらけ》色の小袖に枯色《かれいろ》の被衣《かずき》と、相変わらず地味ないでたちである。三ツ者らしく目立たぬよう気遣ったのであろうが、飾らない身ぎれいさが若さをむしろ引き立てていた。

「晩秋の安曇野だ。本当は春を描きたいが、まだ実物を見ておらんでな」

千春は長睫毛をしばたたかせて真顔に戻ると、手にした短刀を腰の鞘に戻した。

「新當流《しんとうりゅう》の遣い手も、絵描きの最中は隙だらけ。これで、先日の借りは返しましたぞ」

「お前は俺の命の恩人だ」と苦笑しながら、又七郎は絵筆を置いた。

「嬉しいぞ、千春。本当に来てくれたとは」

「破らなくともよい約束は、守るようにしておりますれば」

「今どき殊勝な心がけだ」

「数日、向山様を見張っておりましたが、坂田屋のほかは、連雀小路《れんじゃくこうじ》の玉屋で酒を呑むか、絵を描くか、縁側で猫と寝そべっていただけ。例の一件は何も動いていない様子」

「目には見えんだろうが、ここは目まぐるしく動いている」

又七郎は己の頭を、二本指でトントン叩いてみせた。

「手筋を動かすには下準備が要る。困った話で、金持ちほど強欲だからな。俺の舌も、手土産なしでは空回りする。されば、あくどい商人《あきんど》に女物の物入れと幻の美酒を頼んだ。年の暮れのこととて、即座に手に入らぬ。金だけはたんまり取られるがな」

武田方の筆頭取次は有力家臣だが、ただ働きをしない。相応の見返りが必ず要求された。

「駒井様が謹慎の身となられ、断念したのかと思うていましたが」

三国同盟は当面の間、秘密裡に進める最重要の計策であり、並の計策師に委ねるわけにはいかない。高白斎の謹慎が解かれるまでは、又七郎ひとりで動かすしかなかった。

「勝沼様も露骨な嫌がらせをなさるものよ。が、師匠が動けぬなら、俺がやるしかない。こうやってのんびりと絵を描いていられるのも、師匠のおかげゆえな」

高白斎には、独り立ちさせてもらった恩義があった。気心の知れた恩師とはいえ、同じ計策師であり、どこまで信用できるかは知れぬが。

「賑やかな市が立っておったであろう？　参ろうぞ」

八

「どうだ、うまいだろう？　餡《あん》はこさずに粒で残すほうが舌触りがよい。もし俺が間違って天下を取ったら、こし餡を法度で禁じてやるぞ」

又七郎の隣を歩きながら、千春は黙って京饅頭をほおばっている。ゆきはよく喋り笑う女だったが、千春はまったく違った。

「広小路には武士が多く住んでいるが、この春に一軒の饅頭屋ができた。森村忠右衛門は、計策師の端くれだった男よ。されど、臆病で、機転が利かぬ、武芸のほうもからきし駄目だった。が、とにかく京饅頭が大好物でな。買うと金がなくなるゆえ、自ら作り始めた。これがなかなかに美味い。俺が酔っ払って『武士なんぞ辞めて、饅頭屋をやれ』と勧めたら、真に受けて店を出しおった。されど、よい物が評価されるとは限らぬ世だ。食ってやらんと店が潰れるでな。饅頭には、敵も味方もない。三ツ者の面々も、贔屓《ひいき》に頼むぞ」

森村のような二流計策師は、武田家の秘密も知らないから、簡単に足を洗えた。又七郎がひとり語り続ける間、千春も話だけはきちんと聞いている模様であった。

又七郎の心が浮き立つのは何年ぶりであろうか。

計策に従事していないとき、又七郎は惰眠をむさぼり、寝酒を楽しみ、猫をからかい、鳥に餌をやり、気が向いた時に絵筆を取った。女好きだと吹聴してはいるが、実際にはゆきに済まない気がして、懇ろな仲になっても抱きはしなかった。だが、ゆきとて、しつこく又七郎に想われていては、成仏できまいとも思う。

被衣《かずき》の下を盗み見ると、千春の硬い表情も、心なしか和らいでいるように見えた。

「よく見ると、向山又七郎はなかなかにいい男だとでも、思うておるか。仕事柄、見た目が悪うては務まらぬ仕事ゆえな」

たとえば、近ごろ晴信が召し抱えた軍師に、山本勘助がいる。たしかに切れ者だが、醜男は一流の計策師にはなれぬ。あの顔で説かれても、相手が反発するだけだ。

「私は見てくれで、人を決めたりはいたしませぬ」

「正しいぞ。俺は女を顔で決めるがな。楽しいのう、千春」

「さようでしょうか」

惚れたのは嘘でもないが、千春を操る黒幕を知りたかった。三国同盟を妨害する勢力から逃げ回っていても、計策は成功すまい。千春を寝返らせれば、貴重な情報が得られよう。千春を何かの呪縛から解き放ってやりたい気持ちもあった。

「連雀小路の玉屋で呑んでから、東光寺《とうこうじ》まで足を伸ばそうかの」

「嫌です。さように遠くまで」

東光寺は、又七郎が幼少期を過ごした馴染みの禅寺で妻子の墓もあるが、小高い山を挟んで一里ほどの場所にあった。寺に出入りしていた高白斎に眼を付けられ、「修行の代わりに、好きなだけ絵を描かせてやる」と誘われ、計策の手伝いをさせられたのが、運の尽きだった。計策に成功するたび、そう」

又七郎は喜びよりも心の痛みを感じた。あのまま仏門にいたほうが、ずっと気は楽だったろう。

「お前と少しでも長ういたかったんじゃ。……わかった。されば、ちと寂れておるが、妙遠寺《みょうおんじ》にいたそう」

「酔っ払って、願掛けを？」

「日本《ひのもと》の神仏は、打ち揃って大酒呑みだからな。呑んだくれの気持ちを解してくれよう」

日がとっぷり暮れても、大晦日の甲府の町を行き交う人の波が絶える気配はなかった。

「平和はよいのう。いい女と同じく、簡単には手に入らんがな」

行きつけの玉屋で過ごし、妙遠寺で願掛けを終えると、ふたりは帰路についた。先日、千春に襲われた場所まで来た。

「のう、千春。六方小路に入ってから、お前の殺気が気になってならんのだがな。やっぱり俺を殺さんと、お前が殺されるのか？」

又七郎が無心に安曇野の残照を描いていたとき、千春は又七郎を殺せたはずだった。蟷螂なら、一度助けられたくらいで獲物を見逃しはすまい。なぜ生かしたのか。今、改めて殺そうとする理由は何か。が、素性は聞かぬ約束だ。

千春は緊張に身体をこわばらせている様子だった。毒気を抜いてやろう。

「ちと呑みすぎたわい。ちょいと済まぬな」

又七郎は籠提灯《かごちょうちん》を千春に渡して裾をたくしあげると、武田家一門衆の重臣である穴山屋敷別邸の土壁に向かって、放尿を始めた。

「強欲な穴山に天罰だ。……のう、千春。いっそのこと俺と夫婦《めおと》にならんか？　さすれば、いずれ必ず俺の命を奪える日が来ようぞ」

又七郎の問いに、千春は噴き出した。

「藪から棒に何を仰せかと思えば。面白い女の口説き方をなさいますこと」

「笑ったの、千春」

千春は驚いた顔をしたが、笑って大損でもしたかのように、真顔に戻った。

「初めてお前の笑顔を見られた。俺は誰の笑顔でも好きだ。猫も笑うんじゃぞ。されど惚れた女の笑顔は格別じゃな」

「私のことを何も知らぬくせに、戯れ言ばかり」

「多少は知っておるぞ。お前は森村の京饅頭が大好物だ。酒も平気で嗜《たしな》む。それに、首を賭けてもいい、お前には浅葱《あさぎ》色の小袖に、唐紅の派手な打掛けが絶対に似合う。どうだ？　これだけ知っておれば、娶《めと》るには十分であろうが」

屋敷に戻り足を止めずに中へ入ると、千春もついてきた。まだ付き合ってくれる気らしく、改めて酒を酌み交わした。あるいは、今度こそ殺す気なのか。

「ずいぶんご馳走になりましたゆえ、今宵はお命を奪いますまい」

「惚れた女の言葉だ、信じるぞ」

手練れの暗殺者が約束を守る保証など、むろんない。

「ときに、先ほどは熱心に願い事をされていましたが？」

「三国同盟の実現だ。語呂で縁起を担いだが、三文ばかしでは叶えてくれんかのう」

「無理でしょうね。それにしても、仕事熱心な計策師でおわしますこと」

「こたびが最後だからな。この仕事をやり遂げれば、御館様が暇《いとま》をくださる約束よ」

「なぜ、計策師をおやめになりたいのです？」

理由を尋ねる千春に、又七郎は思うままを語った。初めて平瀬城の一件を他人に語った。一夜で地上から消された一族について、誰かが真実を知るべきだと思った。千春に聞いてもらうだけで、心の中で凝り固まっていた悲哀がほどけていく気がした。

「なにゆえ泣かれまする？」

物語るうち、涙が流れていた。薫の小さな手を思い出したからか。

「病でもないのに、子どもが死なねばならん世は、狂っている。……のう、千春。気が向いたら、ここへまた遊びに来んか？」

千春はひと呼吸おいてから、無言で小さくうなずいた。

「今宵も呑みすぎたようだ。眠いぞ。おお、温かそうな枕があるわい」

又七郎はあくびを噛み殺しながら、ふざけて千春の膝に頭を置いた。寒夜に、人の膝の温もりがありがたい。

「俺はこれから寝る。俺がなぜ、この憂き世をまだ生きねばならんのか、己にもわからん。つまり、さして惜しい命でもない。寝首を掻きたいなら、好きにせよ」

翌朝、又七郎は生きたまま、眼を覚ました。

敷かれた褥《しとね》に、ひとり寝かされていた。昨夜は誰も来なかったように、瓶子や盃がきれいに片付けられてあった。

第三章　女と金

一

年が明けて天文二十一年（一五五二年）一月。向山又七郎がかんじきを踏み出すたび、足下の粉雪が軽く悲鳴を上げた。後ろからも、鳴き声が続く。

「小姓姿がよう似合っておるぞ、千春」

千春は野良猫のように、時おり又七郎の屋敷に姿を見せるようになり、この日の小山田家への遠出に誘うと、乗ってきた。意図は知らぬが、黙って付き従っている。

だだっ広い甲府盆地とは違い、小山田家の谷村館《やむらやかた》は奥深い山峡《やまかい》にあった。詰め城の勝山城を戴く城山と、狼煙《のろし》台のある白木山に挟まれた桂川沿いに、谷村郷は開けていた。古来、武蔵、相模、駿河に通じる交通の要衝である。小山田家は先代信虎の時代に武田に服属したが、古くから甲斐東部の「郡内《ぐんない》」を支配してきた独立勢力であった。

八年前に武田・北条間の矢留《やどめ》が谷村館で締結されたのも、両家にとって半途《はんと》（中立地帯）の意味合いが残っていたためである。小山田家の実力は侮れぬが、晴信にとっておそらくは幸運なことに、当代の出《で》羽守《わのかみ》信有《のぶあり》には、晴信と張り合う野心もなければ、その器量も人望もなかった。

又七郎がわざわざ雪の日を選んだ理由は、悪天の訪問により誠意を見せる意もあったが、不在がちの小山田も外出すまいと考えたからだった。晴信の側近だけで、外交交渉は妥結できない。側近は必ず一門格の重臣と組み合わせられた。家格の高低という外交儀礼上の要請もあるが、重臣たちの聚合《しゅうごう》たる武田家では、国主の独断専行が許されぬためである。

ようやく広い屋敷の主殿に辿り着いた又七郎は、笠と蓑に積もった雪を払い落としながら、面会を求めた。小山田は案の定、在館していた。

中庭の見える座敷に通されて、降りしきる白雪を眺めていると、「おお、よう来たの、又七郎」と素っ頓狂にも聞こえる甲高い声がした。

小山田は晴信の父方の従兄にあたるが、姿形は似ておらず、色白で面長の優男《やさおとこ》であった。武家よりもひ弱な公家に近い物腰である。鼻毛が伸びるのが常人より早いのか、鼻の穴から鼻毛がはみ出るのをいつも気にしていて、周りからは始終、鼻毛の手入ればかりしているように思われていた。又七郎が秘かにつけたあだ名は「鼻毛殿」だが、きっと家人たちも、内心では小山田をそう呼んでいるに違いない。

「小山田様におかれては、すっかり恢復《かいふく》なされたご様子。この又七郎、安堵いたしました」

鼻毛は昨年、肺の病で臥せった時期があり、菩提寺である桂林寺の三栄元松に頼んで、大般若経の転読をさせ、病気平癒を祈願させた。その甲斐あってか、痩せはしたものの、顔色も悪くない様子だった。太く吊り上がった眉が特徴的だが、人並みの顔だちである。だが、本人は在原業平《ありわらのなりひら》ばりの色男のつもりで鼻毛の手入れを怠らず、病床でもめかし込んでいた。

「女たちがわしを待っておるに、この若さでまだまだ死ねぬわ」

小山田は好色そうな鼻の下を伸ばして笑いながら、又七郎の背後に控える千春をしげしげと見た。

見習いの計策師だと伝えると、「惜しいのう」と応じた。鼻毛に衆道《しゆどう》（男色）の趣味はない。

改めて年始の挨拶をして深々と頭を下げると、又七郎は紙包みを差し出した。

「おりよく坂田屋から、よき品を手に入れました」

「ほう」小山田は包みを開け、摘まむように懐中物入れを片手で取った。華やかな紅色の縮緬地には松葉と波、さらには翼を広げる雀が刺繍してある。

「其許《そこもと》が持参するだけあって、なかなかの上物じゃな」

側室の誰かか、新しく見初めた女に贈る気だろうが、又七郎もそこまでは関知しない。

小山田は家中で勝沼、穴山に次ぐ第三の兵力を擁する有力家臣の当主でありながら、戦が不得手だった。三年前には、武田軍の総大将として佐久の田口城を攻めたものの、大敗を喫してほうほうの体《てい》で逃げ帰った。鼻毛は晴信子飼いの荒くれ武将たちとは違う。無粋な武具より、女の歓心が買えるきらびやかな品を求めていた。鼻毛の生きがいは女だった。

鼻毛は満足げにうなずくと、改めて確かめるように千春のほうを見ていた。

「して、こたびは何の頼みじゃな、又七郎？　わしと其許の仲よ。たいていの話なら、聞き届けるつもりじゃが」

身分は小山田のほうがはるかに上だが、又七郎が先年の北条との矢留で、鼻毛に花を持たせてやって以来、交流が続いていた。鼻毛は見事に何もしなかったが、又七郎のおかげで恩賞にあずかり、名誉も実利も得た。年齢も三十過ぎで近く、又七郎が小山田の好みをよく弁《わきま》えているため、ひどく気に入られていた。

だが、又七郎が三国同盟について説明を始めると、鼻毛は露骨に迷惑そうな顔をした。

父の代に服属して以来、小山田家は武田家に取り込まれつつあった。鼻毛の母は晴信の叔母にあたるが、この男に武田への忠節らしき態度は見当たらなかった。心中にあるのは、一貫して保身と打算であり、半ば以上は女が絡んでいた。

「わしは嫌じゃぞ。年の暮れに勝沼殿から釘を刺されたが、その意であったか」

小山田はだだをこねる童のように、首をずっと横に振り続けた。又七郎が口を開こうとすると、大嫌いな女でも見たときのように、激しく手を振った。

「面倒くさい話は御免じゃ。勝沼殿を敵に回して、何の得がある？　いつぞやは矢留にすぎぬゆえ、いつでも破ればよいと説いて、勝沼殿に許しをもろうたではないか」

勝沼家は、鼻毛にとって武田宗家と別段変わりなかった。

仮に勝沼信元が晴信に取って代わるなら、鼻毛も別にそれでよい。女たちに囲まれて平穏に暮らせれば、大満足なのだ。ゆえに政争に巻き込まれぬよう、細心の注意だけは払ってきた。勝沼といざこざを起こす貧乏くじを引かされる損な役回りだけは、御免被るというわかりやすい立場だ。

又七郎はことさら明るく笑い出し、何でもない顔を作りながら手を振った。

「その儀はまったくご懸念には及びませぬ。勝沼様の了もなく、かような大事を進められるはずがありますまい。同盟はあくまで勝沼様が承知なされば、の話」

又七郎は勝沼の動きを大いに懸念していたが、鼻毛まで心配させる必要はない。微塵も自信がなくとも、自信たっぷりに答えれば、相手は信じるものだ。勝沼の同意を得るのは難事だが、いずれにせよ最終段階の話だ。晴信がぜひにも三国同盟を実現したいなら、自ら説得するはずだ。必要なら討つだろう。

「わが家中にも、口さがない連中がおるでな。死の淵をさまようてみて、わしはつくづく悟ったのじゃ。人生は短い。面倒を抱え込む閑があれば、新しい女を探さねばとな」

「勝沼様の件は、一切ご心配ご無用に願いまする。この又七郎に万事お任せくださりませ」

又七郎の作り笑顔に、小山田はいくぶん安心した様子で、親指と人差し指で鼻をつまんでから、その指で両の鼻の穴に鼻毛を押し込む仕草をした。

「そのあたりは、むろん其許らに任せるがの。じゃがこの話、小山田家にどんな益がある？　わしには損しか見えぬぞ。なぜ現状を変えねばならん。面倒くさいだけではないか」

損得を見分ける小山田の嗅覚は、しばしば正確だった。

もともと小山田家のような国衆には、大名に従属しその繁栄のため協力する代わりに、他国による侵略から保護してもらう旨味があった。が、武田と北条の関係は安定して久しく、小山田領が他国から攻められる心配は少ない。

三国同盟は、武田全体の安定と繁栄には資するだろう。が、宗家が強大化して、子飼いの荒々しい家臣たちが封土とともに力を持てば、小山田家の力は相対的に小さくなる。食わせ者の晴信なら、適当な名目で小山田を滅ぼして、所領を奪うかも知れない。懸念はわかった。

「小山田様が三国同盟を進められるべき理由は、三つございまする」

又七郎が立てた三本指を、鼻毛は疑わしげに眺めている。

――要点は三つにまとめよ。

又七郎の計策師十箇条の第五条である。三つを超えれば、相手にはもう伝わらない。六つも七つもあるのは思索が足りぬせいだ。それに、つまらぬ話でも、三つに整理して列挙すれば、もっともらしく聞こえるものだ。しばしの間を置いてから、又七郎は語り始める。

「第一に、同盟を見事とりまとめれば、北条手筋の筆頭取次たる小山田家は、家中の地位をいっそう高められまする。第二に、同盟により国境の出入りが確実に増え、通行人馬からの関銭収入は倍、いや三倍にもなりましょう。第三に、三国同盟への御館様の思いは並々ならず、向後大いなる褒賞を賜ること疑いありませぬ」

三つ目は逆に、従わねば晴信の不興を買うと、暗に匂わせたのだが、盟約を妨害してそのぶん信元の信を得られるなら、損得は同じではないかと、鼻毛が胸算用している気がした。

鼻毛は女を品定めするときと同じく、異様に鋭い目つきで、又七郎を見つめている。

「今のままでは、先行きが見通せませぬ。先年のように今川と北条が事を構えた場合、矢留のままでは、小山田家は進退両難に陥りまする」

小山田家は武田家臣でありながら、北条領内にある武蔵国の小山田庄内の十六ヶ郷村に四百二十貫文の飛び地知行を有する、北条家の他国衆でもあった。

北条と今川が開戦し、これに引きずられる形で、武田と北条が相争う事態となれば、小山田庄の帰属も危うくなる。当代の小山田出羽守には、二大名が相争う狭間を逞しく生き抜いた、父親のような度量はない。何事も起こらず、現状を守る道が、小山田家にとっては最善であると、小山田は信じ切っており、それはある意味で正しかった。

小山田は腕組みをして黙り込んだ。

損得勘定の結論が、すぐには出ぬらしい。

「さして急《せ》く話でもありませぬゆえ、今日はこの辺りにて」

身構えている小山田相手にいくら説いても、首を縦には振るまい。余韻を残したまま、いったん話を終了させるほうが、説きやすい。

「ときに小山田様。近ごろあちらのほうは？」

又七郎が意味ありげな顔を作って水を向けると、鼻毛は水を得た魚のように元気を取り戻した。が、ほどなく肩を落とした。

「いかに佳き女でも、飽きが来るものじゃのう……」

小山田の前では、又七郎は派手な女好きを振る舞ってきた。わが意を得たりと言わんばかりの表情で何度もうなずいたが、心中はまるで違っている。

又七郎は幼馴染みの亡き妻を心から愛した。乱世に共白髪なぞと贅沢は言わぬ。せめてあと五年でよい、ゆきとともに生きたかった。だが、鼻毛は生涯、新しい女を求め続ける性分らしい。「新しい」という一事だけで、飽きるまでは価値があるわけだ。

小山田を甘く見ていたか。

十貫文もした小物では、不足なようだった。鼻毛を唸らせるほどの女を手配する工作費を捻出できるか心許ないが、背に腹はかえられぬ。

「実は今朝、谷村に参る道すがら、勝沼の辺りで、実によき女子《おなご》を見つけました。あの女であれば、後添えにしたいと――」

鼻毛はこの日の面会で、初めて身を乗り出してきた。

「其許が身を固めたいとな！　それほどの上玉であったと申すのか！」

むろん出任せだが、天下に女などいくらでもいた。後で辻褄を合わせればよい。勝沼領と口にしたのは、簡単には手に入らないと思わせるためだ。

「浅葱色の小袖に、唐紅の打掛けがよく似合いそうな、色白で小柄な女子にござりました。ちょうど、ここに控えおります小姓を女にしたような顔でございましたろうか」

小山田は改めて、舐めるように千春を眺めていたが、やがて雪催いの空にとつぜん陽が差したように、顔をほころばせた。

「されど、あの美しさはあるいは人とも思えず……雪女やも知れませぬ」

鼻毛の顔が、急に腹でも壊したようにひどく曇った。感情をすぐに表へ出す男である。昨年の大病以来、小山田は信心深くなったそうで、魑魅魍魎《ちみもうりよう》や怨霊を気にするらしい。

「むう。いかな美女でも、雪女とあらば、容易ではないか……。勝沼領と申したな?」

「御意。事と次第では厄介かと」

隣接する勝沼領は独立国に等しい。うかつには手が出せなかった。

「当家が勝沼殿と事を構えれば、損をするだけじゃからのう」

小山田のごとき凡夫が、信元に対抗できるはずもなかった。人物の器の違いは、鼻毛自身も承知している。又七郎はゆっくりと首を横に振った。

「話は逆さまかと。事態はいま少し進んでおり申す。勝沼様とあまり仲睦まじゅうされては、あらぬ疑いを掛けられかねませぬぞ」

思わせぶりな又七郎の物言いに、鼻毛がごくりと唾を呑んだ。平静を装っているが、明らかに次の言葉を待っている。

身分は低くとも、又七郎は晴信の意を受けた側近であった。武田家の重臣連中の合議は腹の探り合いにすぎず、その場では建前の応酬がされるだけだ。鼻毛のように己の欲望に素直なだけの男に、重臣たちの真意を見通す力はなかった。重臣たちの本音を引き出し、複雑に対立する利害を調整する役回りは計策師たちが担う。

「大兵力を誇る勝沼衆は昨年、平瀬攻めを除いて、信濃攻めに参陣しておりませぬ」

又七郎が声を落として身を寄せると、鼻毛が身体を微かに震わせた。

「表向きは勝ちの見えた戦ゆえ出陣に及ばずとの仰せなれど、さにあらず。家中には国主に対するごとく、勝沼様の鼻息を窺う者まで出るありさま。御館様もその増長ぶりを苦々しゅう思うておられまする。痛くもない腹を探られては敵《かな》いませぬ。賢明なる武田家臣なら、これ以上深入りせず、勝沼家から少し距離を置かれるべきかと。小山田様はむろんお気づきとは存じまするが」

武田宗家は、先代信虎による甲斐統一まで、骨肉相争う内紛を繰り返した。歴史に学ぶなら、晴信はいずれ勝沼討伐に動く。あるいはその前に勝沼が挙兵する。政争の巻き添えを食らう気かと脅したわけだ。小心者の名門当主には、顔を立てながらの脅しが有効だった。

小山田は眉根を寄せて、不機嫌そうに鼻を膨らませた。晴信の側近として政の裏事情を知る又七郎の言葉は、笑って無視できるほど軽くはない。

「承知しておるわ。勝沼殿とは近すぎず、遠すぎずがよい。女と同じよ」

「さすがは小山田様。お見事な喩えにございまする。出すぎた真似を致しました」

又七郎の追従《ついしょう》に、鼻毛は自信なげに小さくうなずいた。鼻毛は幼少から何不自由ない人生を送り、女の尻ばかり追いかけ回してきた。苦労を知らぬ育ちのため、十分に持ち上げてやらねば、つむじを曲げて動かないときがあった。鼻毛は両手を組むと、瞼《まぶた》を閉じ、口を固く結んだ。ない頭なりに、真剣に考えている様子だった。

降りしきる雪が三寸ほども積もったとき、小山田はようやく口を開いた。

「同盟の一件、其許に任せる。くれぐれも当家に火の粉がかからぬようにな」

「委細、心得てございまする」

「北条手筋がまとまり次第、わしに伝えよ。ただし、ひとつ条件がある。其許が言うておった雪女じゃが、何としても見つけ出し、わしのもとへ寄越せ」

「畏まりました」と、又七郎は両手を突いた。

計策師たちにとって、障害となる人間は落とすべき城ともいえた。それらしい女の手配が必要だが、又七郎は無事にひとつ目の城を攻略したわけだ。もっとも、小山田は最も攻略しやすい城だった。又七郎の行く手には、まだいくつもの堅城があった。

二

――さて、あの強欲な重臣がどの程度で折れてくるか。

鼻毛を説得してから十日後、又七郎は甲府から身延《みのぶ》方面に馬を駆っていた。後ろに続く千春もなかなかの手綱さばきである。広大な富士川の流れを横に見ながら、駒を進めていく。

穴山家はかねて甲斐南部の河内《かわうち》を領する有力家臣だが、今では南西部の下山《しもやま》までも領して、広大な館を築いていた。下山は古来、駿州往還の要所として繁栄してきた。

又七郎は勝沼郷に麗しき雪女が出現したとの怪しげな噂を流しただけで、鼻毛が欲しがる雪女の手配は何もしていなかった。簡単に手に入る女など、小山田には価値がない。最後の最後まで焦《じ》らしたほうが鼻毛も喜ぼう。今は噂だけでいい。

今川手筋の取次、穴山信友の居館に向かうまで日数を要したのは、手土産になる良酒がなかなか手に入らなかったためである。

穴山の酒好きは、つとに有名だった。

自らは酒豪だと吹聴しているが、酒の強さは翌日にわかるものだ。過去に宿酔のせいで穴山が使い物にならず、予定された談合や面会が流れた例も少なからずあった。穴山との談合を、当人が酔い潰れてしまう前に終えるのは、家中の常識だ。穴山との面会では、酒を持参しなければ必ず機嫌を損ねた。同じく酒好きの又七郎の来訪となれば、なおさらの話だった。

穴山屋敷に入った。広い庭には、白い大石がゴツゴツ所狭しと並ぶ。冴えない趣味だ。

又七郎が庭先に片膝を突いて控えていると、現れた穴山が「近う」と一度だけ手招きした。座敷に上がる。穴山は小山田と違い、後ろの千春には眼もくれなかった。穴山は人よりも物に関心がある。

「人は必ず裏切るが、物は決して裏切らぬからの」と、説明を受けた覚えもあった。家臣の裏切りを警戒して、館の各所に抜け道を作らせてあるとの自慢話も聞いた。

「博多の練貫《ねりぬき》を手に入れましてございまする」

挨拶の後、又七郎が鄭重に小樽を献上すると、穴山は黒ゴマのように小さな目をわずかに見開いた。

穴山は身体もそうだが、眼の作りも目玉も異様に小さかった。しかも鼻に寄りすぎている。遠くから見ると、ゴマ目が開いているのか否かもわからぬほどだった。

「ほう、肖柏《しょうはく》の三酒のひとつか」

穴山は一瞬、顔に喜色を走らせたが、すぐに真顔に戻った。

花と香と酒を愛した連歌師牡丹花肖柏《ぼたんかしょうはく》の『三愛記《さんあいのき》』には、加賀の菊酒、河内天野《かわちあまの》の出郡と並んで、博多の練貫が「日本三大酒」と記されている。ゴマ目はまだ練貫だけは賞味していないはずだった。実に十五貫文も支払った酒である。

ゴマ目は又七郎が差し出した酒樽に一瞥を与えただけで、気難しそうに腕を組むと、庭にある白い大石の群れを見た。

「そちが来た目的は承知しておる。されど、わしは三国同盟に強く反対してきた」

のっけから雲行きが怪しい。ゴマ目は俗物だが、暴虐苛烈な先代武田信虎と堂々と渡り合い、この乱世を生き抜いてきた海千山千の宿将である。苦労人の父を継いだだけの小山田のように、生ぬるい相手ではなかった。

ゴマ目にとって、三国同盟が武田家にとって是か非か、損か得かは関心事でない。議論を戦わせても、堂々めぐりで終わるだろう。今この場では、同盟が穴山家にとって、いかに利となるかが問われている。ならねば、出る答えは「否」だ。

「甲駿同盟まではよい。甲相同盟もわからぬではない。が、駿相同盟なぞ正気の沙汰とも思えぬ。三国同盟には勝沼殿が乗り気でない。今川の真意も測れぬ。無理に話を進めるとなれば、厄介じゃぞ」

ゴマ目のいう「厄介」は、小山田とは含意が異なる。ゴマ目は酒以上に金を愛した。もともと相応の見返りさえあれば、場合により勝沼と事を構えてもよいとの立場である。小山田家を上回る家中第二の兵力を擁し、駆け引き上手の穴山家には、勝沼信元の向こうを張るだけの実力と度量があった。所領も小山田のように勝沼と隣接せず、甲府盆地を挟んで遠く向かい合っているため、勝沼の脅威に直接さらされてはいない。

ゴマ目は家人《けにん》を呼び、又七郎の差し入れた酒を盃に注がせると、その香りを嗅いだ。満更でもない顔つきだが、余裕綽々の様子は交渉の前途多難を思わせた。

「悪くはない。が、わしは菊酒のほうが好みじゃな」

ゴマ目は呑み干した盃を、音を立てて黒塗りの蝶足膳に置いた。

「さてと又七郎。そちともあろう者が、わしを見くびってはおるまいな。このわしがさしたる利もなく、半歩でも動いた時があったかの」

若いころはゴマ目も鷹揚《おうよう》な殿様で、名君とされた時期があったと聞く。飢饉が起これば、惜しまず民に米を分け与え、民が困るたびゴマ目は手を差し伸べた。だが、次第に領民たちは「困れば殿様が助けてくれる」と何も努力をしなくなった。ある日、ゴマ目が「富士川から庭に大石を運べば米をやる」と告げたところ、民は意味も考えず、懸命に石を運び続けた。その姿を見たゴマ目は呆れ果て、以来、吝嗇《りんしょく》で知られるようになった。庭に乱雑に放置された大石は、戒めとして残してあるのだそうだ。

「むろん、穴山様にお骨折りいただく以上、ただでとは申しませぬ」

又七郎が顔色も変えずに応じると、ゴマ目はさも当然といった風に力強くうなずいた。

交渉に骨を折るのは高白斎や又七郎であって、ゴマ目は贅を尽くした席で酒を飲みながら談笑し、計策師たちにより決められた内容で署名するだけの役回りだ。が、それでも筆頭取次の列席と副状《そえじょう》(取次による保証)がなければ、外交交渉は成り立たなかった。

「実は牧谿《もっけい》の絵が市中に出回っておると耳に致しました」

牧谿法常は晩宋時代の禅僧画家で、本国ではさして評価されなかったが、時を経て日本では圧倒的な人気を誇っていた。たとえば『遠浦帰帆図《えんぽきはんず》』は今川家最高の家宝とされる。牧谿は大名が所有を欲する最高級の芸術品だった。

「柳に燕を描いた一幅と、聞いておりまする」

ゴマ目は不細工な顔の作りにも似ず、芸術をこよなく愛する文化人でもあった。又七郎が坂田屋から得ていた耳寄りの情報に、ゴマ目は飛びついてくるはずだった。だがゴマ目は気のない様子で頬杖を突きながら、高価な練貫の入った盃を手で弄んでいる。

「近ごろ牧谿は好かぬのじゃ。信廉《のぶかど》（晴信の弟）殿の絵のほうが、まだよい」

予期せぬ返答に、又七郎は内心焦りを覚えた。

「齢とともに人の嗜好は変わる。わしも五十の声を聞くようになってから、枯れた絵を疎ましく思うようになった。若いそちにはまだわかるまいがな」

絵画の好みが変わるとは想定していなかった。いや、ただの言い訳にすぎまい。ゴマ目は、もっと確実な利得を要求しているのだ。

この世では、えてして下らぬ人間に金が集まるものだが、穴山家は身延の東方にある毛無山《けなしやま》中腹の中山、茅小屋《かやごや》、内山に「湯之奥《ゆのおく》金山」と総称される三つの金山を領していた。山には「金山千軒」と呼ばれるほど人が集まった。ゆえに穴山家の財力は武田宗家にも匹敵した。だが、金を持ち始めると、ますます欲しくなるのが人の性《さが》であるらしい。

武田宗家にとって、一家臣が強大な富や力を手に入れる事態は望ましくない。同様に家臣にとっても、宗家の強大化は脅威だった。家中では牽制し合いながら、力を消耗させる駆け引きが常に行なわれてきた。ゴマ目も、宗家の財政状態を正確には把握していない。

「二年前の大地震では、甲斐も被害を受けました。春秋の棟別銭《むなべちせん》の前倒しも常態となり、砥石崩れの負け戦もあって、二年前に続き、今年も領国に過料銭を課し――」

ゴマ目はさも不愉快げに、又七郎を鋭く手で制した。

先代信虎が統一した甲斐国内は、長らく戦場になっていない。しかし、地震、台風と気候不順による飢饉のために、民は野に出て青物を摘み、冬を干葉でしのぐ年もあった。だが、甲斐南部、富士川流域の河内《かわうち》を支配する穴山領の被害は少なかったはずだ。

「大儀であった、向山。わしは近ごろ虫の居所が悪うてな」

穴山はゴマ目を吊り上げて吐き捨てると、立ち上がろうとした。

時を移さず両手を突いて詫びたが、又七郎とて穴山が怒り出すと読んでいた。法外な要求をせぬよう、宗家の懐具合を訴えて牽制したまでである。双方、駆け引きだ。

「酒なぞ、ただのご挨拶代わり。絵は話の種に申し上げたもの」

「さようであろうな」と、穴山は眉間の皺を緩めた。

「生憎《あいにく》と当今はまことに金がございませぬ。されば、普請にてお支払いする所存。穴山領、河内谷の川除《かわよけ》はいまだ完了しておらなんだはず」

甲斐は河川の氾濫が多く、川除普請は重要な治水事業であった。小規模な普請は国衆が独力で行なうが、大規模になると、武田家として支援する決まりである。

「今年の割り付けはすでに決しておりまするが、来年は真っ先に普請を行なわせまする。河内の民も喜び、ひとまずは水害を免れられましょう。その価値は数百貫文に及ぶはず」

穴山は意を解したらしく顔をわずかに光らせたが、改めて難しい顔に戻った。

「よもやそれだけ……ではあるまいな?」

読み違えたか。川除普請は用意してきた奥の手だった。家臣間の不公平を招くため、できれば避けたい提案だった。

今川との政略結婚を成功させ、同盟関係を強固にしてしまえば、今川手筋の取次として大功を立てる機会が当面なくなる。戦下手の穴山にとっては、恩賞にあずかる貴重な機会だ。ゴマ目もぎりぎりの駆け引きをしている。我慢比べだ。

「畏れながら穴山様。武田宗家としてはこれ以上――」

「そちに子はおるか?」

穴山がさえぎって、短く尋ね返してきた。

又七郎はゴマ目の意を解した。五十を前にした穴山は己ではない、すでに次代を見据えているのだ。穴山家の嫡男彦六郎《ひころくろう》(後の信君《のぶただ》)は抜け目こそないが、父親ほどの器はなく、いたって凡庸との評判だった。ゴマ目は親として彦六郎のゆくすえを案じている。ゆえに己の欲望にすぎぬ酒や絵、たかだか川除普請の利では、ゴマ目を動かせなかったのだ。

「苦労して中信も手にしたというに、知行地の一つや二つ、手に入らんではのう」

ゴマ目は知行地を所望している。窮乏に苦しむ家臣を取り潰せば、飛び地の封土は得られよう。近く取り潰す諏訪頼継の所領が狙いか。いや、目的はむしろ三国同盟潰しなのか。

「又七郎。この話、じっくり考えさせてくれい。勝沼殿とも、よう談合せねばならんでな」

ゴマ目には、晴信に取って代わる野心などない。だが、勝沼信元が国主の座に就きたいと願うなら、別に止める理由もない。勝つ側に味方するだけの話だ。ゴマ目は宗家の事情など関知せぬとの姿勢で、強気で押してきた。家中を二分しかねない政策につき、武田宗家こそ、よく思案して事を進めよとの警告でもあったろう。

——だめだ。今日はおとなしく引き下がるしかない。

だが、ゴマ目の要求ははっきりした。知行地がないかぎり、穴山家は一歩も動かぬと宣言したのだ。駆け引きは腹の探り合いをしながら進めるものだが、今日の穴山は探りも入れてこず、やけに高飛車で押しの一手だった。

「いま一度、出直して参りまする」

無理難題には慣れているが、土地は限られている。妙案はすぐに浮かぶものではない。

——甲府よりの急使にございまする！

「苦しゅうない」

慌ただしく現れた家人に耳打ちされた穴山は、ゴマ目を小豆《あずき》ほど見開いた。

表情で問う又七郎に、穴山は察したようにうなずいてから答えた。

「小山田殿が急死したそうな。まだ若いに、荒淫のせいであろうな。くわばらくわばら」

ゴマ目はどこか勝ち誇った顔で又七郎を見やってから、他人事《ひとごと》のように付け足した。

「これで三国同盟は振り出しに戻ったの。先延ばしにしてはどうじゃな？　家臣団を押し切る肚なら、次こそはちゃんとした土産を待っておるぞ」

「ははっ」と、又七郎は平伏したが、ゴマ目の去った後も、しばらくそのままで動かなかった。やはりこの計策は簡単でない。運にも見放されているようだ。

又七郎が千春を伴って穴山館を出ると、富士川がすでに夕景を映し出していた。

「急ごう」と促して、広大な流れを横に、思案しながら北の甲府方面へ駒を進めた。

「師匠の言うたとおり、ゴマ目も強欲にますます磨きをかけて来おったわ」

又七郎の愚痴が吐息とともに消えた後、川沿いの街道の前方にばらばらと黒い影たちが飛び出してきた。千春を守らねばと振り向いた。が、千春の代わりに黒い影が現れていた。

なるほど、ありうる話だ。

暗殺者たちがいっせいに抜刀すると、尖った切っ先が、落日寸前の陽光に煌めいた。

三

夜が明けてまもなく、疲労困憊した又七郎が、傷つき凍え切った身体で屋敷に戻ると、中に人のいる気配がした。念のために抜刀し、気配を消してそっと入る。そこには畳をひっぺ返している紺の忍び装束の若い女がいた。

「宝物でも見つかればよいのう」

びくりと身体を震わせた千春は、幽霊にでも出くわしたように、真っ青な顔で又七郎を見た。千春の真剣な表情をきれいだと思った。

「計策師十箇条の八、秘密はすべて頭の中に隠せ。まともな計策師は、紙には嘘しか書き残さぬぞ」

「なぜ……生きているのです？」

「俺も不思議に思う時がある。危ない生業《なりわい》だが、俺はよく九死に一生を得る。まるで、まだ死んではならんぞと、天によって生かされておるようにな」

又七郎はぶるりと身を震わせた。寒い。

「火を熾してくれんか。富士川に飛び込んで逃げたゆえ、寒うてかなわぬ。風邪を引いたら、お前のせいだぞ」

「私を……殺さぬのですか？」

「惚れた女を殺す粗忽者《そこつもの》が、どこの世におる？」

又七郎は刀を鞘に納めると、悴《かじか》んだ手をこすり合わせて、暖かい息を熱心に吹きかけた。

「されど、私はあなたさまを裏切ったではありませぬか？」

「済んだ話よ。今は温かい寝床さえあれば、俺は文句を言わん」

「……裏切り者は必ず始末される。それが乱世の掟のはず」

「俺は多くの人間を裏切らせてきた。計策師に、人の裏切りを責める資格はなかろう。人は各々《おのおの》事情を抱えて生きておる。つらい乱世では、せいぜい助け合うていかねばな」

又七郎は土間の火鉢を取ろうとかがみ込んだ。

「向山さまは本当に……私に惚れておられるのですか？」

「俺は仕事以外で嘘をつかぬよう努めておる」

又七郎は勢いよく火鉢を抱え上げたが、血が足りぬのか、身体がよろめいた。

「お加減が優れぬご様子」

「幾人か手練れがおってな。あやつらを殺めずに己が身を守るのは至難の業であった」

「十人もの風魔衆（北条家の忍者）を相手に……信じられませぬ」

視界がぐらりと回り始めた。千春が駆け寄ってきた。

「いかん」

又七郎は火鉢ごと、千春に向かって倒れ込んだ。

四

灼けるような身体の痛みで目が覚めた。

又七郎は下帯一枚で、暖かい部屋に寝かされているようだった。傍らでは、小姓姿に戻った千春がせっせと傷の手当をしている。

「なぜだ？　この寒さと出血なら、放っておけばお前の望みどおり、俺は死んでおったろう」

千春は黙ったまま手を動かしていたが、小さな声で答えた。

「……又七郎さまのようなお人に、初めて会いました」

「さようか……わかったぞ！　お前も、俺に惚れたわけか」

「恋なぞ、七年も前に捨てました」

「もったいないことを申すな。男にとって、女は美酒を湛えた酒樽のようなもの。呑む前に酒樽が壊れてしもうたら何とする？　乱世を渡れば憂き話ばかりだが、人生の半分は恋でできている。いい女が恋をせんで、他に何をする？　事情は聞かぬが、忍び装束なんぞより、打掛けのほうがお前には似合う。そうだ、お前によい物をくれてやろう」

又七郎は急いで起き上がろうとした。が、体じゅうの強い痛みに呻《うめ》いた。

「動かれますな。お熱もあるようでございます」

熱のせいか、それとも千春が心を開き始めたように思えたせいか、又七郎は浮かれていた。

「右から二つ目の天袋の中に、唐草の料紙箱がある。その中の赤い手鏡だ」

千春は言われたとおり、手鏡を手にして戻った。

「妻に贈ろうと思って買い求めた物だ。結局、渡せなんだがな」

ゆきは一族の娘で、互いに気心も知れていて、又七郎の愚にもつかぬ冗談にもよく笑う明るい妻だった。最後となった朝に屋敷を出るとき、妻と並んで四歳の娘が振ってくれたもみじ手を、又七郎は今も忘れられなかった。

「奥方は？」

「……死んだ」

勝手に又七郎の言葉が湿りけを帯びた。

「贅沢な話でな。妻子が生きておった時分は、誰にも邪魔されずに朝寝がしたいと思うた。今ではあの子がもう一度、俺の頰を引っぱたいて起こしてくれぬものかと願うておる」

三年前、又七郎が三斎市《さんさいいち》で求めた土産を手に、長期の計策から甲府に戻ってみると、妻子が何者かに殺害された後だった。武田に騙されて滅んだ旧諏訪家臣による報復だった。

手を尽くして突き止めた下手人は、長身の又七郎よりさらに背の高いもやしのような男で、又七郎の取りなしで、晴信が助命した者だった。笛吹川《ふえふきがわ》のほとりで、もやしは、喉に何かが引っかかったような独特の声で、命乞いをした。だが又七郎は、背を見せて逃げ出したもやしを斬った。人を斬ったのは、後にも先にもその一度きりだった。

夜の笛吹川を流れてゆく長い遺体を眺めながら、又七郎は明けぬ空に向かって咆哮した。

妻子を殺めた仇を討ち果たしたのだ。わずかでも心が晴れるかと思いきや、報復は救いなど与えてくれなかった。代わりに又七郎が得たのは、人を殺めたという罪悪感と強烈な虚無感だけだった。

「千春、その鏡で己の顔を見てみよ。紅を付ければ甲信一の女子だ」

「見とうありませぬ。私の顔など嫌いです」

「俺は好きなんだ。鏡に向かって笑うてみよ。嫌な笑顔なぞ、この世にはない」

千春は又七郎に背を向けた。一度だけ手鏡に向かって微笑もうとした様子だったが、途中で手を下ろした。

「無理をせんでもよい。が、それは女物ゆえ、お前が使うてはくれぬか」

千春は手鏡を膝に置いて、長い睫毛を伏せたままだった。

五

「もそっと優しゅう手当ができんものかの」

屋敷の外は、又七郎が働いた新たな悪事を隠してくれる気なのか、綿雪が舞い降りている。

「腕のお怪我のほうは、ずいぶんようなられました」

千春は又七郎の二の腕に膏薬をすり込んでいる。千春は三日にあげず屋敷にやってきて、甲斐甲斐《かいがい》しく世話を焼いてくれた。千春に殺されかけた過去も忘れて、幸せだと錯覚するのは、やはり惚れているせいか。奇妙な間柄になったものだ。

「俺を信じた者がまた、死んだ。生業とは申せ、俺はつくづく悪人だな」

又七郎はこの日、主命で東光寺へ赴き、諏訪頼継を切腹させた。「潔く自裁されませ」と告げた時の頼継の表情が、まだ目に焼き付いている。

小心者の頼継は、取り乱して又七郎を面罵すると思っていた。だが、頼継はまるで大悟したような微笑みで「其許《そこもと》には世話になったの」と、又七郎に軽く頭を下げたのだった。来府するや捕縛され、晴信の呼出しを待っていた頼継は、庭に降り積もる雪を眺めながら、己が運命を受け容れていたらしい。乱世の生に疲れ果てたのか。騙し続けた相手に感謝される己に、又七郎はまた嫌気がさした。

これに対し、同じく死を賜った頼継の家臣は、真っ青になった。又七郎に詰め寄って「話が違うではないか」と責めた。さんざん責め立てた後は、一転して詫びを繰り返し、助命を懇願した。

追い詰められた人間は苦悩する。一時でも逃げて楽になりたがる。根拠もなく楽観的になり、安楽な道を示す計策師たちの甘言を信じ、最後には計策師を恨んで死ぬ。主家のための悪事だが、謀略の前面に立つのは計策師だ。割に合わぬ。

「悪人は、己を悪人とは思うておらぬものです」

慰めのつもりか、千春が口を挟んだ。千春は最近、少し喋るようになった。始めは牙を剝いていた野良猫が、何度か手を嚙んだ後に、ようやく懐き始めたような感じだ。

師の高白斎は「悪人でのうては、計策師は務まらぬ」と喝破した。又七郎も、悪人になりきれれば楽なのだろうが、修練が足りぬらしい。

「千春よ。お前は何のために生きておる?」

苦い沈黙が走ると、又七郎は肩をすくめた。己にもわからぬ問いだ。妻子の死までは、家族を守るためだと割り切れた。だが、今は何のためだ?

「北条手筋も、手詰まりなのですね?」

千春が話題を変えてきた。探りを入れるためか。

事態は八方塞がりだった。

比較的容易なはずの今川手筋は、強欲な穴山信友の知行地要求で行き詰まった。北条手筋は、小山田の早死で、十四歳の嫡男弥三郎《やさぶろう》が継承していた。弥三郎は父親とは正反対の生まじめな少年だった。昨日、又七郎が怪我を押して谷村館に出向いたところ、門前払いに等しい扱いを受けた。

——其許が悪名高き向山又七郎か。はっきり言うが、身どもは其許が大嫌いじゃ。

会うなり、若い弥三郎が口を尖らせた。腕を組んで又七郎を睨みつけていた。

——はっ。不徳の致すところなれど、時々さように言われまする。

小山田が三十半ばの若さで死ぬとは思わず、まだ弥三郎には取り入っていなかった。小山田家菩提寺の桂林寺で行なわれた盛大な法会には、又七郎も顔を出したが、弥三郎と言葉を交わせる身分でもなく、会話は初めてだった。

——近ごろは、仲の良かった甲府の野良猫にまで嫌われておる始末。北条手筋では、お父君に——

——其許の力など借りぬ。北条手筋は駒井殿とともにまとめる。金輪際、手出しは無用ぞ。

弥三郎は捨て台詞《ぜりふ》を吐くなり、部屋を出ていった。

昵懇《じっこん》な間柄の小山田家臣に尋ねてみると、弥三郎は、亡父の女癖が悪かった主たる原因は又七郎にあると、公言しているという。大切にされない母の姿を見て育った弥三郎が、又七郎に好意を持つはずもなかった。

世間知らずも手伝って、弥三郎は又七郎憎しで凝り固まっているらしい。弥三郎に接近して認めてもらうためには、何らかの行動ときっかけが必要だった。

千春が手当を終えると、又七郎は腕を小袖の中にしまい、「鼻毛殿も面倒な時に死におって」と覚えず舌打ちした。つまらぬ人間は、死んでからも世話をかけるものだ。

駒井高白斎は近く謹慎が解かれる見込みだが、はたしてうまく弥三郎を御せるだろうか。高白斎とて出自は又七郎と大差ない。気位の高い名門の若当主と馬が合えばよいが。

「さしもの又七郎さまも、お手上げでございますね？」

又七郎は謹慎中の高白斎に代わって、勝沼信元に面談を求めて日参してもいたが、不在や多忙を理由に門前払いされ続けていた。会えたところで説得する手立てもまだないのだが。

「北条手筋は時が掛かる。やはり先にゴマ目を片付けたいものだが」

又七郎は甲斐、信濃の絵地図を床に広げて這いつくばった。

「どこぞに手ごろな土地は余っておらんかのう」

「来る日も来る日も、絵地図ばかりご覧になって、よくも飽きませんこと」

遠出せぬ日は、日の出前に躑躅ヶ崎館《つつじがさきやかた》の書庫に籠もって書類の山に埋もれた後、屋敷に戻り、晩酌をしながら甲信の絵地図を眺めるのが、近ごろの日課であった。

ゴマ目の穴山信友を動かすには、どうしても知行地が必要だ。切腹させた諏訪頼継の所領は、取り潰し前から子飼いの家臣らに下賜すると決まっていた。他に誰ぞの謀叛《むほん》でも仕立て上げて滅ぼしでもせぬかぎり、余分な知行地など武田家にはなかった。

又七郎は禁じ手を試みもした。

国中《くになか》（甲府盆地一帯）で昨年行なわれた検地帳を徹底的に調べて隠田を見つけ、七十貫文あまりの増分を捻り出した。小領で飛び地だが、ないよりはいい。晴信を説得して了解を取り、ゴマ目にも渋々承諾させたところで、どこで嗅ぎつけたのか、勝沼信元から横槍が入った。土壇場で隠田の場所が勝沼領に半分以上かかっていると難癖をつけてきたのである。半分だけでも確保しようと、又七郎は奔走したが、ゴマ目が「猫の額の土地のために、勝沼家と事を構えたくはない」と尻込みしたために話は流れ、骨折り損だけですべてが振り出しに戻った。

三日ほど前の話である。

無為に時が流れ、徒労感だけが積み重なっていく。

「今川家はよいのう。三州なら、いくらでも土地はありそうだ」

台所事情の苦しい武田家とは違い、国主の座に就いて以来の十五年で失地回復を着実に果たしてきた大国、今川家には与えられる知行地がふんだんにあった。

「それだけ余っているのなら、今川がくだされればよろしいのに」

千春の言葉に、又七郎はバッタのように身を起こした。甲信の地図を脇へ放り投げると、駿河の絵地図を取り出して、ためつすがめつ見た。

「なぜ俺は、かくも簡単な話に気づかなんだのか。どこかにあるはず……あったぞ！」

又七郎は狂喜し、地図を宙に放り投げて笑った。

「俺は頭が固かった。でかしたぞ、千春！」

千春は小首をかしげて、又七郎を見ている。

「明日の夜明け前に、駿河へ向かう。ひとり旅は寂しいゆえ、お前もついて来い。同盟を止める気なら、何かと役に立つはずだ。支度いたせ。俺はこれからちと御館様に会うて参る。嫌がるだろうが、他に手はない。こたびは勝沼様も手出しできぬわ」

千春の返事も待たずに、又七郎は深更の甲府の町へ駆け出ていった。

第四章　黒衣の宰相

一

春遠い風にも穏やかさを感じるのは、甲府と違って、駿河湾があるせいに違いない。

「世は何とも不公平だ。駿河はずるい。富士も広大な海もある。毎日絶景を眺めながら、山海の美食を堪能しておったら、天下を取れると勘違いする気もわかるわい」

向山又七郎は心地よい陽光を浴びながら、白砂の浜辺に大の字になっていた。

千春の膝枕である。

「又さま、陽がずいぶん高うなりました。崇孚《すうふ》さまとの約束の刻限を過ぎておりまするが」

膝を貸す千春が問うてくると、「さようであろうなぁ」と、大あくびで返した。

「いつまで昼寝をなさるおつもりですか？　私は別にかまいませぬが」

「眉毛殿が俺たちを探し出すまでだ」

今川方の取次にして接待役の朝比奈蔵人《くらんど》は、太すぎる眉毛に垂れ目の大柄な中年男だった。

「俺と師匠（高白斎）は昔、鷲鼻（崇孚）に終日待たされてな。俺はずっと居眠りしておったが、師匠はひどく怒っておった。その間、気の毒に眉毛殿は、二十回近く謝りに来たものだ。眉毛殿は乱世の今川家に残された、良心の権化のような御仁よ」

朝比奈家は駿河の名門であり、分家とはいえ本来、又七郎など同席を許されぬ格上の身分だが、礼儀正しく誠実な人柄を買われて、接待役を仰せつかっているらしい。

「なのに、客人が行方知れずになられては、眉毛さまがお気の毒ではありませぬか」

打ち寄せる波の音はいつでも、どれだけ聴いていても、心地よい。人生も俺も捨てたものではないと、その間は勘違いできる。

「甲信の童たちにも、海を味わわせてやりたいのう。……千春は海が初めてか？」

「又さま。出自が知れる問いは、なさらぬお約束のはず」

「すまん。が、千春は海辺の出だな。山国育ちは何度海を見ても大はしゃぎする。俺が初めて海を見たのは真冬の雨の日だったが、見るなり嬉しゅうて、海に飛び込んだものよ」

あくび交じりの回想に、千春が呆れるように応じた。

「昨夜は珍しくお酒も召されず、早うお寝みになったはず」

昨夕、駿府入りした又七郎と千春は、今川館近くの宿所を割り当てられた。酒好きの又七郎も、大事の前日は酒を控えた。従者扱いの千春は別室で寝《やす》んだため知るまいが、又七郎は明け方まで思案を重ね、結局、一睡もできなかった。

「同盟国とはいえ、相手は今川ご自慢の軍師だからな。何を仕出《しで》かすかわからん」

黒衣の宰相と評される太原崇孚《たいげん》を説けねば、今川は動かせぬ。逆に、崇孚の首さえ縦に振らせれば、今川との交渉は成る。崇孚はその恐るべき鬼謀で、愛弟子でもある主君今川義元を「東海一の弓取り」に仕立て上げた。今川家の現在の繁栄は、ひとえに崇孚が腹蔵する無尽蔵の知謀のゆえだと、晴信さえ認めていた。

「俺は一度、あの老人に完敗した」

七年前に今川、北条間で戦が起こったとき、間に入った武田は終始、崇孚の掌上で踊らされた。武田は北条との矢留を盾に漁夫の利を得んとしたが、今川は武田をだしに使って北条に奪われた失地を難なく回復した。気がつけば、すべてが今川有利で終わっていた。交渉に当たった高白斎と又七郎は、計策師としての格の違いを崇孚に見せつけられたものだった。

だが、あれから又七郎も、幾多の修羅場をくぐってきた。昔とは違う。

「太原崇孚さまとは、どのようなお人なのですか？」

十八歳の義元が家督相続のための内戦を迎えると、崇孚は乞われて軍師となり、見事、義元を今川家当主につけた。内戦後の混乱に乗じた北条氏綱によって、駿河東部の河東《かとう》を奪われたものの、ほどなく西進して遠江《とおとうみ》全域を回復するや、河東をも奪還、さらに西の三河まで支配下に置いた。この十五年、崇孚は自ら陣頭でも指揮を執り、今川軍に勝利をもたらし続けた。義元を輔佐《ほさ》して軍事、内政を一手に担って国を富ませ、名宰相の名をほしいままにしていた。

「あの鷲鼻はとにかく人を待たせるのが好きでな。逆に、待たされるのは大嫌いらしい」

千春は呆れたように、又七郎の顔を上からのぞき込んだ。

「では、なぜ刻限を守られぬのです？」

「こたびあの食わせ者は、俺を死ぬほど待たせる。大国今川の尊大さを、初めから骨身に染みて武田方にわからせるためよ。されど、腐っても俺は、武田家の使者だ。俺が待たされるは、御館様が待たされると同じ。ゆえにこたびは、俺が鷲鼻を待たせる。我慢比べよ」

「さような体面を又さまが気にされるとは、意外です」

「交渉は出だしが肝心だからな。呑もうとせねば、相手に呑まれる。今宵は、今川館で連歌の月次会《つきなみかい》がある。鷲鼻は京から下ってきた公家衆の面倒を見ねばならん。その前には、俺との対面を済ませるはず。俺をぎりぎりまで待たせるなら、申《さる》の刻（午後三時ころ）辺りまでだ。あまりに待たせすぎてはならぬが、鷲鼻にも少しは待ってもらわねばならん。あんばいが難しいわ」

今川手筋の筆頭取次である穴山信友が使者であるなら、崇孚も多少待たせるだけだろうが、相手が晴信側近の格下計策師となれば、身分が釣り合わぬと考えるはずだ。が、あくまで武田と今川は同盟国として、対等な立場だ。この出発点から始めねば、一方的に押し切られかねぬ。

――向山殿！　そこにおわしましたか！

又七郎は半身を起こすと、肥満体を揺らして駆けてくる眉毛に向けて手を挙げた。

「さてと、参るか」

又七郎はひょいと立ち上がると、袴についた白砂を手で払った。

二

太原崇孚が住持を務める臨済寺は駿府の北西、今川館にほど近い賤機山《しずはたやま》の麓に立つ大寺院であった。

眉毛の朝比奈蔵人に法堂《はっとう》へ案内された又七郎は、平伏しながらも堂々と名乗った。千春と眉毛はそれぞれの後ろに控えている。

「このたびは遅参いたし、誠に面目次第もございませぬ。駿河の蒼い海と富士の雄姿を眺めておりましたところ、あまりの美しさにうっかり時の経つのを忘れてしまい申した」

両手を突いたまま顔を上げると、崇孚はむしろ興味深げに又七郎を眺めていた。

清潔な墨染めの僧衣をまとっているが、中身は禅僧とはほど遠い。煮ても焼いても、燻《いぶ》しても食えぬ、日本一の計策師だ。公家を思わせる色白の顔の真ん中には、一度見れば忘れられぬ高い鷲鼻がそそり立っていた。まるで事物の真贋まで嗅ぎ分けられそうな大鼻である。

「ぬけぬけと。が、拙僧を四半刻も待たせるとは、面白き計策師が世に出たものかな」

嗄《しゃが》れ声で応じた崇孚は、悠揚迫らぬ態度で片笑みを浮かべていた。

堂々たる鷲鼻の頭に細かく搔いた粒汗を、鷲の爪のように細長い節くれ立った二本の指で、拭うように撫でている。約束の刻限に来ていれば、半日近く待たされたはずだった。又七郎が遅れても、今川家中の同盟支持派の手前、崇孚は武田の使者を門前払いにできまいと胸算用していた。

又七郎が用意してきた時候の挨拶が済むなり、太原崇孚は開口一番、滔々《とうとう》と弁じ立てた。

「最初に言うておくが、拙僧は三国同盟に反対である。もともと駿甲同盟は拙僧が作りしものゆえ、継続に異議はないが、これに相模を加えるは蛇足じゃ」

曰く、そもそも今川家は約百年前、将軍家より「天下《てんか》一苗字《いちみようじ》」の恩賞を賜った、日本で唯一無二の名門である。すなわち源氏の名門「今川」の姓は、惣領のみが名乗りを許され、一族、分家はすべて改姓を余儀なくされた。同じく清和源氏の名門で、三百年来の守護職《しゆごしき》を務める武田家はともかく、たかだか幕府政所《まんどころ》取次役の血筋から成りあがった北条家とは、格が違いすぎる。十五年余に及ぶ駿相の抗争で、今川家中には北条憎しの声が強い。強大化する前に武田とともに北条を滅ぼし、たとえば相模、伊豆を今川、武蔵を武田で分有すべきではないか。

真意はまだ見えぬが、崇孚はのっけから大きな揺さぶりをかけてきた。

「崇孚様。実は諏訪にてめずらしき香りに出会いました。本日は折悪しく寿桂尼《じゆけいに》様が湯山に赴かれてご不在と伺いましたが、十炷香《じゅちゅうこう》には格好の香木かと存じまする」

十炷香とは三種の香木三つずつに、もう一種類の香木をひとつ足し、十回のうち幾つ香を判別できるかを競う遊びである。又七郎の調べでは、近ごろ寿桂尼を始め、今川家中の女性に大いに好まれていた。

寿桂尼は今川義元の生母であり、崇孚と並び、今川家中を二分する巨大権力であった。寿桂尼は娘を北条氏康の正室として送り込んでおり、かねて娘の嫁ぎ先との和平を強く望んでいると聞く。又七郎は「武田に今川家中をかき回されたくなくば、話を聞け」と、暗に崇孚を牽制したわけである。崇孚は興味深げな顔をした。

「流行って間もない家中の趣向まで弁えおるか。お主の名をいちおう聞いておこうか」

面談申入れの際も、この法堂に入って挨拶した時にも、又七郎はむろん名乗ったが、崇孚にしてみれば、たかだか一介の計策師の名を覚える気など、さらさらなかったのであろう。

又七郎の名乗りを聞いた崇孚は、とぼける様子もなく尋ねた。

「ふむ、お主とはどこぞで会わなんだかの？」

「七年前、河東一乱の際に、初めてご尊顔を拝しました。あの折はわが主君、わが師ともども崇孚様に完膚なきまでにのされ申した」

「あのとき、賢《さか》しらに動いておった背高の若造か。少しは物が見えてきたようじゃな」

崇孚が眼をわずかに見開くと、同時に鷲鼻の大穴が開いた。

「じゃが人間、つく師を間違えると、厄介な話になる。何と言う名であったかの、あの保身のみを考えおる、お主の冴えぬ師は？」

又七郎が苦笑しながら高白斎の名を出すと、崇孚は嗤った。

「拙僧が三国同盟に反対を唱えておる理由の一つは、晴信殿がまだ家中をまとめ切れぬと見ておるからじゃ。近年、武田は二度も戦で大負けし、過料銭を二度も課した。板垣（信方）殿亡き後、猫面の年寄り（高白斎）では何ともなるまいて。だが、なるほど晴信殿は、お主を使うと決めたわけか。してお主、穴山をいかにして承知させた？」

「実は、知行地を賜らずば取り次がぬと、無体な仰せの一点張りにて、苦労いたしました」

「さもあらん。晴信殿も今川と違うて懐は苦しかろうに、ずいぶん気前がよいようじゃな」

「今の武田領には寸土も余裕なく、されば今川領から穴山家へ知行地を賜りますればと」

又七郎がしゃあしゃあと言ってのけると、崇孚がまた鷲鼻の大穴を開いた。

「痴《し》れ者が。わが今川の領土を、なぜ穴山風情にくれてやらねばならぬ？」

「瀬戸川の上流、岡田の地なれば、いかがにございましょうや？」

又七郎は自信たっぷりに問い返した。崇孚の知謀なら、説明なしでもこの提案の意味を正確に解するはずだ。

「これにて今川、武田の絆はますます強まりましょう」

崇孚は鷲鼻を二本指で撫でていたが、すぐに小さくうなずいた。

「妙手じゃ。考えたのう、又七郎とやら。晴信殿がかまわぬなら、くれてやろう」

又七郎が悪戦苦闘の末にようやく捻り出した秘策を数瞬で解する崇孚の鬼謀は、やはり驚嘆に価した。又七郎が調べたかぎりでは、今川家で他国家臣に知行を与えた先例は見つからなかった。良策と知れば先例に囚われず、ただちに採用する頭の柔らかさも、並の男ではない。

「されば、今川家の嶺《れい》姫を太郎義信殿に輿入れさせる。これで駿甲同盟は成る。これになぜ相模を加える？　この三国同盟で一番得をするのは誰じゃな？　武田であろうが」

三家はいずれも後顧の憂いを断ち、今川は西進し、武田、北条が連携しつつそれぞれ北進する。崇孚は又七郎が語る三国同盟の意義を、気のない様子で聞いていたが、鷲鼻の先で突き刺すように正面を見た。

「甲斐が恐れておるのは、越後でも相模でもあるまい。わが駿河であろうが」

崇孚は武田の意図をすべて見透かしている。

又七郎も、晴信から真意は聞かされていた。

崇孚が喝破したとおり、武田が恐れているのは、今川のさらなる強大化だ。今川が東進し、北条を滅ぼせば強大となりすぎる。武田はその風下に立たざるを得ず、いずれ併呑《へいどん》されよう。北条には、今川の東進を食い止め、牽制してもらわねばならぬ。ゆえに武田は、七年前も駿相の戦を和睦に導いて北条を守り、生かした。武田、北条間の矢留にも、今川に対抗する意味があった。武田は全信濃、さらには越後を制して日本海に出る。今川、武田のいずれが先に相手を圧倒しうるほど強大となりうるか。今川は一歩も二歩も先んじていた。北条を欠いては、武田は今川との競争に負ける。

「仰せのとおり。されど、今川様とて話は同じ。北条家と事を構えておられる間に、武田が信濃と越後を制してしまえば、やはり力の均衡が崩れましょう」

「武田家中にも百論あって、甲相同盟に反対する有力家臣も少なくないと聞くが」

「いかにも。されどこの向山又七郎がまとめてみせまする。武田、北条間の縁組を実現すれば、甲相同盟は盤石。されば駿河と相模の間で七年前のような大戦《おおいくさ》となった場合、今川様にお味方したいところなれど、北条家に刃を向けるわけにも参りませぬ」

「武田家は今度こそ、漁夫の利を得るというわけか」

「畏れながら、御意。されど三国同盟があれば、尾張と越後に思わぬ敵でも待ち構えておらぬかぎり、三家は共に栄え、乱世に向けて大きく羽ばたけましょう」

この年の一月、北条氏康に上野国《こうずけのくに》を追われた関東管領上杉憲政《のりまさ》は、越後守護代の長尾景虎を頼って亡命した。若き景虎は家督を継いで二年あまり、力量のほどは知れない。だが、景虎が地に墜ちた管領家のために兵を動かし、武田、北条を同時に敵に回して国を守り抜けるなどとは、誰も考えていなかった。

西の尾張では、崇孚を悩ませた驍将《ぎょうしょう》織田信秀が昨年三月に没し、十八歳の嫡男信長が後を継いだ。若すぎてその器量はまだわからないが、骨肉の内戦に精を出しているだけだ。三大国は相争うより、外へ目を向けたほうがいい。

崇孚が三国同盟の意義を解さぬはずはなかった。

義元は家督継承時に侵攻してきた北条を嫌悪していると聞く。義元の説得が難しいのか。又七郎が熱心に説く間も崇孚は、飼い猫でも可愛がるように、鷲鼻の頭を二本指でゆっくりと撫でているが、肚の内は読めぬ。

崇孚は妻子も持たず、今川の国益を真に考え、持てる智謀を駆使していた。私利私欲などなく、理屈で論破できる相手でもなかった。ならば、唯一の弱点を攻めるしかあるまい。

「ところで、数多ある甲斐の隠し湯の中でも、積翠寺《せきすいじ》の湯は冷泉《れいぜい》（為和《ためかず》）卿もこよなく愛され、京もかくやの風雅に、ひと月あまり逗留されました。今川家より姫君のお輿入れある上は、ぜひとも一度、寿桂尼様にもご来甲賜ればと。わが主が戦傷を癒やせし鴨《かも》ノ湯――」
崇孚は不機嫌そうに、手で又七郎を制した。
三国同盟を政争の具に、他国の計策師が、寿桂尼と家臣団に対し、工作をしかけて路線対立を煽り、家中をひっかき回す。さような事態を、崇孚は快く思わぬはずだ。
「拙僧を脅すとは、一人前になったつもりか」
「滅相もございませぬ。太原崇孚様こそは、日本一の大計策師と心得ておりますれば」
「歯が浮くような物言いをしおるわ」
「追従にはあらず。それがしは崇孚様に半歩でも近づかんと、精進を重ねて参りました。さればその昔、京の妙心寺にて得られた偈《げ》から、先月の月次会《つきなみかい》で詠まれた連歌に至るまで、崇孚様が表されし和歌、連歌、漢詩、和漢聯句《れんく》に至るまで、すべて記憶いたしております」
又七郎は大きく息を吸って朗々と吟じ始めた。
「平生底《へいぜいてい》、侘瞞《たまん》を受けず
大地は都盧《すべて》　鐵一團《てついちだん》たり
劈破《へきは》し将《も》ち来たれど寸土無し
三更紅日《さんこうこうじつ》、黒漫漫《こくまんまん》
次は天文二年（一五三三年）に藤枝の長楽寺で、仁和寺の尊海僧正、義元公とともに物された聯句、それがしの特に好む作でございまする。

ゆきやらて　はなや春待つ宿の梅
三を友とし歳寒に話す
氷を扣《たた》く　茶煎の月」

又七郎が四半刻近くこの調子で続けたとき、崇孚は「もうよい。わかった」と手を挙げて止めた。今まで崇孚について、かくも調べあげた計策師はいなかったはずだ。

一挙手一投足まで監視されるような気味悪さを、崇孚は感じたに違いない。又七郎が本腰を入れて、寿桂尼派の今川家臣団に対し、多数派工作をしかけたなら、面倒な事態になると懸念してくれれば、よい。

「寿桂尼様のお心を煩わせる必要もあるまい。されば又七郎。今川からの条件は二つじゃ」

崇孚は鷲鼻にやっていた二本の節くれ指を、又七郎に向けて裏返した。

又七郎は心中、喝采を上げた。天下の計策師、太原崇孚を説き伏せたのだ。

「ひとつ、駿相同盟の約定は、駿河の善徳寺にて取り交わすこと」

河東第一の伽藍と評される善徳寺は、義元が幼くして仏門に入った今川の官寺であった。今川、北条にとっての第三国たる甲斐での締約を又七郎は考えていたが、今川領に出向いて来いとの要求だ。場所の問題にすぎないが、各国の体面があるため、しばしば難渋する。何とか北条方を説得するしかあるまい。

「今ひとつ、十五年余の争闘に関し、北条は一万貫文（約十億円）を今川に支払うこと」

「これは異なことを」

崇孚の出した条件に、又七郎はたじろいだ。

駆け引きにしても、一万貫文の賠償金は法外な請求だった。七年前の河東一乱では、武田の支援もあって今川は戦に勝ち、北条に富士川以東の河東地方を割譲させた。計策は崇孚の一人勝ちで、今川の全面的な勝利だった。

この間、政治軍事に優れた北条氏康は、関東随一の大大名にのし上がった。

北条領では善政が敷かれてきたため、国力は高い。だが、数年前の大地震のために大規模な不作が生じ、領国全域にわたって退転（農民の逃亡）が続いていた。関東でも戦が相次ぎ、財政に余裕はないはずだ。簡単に支払える額ではないが、それ以前に、北条側が支払う筋合いはないと主張するだろう。話がまとまらぬ。

「勘違いいたすな。今川から北条に頭を下げる理由なぞ、毫もあるまいが」

「こたびは武田家から両家に提案し、三者対等の立場で和を作るもの」

「形はの。されど十六年前、家督相続時の内紛と混乱につけ入った北条によって、今川は一方的に同盟を破棄され、領土を不当に奪われた。今川は河東を取り返すために八年をかけ、人と金を無駄にした。されば、名目にすぎぬ端金《はしたがね》なれど、詫びの形を見せてもらわねばならぬ。びた一文負けられぬぞ」

総髪に手ぐしを通す又七郎に向かって、崇孚は冷たく言い放った。

「別段、駿甲同盟だけで困る事情は当家にない。世の中、頼まれもせんのに、うまく行っておる物事を改めんと意気込んで変える輩がおる。が、えてしてかえって悪くなるものじゃ。さてと、今川館へ参る時間じゃ。又七郎とやら、今宵は山海の美味など楽しむがよい」

崇孚は悠然と立ち上がると、僧衣の乱れを直してから立ち去った。公家衆もずいぶん待たされたことであったろう。

その夜は宿所で、朝比奈から心のこもったもてなしを受け、千春も入れて、三人で酒食を楽しんだ。が、朝起きると、隣室の千春はいなくなっていた。

三

「当家が、今川家から知行地を賜ると申すか？」

穴山信友はゴマ目を見開いて、けげんそうに又七郎を睨んだ。

昨夜のうちに、条件つきながら三国同盟につき今川方の了解が得られた旨、同盟締結が成れば穴山家に知行地が与えられる旨を、下山の穴山館に早馬で伝えると、利に聡いゴマ目はすぐに馬を飛ばして駿府入りしてきた。

「甲府を発つに当たり、御館様のお許しは得ておりまする」

「なぜ今川からもらえるのじゃ？」

不審がるゴマ目に、又七郎はからくりを説明した。

もともと岡田庄は、今川家が朝廷工作のために賄い料として、公家の三条家に献上していた小領である。晴信の舅《しゅうと》に当たる三条公頼《きんより》が昨年九月、滞在先の山口で大内氏の政変により横死したため三条家は断絶し、その所領は知行者不在となっていた。

この地を穴山家に下賜すれば、今川は武田の有力な国衆を、一部取り込む形となる。今川と主従関係まで結ぶわけではないが、今川と武田の橋渡しをする取次としての立場に、知行地を与えるわけである。今川にとっては、有利に武田方の取次を動かすよすがとでき、武田と事を構える場合には、穴山を調略する足掛かりともできよう。他方、晴信から見れば、懐を痛めずに今川家中に家臣を入り込ませ、いくらか内情を知る手立てともなる。同盟関係にある二国間だからこそできる措置だった。

仮に甲駿手切れとなれば、岡田庄の知行は今川家により当然に没収される。これを回避すべく、私利のかかる穴山家は、率先して同盟維持を望み、両家の絆を深めようとするはずだ。甲信で政変が起こり、武田宗家が弱体化すれば、したたかな穴山が離反して、隣国の今川に寝返る懸念は十分あるが、晴信はこれを承知した。

話すうちゴマ目は表情を緩めていき、最後には素直に嬉しそうな顔をした。

「でかしたぞ、又七郎。悪い話ではない」

「実は御館様より、ひとつだけ条件が。彦六郎（後の信君）様が長じられた暁には、ぜひとも武田家臣団の重鎮としてご活躍賜りたいと」

穴山はたちまち意を察したように、ゴマ目をしばたたいた。

「されば来年正月より、彦六郎様には、甲府にて政《まつりごと》を学んでいただきまする」

穴山信友には晴信の姉が嫁いでおり、ゴマ目は義兄に当たる。穴山家は御親類衆として、人質差し出しの要なしと別格の扱いを受けてきたが、今川家からの知行地下賜を承認する見返りとして、武田宗家が穴山家の嫡男を預かるとの意であった。

「大きなご決断にて、それがしが穴山様でも躊躇いたしまする。が、武田、今川の同盟は当面、盤石なはず。両家に異変はまず起こりますまい」

ゴマ目はしばし目を閉じていたが、やがて又七郎を睨んだ。

「わしはそうは思わぬ。今川は安泰でも、武田家中には大きな火種がくすぶっておるではないか。両雄は並び立たぬ。家臣はいずれかに付かねばならぬが、二人の器量は甲乙つけがたい。いずれが勝つと見ておる？　そちの存念を申してみよ」

武田晴信、勝沼信元のいずれを当主と仰いでも、武田家は強大となるであろう。信元が謀叛を起すなら、穴山家を含め、甲府にいる家臣団の妻子の身柄を拘束するに違いない。ゴマ目の懸念はわかったが、又七郎にも勝者は読めなかった。

「その時に決断するよりほかございませぬ。今は眼前の利を、しかとその手に摑まれませ」

少しの危険も冒さずに、利は手に入らぬ。晴信と信元が雌雄を決するときに、ゴマ目が存命とも限らなかった。

「……承知した。今川手筋の取次としての役目、しかと果たすであろう」

ゴマ目は威厳を取り戻したように重々しくうなずいた。

四

宵の口からは今川館の別館で、同盟国である武田方の取次が、美酒馳走の歓待を受けた。多忙の崇孚は冒頭の挨拶だけで中座した。

人の善い眉毛と貪欲なゴマ目が、山海の美味に舌鼓を打ち始めると、又七郎もおこぼれにあずかった。眉毛には崇孚の鬼謀と権力に口を挟む余地はないし、ゴマ目は保身だけで実際の交渉は計策師に任せきりだから、たがいに世間話に花を咲かせている。

芸術に造詣の深いゴマ目が、崇孚所蔵の牧谿《もっけい》『中観音・左右猿鶴図』について尋ねると、眉毛は待っていたとばかり、「三幅対に描かれた観音と猿鶴は、実は三尊仏の身代わりを表しておるのでござります」などと、禅の意味を物々しげに語った後、「崇孚様の受け売りでござるが」と、頭を掻いた。

又七郎は次々と盃を空け、酒席にはべらされた芸妓《げいぎ》たちをからかいながら呑んだ。賠償金の難題もあるが、しょせんは金の話だ。名目はともかく武田が用意する手もあった。道のりはまだまだ長いが、穴山信友、太原崇孚という厄介な障害をかろうじて乗り越えたのだ。案文《あんもん》（下書き）はすでに詰めた。明日はゴマ目が今川義元に会って、起請文を受け取るだけの儀式であり、又七郎の出番はない。酒の不味《まず》いはずがなかった。

宴も果てる時分には、例によって呑み過ごしたゴマ目が、家人《けにん》に抱きかかえられるようにして去り、他方、眉毛は鼾《いびき》をかいて眠りこけていた。

又七郎もしたたかに酔っ払って宿所に戻ると、寝床に倒れ込んだ。すぐに眠りに落ちたのだが、何やら外が慌ただしい。寝ぼけ眼で刀を手にしたが、甲府から早馬が到着したという。

五

旅装を解いた駒井高白斎は、又七郎が酩酊して、すでに就寝したと聞き、心中ほくそ笑んだ。又七郎は大の酒好きだが、それだけに重要局面では一滴も酒を口にしない男だった。又七郎は首尾よく計策をなし遂げたと勘違いしていようが、勝負はまだついていない。

謹慎中の高白斎は駿府に潜らせていた伊織からの報告で、今川手筋の首尾を知るや、ただちに勝沼館に赴いて勝沼信元と密談した。その足で躑躅ヶ崎館《つつじがさきやかた》の晴信を訪ねた。晴信の命で一時、謹慎を解いてもらい、駿府に駆けつけたわけである。

甲駿同盟締結の功にただ乗りする目的もあるが、北条、今川間の同盟締結の動きに水を差すためであった。万にひとつも、駿相同盟を成立させてはならぬ。

又七郎の長身がふらついて書院に現れると、高白斎はさりげない笑顔を作った。

「でかしたな、又七郎。見事じゃ。されど、ちと困った話になった」

声を落とすと、又七郎が耳を近づけてきた。酒臭がする。

高白斎はさらに声を潜めた。

「三国同盟の一件、武田家ではなく、今川軍師太原崇孚からの発案としたい。家中もまとまらぬ今、勝沼様の手前もある。御館様がまだ前面に出るわけにはいかんのじゃ」

武田家からの正式提案とするには、重臣の評議を通さねばならぬが、反対論も根強く、時を要する。二度の敗け戦と過料銭のために、晴信が家臣団の求心力を失っている時期であり、無理は控えたい。他方、同盟国である今川家からの提案に応える形なら、家中で議題とできる。高白斎は、勝沼信元の力と動きに鑑みた晴信からの要請だと強調した。

又七郎は眠そうな眼で、首を捻った。

「師匠。俺は今、酔っておって、ようわかりませぬが、それは、相当厄介な話ではござらぬか？　今川は何よりも体面を重んずる大国。あの鷲鼻を説き伏せるのは、至難でござるぞ」

又七郎の言うとおりだ。

今川は誇り高く、由緒正しき大名である。崇孚は間に入る武田の提案に乗る形だからこそ、交渉に応じたはずだ。たとえ実利が伴おうとも、北条に頭を下げてまで和を願う形は、望まぬはずだった。崇孚は間違いなく渋る。だからこそ高白斎は、甲府で迅速に動き、駿府に駆けつけたのだ。

――明日は、この難題を持ち出して、交渉の前提を崩す。

押し問答のすえ、「さしあたり甲駿同盟のみ先行させ、駿相同盟の件は先送りする」との結論になればよい。駿相同盟は放置だ。必要なら今川と北条に離間の計をしかけ、国境で小競り合いでも起こさせれば、後でいかようにも潰せる。

「難しいのは承知じゃが、太原崇孚、何するものぞ。武田計策師の腕の見せ所ではないか」

「わかり申した。師匠と俺で、何とか話を付けましょうぞ」

又七郎は酔っていて、事態の重大さが未だわからぬらしい。

「ささ、又七郎。景気づけに、今宵はわしともう一献どうじゃな」

高白斎が家人を呼んで酒を用意させると、又七郎は上機嫌で呑み直しながら、ろれつの回らぬ舌で崇孚との交渉の模様を語り、高白斎が相槌を打つたび喜んでいた。が、すぐに鼾をかいて眠りこけた。

高白斎は傍らにあった掻い巻きをかけてやった。

又七郎は頭が抜群に切れ、弁も立つ。だが、ただ一つ難点があった。

計策師をやるには、善人すぎた。なぜ師のわしを疑わぬ。人を疑うことに罪悪感を覚えているようでは、しょせん二流の計策師だ。

明日の早朝、泥酔した又七郎が眠りこけているうちに、高白斎は崇孚を訪ね、駿相同盟の延期について諮る。高白斎の浮沈がかかっていた。

六

臨済寺の法堂で、甲駿の計策師たちが向かい合っている。

向山又七郎が眼を覚ましたころには、すでに日が高く昇っていた。珍しい話でもないが、昨夜は酒を過ごしたらしい、頭がずきずき痛んだ。

「できぬ相談じゃな。拙僧の発案となれば、今川が北条に頭を下げて、和を乞うた形になる」

太原崇孚は「三国同盟につき、今川から提案する形を取って欲しい」との高白斎の申入れを一蹴した。高白斎は「今川軍師としてでなく、京都妙心寺の第三十五代住持として発案されたい」と食い下がったが、崇孚はすげなく「同じ話じゃ」と頭《かぶり》を振った。

「そこを曲げて何とか」などと、ゴマ目の穴山信友が形ばかり頭を下げて繰り返しているが、崇孚は泣き落としが通用するような玉ではない。

「今川家は駿遠三、三ヶ国の太守。海のごとき大きな度量を以て――」

「四ヶ国じゃ」と、崇孚の嗄《しゃが》れ声が、高白斎の言葉をさえぎった。

今川家の現在の勢力域は、駿河、遠江に三河の全域を加えている。だが約三十年前には、義元の父今川氏親が尾張守護の斯波義達《しばよしたつ》を破って、末子の氏豊を那古野《なごや》氏の養子に送り込み、義達の娘を娶《めと》らせて尾張の併呑にも成功していた。尾張ではその後、守護代の織田家が力を付けて守護が放逐されたが、今川家にしてみれば、尾張も本来は今川領だという理屈である。

「かくなる上は、先に甲駿同盟につき起請文を交わし、駿相同盟については日を改めて談合するほかありますまいな」

高白斎が押し問答に疲れた様子で提案すると、崇孚は小さくうなずき、眉毛が心配そうに又七郎を見た。ゴマ目も又七郎をすがるように見ている。又七郎はずっと黙って思案していた。いかにすれば崇孚を説けるか。腹芸に長けた崇孚の真意は読めぬが、挑むしかない。

又七郎は崇孚に向かって手を突き、この日初めて口を開いた。

「畏れながら、果実にも捥《も》ぎ取る旬のあるごとく、こたびここでまとめぬかぎり、三国同盟は未来永劫、成りますまい」

「それでも、わが今川は一向に困らぬがな」

鷲鼻がでんと鎮座する崇孚の顔は、憎らしいほどに涼しげだった。

「困りはされますまい。されど、損をなさいますぞ。甲斐、駿河、相模の三国は当世、まれに見る名君をそれぞれ戴いておりまする。こたび同盟が成れば、日本の歴史は大きく動きましょう。ますます繁栄する三大国の民は、さらなる平和と安寧を得られまする」

又七郎はひと息ついてから、正面から崇孚を睨んだ。

「かかる偉業を発案し、見事成し遂げた者の名は、青史《せいし》に永久に刻まれましょう」

わずかに崇孚の黒衣が震えた。注視しておらねば気づかぬほどの心の戦《おのの》きだ。

崇孚は心を隠すためか瞼を閉じると、この日初めて、節くれ立った二本指で鷲鼻を撫で始めた。熟考する時の癖だ。崇孚とて、聖人君子ではない。かつて「九英承菊《きゅうえいしょうぎく》」を名乗った傑僧は、幾度か名を変えていた。宗孚《そうふ》、雪斎《せっさい》の名もある。妻子もない崇孚が乱世に残せる物は、名しかないのだ。功成り名遂げた今、崇孚が今川家と同列に扱う価値があるとすれば、ただ一つ、後世の評価であろうと、又七郎は見た。

「又七郎。今川から北条に頭を下げたと、後世に伝える気か?」

「さにあらず。恋に落ちた男女のいずれから先に口説いたかなぞ、どうでもよい。同じく三国同盟を三家の誰から言い出したかなぞ、この部屋で誰が屁をこいたかを詮索吟味するような話。肝心なのは、発案者とその中身にございましょう」

崇孚が苦く笑うと、眉毛が大げさに笑い、ゴマ目と高白斎も続いた。

己が名声を気にして、崇孚が堂々と立場を変えるわけにはいくまい。中身を論ずべきだ。

「さよう。同盟の中身こそが大事じゃ。されば、北条に男子の証人（人質）を当家へ差し出させよ。さすれば、今川と北条の立場の違いは明白となる」

又七郎はうろたえ気味に、両手を突き直した。

「無体なお話を。氏康公の御正室として、氏康公の姫君を——」

「さいわい氏康殿には、お子がたくさんおわす。中でも五男の助五郎殿は、最も聡明と聞く。寿桂尼様も、お孫様がおそば近くに来られれば、いたく喜ばれよう」

同盟締結の条件として、両家による人質の交換はありえた。

だが、義元には元服した嫡男氏真のほか、武田家に嫁ぐ姫がいるだけで、人質にできる玉がない。義元は跡目争いで己の兄弟たちも討ち滅ぼしており、養子として差し出せる手ごろな少年もいなかった。そもそも崇孚の尊大な態度を見るまでもなく、大国今川家が人質を差し出す気などあるまいが。女子どもを政争の具とするは乱世のならいとはいえ、又七郎はまだ見ぬ北条助五郎を不憫《ふびん》に思った。

又七郎は必死で思案した。

考えてみれば、崇孚は武田家からも、うまく晴信の父信虎を人質に取っていた。すべては崇孚の計策の成果だった。

だが、人質は小国が大国に差し出すものだ。北条が今川にそこまで膝を屈する理由がない。この条件での同盟はあり得ぬ。やはり崇孚は駿相同盟を潰す肚なのか。昨日持ち帰ったものの、義元が同意を渋ったのか。議論を振り出しに戻して、北条が呑めそうな条件に戻せぬか。

「人質をお求めあるなら、代わりに『遠浦帰帆図《えんぽきはんず》』を北条家にお譲りくださいましょうや」

一か八かの賭けに出た又七郎の返しに、崇孚は露骨に顔をしかめた。

遠浦帰帆図は牧谿《もっけい》が描いた図巻を景ごとに切断し、軸装に改めた一幅であった。今川家が所蔵する当代最高峰の名画は、賠償金の一万貫文を優に超える価値を持つであろう。

「たった一幅の絵で平和が買えるなら、お安いもの」

「又七郎、其許《そこもと》は勘違いしておらぬか。今川から、北条との同盟を望んでおるのではないぞ」

まだ酔いが残っているのやも知れぬ、又七郎は明るい調子でつけ足してみた。

「名画なぞ、可愛いわが子に比べれば安いもの。折衝にあたる計策師の苦労もお考えくだされ。やはり遠浦帰帆図も、人質もなしと致しましょう」

又七郎は切り下げ髪のさちの笑顔を思い起こした。

いくら絵が好きでも、わが子に勝る価値はない。

「まこと遠浦帰帆図を譲れば、人質が取れると申すのじゃな？」

駆け引きとはいえ、又七郎の失言であったろうか。

北条氏康が牧谿をこよなく愛している話は有名だが、絵画と引き換えに、一方的な人質の提供を諾《うべな》うとは思えなかった。

崇孚は二本指を鷲鼻に乗せたまま、正面から又七郎を見つめていた。

――いや、はったりだ。まさか今川第一の至宝、遠浦帰帆図を出せるはずがない。義元が許さぬだろう。

崇孚の発案となれば、内容はどうあれ、今川は北条に和を乞う形となる。

七年前、崇孚は京から聖護院門跡道増《しょうごいんもんぜきどうぞう》を下向《げこう》させて、北条家との和平交渉を試みたが、北条氏康は和議を一蹴した。今川から一度歩み寄ったものの、大いに顔を潰されたわけだ。二度までも今川から和を言い出す立場は、取りにくい。今川義元の北条家への嫌悪と疑念は、十五年余の長きにわたる。人質を取らねば、義元と家中の反北条派の説得は無理だと、崇孚は踏んだのか。

又七郎の思索を、高白斎の甲高い笑い声が破った。

「弟子がちと勇み足になったようでござる。お許しくだされ、崇孚殿。北条家にも誇りがござれば、人質など差し出しますまい。こたびは甲駿同盟を先行させ――」

「先延ばしは、半人前の得意技じゃ。又七郎も、この計策師と同じ意見か?」

助け船を出そうとした高白斎の話の腰を、崇孚が容赦なく叩き折ってきた。

又七郎は面食らっていた。

人質要求を取り下げさせるために、今川方が決して呑めない条件を出したつもりが、崇孚は丸呑みする気なのか。今さら駆け引きの戯れ言だったとは言えまい。

又七郎は必死で思案した。

北条家から発案させられないか。いや、崇孚の出した条件では、北条方は今川領に出向き、一万貫文もの大金を支払うのだ。すでに河東地域も割譲している北条家から、さらに和を乞う提案などできるはずもなかった。北条は昔から武田家の内紛に介入し、武田とは何度も大戦《おおいくさ》をしてきた仲だ。両家の間には、今川ほどに十分な信頼関係がない。

が、たかだか誰から言い出すのかという体面だけで、三国同盟を諦めるのは惜しい。

北条から人質さえ取ればよいのか。わが子の代わりに名画では、氏康も納得すまいが、今川家最高の家宝の譲渡は、最大限の誠意とも取れはすまいか。難しい駆け引きが必要となろうが、ここで話を潰せば、三国同盟の話は壊れる。晴信は締結を急いでいた。結局、崇孚は無理難題をふっかけて、駿相同盟を潰すつもりなのか。ならば、逆手に取ってやれ。

又七郎は背筋をただすと、一度息を吸ってから、丹田に気を込めた。

「お任せくださりませ。牧谿で、まとめてご覧に入れましょう」

又七郎が大見得を切ると、驚く高白斎を尻目に、崇孚は鷲鼻から二本指を下ろした。

「よう言うた。では、遠浦帰帆図を北条家に譲ろう」

崇孚が嗄れ声で笑い、眉毛、ゴマ目、高白斎と続くが、又七郎は引き攣《つ》った笑いを浮かべるだけで精いっぱいだった。

話の流れとはいえ、思わぬ幕切れとなった。甲駿同盟は締結、敵対関係にある駿相の同盟は、これから武田家が間に入って、交渉を進める段取りとなる。

崇孚は悠然と立ち上がると、両手を突く又七郎の肩に、親しげに手を置いた。

「楽しかったぞ、又七郎」

顔を上げると、崇孚が腰を屈《かが》めている。あの鷲鼻が目の前にあった。

「計策師は望んでなれるものではない。将器と同じく、天賦の才が必要じゃ。同盟国とは申せ、厄介な計策師が隣国に出たものよ」

崇孚が目を細めて笑い、鷲鼻を大きく膨らませたとき、又七郎は背筋が寒くなった。晴信を含めて武田方は今回も、最初から崇孚に踊らされていたのではないか。

「すべての条件が揃えば、今川は過去の因縁を忘れ、北条と固く手を結ぶであろう。この同盟は三家を大きく飛躍させる」

崇孚ほどの男が三国同盟の意義を知らぬはずがなかった。間違いない、崇孚は同盟を強く望んでいたのだ。今川有利の同盟とすべく、寿桂尼と示し合わせて反対を装い、その内情をあえて武田方に知らせた。家中の反北条派を収めるためにも、自らが反対派をとりまとめて制御する必要もあったろう。同時に、武田家中の対立事情を見越して、交渉条件を最大限に吊り上げる肚だったに違いない。崇孚は最後の最後まで、気づかせもしなかった。崇孚の真意を知らされていたのは、義元と寿桂尼だけか。

武田は急ぎすぎたのだ。交渉は急《せ》いたほうが、譲歩を余儀なくされる。

――俺はまた、負けたわけか。

又七郎は腹の中で、歯ぎしりした。

「かくなる上は向山又七郎、この三国同盟、見事とりまとめて見せよ。拙僧がお主なら、できる。計策の要諦を伝授しておこう。せいぜい無理をせよ。じゃが、無茶はするな。無理も、知恵を使って道に乗せれば、道理になるゆえな。気張るがよい。必要とあらば、拙僧も助太刀いたそうほどに」

弟子を誉めるような崇孚の笑顔を見て、又七郎はごくりと生唾を呑んだ。

崇孚とて、真に三国同盟の締約を望んでいるなら、無茶な条件を出すはずがない。崇孚は一流の計策師ならできると考えたわけだ。

崇孚を打ち負かしてやると、又七郎は誓った。

「いまひとつ、勝ち負けに拘泥しておるようでは、二流じゃな。心しておくがよい」

捨て台詞を吐いて崇孚が去った後、又七郎は力が抜けたように、その場を動けなかった。

第五章　小田原の貴公子

一

天文二十一年（一五五二年）の春隣、向山又七郎は相模の国都、小田原の雑踏を歩いている。頭には古びた烏帽子、麻の筒袖にくくり袴の物売り姿で、腰に刀は差していない。付け髭で変装する者もいるが、又七郎の場合、髭をひと月も伸ばすと、衣服を替えて別人になれた。

又七郎は二年ぶりに小田原を訪れたが、さらに人口が増えたようだ。

町の繁栄はそのまま北条家の国力を表していた。三代続く名君のもとで、小田原は今や、関東随一の都となりおおせた。興隆を聞きつけた近国の民が移住し、東は一色《いっしき》から、西は板橋に至る一里の間には、色とりどりの幟《のぼり》を立てた店が建ち並んでいる。見世棚には、山海の珍物、琴、碁、書画の細工から唐物まで並べられ、品揃えを競っていた。

北条家譜代の筆頭家老、松田《まつだ》家の屋敷は、家臣第一の権勢を誇る豪奢な門構えである。又七郎が門番に銭を摑ませると、小《こ》書院《じょいん》に通された。松田家は筆頭取次を務め、嫡男憲秀《のりひで》は二十代半ばの若さながら、親の七光りで要職に就いていた。北条氏康の甥でもある。

又七郎が平伏していると、気の短そうな甲高い声がした。

「鳥屋の玄蕃《げんば》とやら、さっそく用向きを聞こう。わしは忙しいのじゃ」

又七郎は三ツ者ではないが、変装も巧くこなした。虚無僧、修験者、芸人、猿楽師など、ありがちな連中より、行商人を好んだ。口八丁も性に合う。

「松田様、まずは心ばかりのご挨拶にございまする。どうかお納めくださりませ」

紫の袱紗《ふくさ》に包んだ甲州金は、十貫文（約百万円）ほどの値打ちがある。平伏する又七郎の眼前に、太く短い指がにゅっと伸ばされた。

「苦しゅうない、玄蕃とやら。面《おもて》を上げよ」

又七郎はうつむき加減で上目遣いに松田を見た。肥満体のせいで、若いくせにたるんだ顔が、首なしでそのまま胴に繋がって見える。脇息に水ぶくれした体重を預けながら座っているだけなのに、苦しげに口で息をしていた。北条家にも人はいように、よりによってこれが、同盟のゆくすえを左右する男とは。

「そちは駿河で商いをしておるとか。鳥屋とは何を商っておるのじゃ？」

「鳥のことなら、何なりとお申しつけくださりませ。鳳凰は捕まえられませぬが、食う鳥、観る鳥、聴く鳥、何でもご用意できまする」

「駿河には、変わった商売があるんじゃのう。さて、むろんそちも知っておろうが、北条家、なかんずく当家は、今川と長らく不仲である。便宜を図ってやるのは容易でないぞ」

北条家中にも、三国同盟の是非につき、かねて議論があった。反対派の筆頭が最有力家臣の松田家である。河東《かとう》に有していた知行地を今川家に奪還された因縁があるためだ。松田家は同じ憂き目に遭った家臣団の支持を得て、対今川主戦論を展開していた。

「手前は全国を巡る行商人なれば、駿河での商いの件は、お伏せ願えればと」

物臭そうな視線を寄越す松田に向かい、又七郎は恭しく両手を突いた。

「氏康公の御庭には、鳥を飼う庭籠が多数あると聞き及びました」

「いつ行っても、喧しゅう啼いておるのう。わしには何の風流も感じられぬが」

本城とは別に、広大な小田原城内にある北条氏康の私邸は、風流な庭で高名であった。七年前、氏康が招いた連歌師の宗牧《そうぼく》も絶賛して、「はなの色も　鳥の音おしむ　夕べかな」との発句で始めたと伝わる。庭には、芦ノ湖に発する早川から引水した清らかな池水があり、なかでも大小さまざまな「庭籠」の鳥たちが、氏康の自慢であった。もっとも氏康は、この二月から、山内上杉家の御嶽《みたけ》城攻めで、武蔵国に出陣し、小田原を留守にしている。

又七郎は庭籠に魅せられ、日に何度も庭へ出ては、鳥の世話をしている一人の貴公子に用があった。氏康の五男で、八歳になる助五郎（後の氏規《うじのり》）は、太原崇孚が名指しで人質に所望した少年である。北条手筋では、人質が最大の懸案となる。その意味で、駿相同盟の鍵は、助五郎が握っていた。又七郎は出入りの庭師に金を握らせて、助五郎の鳥好きなど内情を聞き出していたのである。

「天下広しといえど、この玄蕃ほど、鳥をよく知る者はございませぬ。されば、お屋敷への出入りをお許し賜ればと」

松田が渋い顔をして首を捻ると、たるんだ首の贅肉が三重になった。警戒するのも無理はない。小田原は開かれた商都だけに、国主の命を狙う他国の諜者もいよう。

又七郎は懐から、もうひと包みの甲州金を取り出すと、畳の上をそっと滑らせた。今度の包みは、先ほどより大きくしてある。実に百貫文ぶんだ。松田は金づるの「鳥屋の玄蕃」を蔑ろにはすまい。小田原で情報を買うために散財したから、晴信から与えられた工作資金をあらかた使い切った勘定になる。もとより金を惜しんで、計策なぞできはしない。

「氏康公は、類いまれなる名君におわします。公のお取り立てをいただけるなら、松田様にも、さらにお礼ができましょうほどに」

松田は太い指を伸ばして包みを摑むと、溺れかかったように浅い息を幾度かしてから、重々しく告げた。

「承知した。三日の内に出入りできるよう、取り計らおう」

氏康が同盟を望んでも、松田ら同盟反対派の意向を無視しえまい。もっとも、わずかな贈賄程度で松田の翻意は期待できない。まだ名案は湧かぬが、いずれ松田を料理する必要があった。

二

二日後、又七郎が呼び出されて松田屋敷に向かうと、化け狸のような巨漢が又七郎を待っていた。長身の又七郎よりも大柄で、名を団真之助《だんしんのすけ》という。

「わしが、案内を仰せつかってござる」

五年前に氏康私邸の警固役となったが、助五郎に気に入られて、鳥の世話まで焼いているらしい。主君の私邸に物々しい警固をつけて一商人を出入りさせるわけにもいかぬ。そこで、腕の立つ真之助を又七郎のそばにつけ、不測の事態に備えたわけだ。

広大な氏康邸に入ると、噂に違わぬ大庭園が広がっていた。冬が終わろうとする枯れ景色は、紅白の梅花と最大の目玉である庭籠の鳥たちのおかげで、華やかに彩られている。

そのなかに、小難しそうな顔をして、身の丈より大きな竹の庭籠を見上げている少年がいた。見るからに利発そうな貴公子である。助五郎は馬術と武芸が苦手らしいが、剣術稽古の最中だったのか、杖代わりに木刀を地面へ突っ立てていた。

「若様。これなるは鳥屋の玄蕃と申す商人《あきんど》。鳥の世話に関しては、坂東に玄蕃の右に出る者なしとの評判にて、こたび屋敷への出入りを許されましたる由。以後、お見知りおきを」

小田原に潜伏してひと月ほどで、目当ての助五郎と会えたのは幸先がいい。

下調べをした感触では、氏康が人質を出すとはとても思えなかった。だが、助五郎本人がその気になれば、話は違ってくる。人は時をともに過ごさねば、心を通わせられぬものだ。又七郎は警戒されずに、格上の身分の御曹司に接近する手段を探したわけである。

人質となる北条家の五男が日夜、鳥の世話のために庭へ出るほど鳥好きであったのは、歴史の偶然ではあるまい。又七郎が鳥好きの妻を愛し、鳥について異様に詳しくなったのも、きっと又七郎の力でこの同盟を実現させるための天の配剤だったのだ。

だが、又七郎が片膝を突いて鄭重《ていちょう》に頭を下げると、助五郎は「俺は鳥どもが大嫌いでな」と、そっけなく言い放った。

「鳥が好きなら、勝手に見てゆくがよい」

言い捨てた助五郎が、呆気にとられている又七郎の脇を通りすぎた刹那、背後に殺気を感じた。振り向く。又七郎の首筋に向かって、勢いよく木刀が振り下ろされていた。

三

派手に喚いて倒れ込んだ又七郎が、真之助に背負われて、広大な氏康邸の縁側にひとまず寝かされると、助五郎が悪びれもせずに童顔を見せた。

「俺は松田が嫌いでな。あやつが連れてくる者に、ろくな人間はおらぬ」

「助五郎様。お言葉が過ぎましょうぞ」

真之助が窘《たしな》めても、助五郎はからきし反省の色を見せない。

「体や腰つきが尋常ならずと思うて試してみたが、見誤った。俺のひと太刀さえ躱《かわ》せぬとは、やはりただの商人であったか」

「いやはや、目にも止まらぬ早業にございました」

又七郎は首筋をさすりながら、身を起こした。

太刀筋をわずかにずらして、鍛えてある肩の筋肉を打たせたから、大事はない。童の悪戯《いたずら》とはいえ、不意打ちを難なく躱す商人が、氏康の私邸に新たに出入りするとなれば、不審に思われよう。助五郎が父の安全を考えて、とっさに試した行動と考えれば、合点がいった。なかなかに侮れぬ童である。

「鳥風情《ふぜい》に関わるとは、奇矯な男よ。奴らは臭いうえに、喧しいだけではないか。焼いて食えば、美味いがの」

庭師からは鳥好きの優しい童だと聞いていたが、ずいぶん話が違う。

「鳥は観ても聴いても、よきもの。助五郎様は何ゆえ、嫌いな鳥の世話を――」

「控えよ。お主に何の関わりがある？　人はやりとうない仕事もせねばならんのじゃ。よい齢をして世の成り立ちもわかっておらんのか」

八歳の童に叱責され、又七郎は「参りましたな」と苦笑しながら、かぶりを振った。

「鳥屋の玄蕃とやら。お主は松田に大金を渡してまで父上に取り入って、何を企んでおる？」

崇孚からも聡明とは聞いていたが、すでに家中の大人の事情を弁えているらしい。

「戦がなく、善き政の行なわれる町には、商人が集まるもの。駿府、甲府しかり、小田原しかり」

「きれいごとを。商人は儲けるために動く。金がそんなにありがたいか？」

「はい。いつの世にも、金を持たぬがゆえに不幸になる者も数多《あまた》おりますれば」

「駿河の商人は、私利のためにのみ動くのか？」

「よき品を売り、お客様に喜んでいただく。商人にとって、これに勝る幸せはございませぬ」

「鳥屋ごときに、何が売れる？」

助五郎による立て続けの尋問は、いたって真剣であった。侮蔑や非難は感じられない。

「鳥はもちろん、餌や鳥籠、さらには鳥にまつわる知恵を売りまする」

「ほう。実は庭のウグイスが怪我をしておるのか、近ごろ元気がない。わざわざ須賀《すか》から取り寄せた鯵《あじ》を、餌に与えておるのに食べぬ。診られるか」

又七郎が首筋をさすりながら庭に出ると、鳥籠の一つを示された。なるほど一羽のウグイスが蹲《うずくま》ったまま動かない。又七郎はそっと手に取って触診した。鳥は本来、人肌より温かいものだが、体温が低い。外傷は見当たらなかった。

又七郎は口の中に唾液を溜めると、掌の上のウグイスの嘴《くちばし》に口づけをした。ウグイスが唾液を吸っている。物の怪でも見るような顔で、助五郎が見詰めている。

「助かりそうでございます。甘葛《あまずら》か水飴はございませぬか？」

又七郎は家人《けにん》が持参した水飴を口に含むと、ウグイスに口移しで飲ませた。

「手前にお任せあれば、数日のうちに、元気を取り戻してみせましょう」

「そんなもので治るのか？」

四
「春の到来を告げるに、ウグイスは欠かせぬからな」

三日後、助五郎は童らしく鳥籠の前で飛び上がらんばかりに喜んでいた。鳥嫌いを公言するわりには、たいそうな喜びようである。

「鳥屋、このウグイスはなぜ弱っておった？」

「おそらくは外へ出ようとして、鳥籠に身体を強く打ちつけたものかと」

助五郎はどこか物憂げに庭籠の中のウグイスを見ていたが、やがて問うた。

「鳥屋、日本で最も美しく啼く鳥は、何か？」

「はて、人の好みはございまするが、コマドリにございましょうか」

「ならば鳥屋。ただちにその鳥を持って参れ」

「畏れながらコマドリは夏鳥にて、四月ころにならねば、姿を見せませせぬ」

「どこぞで飼ってはおらぬのか」

「コマドリの命は短く、一年ほどしか生きられませせぬ」

「役立たずの鳥屋じゃな。とにかく早う、この庭を賑やかな鳥の声で満たさねばならん。ウグイスだけでは芸がない。他に名高い鳴き声の鳥はおらんのか？」

「メジロもまた、よき春告げ鳥にて、『長兵衛、忠兵衛、長忠兵衛』と賑やかに啼きまする」

「あの目の周りが白い小鳥ならおるぞ。鳥屋、従《つ》いて参れ」

助五郎は時を惜しむように駆け出した。二人の後ろを、真之助がゆっさゆっさと従う。

「この籠を見よ。メジロが次々と死んでしもうてな。この一羽しか残っておらぬ。されど、ひと月前に比べて元気がないのじゃ。怪我か、病気か？」

一羽のメジロが枝に止まっているが、作り物のように動きがない。しばらく眺めていたが、又七郎は手を伸ばし、小さな鳥を両手で包むように掌に載せた。

「いずれにもあらず。これは治りませぬ」

「それは困る。お主も鳥屋なら、何とかせよ」

「生きとし生けるものには、必ず寿命があるもの。元気がないのは老衰のため。神ならぬ人には、もはや為す術はありませぬ」

「弱ったな。庭を鳥の声で賑々しくせねばならんのに」と助五郎は唇を噛んだ。

「助五郎様は、鳥の声が喧しいと仰せでしたが」

「俺の好き嫌いなぞ、関係ない。とにかく春を呼ぶ鳴き声が必要なのじゃ」

助五郎に無理難題を押しつける気はなさそうだった。何やら切実な事情があるらしい。又七郎は思案しながら、しばらく広大な庭を歩いた。

「おや。メジロが遊びに来ておりましたな」

又七郎は庭木の白椿の花弁に触れながら、助五郎を見た。

「ご覧あれ。椿の花弁に爪痕がござる」

白椿を汚すように茶色の小さな斑点が幾つもあった。メジロが椿の花蜜を吸う際に付けた足跡だ。

ヒヨドリも椿を好むが、大柄で、斑点状の爪痕は残さない。

「いかにして捕まえる?」

「罠をしかけて捕えるより、向こうから喜んで来てくれれば、互いに楽ができまする。さればこの近くに、橙《だいだい》は生《な》っておりませぬか」

橙は冬に生るが、採らぬかぎり枝に付いている。奥山なら、まだあるはずだ。

「以前に、兄上と行った覚えがある。案内しよう」

又七郎が真之助と二人で出向くと申し入れたが、助五郎は案内すると言って聞かなかった。

「実は、俺はまだ馬に乗れぬ。怖いのじゃ。鳥屋、俺を乗せられるか?」

助五郎は背後に立つ真之助には聞こえぬよう、又七郎の耳元でささやいた。相手が町人だから打ち明けたのであろう。

「手前はもともと山国育ちにて、少々馬に乗れまする。お任せくださりませ」

五

陽の傾く前に奥山から戻ると、助五郎とともに採ってきた橙の皮を剝き、果汁を青磁碗に入れた。屋敷の東に建てられた別棟の近くに白椿群があり、その枝の間にかけた。

「メジロは花蜜を好みまする。春の訪れとともに鳥たちが集いましょう」

助五郎は鉛色の雲が立ち込める空を見上げていた。鳥たちが庭を訪れる気配はない。

「玄蕃、俺に馬術を教えてくれぬか?」

振り返った助五郎の顔は真剣そのものである。助五郎は「鳥屋」と呼ばなかった。

「今日、お主とともに、橙を採りに奥山に赴いて、俺は初めて馬に乗るのを楽しいと思うた。どうしても乗りたい馬がある」

助五郎と関係を深められるなら、願ってもない話だ。断る理由もなかった。承諾すると、助五郎は大きくうなずき、駆け出すように主殿に向かうと、大声で家人に申しつけた。

「栗黒《あわぐろ》を馬場へ！」

「されど若様。あの馬は――」真之助があわてたが、助五郎は取り合わなかった。

「早うせい。参るぞ、玄蕃」

やがて恰幅のよい家人たちが、数人がかりで、一頭の大きな馬を引きずるようにして、連れてきた。烏《からす》の羽と見紛うほど艶やかな漆黒の毛並みは、黒光りして実に見事だが、鼻息が荒い。見るからに獰猛な悍馬《かんば》であった。

「栗黒はひどい暴れ馬でな。だが俺は何としても、あやつを乗りこなさねばならぬ」

乗馬に自信のある乗り手でも、ためらうような荒馬である。

「助五郎様。あの馬に乗るには、相当の経験が必要かと。まずはおとなしい馬から――」

「俺は急いでおるんじゃ。覚悟はできておる。教えよ」

助五郎は動ずる様子もなく、栗黒に向かっていく。度胸の据わっている貴公子だ。

無理に厩《うまや》から出されたせいか、栗黒は激しく嘶《いなな》いた。

助五郎を威嚇するように棒立ちになる。家人たちは栗黒に振りほどかれ、堪《こら》えきれずに手綱を離した。栗黒が助五郎めがけて疾駆し始める。助五郎は立ちすくんだ。

又七郎は傍らに立つ真之助の腰の太刀を見た。

馬を殺せば、止められる。だが、助五郎はこの馬に乗ると決めていた。

隣の真之助が鯉口を切った。二度と乗れぬようにして、よいのか。――だめだ。

真之助より先に動いた。暴れ馬の前に飛び出す。助五郎を抱き締めた。馬に背を向ける。背中に衝撃を感じた。

六

又七郎が目を覚ますと、心配そうにのぞき込む助五郎と真之助の顔があった。

「おお、気が付かれたな」

「ふん、心配をかけおって……」

助五郎は憎まれ口を叩くが、ほっとした様子が伝わってきた。

「玄蕃……お主はいったい何者じゃ？　ただの商人ではあるまい」

素性を明かす気はなかったが、とっさの判断で動いた。

「手前は元武士にございまする。大の戦嫌いのため浪人し、商いに励んでおりました」

「初めて会うたとき、お主なら俺の不意打ちを躱《かわ》せたはず」

「打たれたほうが、助五郎様とお近づきになれると考えましたゆえ」

「俺と親しゅうなって、何とする？」

「助五郎様は、次代を担う北条家御兄弟の中で、最も聡明なお方との評判にございます。助五郎様が長じられた暁には、北条家の御用聞きとしてお取り立てにあずかれぬものかと、打算を働かせました。お赦しくださりませ」

「間違うておるぞ。わが兄弟で最も優れたるは長兄新九郎、北条家の次期当主じゃ。が、俺は優れた者をわが家臣としたい。父上に願い出るゆえ、玄蕃、今日より俺に仕えよ」

助五郎にはまだ知行地もなく、家臣に与える扶持もないが、父氏康が仕官を許せば、団真之助と同様に、助五郎は又七郎を事実上の家臣とできる。

「畏れながら、大の戦嫌いにて、すでに武士は捨てた身。どうかご勘弁を」

助五郎は言葉の真偽を確かめるように、正面から凝視している。

「仕官の話は後日じゃ。まずは俺に馬を教えよ」

「若様、玄蕃殿は大怪我をされてございまする」

「何のこれしき。たかだか打ち身でござれば。されど粟黒は、助五郎様をまだ主とは認めておりませぬ。されば、まず馬の心を開く必要がござる」

「畜生にも、人の心がわかると申すか」

「しかり。甲斐の国に、三本脚で走った馬の話がござる」

目を輝かせて、童らしく関心を示した助五郎に、又七郎はもったいぶった。

「甲州は名馬の産地なれど、中でも黒駒は名馬と、相場が決まってござる」

甲斐の黒駒は、聖徳太子の昔から霊験あらたかな神馬《しんめ》として、尊重されてきた。

「昔、甲斐の武田家に黒駒をたいそう可愛がる勇将がおりましてな。実に立派な馬にて、その将は家臣や同輩らに、いつもわが子のごとく自慢し、馬もまた主の期待に応えて、戦場を駆け巡っておったとか。むろん、馬はその将以外の者に、背を許しませんでした」

又七郎は見てきたように、馬の毛並みから嘶きの癖まで、細かく語っていく。

「戦の勝敗は時の運。あるとき武田は戦に負けました。その将は側近を皆討たれ、単騎、己の城へ落ち延びまする。敵の猛追に、将も傷つきましたが、馬は前脚を矢で射貫かれてしまいました。後ろからは追っ手が迫る。もはやこれまでと、将は馬を下りて腹を切ろうと覚悟しました。が、馬は止まりませぬ。後ろからは馬蹄の音が続きまする」

そこで又七郎が、わざと咳き込んで話を中断すると、助五郎がもどかしげに続きを促した。

「馬は懸命に三本脚で走り続けました。ようやく敵の追撃を振り切りましたが、居城に辿り着くや、ついに力尽きて息絶えたと申します」

その将もまた、馬の後を追うように、戦傷で死んだ悲劇には触れなかった。まだ乱世の厳しさを知るには早い。助五郎もいずれ必ず体験するはずだ。

「されば助五郎様はまず、粟黒の心を摑まねばなりませぬ」

「そのためには、何をすればよいか」

「毎日幾度も会い、根気よく話しかけ、親しく世話をなされませ。さすれば、いつか心を開くはず」

「いつかでは困るんじゃ。俺には時がない。さればよいか、玄蕃。俺はウグイスが鳴き始めるまでに乗りこなす。いかなる修練にも堪えてみせようぞ。厳しく教えよ」

「よう仰せになりました。されば、お覚悟召されませ」

七

「なかなか来てはくれぬな」

春の陽気はすぐそばまで来ているが、メジロが訪れる気配はなかった。助五郎は毎朝、橙の果汁を自らの手で取り替えていた。

「玄蕃、俺は粟黒に乗れると思うか?」

この半月、助五郎は涙ぐましい努力を重ねてきた。大人しい馬なら、難なく乗れるようになった。助五郎は厩番とともに日夜世話をしたが、粟黒が受け容れる様子はなかった。何度落馬しそうになっても諦める様子はなく、粟黒の鬣《たてがみ》にしがみついていた。

昨夕、又七郎が屋敷を辞した後、助五郎はまた粟黒に乗ろうとして落馬し、腕を痛めたらしい。骨にひびでも入っている様子で、しばらく鍛錬はできまい。

「常人なら諦めておるところ。本来、半年はかかる鍛錬なれど、助五郎様ならふた月かと」

「やはり馬は間に合わぬか……」

助五郎は泣き出しそうな顔で歯を食いしばり、雨の降り出しそうな曇天を見上げた。

鳥や馬を巡って時をともにしながら、又七郎は助五郎と心を通じ合わせてきた。助五郎は高飛車で、つっけんどんに振る舞いはするが、童らしい強がりにすぎぬとわかった。実際はまじめで、悲しいまでに心優しい少年だった。

「鳥は来るであろうかの、玄蕃?」

「はい。必ずや新九郎様のお耳にも届きましょう」

助五郎はびくりとし、罪人を咎めるような眼差しで、又七郎を見た。

「兄上の件は、まだ公にはされておらぬ。真之助に聞いたのか?」

又七郎はゆっくりと頭を振ると、優しく微笑みかけた。

「庭に出られるとき、助五郎様は必ず、東の離れに目をおやりになりまする。粟黒は、北条家のご長男新九郎様の加冠にあたり、武田家より贈られし名馬。新九郎様は昨年元服され、本来なら今回の武蔵御嶽城攻めが、栄えある初陣となったはず。されど、その話を何も聞かぬのは、おそらくお加減が優れぬゆえ。助五郎様が大嫌いな鳥の世話をなさっている理由《わけ》、栗黒を乗りこなそうと急いておられる理由など、つれづれ考え合わせた推量にございまする」

　東の離れを見詰める助五郎の目には、涙が浮かんでいた。

「俺に兄上は多いが、新九郎兄が一番好きじゃ。乗馬の苦手な俺が栗黒を乗りこなせれば、兄上は助かると、勝手に願を掛けておった」

　新九郎の仮名《けみょう》は初代早雲以来、北条家の長子のみが名乗りを許される。新九郎は父の氏康が自慢する知勇兼備の若者で、大いに将来を嘱望されていた。

「昨秋、看病するとわがままを言うて、部屋に居座ったら、初めて兄上に殴られた。あのお優しい兄上に力のこもらぬ拳で頬を殴られたとき、わかったんじゃ。兄上はもう、助かるまいと」

　助五郎は唇を噛みながら、必死で涙を堪《こら》えていた。

　新九郎は労咳《ろうがい》らしい。感染を怖れて誰も近づけぬという。が、文のやりとりはできた。助五郎が読み書きに精を出すのも、兄に文を書きたいからだった。最期の春を迎えるにあたり、孤独に衰弱していく新九郎に、せめて春の歌を届けようと、鳥の世話に精を出していた。

「もっと賑やかにするために、手前から、庭師に一つ頼み事をしておきましょう」

　桜並木も氏康私邸の自慢だが、庭師が桜の花芽をついばむウソを追い払っていた。

「花よりも鳴き声が大事にございますれば、ウソにはかまうなと」

　助五郎は小さくうなずいた。

「ご覧なされませ」

又七郎は庭のアオキの赤い実に残るくちばしの痕を示した。

「ヒヨドリも参加を申し出てござる。大いに賑やかな春の宴となりましょう」

どこぞから、一羽のメジロが白椿に舞い降りてくると、助五郎の青磁碗を突《つつ》き始めた。

八

北条氏康の長男新九郎の訃報が小田原に流れたのは、まもなくだった。盛大な葬儀の後、数日してから、又七郎は助五郎を訪《おとな》った。

助五郎は庭に出て鳥籠を見上げていた。

春の鳥たちがそれぞれの歌を奏でている。

片膝を突く又七郎の気配に気づくと、助五郎は背を向けたまま答えた。

「死に顔に苦しまれた様子はなかった。兄上は鳥たちの鳴き声を聞かれたと思うか？」

「必ずやお聞きになられたはず。助五郎様はよきことをなさいました」

振り向いた助五郎の目は充血している。涙を流すまいと歯を食いしばっていた。

「お春は泣いておったが、俺は泣かなんだ。男なら泣くなと、兄上が仰せであったゆえ」

又七郎はやわらかく微笑みながらうなずいた。

「よう堪《こら》えられました。兄君思いの立派な弟御を持たれ、新九郎様も鼻が高うございましたろう。されど、鳥たちの声がこれだけ賑やかなら、誰にもわかりませぬ。今は泣かれませ」

助五郎は顔をくしゃくしゃにすると、又七郎のぶあつい胸板に顔を押しつけてきた。忍び泣いていたが、又七郎が抱き締め、小さな背を優しく撫でると、声を上げて泣き始めた。

庭の鳥たちが盛んに春の訪れを告げている。

穏やかな春の日差しが二人を包んでいた。

助五郎はさんざん泣くと、やがて吹っ切れたような顔をして、恥ずかしそうに又七郎の腕から離れた。又七郎は片膝を突き、助五郎に向かって頭を下げた。

「北条家の御ために春の鳴き声を創り、この玄蕃も、よき思い出を得ました」

助五郎にとって鳥の世話は必要なくなった。粟黒を乗って見せる相手も世を去った。これ以上助五郎に深入りする名目もない。小田原を去る潮時だろう。

「兄上が遺言で俺に粟黒を遺してくだされた。腕も治ってきたところじゃ。されば玄蕃よ」

助五郎は泣き腫らした眼をして、又七郎に頼んだ。

「俺が粟黒を乗りこなす日まで、小田原におってはくれぬか」

九

ある朝、又七郎が常宿で寝転がっていると、真之助が現れた。助五郎が急ぎ呼んでいるという。さっそく屋敷に駆けつけると、助五郎が「一大事なんじゃ」と、真っ青な顔で待っていた。

「お春が病に臥せっておる。薬師《くすし》は近づくなと言いおった。きっと兄上と同じ病じゃ……」

昨夜から高熱が続いているらしい。

労咳とは限らぬが、又七郎は内心大いにあわてた。駿相同盟の中核は、春姫の今川氏真への輿入れであった。春姫に妹はいるが、生まれたばかりだ。婚姻は当面履行できず、ただの口約束となる。春姫が死ねば、三国同盟の前提が崩れ、氏康の意向にかかわらず、駿相同盟は事実上の延期を余儀なくされよう。

「星谷寺《しょうこくじ》の境内に生える斑入《ふい》りの田村草《たむらそう》なら、治せるやも知れぬと、真之助から聞いた」

相模で有名な言い伝えがある。八百年も昔、坂上田村麻呂《さかのうえのたむらまろ》が征東のおり、その薬草のおかげで将兵に蔓延した奇病が治ったというまことしやかな話だ。ゆえに田村草と呼ばれた。

「昨秋、俺が採ってくると言うた時、新九郎兄は笑って取り合われなんだ。だが結局、命を落とされた。お春には、俺ができることをすべてしてやりたい」

「されど近ごろ、星谷寺付近には賊が出るとか」

北条家に滅ぼされた扇谷《おうぎがやつ》上杉家の残党が山賊と化し、寺のある谷戸山《やとやま》を根城にし始めたとの確かな情報があった。府中街道をゆく荷駄や旅人が襲われている。相模国内に突如現れた無法地帯であった。小田原からも離れており、正規軍に掃討されるまでは、行くべき場所ではなかった。新九郎も弟が愚かな真似をせぬよう、釘を刺していたのだろう。

「星谷寺は霊験あらたかな名刹。昼にも星が映って見える『星の井戸』、四季に咲く『不断桜』などがあると聞く。田村草なら、お春の病を治せるはずじゃ」

又七郎は言い聞かせるように、小さく首を振った。

「井戸の中に水晶を幾つか入れておけば、それが日の光に当たって輝きましょう。四季に咲く桜などございませぬ。違う種類の桜が植えられ、たまたま狂い咲きした桜を見て、四季に咲くなどと噂したもの。助五郎様ともあろうお方が、幻の田村草など――」

「たとえ他の言い伝えが偽りであろうと、田村草だけは本物やも知れぬ」

「されば、手前が何とか手に入れて参りましょう」

田村草の正体は吉祥草《きちじょうそう》であると聞いていた。星谷寺以外にも生えている。

「家人は皆、同じように言いおるが、どこぞの草でごまかす肚であろう。星谷寺境内の草でのうてはならぬ。栗黒に乗って俺が取りに行けば、兄上が救うてくださると思うのじゃ」

助五郎も大人のやりそうな方便は弁えていた。だが、無茶を言うものだ。又七郎の素性もあらかた見通しているのか。

「真之助に頼んだが、危ないと首を縦に振らなんだ。俺を連れて行ってくれぬか、玄蕃」

星谷寺までは一刻（約二時間）あまり掛かろうが、日帰りは可能だ。が、北条家の御曹司を出入りの商人が連れ出すなど略取に等しい。下手をすれば死を賜るだろう。だが、裏を返せば、又七郎は助五郎の篤い信頼をかち得ているのだ。さらに信を得る絶好の機会とも言えた。

又七郎は助五郎に向かって片膝を突いた。

「手前も商人なれば、身の危険を冒す以上は見返りを頂戴しとう存じまする。この先、手前の願いを、何でも一つだけ聞き届けるとお約束くださりませ」

「俺にできることなら、約束しよう。今の俺には力がないが、いずれ恩は返せるはずだ」

しばし無言で見つめ合い、うなずきあった。商談成立だ。すぐ出るという助五郎をなだめ、明日の夜明け前に抜け出す計画を立てた。厩番と門番に手荒な真似をするだけで済むはずだ。

十

又七郎は助五郎を前に乗せ、明け空の下、栗黒を疾駆させた。百里を行く名馬である。

「驚きじゃな。この暴れ馬を乗りこなすとは」

この日、厩に入ると、又七郎は栗黒を眼力で捻じ伏せようとした。だが、栗黒は挑むように、又七郎を睨み返してきた。もともと又七郎は栗黒が背を許さぬなら、助五郎に栗黒へのこだわりを捨てさせるつもりだった。案の定、栗黒は暴れた。

又七郎が鬣を引っ摑んで引き据えようとしたが、栗黒が最終的に従ったのは、又七郎が己の前に乗せた助五郎の必死の叫びを耳元で聞き、受け容れたからに違いなかった。

「手前に背を許したのは、栗黒がすでに、助五郎様に心を開いておるゆえにございまする」

途中、相模川のほとりでひと休みを入れ、日が高く昇る前に星谷寺に着いた。

山賊の噂を聞いてか、村人たちも谷戸山界隈《かいわい》を避けるらしく、人影はない。しばらく探すと、境内の片隅の日陰に吉祥草を見つけた。秋花ゆえ今は先の尖った細長い葉があるだけだ。が、助五郎は喜ばず、「田村草は斑入《ふい》りと聞いておる」と納得しなかった。斑入りを求めて森に深入りする間も、栗黒は時々高く嘶きながら草を食んでいた。だが、長居できる場所ではない。

手分けして探している間も、又七郎は時おり、助五郎の小さな背中を見やっていた。

「あったぞ、玄蕃！　斑入りじゃ！」

一刻も探し続けたころ、助五郎の歓喜の声が遠くで聞こえた。森の奥まで入り込んでいる。薬効はともかく、遠出をした甲斐があった。すぐにも出立したほうがよい。

又七郎は助五郎のもとへ向かう途中で、笑顔を引っ込めた。

泥の付いた顔で笑う助五郎の背後から、武装した賊どもがわらわらと現れていた。二十人ほどか。長槍や弓に太刀、めいめいの武具を手にし、具足まで身に付けている者もいた。

「何をするか！　やめよ、無礼者！」

気丈に叫ぶ助五郎が、後ろ手に縛り上げられた。その背後から現れたのは誰あろう、団真之助であった。引っこ抜かれた田村草が、力なく地面に落ちている。

「北条氏康が立て続けに子を二人失うは、天罰であろうぞ。ようやく亡き殿の無念を晴らせる。礼を申すぞ、鳥屋の玄蕃」

真之助を始め賊どもは、河越《かわごえ》夜戦で戦死した扇谷上杉朝定《ともさだ》の遺臣たちであった。

「多勢に無勢なれば、逆らいますまい。されば、身代金の談合でも致しませぬか？」

「北条家の御曹司を拉致した不埒な商人は、扇谷上杉の回し者であったという筋書きよ。お前も助五郎も今ここで首を刎ねる。わしは懸命に探したが、間に合わなんだと言上するわけじゃ。わしには小田原でまだ仕事があるゆえな」

なるほど又七郎を下手人に仕立て上げ、己は悠々と屋敷に戻って、なお謀略を働くわけか。

左右から現れた賊が、又七郎の両腕をそれぞれ摑んだ。又七郎はもともと丸腰だが、計策師の武器は奪われてはいない。

「真之助殿、取引いたしませぬか」

「武士くずれの薄汚い商人めに、命乞い以外、何の取引材料があると申すか？」

「北条助五郎を駿河で殺害し、今川家の仕業と見せかければ、北条と今川の間で、再び大戦《おおいくさ》が起こるは必定。扇谷上杉の無念を晴らすためなら、もっと大きな復讐をなされては如何。手前は、今川家の朝比奈蔵人様の知己を得ておりまする。朝比奈を誘い出して、助五郎様殺害の下手人に仕立て上げるはいとも容易《たやす》きこと。この鳥屋の玄蕃にお任せあれ」

助五郎が瞠目して、又七郎を見詰めていた。

「むう。なかなかに悪知恵を働かせおるわ。が、お前を信じてよい理由《わけ》がどこにある？　今川出入りの商人であろうが」

「命あってこその商い。戦こそが儲けを生みまする。真之助殿と悪事を働いたなら、一蓮托生の身。裏切りませぬ」

真之助は腕組みをして考え込み、仲間たちと二、三言葉を交わしていたが、やがてうなずいた。

「同じ殺すにせよ、地獄へ至る泥沼の道を北条に用意できるに如《し》くはない。乗ったぞ、玄蕃。二人を縛り上げよ。夜、駿河に向かう」

「手荒な真似はおやめくだされ。手首に痣《あざ》や傷があれば、今川家臣に怪しまれまするゆえ」

「ふん、口だけは達者な商人よ」

猿ぐつわを噛まされた助五郎は、怯えた様子で又七郎を見上げていた。

十一

真之助たちは、森の奥にある木こりの杣《そま》小屋を根城としているらしく、古い道具小屋に又七郎と助五郎を閉じ込めた。木戸には外から閂《かんぬき》が掛けられている。外のざわめきが静まってから、四半刻ほどが過ぎたろうか。

「さてと、助五郎様。そろそろ逃げますかな」

又七郎が手首を撫でながら微笑みかけると、助五郎は驚きの表情で又七郎を見た。縛られている間、力を込めていれば、縄はきつく縛れない。真之助も手首に傷はつけぬよう命じていたから、縄抜けは簡単だった。

「声を上げなさいますな」

又七郎が手首の縄と猿ぐつわを解いてやると、助五郎は又七郎にすがりついてきた。真之助に裏切られたのが堪《こた》えたのだろう。小さな身体を抱き締めてやった。子どもに人の世の醜さを教えるのも大人なら、信ずべき人間がいると教えるのも大人の役目だ。

「断きより判じまするに、粟黒を入れて、馬はおそらく四頭。馬を奪って逃げまするぞ」

追っ手が数騎なら、恐るるに足りぬ。可能なら馬を傷つけて、動けぬようにして逃げ出す。

「外の様子はわかりませぬが、敵は大人数。されば、助五郎様は手前の後ろを決して離れず、これから申し上げることを必ずお聞きくださりませ」

「丸腰で討って出ると申すのか？」

「必要なら、武器は敵から貰いましょう。今宵、扇谷上杉の残党は、この企てのために集結するはず。ならば今、押し通るより他に手だてはございませぬ。が、成功するとも限りませぬ。敵は復仇のため、必ず助五郎様のお命を狙いまする。万一の時は、自ら立派にご生害なされませ」

しばしの沈黙の後、助五郎はゆっくりとうなずいた。

「わかった。俺はお主を信じる。されど教えよ。お主はいったい何者か？」

又七郎は助五郎に向かい、改めて恭しく両手を突いた。

「武田家臣、向山又七郎。ゆえあって、助五郎様の知己を得るべく、偽名を使うておりました。お赦しくださりませ」

「わが家臣としたかったが、晴信公はさすがによき家臣をお持ちじゃな。世話になる」

「この又七郎、命を懸けてお守りいたしまする」

十二

又七郎が木戸を足で強く押し続けると、門が音を立てて吹き飛んだ。

商人に童と見て油断していたのか、見張り番は一人だけだった。驚いて振り向く頭を引っ摑んで膝頭で蹴り、首筋を手刀で強打した。崩れ落ちた身体から大小を奪い取る。

すばやく辺りを見回す。左手、百歩ほど離れた松の木に、粟黒が繋がれていた。他の馬は右手、五十歩ほど離れた厩だ。敵の足を奪えれば、逃げやすい。まだ気づかれていない。

厩へ向かう。だがとつぜん、背後で大きな鈍い音がした。振り返ると、小屋に立てかけられた丸太が次々と倒れていく。さっき倒した敵が這って動き、仲間に知らせたのだ。敵には情けをかけるな、必ず殺せと説いた高白斎の猫顔が思い浮かんだ。

騒ぎを聞きつけた賊どもが、民家から飛び出してきた。十数人はいる。

「足止めいたしまするゆえ、粟黒のもとへ走り、そのまま逃げられませ」

「独りで乗るのか？」

「粟黒はすでに心を開きました。今こそ新九郎様に雄姿をお見せなさいませ」

身震いする助五郎の背を押してから、振り返った。

賊どもが押し出してくる。又七郎はずいと前へ出た。抜刀し、構える。

しゃにむに突き出された槍を軽く躱《かわ》す。左手で柄を摑むと、みぞおちを足蹴にした。すぐに身体を沈める。別の敵の長刀が、又七郎の頭上で空を切った。右手の刀で、膝頭の裏を強打した。峰打ちだが、しばらくは歩けまい。

弓を引き絞る音がした。粟黒へ駆ける助五郎の背後を狙っている。背後から襲いかかってきた敵を背負った。弓の男に向かって投げつける。

「早う行かれよ！」

叫びながら、又七郎はさらに前へ出た。体さばきだけで二、三人を躱した。倒された者たちが呻《うめ》き声を上げているが、十人ばかりの敵が又七郎を遠巻きにしていた。

「まだ、やるかの？　俺は新當流《しんとうりゆう》を極めておる。お主らでは勝てぬとわかったろう」

又七郎が静かに問いながら前に出ると、賊どもが身を引いた。

気迫で、威圧している。

ちらりと振り返ると、助五郎が粟黒に乗れぬまま立ち尽くしていた。一度落馬して怪我をした身だ。童にとって粟黒は大きすぎる。無理もなかった。

「まだ一人も死なせてはおらぬが、急いでおるゆえ、次からは容赦せぬ。俺なんぞに斬られて死んだ日には、目も当てられぬぞ。さればかたがた。済まぬが、このまま見過ごしてくだされい」

又七郎は敵に背を向けると、粟黒に向かって悠々と歩き出した。

「助五郎様、行きまするぞ」

童を抱き上げると、粟黒の鐙《あぶみ》に足を掛けて跨がった。

「すまん、又七郎。身体が震えて動けなんだ。新九郎兄に顔向けできぬ」

「よう頑張られましたぞ。次こそはお乗りになれましょう」

優しく声かけすると、すぐ前に乗る助五郎が小さくうなずいた。

「又七郎。斬人斬馬の伎倆を持ちながら、お主はなぜ敵を殺めぬ？」

「賊とは申せ、滅ぼされし家の遺臣たち。同情せぬでもありませぬ」

名馬が山道を駆けるうち、星谷寺の本堂が見えてきた。

「又七郎、少しだけ時をくれぬか」

「なりませぬ。必ず追っ手が参りましょう。田村草は諦められませ」

助五郎が聞き入れず、思い切り手綱を引っ張ると、驚いた栗黒が足を止めた。又七郎の両腕からすり抜けるように馬から飛び降りた。

「妹も守れぬ不甲斐なき兄になる気はない。赦せ」

斑入りの田村草は本堂の北、奥山を相当分け入った辺りにあった。又七郎は栗黒を樹間に隠し、奥山に分け入った。「あちらではありませなんだか」と、助五郎とともに探した。ようやく見つけて掘り出すと、助五郎は大事そうに袱紗《ふくさ》にくるんで懐に入れた。

「礼を申すぞ、又七郎。やっと手に入れられたわい」

泥だらけになった顔を見合わせて、二人は同時に笑い合った。

けたたましい嘶きが聞こえた。栗黒だ。敵の接近を知らせているのか。このまま隠れていても、敵は大勢だ。いずれ見つけ出されよう。栗黒で逃げるほうが確実だ。

奥山から本堂を見やると、連れ出された栗黒の周りに賊どもがいた。数十名はいる。真ん中にいるのは真之助だった。残党が今ごろになってこれだけ力を盛り返すなどあり得ぬ。おそらくは北条の敵、たとえば武田の重臣が支援しているに違いなかった。

「助五郎様。この世にはどうしても守れぬものもございまする」

思えば、又七郎には守れぬものばかりだった。

「されど栗黒は、亡き兄上の形見じゃ」

売れば金になる名馬を、普通の賊は殺すまい。だが、相手は事情を知悉《ちしつ》していた。

「助五郎、聞いておるか？　これからこの駄馬をさんざんにいたぶって殺し、肉を食らうぞ！」

真之助の嘲りに「俺はここじゃ！」と、助五郎が灌木の中から飛び出した。

又七郎もやむなく続く。

「鳥屋の玄蕃。貴様はいったい何者じゃ？　わしらを騙した罪は重いぞ」

「今川家臣、一宮《いちのみや》出羽守に仕える宮川将監《しょうげん》と申す。当家も、北条家とは因縁浅からぬ仲にて、扇谷上杉家遺臣のかたがたのお気持ちもわかり申す。お望みなら、わが主に推挙いたしますぞ」

本名を明かす必要はなかった。北条と戦った今川なら、上杉残党の恨みを買ってはいない。

真之助が一瞬考え込む素振りを見せた。まだ、取引の余地はある。

又七郎が畳みかけようとしたとき、「偽りじゃ！」と叫ぶ声がした。

「騙されてはならんぞ！　こやつは武田の計策師、向山又七郎じゃ！」

賊どもの中から出てきた若侍には、見覚えがあった。平瀬城にいた面皰《にきび》顔の主水《もんど》だ。

「おお、お主か。しばらくだな。よう生きておったのう」

「武田の雑兵に扮して城を出たのよ。俺だけはお前を信じなんだゆえな。功名に眼を奪われ、卑怯な勝利に浮かれる武田軍に紛れ込むなど、容易《たやす》かったわ」

「こやつがあの向山又七郎。憎《にっく》き計策師か！　武田の裏切り、北条との矢留さえなくば、河越の敗け戦もなかったはず」

真之助の言うとおりだ。武田が扇谷上杉を捨てて北条と結んだために、扇谷上杉は滅んだのだ。激しい憎悪を湛えた眼で又七郎を睨みながら、真之助が一歩踏み出した。頭領と思しき真之助さえ討てば、黙らせられるかも知れない。俺はまた、人を殺さねばならぬのか。

「わが殿の仇じゃ！　今ここで、二人とも討ち果たすぞ！」

「待たれよ！　失礼ながら、お主らで俺は討てぬ。これだけの大人数に襲われたら、お主らを殺すよりほかはない。復讐も遂げられず、命を落とすなど、もったいない話ではないか」

「計策師の口車に乗せられてはならぬぞ！」

かまわず打ちかかってきたのは主水だ。

——殺すか。いや、死ぬにはまだ若すぎる。

又七郎が主水の手首を、峰打ちで砕いたとき、矢音がした。とっさに助五郎をかばい、身を伏せる。右腕に激痛が走った。すぐに左手で矢を抜く。

さっき民家のそばで戦った賊たちも、加わっていた。

周囲で刀が次々と煌めいた。が、襲いかかっては来なかった。賊どもを蹴散らした者がいた。栗黒である。栗黒に向かい、長槍がいっせいに向けられた。

「いかに向山又七郎とて、手負いなら、わしでも討てよう。手出しいたすな」

真之助は刀を中段に構えていた。

又七郎は負傷した右手だけで構えた。

真之助が先に動いた。左手の血まみれの矢を投げつける。

一瞬の隙ができた。見逃さない。

刀をさっと左に持ち替える。籠手《こて》を強打し、すかさず肩に振り下ろした。峰打ちでも、肩骨が砕けたろう。

又七郎は、足の下に真之助を踏みしくと、群がる敵に向かって大喝した。

「動くな！　真之助殿の命がかかっておる。喧嘩好きの面々とは、ゆるりとお相手いたそう。されど大人の見苦しい喧嘩なぞ、童に見せられる代物ではない」

又七郎は助五郎を振り返ると、微笑んだ。

「しばしお別れでござる。栗黒に乗って、お帰りくだされ」

「死ぬ気か、又七郎！」

又七郎はゆっくりと頭《かぶり》を振った。

戦うには、敵の数が多すぎる。左腕一本で切り抜ける自信はない。だが、又七郎にはまだ舌という武器があった。

「乱世にさんざん文句を垂れる者も、生には意外に未練があるもの。腹を割って話し合うてみれば、わかり合えるやも知れませぬ。さ、一気に駆け抜けられませ。敵に考える暇《いとま》を与えてはなりませぬ」

「道を空けよ！」

又七郎は左手の刀を、風音を立てて振るった。

殺気立つ賊どもの視線を浴びながら、助五郎は漆黒の馬の前に立っていた。

一人では、一度も乗れた経験がない。助五郎はすでに一度失敗していた。だが、かえって肝が据わったのだろう。堂々と鐙に足を掛け、長い鬣に捕まりながら、背に飛び乗った。

両手で手綱を引く。見事だ。

「邪魔立てする者あらば、斬る！」

すかさず又七郎が一喝した。

「向山又七郎、大儀である。必ずやまた会おうぞ！」

助五郎が思い切り腹を蹴るや、粟黒は疾駆を始めた。

数瞬で本堂のある丘から駆け出ると、まもなく助五郎の姿は点になった。立派になった弟の姿を見て、新九郎はきっと天で喝采を送っているに違いない。

又七郎は、己を取り囲む殺伐とした連中を見渡すと、歯を見せて笑った。

「さてと、かたがた、取引せんか？　最初に言うておくが、俺は貴殿らに何の恨みもない。俺は見てのとおり、今、片腕しか使えぬが、もともと俺の利き腕は左でな。腕にもちっと覚えがある。お主らは槍やら刀やら振り回したがるが、お互いに危ないゆえ、やめてくれんかの」

実際は右利きだが、左でも人並み以上には使えた。

だが、倒せてもせいぜい二人くらいか。

「俺は人質もとっておる。他方、お主らは数が多い。皆で襲ってくれば、俺でも勝ち目は乏しかろうな。俺の長くもない人生が今日で終わり、大好きな酒も呑めんようになる。俺を殺して溜飲を下げるのも一つだが、俺も精いっぱい抵抗する。そうさな、半分くらいは死ぬぞ。その者たちはもう酒も呑めん。女も抱けん。それで本当に、悔いはないのか？」

又七郎は刀を持ったままの左手で、総髪に手ぐしを通しながら頭を掻いた。

「扇谷上杉を滅ぼしたのはあくまで北条だ。武田は軍勢を出してもおらぬ。俺のせいで、北条と武田が矢留をしたは事実なれど、俺を殺したとて、さして気が晴れるようには思えんぞ。話し合うか戦うか、どっちが正解か、いっしょにじっくりと考えてみんか？」
異国の山中で、又七郎は己を取り囲む賊相手に、語り続けた。

第六章　筆頭計策師

一

駒井高白斎は躑躅ヶ崎館《つつじがさきやかた》を出ると、重い足取りで駒井館に戻った。伴の者たちが後に従う。

この日、天文二十一年四月八日、晴信の嫡男太郎義信と今川義元の嶺《れい》姫との結納が正式に成った。

武田方の取次として、穴山信友と高白斎が起請文に連署した。だが、実際に裏で話をまとめたのは、向山又七郎だった。

二ヶ月前のあの朝、高白斎は臨済寺に太原崇孚を訪れて直談判し、「甲駿同盟の先行、駿相同盟の延期」で密約したはずだった。だが、蓋を開けてみると崇孚は、途中から又七郎と手前勝手に話を進めた。結局、一方的に人質を差し出すという、北条方が呑めぬ条件を設定したのだから、崇孚は高白斎との申し合わせどおりに駿相同盟を延期したと捉えてよいのやも知れぬ。

だが、どうもあの時の崇孚の様子は違った。仮に又七郎がすべての条件を北条方に呑ませたら、どうなるのだ？　売り言葉に買い言葉の応酬にも見えたが、謀略家の崇孚がその場の流れに任せて大事を決めたとも思えぬ。

あの後、又七郎はすぐに外交交渉の表舞台から姿を消した。

又七郎は本気で、あの厳しい条件を引っ提げて、北条方を説得する気なのか。隠密に動いているのは、高白斎を疑い始めたためか。勝沼信元の指図で、高白斎は人質となる北条家の五男を消すべく、扇谷《おうぎがやつ》上杉家の残党を支援し、北条宗家への仇討ちに力を貸してやっていた。だが、得体の知れぬ男ひとりに企てを阻止されたと報告があった。数十人の荒くれ武士相手に派手な大立ち回りを演じてみせ、説得して立ち去るなど、並の男にできる芸当ではない。又七郎は北条宗家に出入りしていたのだ。これは油断ならぬ。

思案にふけるうち、音もなく現れた眼帯の小柄な若者に気づいた。伊織だ。

「今朝がた、向山又七郎が相模より戻りましてございまする」

「あやつめ、戻ったに、なぜわしに挨拶に来ぬ？」

「疲れているらしく、屋敷の外まで鼾《いびき》が聞こえまする。何やら怪我もしておる様子」

「ふん、相変わらず不用心な男よ。して、三ツ者は？」

「千春と申す小姓をたまに使うておったようにございまする」

「そやつはいったい何者か？」

「武田宗家の三ツ者かと」

高白斎は舌打ちした。又七郎は晴信の側近である。晴信が直接三ツ者を配置したとしても、不思議はなかった。それなら簡単には手が出せぬ。

「厄介な話じゃ。腕は立ちそうか」

「一度、切り結んでみましたが、それがしと同じくらいかと」

一級品の三ツ者を付けたわけか。晴信は又七郎を使って、真剣に三国同盟を実現する肚だ。晴信は高白斎と勝沼信元の極秘の連携に、どこまで気づいているのか。

高白斎は左手の五本指で禿げ頭を撫でた。

今川手筋は予期せぬ速さだった。高白斎が謹慎していた間の一ヶ月あまりで、又七郎は話をまとめてしまった。甲駿同盟までは信元も了承していたが、この先は話がまったく違う。

「信元公から、この文を」

伊織から差し出された封書を開くなり、高白斎は目を見開いた。

「これはよい。ゴマ目が下手を打ちおったわ」

この密書が公にされれば、一時《いっとき》、穴山信友を失脚させられる。

武田家先代信虎の時代、まだ若いころに、高白斎は懸命に成し遂げた調略の功を、穴山家に横取りされた遺恨があった。ゴマ目の父親に頼まれた高白斎はやむなく譲歩し、せめて連名でと提案したが、受け容れられなかった。高白斎はたかだか一介の計策師にすぎず、何の力もなかった。以来、高白斎はこの屈辱を片時も忘れず、小領を少しずつ手に入れて、力を蓄えてきたのだ。

「これで、今川手筋をかき回せる」

甲駿同盟まで潰してはならぬ。穴山を敵に回せば、損をする。火中の栗は他人に拾わせるのが、高白斎の確たる信条だ。使い捨ての道具がひとり必要だった。筋書きどおりに操れ、失敗しても家中にしこりを残さず消えてくれる、手ごろな馬鹿はおらぬものか。

高白斎が禿げ頭を撫でるうち、小笠原家から降《くだ》って間もない山家《やまべ》右馬允《うまのじょう》の馬面が浮かんだ。近ごろ何やら心得違いをして、計策師を気取っている馬の骨だ。右馬允なら、ほどよく踊ろう。

「これを山家右馬允に売ってやれ。反同盟の北条家臣に雇われた風魔だと騙《かた》り、武田の計策師に話があると言えば、馬の骨も喜び、その気になろう。この文が持つ意味も教えてやるがよい」

右馬允に金を渡しては警戒される。逆に買わせて初めて、計策の価値が出るのだ。

伊織が文を受け取ると、高白斎は続けた。

「来たる卒哭忌《そっこくき》（命日から百日目の法要）につき、弥三郎殿にこの書状を届けよ」

北条手筋の取次となった小山田家の弥三郎はわずか十四歳、世間知らずの若者だった。有職故実《ゆうそくこじつ》は経験豊かな高白斎の独擅場《どくせんじょう》だが、父の葬儀では、親身になって弥三郎の相談に乗り、小山田家当主に成り代わって、取り仕切ってやった。初七日でも、四十九日でも、あえて謹慎を破って罰を受ける姿まで見せて、最大限の誠意を表してきた。

弥三郎は、晴信から三国同盟の命を受けたと素直に話し、高白斎を頼ってきた。

高白斎は又七郎について、「あの者、決して悪い男ではございませぬ」と、わざわざ意味深げに断った上で、「ただ、女癖だけは悪く、亡きお父上にも、多大なご迷惑をおかけしました。弟子の不始末は師の罪。重ねてお詫び申し上げまする」などと事あるごとに謝って、又七郎の女癖の悪さを吹き込んでおいた。真実など無関係だ。今や弥三郎は、向山又七郎こそ君側《くんそく》の奸《かん》であり、父を色事に迷わせ、若死にさせた仇に等しいと思い込んでいるはずだ。

又七郎は北条手筋で、必ず行き詰まる。だが、あの若者の人たらしは侮れぬ。絶対に進められぬよう、さらに手を打っておく。

「桑原盛正《くわはらもりまさ》にこの文を届けよ。そのまま小田原で、桑原に上杉、長尾と内通の疑念ありとの噂を流せ。桑原は堅物ゆえ、すぐには効くまいが、粘り強く流させよ」

北条方の取次は、松田と桑原だ。

さいわい最有力家臣の松田家は同盟に反対で、この逆転は容易でない。桑原は同盟に賛成らしいが、高白斎の文を読めば、又七郎との交渉に二の足を踏む。幾重にも障害を設けておけば、今川、北条の駿相同盟は絶対に成るまい。だが高白斎は武田、北条間の矢留から同盟への格上げも防がねばならぬ。

高白斎は禿げ頭を左手の五指でゆっくりと撫でていたが、やがて眼を開いた。

甲相国境にある「奥三保《おくみほ》」の所領問題を蒸し返す。女好きの先代小山田は、物臭もあって大人の対応をしていたが、過去の事情を知らず、若くて純粋な弥三郎を焚き付けるのだ。筆頭取次の小山田家が抱える奥三保問題を徹底的にこじらせれば、甲相関係は一歩も先へは進むまい。

高白斎が一人ほくそ笑んだとき、伊織の姿はすでに部屋から消えていた。

二

小田原から戻って十日近く経ち、日脚も伸びてきたが、すでに甲斐の陽は山に沈み、月影を浴びた遅咲きの桜が甲府の夜を彩っている。

向山又七郎は足取り遅く甲府の町を歩いていた。矢傷はまだ治っていない。苦労して手に入れた田村草の御利益か、春姫は元気を取り戻したと風の便りに聞いている。

裏小路を折れると、又七郎の胸がときめいた。真っ暗なはずの屋敷には明かりがしっとりと灯っていた。

がらりと音を立てて引き戸を開けると、炊いた米の香ばしい匂いがした。部屋の中の暖気が又七郎の冷えた鼻先をじんわりと撫でる。今朝がた猫の絵を一枚描きかけてそのまま出かけたが、絵皿やら乳鉢やらは隅に片付けられ、代わりに食膳が用意されていた。

「戻っておったのか、千春。駿府以来だな」

明るく問いを発した。この間、何をしていたのか気になるが、問わぬ約束だ。

「又さまも、健やかにお過ごしであったご様子」

「まったく健やかではないぞ。御年十四の偉い御親類衆がやけにつれのうてな」

新たな小山田家当主が、依然として面会に応じてくれないのである。

女好きの鼻毛殿こと、小山田出羽守信有の急死後、長子の弥三郎が家督を継ぎ、北条手筋の筆頭取次となった。又七郎は法事が一段落するまで、話を持ち出せまいと考え、先に北条家の情勢を探り、助五郎に取り入っていたわけである。

年少の弥三郎の名代として、下交渉を先に進めてしまおうと、又七郎は、北条家取次の桑原盛正に打診した。桑原とは、八年前の矢留交渉以来、互いによく知る仲である。桑原は同盟推進派だが、すでに小山田家中の事情を知っており、「話をまとめた後で反故《ほご》にされては無駄骨になる」と妙に警戒した。石頭の桑原は、弥三郎が同席せねば交渉には応じられぬとの一点張りで、話が進まなかった。

弥三郎が亡父の方針を引き継げばよいが、その保証はない。

「このふた月ほど、どこで何をしていらしたのです？」

「小田原で子どもと遊んでおった。美味い蒲鉾《かまぼこ》も食った」

千春の炊いてくれた飯を次々と口の中へ放り込む。ふだんは飯を炊くのも面倒で、酒浸りの夜が多いから、よけいに食が進んだ。又七郎が上機嫌で夕餉《ゆうげ》を済ませ、ほろ酔い加減で「俺の嫁になれ」と千春を口説き始めたとき、玄関の戸を叩く者があった。

「誰だ、他人の色恋の邪魔をしおる無粋な輩は。居留守を使うぞ」

「これだけはしゃいでおられては、もう無理です」

「半殺しにして追い返してくれぬか、千春」

千春が立ち上がる前に、「御免」と一人の男がずかずかと勝手に入ってきた。

珍客である。又七郎が寝返らせた旧小笠原家臣、山家《やまべ》右馬允《うまのじよう》であった。齢は又七郎と変わらぬ。平瀬攻め以来の再会だった。

「又七郎殿が最近、甲府に戻っておると耳にしたものでな」

勧めもせぬのに又七郎の前に座り込むと、右馬允はちらりと千春を見た。

「こたび娶《めと》った惚れ女房よ。上玉だろう？　口は石よりも堅い」

堅いどころか、誰にどう利用されるか知れぬ。が、右馬允の話なら漏れても大事なかろう。

「色男の又七郎殿が、ついに年貢を納められたか。武田家にとっても、朗報かのう」

又七郎は横目で千春の様子を盗み見た。相変わらずの澄まし顔だが、明かりの加減か、頰がわずかに赤らんでいるようにも見えた。

「今宵はの。昨今何かと話題にのぼる三国同盟の件で、直談判に参った。又七郎殿は穴山様のお指図で、秘かに動いておるそうじゃな？」

猪武者に隠密行動を知られるとは、いったいどこから漏れたのか。

右馬允は又七郎の説得に応じて武田に臣従した後、小笠原残党の懐柔工作に協力してくれた。成功例もあった。かつての朋輩、平瀬義兼を討った功で、武田家臣の自覚を得たのか、一端《いつぱし》の計策師を気取っているらしい。

「武田にとっては、今川と北条が大いにいがみ合っておる現状こそが益。なにゆえ三国同盟なぞ、結ばねばならぬ？　漁夫の利の俚諺《りげん》を知らぬ又七郎殿でもあるまいが」

右馬允は唾を飛ばして熱く弁ずるが、又七郎はひたすら盃を空けては、千春に突き出した。相手は小笠原なぞとは格の違う強国だ。したたかな今川と北条を相手に、漁夫の利をかすめ取るなど容易な話ではなかった。相手にも計策師がいるのだ。

「又七郎殿、実はの」

右馬允が声を潜めて身を乗り出してくるが、又七郎はかまわず盃の酒をすすった。

「松田憲秀《のりひで》殿から、穴山信友様宛ての密書を手に入れた」

又七郎は覚えず咳き込んだ。顔にこそ出さぬが、内心では飛び上がっていた。本当にあの「首なし」の若造がゴマ目に文を書いたのか。何を書いたのだ。

北条手筋をまとめるには、最終的に松田家の了解が要る。筆頭取次の松田と桑原は犬猿の仲だ。松田は金に汚く、桑原は正反対で融通が利かぬ。二人は別々に攻略する腹づもりだった。

「穴山様は、私利に目が眩んで武田を売り、三国同盟につき太原崇孚と内々合意されたとか」

極秘事項が右馬允にまで漏れるとは、勝沼信元がいよいよ本格的な妨害工作に出始めたと見てよいのだろう。右馬允に密書の奪取など気の利いた芸当はできまい。

「貴殿は穴山様に取り入っておるようじゃが、この際、友として忠告しておく」

右馬允の友になった記憶はなかったが、寝返らせた時に話の流れで調子のいいことを口走ったやも知れぬ。それにしてもこの男と話していると、雨が降るように唾が飛んでくるから、かなわない。又七郎は少し身を引いた。

「貴殿が頼りとする穴山様はもう破滅じゃ。当てにせんほうがよかろうぞ」

又七郎は覚えず苦笑した。ずいぶんな誤解だ。できればゴマ目なぞとは付き合いたくもないし、ゴマ目を当てにした覚えなど一度もなかった。

晴信は、ゴマ目が甲駿同盟に際し今川領に知行地を得た件について、「あの強欲者めが」と呟いたものだが、最近では着実にゴマ目を味方に取り込んで、仲睦まじい様子を、ことさらに勝沼信元に見せつけているらしい。

「どうじゃ、又七郎殿。この文の中身を知りたいであろう？」

右馬允は勝ち誇ったように懐から封書を取り出すと、又七郎には見えぬようにひらひらさせた。が、又七郎は大口を開けて舌を伸ばし、盃からしたたる数滴を受け止めた。

さて、ゴマ目は何をしでかしたのか。

甲駿同盟の締結で、穴山信友は味をしめた。若すぎる小山田弥三郎の非力につけ込んで、北条手筋の取次として割り込む肚か。信濃で敵の調略に成功している真田幸隆の好例もある。高白斎と又七郎が、それぞれの身分で計策に身を投じてきたように、穴山とて、今川手筋だけに制約される理由はない。小山田家から北条手筋を半ばでも奪い取ろうと動き出した、といったところか。松田は贈賄さえすれば便宜を図る男だ。

「細かな言い回しは忘れたが、結びはこうであったな。委細承知した、起請文にはいずれ穴山殿に連署賜《たまわ》りたく、小山田殿にお願い申し上げる所存に候」

当て推量だったが、右馬允が驚いた顔をしたので、当たらずとも遠からずか。

ゴマ目の動きを摑んだ信元は、松田からの密書を途中で奪い取った。

常に北条手筋への警戒を怠らない勝沼衆なら、可能な芸当だ。晴信の命で高白斎が起草した『甲州法度之次第』第三条は、家臣の国外勢力との無断折衝を禁じている。ゴマ目は勇み足で、法度に反したわけだ。

「わしはこの書状を、甲府奉行の勝沼様にお届けしようと思うておる」

なるほど読めてきた。信元が自ら手を下したのでは、自作自演の疑いが生じ、穴山との関係もうまくない。使い捨ての右馬允に告発させ、ゴマ目を法度違反で裁く筋書きだ。

晴信の意向に反する動きではないから、せいぜい謹慎程度の軽い処罰ではあろうが、今川手筋の重臣である穴山を一時的にせよ失脚させられる。既定路線の甲駿同盟をも揺るがして見せれば、穴山はもちろん、日和見の家臣団を強く牽制できるわけだ。

右馬允には知恵がなく、武田家中にまだ友もいないために、知己の又七郎を頼ってきたのだろう。右馬允が今宵、又七郎を訪ねたのは天恵だ。何とかこの文を奪い、ゴマ目を救ってやらねば、同盟も危うい。

「千春、何をしておる。右馬允殿にも盃を」

今さらのもてなしだが、右馬允は千春の酌で相好を崩して飲み始めた。

「友として右馬允殿に忠告しておこう。その偽書なら、俺も二通ほど買ったが、悪巧みに巻き込まれてはかなわぬゆえ、焼き捨てた」

右馬允は真夜中に日輪を見たごとくに仰天した。

「偽書じゃと！　二貫文も払ったに、そんな馬鹿な。確かめてくれぬか」

又七郎が受け取って読むと、思ったとおりの内容だった。

穴山には、せめて十一月に予定される今川の姫の輿入れまでは健在でいてもらう必要があった。仮にこの婚姻が流れでもすれば、今川家の顔を潰す一大事となる。崇孚は激怒しよう。三国同盟など夢のまた夢だ。

「この書状、誰から入手された？」

「それは言えぬ。わしは口が堅いんじゃ」

信元は尻尾を出すような真似はしない。右馬允も知らぬのだろう。

「俺が右馬允殿なら、明朝にも甲府を出て、信濃へ戻る。いや、今宵だな」

右馬允は見ていて気の毒なほど震え上がった。

「……実は、玉屋で隻眼の若い男から手に入れた。掠《かす》れ声の小柄な男であった」

又七郎が北条領に潜伏している間も、黒い眼帯をした小男を幾度か見かけた覚えがあった。小男は決まって夜にのみ現れた。北条の風魔衆と思っていたが、勝沼衆だったのか。

「友として忠告しておこう。これは、武田にしかけられた離間の計よ。御館様と穴山様を仲違いさせる北条家の陰謀じゃ。右馬允殿は、どうやら風魔衆にはめられたぞ」

素性も知れぬ男から手に入れた怪文書を使って、冤罪で重臣の穴山家を陥れ、家臣団の団結にひびを入れたとなれば、死罪は免れまい。途中、又七郎が酒をこぼして、ちょっとした騒ぎになったが、右馬允をさんざんに脅かした。

「さ、されば偽書かどうか、勝沼様にご判断を――」

「甘い」

又七郎は問題の文を畳の上から取ると、文の最後のほうを指さした。

「この文《ふみ》には一ヶ所、書き損じがある。『天文二十年』とあるが、一年も間違えるなぞ、うっかり者の俺でもやらぬ。かかる重要な文に粗漏があるとは信じがたい。かように脇の甘い謀略は、必ず底が割れる。この偽書を勝沼様に持ち込めば、厳しい詮議を受けような。隻眼の男なぞ、貴殿の作り話とされるが関の山。申し開きは難しかろうて」

右馬允は文を見詰めながら、しきりに首をかしげている。

「気づかなんだ……。されど、たかだか日付の誤記くらいで」

「いやいや蟻の一穴とも申す。ゆめゆめ己の人生を、かような怪しき文に懸けなさるな。山家の代わりに滅んだ平瀬主従のためにも、生きられよ」

平瀬の名を出すと、右馬允はびくりと身体を震わせた。

又七郎は灯明皿の炎に文をかざした。

密書がめらめらと燃え始めたが、右馬允は何も言わなかった。穴山失脚に繋がる証拠が灰になっていく。ゴマ目に行動を慎ませる必要があろう。

右馬允を帰らせた後、酒を注ごうとする千春を「よい」と優しく手で制した。

「又さま。あの文の間違いとやらは？」

「酒をこぼして騒いだときに、酒で絵筆を湿らせて縦棒を一本書き足しておった」

又七郎は刀を取って立ち上がった。

「ゴマ目のしくじりのおかげで、酔いも醒めたゆえ、躑躅ヶ崎館《つつじがさきやかた》に行って参る」

「かような夜半に、ですか？」

今夜の宿直《とのい》はかねての馴染みだ。後日、玉屋で奢《おご》るといえば、入れてくれる。

「相手も気張っておるんじゃ。俺がやらねば、前に進むまい」

右馬允だけではない。武田家臣団がいよいよ三国同盟につき態度を決すべき時期が来ていた。何とか北条手筋をこじ開けねばならぬ。

　又七郎は千春の差し出した羽織を着ると、夜の町へ駆け出した。

三

　向山又七郎は縁側に寝転がって、小ぬか雨に濡れる小庭を眺めている。

「計策師は国を股に掛けて、飛び回ってばかりと思うていましたが、存外お暇なのですね」

　このひと月近くは一見おだやかな日々だった。

　躑躅ヶ崎館に通って、万巻の資料を読み漁り、何か思いつくたび、事情に詳しい人間に会い、納得するまで聞いた。夜は高白斎と密談して、方策を練りもした。ひとまずやり尽くした。

「掻くとよけいに痒くなる皮膚の病のようなものだ。今はひたすらに堪《こら》え時よ」

「近ごろは政庁にも行かれず、寝転がってばかりおられまするが」

「横になると名案が浮かぶでな。俺は世のため、民のため、ひたすらに思案を重ねている」

「先ほどは鼾をかいておられましたが」

　又七郎は起き上がると、千春に向かって胡座《あぐら》をかいた。

「考え込んで眠ると、目覚めた時に思いもよらぬ良策が浮かぶのだ。不思議なものよ」

「では何か、事態を打開する策でも？」

　千春はからかうように又七郎を見ている。

　依然として過去には触れぬが、千春はよく話すようになった。そんな時の千春は来し方ゆくすえを忘れているように見えた。立ち居振る舞いでわかるが、千春は下賤の出ではない。

「簡単に見つかれば、苦労はせぬ。さてと、師匠に呼ばれておるゆえ、行って参るかの。よくも悪くも動きがあったはずだ。夕餉までには戻る」

逃げ出すように刀を取ると、又七郎は屋敷を出た。

四

高白斎はほろ酔い加減で又七郎を待っていた。対面前に呑み始めているとは珍しい。

今朝がた谷村館《やむらやかた》で、若い小山田弥三郎は腕に力こぶを作って、高白斎と二人で、北条方取次との一度目の折衝に臨んだはずだった。とぼけたような猫面から成否は読め取れぬが、呑んでいるのは交渉でいい線が出たせいか。それともやけ酒か。

「松田憲秀は、穴山様にも負けぬ強欲さ。まずはどのような案配でございましたか」

又七郎には金がない。松田への贈賄は高白斎が引き受けていた。

「一万貫文の支払いで、弥三郎殿が引き取られた」

又七郎は口に含んでいた酒の始末に困り、覚えず咽《む》せて咳き込んだ。賠償金の話を一度でまとめたのか。見事だ。

「それは重畳。されど、人質を出さぬ代わりに支払う条件ではござるまいな?」

高白斎はゆっくりと首を横に振った。

「もっと悪い。弥三郎殿は、北条方の言い分を一々もっともと言われ、今川に支払わせると引き取られた。人質など差し出すはずもあるまい」

又七郎は鼻っ柱を殴られたように面食らった。話があべこべだ。

《北条による一万貫文の賠償》と《人質の差し出し》を求める今川に対し、北条が逆に《今川による一万貫文の賠償》を求め、《人質も出さぬ》と答えたわけである。両家の溝がいっそう深まったではないか。

「師匠がついておられながら、何たるざまでござるか！」

又七郎が食ってかかっても、高白斎はどこ吹く風と平気な面で酒をすすっている。

「弥三郎殿は若すぎる。年寄りの繰り言など聞く耳を持たれぬでな。厄介な話になった」

北条方の松田憲秀はまず今川の非を並べ立てたという。一方の言い分を聞いただけで、弥三郎は「ごもっとも」と北条に同情してしまったらしい。

高白斎はしゃあしゃあと言ってのけたが、「厄介」どころか、締約実現は大きく遠のいた。外交交渉は出だしが肝心だ。武田が北条方の要求を認めて持ち帰ったのなら、北条方は今後嵩《かさ》にかかり、譲歩するとしても、受け取る賠償金の減額くらいしか想定すまい。これを逆転し、金を支払わせて、さらに人質まで取るのは、もはや不可能に近い。

「師匠。いったいこれから、何となさるおつもりじゃ」

「何ともせんわい。又七郎、お前はやけに自信のあった様子じゃが、北条から人質を取るなぞ、どだい無理な話ぞ。お前が崇孚に押し切られた時点で、相駿同盟など絵に描いた餅になったのよ。こたびあの首なしと話してみて、この話は絶対にまとまらぬと確信した。やるだけ無駄よ。焼け栗を拾うな」

又七郎は二の句が継げなかった。

もっと早く気づくべきだった。ここしばらくの談合では猫を被っていただけで、高白斎は三国同盟を仕上げる気など毫もなかったのだ。高白斎はひとたび実現できぬ計策と見るや、失敗を前提として、いかに周到に保身を図るかに心を砕く。弟子筋にも無駄骨を折るなと教えていた。他の計策師が試みれば、失敗を望み、己の保身に必要なら秘かに邪魔立てさえした。案の定、計策が不首尾に終わると、「それ見たことか」と己の見方が正しかったと内心胸を張りながら、おため顔で事態の収拾に精を出し、それを己の功とするのだ。

「されど師匠、こたびは御館様肝煎りの同盟でござるぞ！」

「肝を煎れば、不可能な計策が可能にでもなるのか。そもそも駿相同盟が甲斐にとって益とは限らぬ。家中も割れておるでな。話が潰れて、怪我の功名になるやも知れぬぞ」

高白斎は匙を投げたように、空にした盃を置いた。

なるほど弥三郎の若気と未熟のせいにして、三国同盟を潰す肚だ。哀れ若い弥三郎は、高白斎の言いなりになって、嵌《は》められたわけか。高白斎は甲駿同盟の成功で失敗を帳消しにして、保身を図る気だろう。

「勝沼様とは、何度もやり合ったが、説き伏せられる見込みもない。計策師には、諦めも大切な判断だと教えたはずじゃ。又七郎、悪いことは言わぬ。この辺りで手を引いておけ。さもなくば大火傷するぞ」

かつて又七郎は、宿老板垣信方と奔走して、武田、北条間の交渉を、同盟締結の寸前にまでこぎ着けた。だが、最後の最後で矢留にとどまったのは、土壇場で北条方が小山田の所領問題を蒸し返して足を引っ張ったからだった。証拠はないが、あのときも信元が裏で動き、高白斎が手を貸したのではないか。

高白斎と信元との対立が見せかけで、裏では通じ合っていると考えれば、今川手筋が想定外に難航した経緯にも、合点が行った。若い弥三郎に又七郎の悪口を吹き込んで、切り離したのも高白斎だ。先年のように、今川と北条がいがみ合って事を構え、武田がうまく漁夫の利を得れば、相模辺りに空き城が出て、高白斎も念願の城持ちになれるやも知れぬわけだ。

——俺は、甘かった。

師で上役だからと高白斎を信じたのが誤りだった。完全に行き詰まった。

ほろ酔い加減の高白斎の猫面には、いい、したり顔の含み笑いが浮かんでいた。高白斎は味方ではない。

この巻き返しは、相当骨が折れそうだった。

五

高白斎の屋敷で苦い酒を呑んだ夜から数日後、又七郎は躑躅ヶ崎館のいつもの小部屋で、主君武田晴信を待っていた。昼下がりから降り出した雨が、本主殿脇の中庭を濡らしている。蕾を付け始めた紫陽花《あじさい》に蝸牛《かたつむり》が姿を見せていた。蝸牛でさえ少しは歩むが、又七郎は立ち尽くしたままだ。

結論を出した。

——三国同盟など、不可能だ。

甲斐国内の重臣連中さえまとまらぬのに、一介の計策師が三つの大国を動かすなど、端から無謀な話だったのだ。肝心の晴信も頼りにならない。同盟に向けて必死で動いていたのは、又七郎だけではないか。惚れた女まで同盟阻止を願っている。命を狙われてまで同盟に懸ける己が馬鹿らしくなってきた。

今夕、又七郎は「三国同盟の障害あまりに多く、成功を期しがたし」と言上して、晴信に不首尾を報告し、計策の断念を申し入れる気だった。晴信が国内の反対勢力を統御してくれねば、北条手筋は動かせぬ。主君に不退転の決意もないのに、手足にすぎぬ計策師に何ができようか。晴信が同盟を不可欠と信じるなら、信元を討ち、高白斎の妄動を制し、弥三郎を威迫すべきだ。できぬなら、又七郎を下ろすよう直談判するつもりだった。

結果、武田を抜けられぬ又七郎は、計策師のままだ。武田家に消されるまで続けるのやも知れぬが、やむを得まい。計策師こそが平和を創れると興奮したが、気の迷いだった。

又七郎が近ごろ晴信との面会を控えていた理由は、計策が一向に進まぬ苦境のほかに、不幸が立て続けに晴信を襲っていた事情もあった。

晴信の実母である大井夫人は、年明けから具合が優れなかったが、四月に容態が悪化し、翌月には帰らぬ人となった。おまけに二男の次郎が疱瘡《ほうそう》に罹って両眼を失明し、長延寺に預けられた。晴信にとっては相当の打撃であったに違いない。

だが、その日の晴信はふだんと変わらず、えびす顔で又七郎の前に現れた。手には何やら大きな巻き紙を持っている。

「見よ、又七郎。新しき地図を手に入れたぞ」

晴信は手ずから大きな日本の絵地図を広げると、「われらは今ここにおる」と太い指で指し示した。「甲府」と記されている。甲斐に加え、信濃の大部分はすでに朱色に塗られていた。晴信はあおいでいた扇子を閉じると、その先を信濃から越後に向けた。

「小笠原は早晩片付ける。されば北進よ」

晴信は猛将原美濃守虎胤《はらみののかみとらたね》を平瀬城に駐屯させ、小笠原残党の最終拠点たる小岩嶽城を攻めさせていた。圧倒的な兵力差であり、武田軍の勝利に疑いはない。

「この春、管領殿が若狭に落ち延びられた」

若狭守護の武田信豊は、晴信の同族である。長らく交流もあるが、京の政争で苦境に立たされていた。若狭武田家を通じて、管領の細川晴元から甲斐武田家に公式な要請があれば、京を席巻する三好家を打ち払う大義名分が手に入る。

「越後を得て、北の海に出られれば、わが領国は海で若狭と繋がる。されば京までは、あと少しの道のりじゃ。今川は尾張、美濃、近江と敵を倒しながら進まねばならぬが、海さえ使えれば、上洛は武田のほうが早い。甲斐の後背さえ安泰なら、大軍を率いて上洛できる」

晴信は無邪気な子どものように「見よ」と、絵地図をポンポン叩いた。

「わしなら、日本六十六国を次のように分ける」

まず、二十国を武田の譜代衆に、四十国を武田に降《くだ》った大名に宛がう。残り六国のうち二国を寺社領などに、四国を武田の直轄領とする。晴信はえびす顔を紅潮させながら語り続けた。又七郎が用意してきた泣き言など吹き飛びそうな大構想だった。

「又七郎よ、お主はつねづね戦が嫌いじゃと、言うておるな？」

「はっ、平和のほうが好きでございまする」

両手を突くと、晴信が笑った。

「正直でよい。わしとて好んで戦なぞしておらぬ。わしは実父を追放し、天倫を毀滅《きめつ》した男。お前も知ってのとおり、自ら手を下さずとも、戦や謀略で万を超える人命を奪ってきた極悪人じゃ。母上と次郎の件も天罰であろう。今さら善人を気取る気は毫もない」

晴信はまるで血塗られて、忌むべき汚れた物のように、己が手を眺めていた。

「世に正義の戦なぞありはせぬ。人が人を殺す戦は、すべて度しがたき悪事よ。されど日本から戦をなくすためには、戦が必要なのじゃ。誰ぞが大悪を成した果てにしか、善は来ぬ。乱世の人間に課せられた業であろうな」

晴信は又七郎の来訪理由を見抜いている。計策を続けさせるために、三国同盟の大義をたかだか一側近に語って聞かせようとしているのだ。

「わしがこの乱世に生を享けたは、戦をなくすための戦を、するためじゃ。最初は苦しかろう。じゃが、武田が相手を圧倒する強さを持てば、戦は無用。計策だけで敵を降《くだ》せる。さすれば、いつかこの世から戦のなくなる日が来よう。その日のために、三国同盟の実現がぜひとも必要である。わしの戦の先にこそ、平和があるのじゃ」

国主には国主の、計策師には計策師なりの平和の創り方、守り方があるわけか。

「わしは今でも、出陣を命ずる幾日も前から寝つけず、全身に油汗を掻き、魘《うな》されて目が覚める夜がある。わしの決断で本当によいのか。何度も考え抜く。陣触れの直前で考え直した時もある。今ではもう正邪を考えぬようになった。わしはただ、勝ち負けのみを思い巡らす。勝ち続ければ戦は終わるのじゃ」

又七郎は計策師として苦悩してきた。だが、最終的には悪業の責めをすべて主君の晴信に転嫁すればよかった。晴信の命ゆえ従うほかなかったと、己を納得させられた。だが晴信は、すべての業を一身に背負って悩みながら生き抜いていた。

「お前も苦戦しておるようじゃな。されど、向山又七郎以外にわが手足となりうる者はおらぬ。されば三国同盟の一件、引き続き頼み入る。このとおりじゃ」

　晴信が深々と頭を下げたとき、又七郎は負けを悟った。

「お顔をお上げくださりませ。もとより承知してございまする」

「わしは昔、信元殿を兄者と呼んで慕うておった。父上（信虎）から命懸けで守ってくれた恩義もある。わしが国主としてあるは、信元殿のおかげでもある。それでもわしは、いずれ勝沼信元を討たねばなるまい。じゃが今、兵を起こせば、甲斐を二分する内乱となるは必定。わしにはまだ兄者を討つ力がない」

　初耳の話だった。

　子飼いの家臣団に力を与えて、宗家がさらに力をつけた後でなければ、家中の分裂が外敵の介入をも招き、泥沼の内戦となりかねない。今川家が信元に味方する事態も、十分にありえた。

「わが手の三ツ者から、高白斎の動きは知らされておった。計策の邪魔になるなら、この際、斬ってもよいぞ。何とする？」

　さらりと言ってのけた晴信に、又七郎は身じろいだ。

　恐ろしい主君だ。晴信は正確に現状を把握していた。ここで又七郎がうなずけば、晴信は高白斎に死を賜る。たしかに高白斎は食えぬ師だ。今後も妨害をしかけてこよう。だが、恩義があった。いざあのとぼけた猫顔をもう見られぬと思うと、寂しさのほうが勝った。やられた仕打ちより恩義を思い出すのは、やはり甘さか。

「師匠は今川との婚儀に欠かせませぬ。しばし泳がせ、逆に利用すべきかと心得まする」

「よかろう。されば、わしも高白斎に気取られぬようにいたそう」

晴信は手を叩いて、家人に酒肴の支度を命じた。多忙な国主自ら一側近をもてなすのだ。又七郎は問われるままに駿河、相模の様子を話した。国主ゆえに晴信は身軽に動けず、他国をほとんど歩いていない。又七郎からの話に真摯に耳を傾けながら、盃を重ねていく。

こうしていると晴信が非情なのか、情に篤いのかがわからなくなる。

晴信はこの小部屋で、高白斎と親しく酒を酌み交わした夜もあったはずだ。が、半刻（約一時間）前には、顔色ひとつ変えず、高白斎殺害の要否を尋ねた。計策師は道具にすぎない。又七郎とて、明日はわが身と覚悟せねばなるまい。

「弥三郎じゃがな、できの悪い父親よりは見所がある。次代の武田を支える重臣となろうが、若すぎて家中の統御ができておらぬ。実は永昌院《えいしょういん》から押妨《おうぼう》（不当課税）ありとの告発があった。お前はわが分身なれば、小山田の威迫、懐柔のために宗家の力をいかようにでも用いよ」

武田宗家が仲介に入って家中の仕置きを進めれば、小山田家臣団も無視できず、弥三郎を苦境から救ってやれるわけだ。だが、押しつければ反発も出よう。いかに自然に弥三郎に会って、信頼を得られるかが問題だ。まだしばらく放置して事態をさらに悪化させ、困り果てたころに手を貸してやるほうが賢そうだ。

「永昌院の一件、うまく使わせていただきまする」

大きくうなずいた後で、晴信は声を潜めた。

「小岩嶽城攻めじゃがな。足弱の命は助けるつもりじゃ」

晴信もまた昨秋の平瀬攻めについて、ずっと気に病んでいたのかも知れなかった。

六

「富士は最高だったな」

同じ言葉を繰り返しながら、又七郎が幾杯も酒を呷ったのは、この半月あまり計策が遅々として進まなかった状況への苛立ちもあった。

晴信と酒を酌み交わし、その大望を知った夜から仕切り直し、それなりに打開の種は蒔いてきた。だが、花はまだ一つも開いていない。

この日も又七郎は、千春を連れて小山田の谷村館に赴いたが、弥三郎に門前払いを食らった。だが、まったくの無駄でもない。来訪を続けることでしか示せない誠意もある。

谷村から、そのまま甲相国境まで馬を駆った。帰路、甲府へ向かう途中、吉田から夕霞をまとった富士の雄姿を仰いだ。又七郎は天涯に屹立する孤峯に向かって、「必ず三国同盟を成し遂げる」と誓ったのだった。

夏めく日差しを浴びながら遠出したこの日、千春はいつにもまして言葉数が少なかった。星屑が瞬き始めたころに屋敷へ戻った。

「のう、千春。そろそろ俺と所帯を持たんか？　お前の頼みなら、何でも聞いてやるぞ。好きな紅皿でも、打掛けでも買うてやる。美味い物を食らい、好きな地を訪れる。悪くない暮らしだとは思わぬか？」

このふた月ほど、つかず離れずで暮らしてみて、これからも千春とともにいたいと思った。

千春は又七郎にもらった手鏡で化粧《けわい》を直していたが、長睫毛を伏せて押し黙った。又七郎は酒をちびりちびりやりながら、長らく返事を待った。

湿っぽい時はゆっくりと流れる。

気まずさを感じなくて済むように、又七郎はまた酒を呷った。

「今日見た富士のお山はとてもきれいでした。何もかも赦してくれそうに優しげでした。……もしも又さまが三国同盟から手を引かれるなら、夫婦《めおと》になりましょう」

千春の瞳がわずかに湿りを帯びている。揺らめく灯明《ほあ》かりに一瞬煌めいた。

今度は又七郎が黙った。

千春は長睫毛を開いて、又七郎の口元を見つめている。殺気にも似た真剣な眼差しだった。

「……すまん、千春。頼みは何でも聞くと言うたが、それだけはできぬ」

「武田を抜けるのが、怖いのですね？」

又七郎の返答に裏切られたような気がしたのか、千春の念押しには棘があった。

「ああ、怖い。だが、お前といっしょなら、いずれ抜けてもよい。されど、今はだめだ。俺がやらねば、三国同盟は絶対に成らぬ。俺にしかできんのだ」

「北条手筋の取次にさえ、会えぬ有り様。どのみちこのままでは成りますまい。たったお一人で、何となさるのです？」

「……まだわからん。が、来る日も来る日も、計策について思案している」

「計策師なぞ辞めたい、が口癖であったはず。なぜこの同盟にこだわられまする？」

「なあ、千春。俺は子どもが好きでな。俺の娘は四歳で死んでしもうたが、可愛かったぞ。子どもに涙は似合わぬ。似合うのは笑顔だけよ。子どもは宝物だ。大人は、子どもたちが安心して暮らせる世を作ってやるべきだとは思わぬか？」

又七郎の脈絡のない問い返しに、千春は答えなかった。

「俺は半年前、一人の友に平和を創ると約した。三国同盟なぞと大仰な話ではない。たかだか安曇野の片隅の小さな平和であった。が、俺はその約束さえ守れなんだ。やはり一介の計策師なんぞには何もできぬと思うた。俺は最初、早く武田を抜けたいとの一心で、この計策に挑んだ。だが、今は違う。この数ヶ月で、俺は数え切れんほど三国の民に会うた」

又七郎は山伏、行商人、百姓、町人の恰好をして、三ヶ国を出入りし、練り歩いた。

「名君を戴くと、民に笑顔が戻る。俺がこの世で一番好きなものは、子どもたちが集まって遊んでいる姿だ。子どもたちが楽しゅうて堪《たま》らんと、はしゃぐ声だ。されど、戦は何もかもをたった一日で消し去る。親兄弟も、友も、故郷も、遊びも、恋も、何もかもをだ。されど、もし甲駿相三国同盟を実現できれば、甲信、東海、関八州に大きな、大きな平和が訪れる。百年ぶりに子どもたちが泣かんですむ世になる」

「三国同盟が成せると、正気でお考えなのですか？」

「確かにこのふた月、何をやっても空回りでな。逃げ出したいと、お前との暮らしさえ守れればよいとも思うた。されど、人と人が殺し合わねばならぬ世なぞ、絶対に間違っている。この狂った世は、誰かが変えようとせんかぎり、ずっと今のまま続く」

「思い上がられますな。平和を創るなぞ、神にしかできぬ御業《みわざ》」

刺すような千春の言葉をしっかりと受け止めてから、又七郎は千春に微笑みかけた。

「妻子を失うて破れかぶれになっておった俺に、平和の尊さを思い出させてくれたのは、お前だ。今日、相模近くの国境《くにざかい》の田んぼで、百姓たちの鼻歌を聴いたであろう？　浪人と間違われて『閑でよいのう』とからかわれもした。悪がきどもが泥団子を投げつけて、悪戯をしかけてきおった……。その時、わかったのだ。俺はこいつらを守るために、この同盟を成し遂げる。そのために、天によって、今まで生かされてきたのだと」

小山田領である「郡内《ぐんない》」は、武田家と北条家の緩衝地帯に接し、かねて幾度も激しい戦場となった。刈田《かりた》狼藉《ろうぜき》から人攫《ひとさら》いまであった。が、小山田が武田に服属し、さらに武田が北条と不戦協定を結ぶと、慣れぬ平和がこの地に訪れた。とまどいながらも、珍しい安定を受け容れた村人は、今では平和を当たり前のように謳歌していた。

「俺は人を欺くために、この舌を使ってきた。されど、今日は心底うれしかった。甲相矢留のために俺が動いておったとき、民の顔はこの世の終わりでも見たように真っ暗でな。子どもたちの笑い声ひとつ聞こえなんだ。話しかけても、恨めしそうな眼で睨み返された。それが今では、軽口の一つも叩いてくる。俺がまとめた矢留のおかげで、この八年、北条との間で戦は一度もない。むろん一時のささやかな平和かも知れん。されど、民の笑顔が、俺にとっては一番大きな恩賞だったと気づいた。北条方の計策師も、同じ思いでおるはずだ」

裏方を預かる計策師たちが創った平和だとは、誰も知るまい。だが別にそれでいい。

「きれいごとを。甲相が安泰となって戦がないぶん、武田は信濃へ、北条は武蔵や安房で合戦をしているではありませぬか。三国同盟とて、同じ話」

「そのとおりよ。俺の力はちっぽけじゃ。計策師にできることなぞ限られている。だからというて、小さな平和まで諦める必要はない。日本の各地で、誰かが平和を創るために戦い続けていれば、世は少しずつ変わっていくはずだ」

　応仁の大乱以来百年近く、日ノ本を戦乱が襲ってきた。もう、終わらせるべきだ。

「俺はこれまで、何でも時代のせいにしてきた。何をやっても無駄じゃと諦めておった。一介の計策師なんぞには、何もできぬと思い込んで逃げておった。でも、違う。計策師が創れる平和が、いや、計策師でのうては創れぬ平和があるはずじゃ」

　薫がその短い人生で教えてくれた、又七郎の使命だと、今では思っている。

「平和なぞ、どうせすぐに壊れてしまうではありませぬか」

「たとえ束の間でも、平和はよいものじゃ。いい女とて、いつまでも美しいわけではない」

「……女よりも、三国同盟をお選びになるのですね？」

　千春の問いを又七郎は即座に否定した。

「その問いは誤りだ。なぜ一つと決める？　俺は欲張りな男でな。俺はお前も平和も、両方手に入れてみせる。俺の人生にとっては、いずれも大事だからな」

「馬鹿な女は、馬鹿な男に惹かれるのやも知れませぬ」

　熱く弁ずる又七郎の胸にすがるように、千春が顔を押しつけてきた。泣いていた。相手の心理を読む計策師でも、女心はついによくわからぬ。

「又さま、今宵で終わりにしとう存じまする」

「藪から棒に別れ話か。なにゆえじゃ？」

「……私には、果たさねばならぬ使命がありまするゆえ」

「そのようだな」

「それさえ済めば、又さまのお気持ちにお応えできるやも知れませぬ。私を……待っていてはくださいませぬか？」

「待とう。俺が爺になる前に頼む」

「……されど、私はいずれまた、又さまを裏切るでしょう」

「かまわんぞ。何度俺を裏切っても赦してやる。それが惚れるという意味よ」

その夜は泣き続ける千春を抱き締めているうち、寝入ってしまったらしい。

翌朝、又七郎が目覚めたとき、千春の姿はなく、橙《だいだい》のような残り香だけがあった。

七

「頭がこんがらがってきたわい。わしも、又七が正しいような気がしてきたぞ」

青梅雨の昼下がり、又七郎が寝転がったまま二刻（約四時間）あまり議論に付き合ってやると、山家《やまべ》右馬允《うまのじよう》が怒らせていた肩をようやく下ろした。

千春が去ってまもなく、右馬允は足繁く又七郎の屋敷を訪れるようになった。千春のいない寂しさもあり、右馬允とのやりとりは気晴らしになった。右馬允の弟がなかなかの切れ者で、信濃にある小領の政は、下手に口を出さず、弟に任せたほうが結局うまくいくそうだ。

「もし俺が同盟に反対なら、その立場で懸命に説くだろう。どっちが正しいかなぞ、神様にもわからん。それでも人は正しいと信ずる道を決めて、歩まねばならんのだ」

その神様はこの数ヶ月、又七郎の行動を先読みしながら、意地悪しているらしい。相変わらず事態が打開できぬ中で、右馬允との軽い談義はよい気晴らしになった。

「だが、右馬もずいぶん学んだではないか。偉いぞ」

又七郎が珍しく誉めると、右馬允は喜色満面で素直に喜んだ。が、すぐに姿勢を正して、重苦しい顔つきをした。

「わしは今日、考えを改める。善は急げじゃ、又七。三国同盟実現のため、わしは何をすればいい？いや、いっそのこと、わしに一から計策を教えてくれんか？」

あっけない宗旨替えに、又七郎は拍子抜けした。

右馬允はまじめに考え抜いていたらしい。

「やめておけ。世に計策師ほど罪な生業《なりわい》も少ない。人の恨みを買い、あげくは地獄に落とされる」

「それは違うぞ。現にお主は大きな平和を創ろうとしておるではないか」

右馬允のような田舎の猪武者が計策を手がけても、命取りになるだけだ。

「なぜ、計策師なんぞになりたい？」

「わしは昔、武勇に多少の自信があった。が、虎髭の玄蕃殿の足下にも及ばなんだ。武田家中にはわしより強い猛者が星の数ほどおる。……本来なら、わしのような馬の骨なぞより、平瀬殿が生きるべきじゃった」

右馬允は落ちる寸前の花弁のように、気の毒なほど力なくうつむいた。

「わしはもともと、平瀬殿とともに主家に殉ずる覚悟であった。されど、又七に説かれて、生に未練が湧いた。わしら弱き人間は、強き力に従い、その庇護のもとで生き延びるほかないと思い定めた。武田に仕えると決めた上は、今度こそ忠義を尽くそうと誓うた」

右馬允は又七郎に促されて、幼いわが子の寝顔を見たとき、離反を決めた。

「されど、わが手の者が、玄蕃殿の首級《しるし》を上げたとき、わしは涙が出てしかたなかった」

敵の猛将を討ち取った功は山家《やまべ》に帰せられたが、右馬允は恩賞を辞退していた。

「玄蕃殿は、初陣のわしに戦のやり方を教えてくれた。小笠原軍にいたとき、玄蕃殿に命を救うてもらいもした。命の恩人を討って、わしは己に嫌気が差した。最後に玄蕃殿は、わしに向かって、うなずいてくれたんじゃ……」

玄蕃は武田の見知らぬ将なぞより、右馬允に首を渡したかったのか。右馬允の苦悩について、又七郎もまた幾ばくかの責めを負うべきだろう。

「承知した。では一献やりながら、計策師のいろはを講義して進ぜよう」

右馬允と二人で、酒と肴を用意した。肴といっても、漬物を切っただけだが。

「俺は、計策師十箇条を決めておる。今では、内容が師匠とずいぶん違うがな。一、言葉を使え、刀は使うな。二、足弱には優しゅうせよ。三、決して安請け合いせず、相手が望むより一分だけ上乗せして与えよ。四、仕事はしたたかに誠実さを見せよ……」

右馬允は紙と硯を所望し、熱心に書きとどめている。又七郎も盃を重ねながら、調子に乗って講じた。その条に決めたいきさつなど物語しながら、講釈するのである。

裏事情は伏せて、又七郎は問わず語りに、これまでの計策の首尾を伝えながら、計策師がいかに生きるべきかを講じた。己の懊悩を聞いて欲しかったのやも知れぬ。

「十、計策師は分を弁えよ。計策師は主君の道具なり。己が意思を持つべからず。高望みは身を滅ぼす元となるゆえな。これだけは師匠の受け売りだが、この同盟がなりし暁には、この第十条も変えようと思うておる」

日が沈んだころ、又七郎はほろ酔いで、右馬允は素面《しらふ》のままだった。

「実は、又七に打ち明け話がある。地獄で閻魔様に責め立てられても言わぬつもりじゃった」

「仰々しいのう。無理に言わんでよいぞ」

「いや、言う。駒井様の話じゃ。わしは平瀬城攻めの際、乱戦に紛れて又七を討つよう指図された。御館様の命ゆえ、成功すれば、必ず恩賞があると言われた」

やはり平瀬攻めでは、すでに命を狙われていたわけだ。本当に晴信の命令だろうか。いや、勝沼信元からの指図ではないか。それとも高白斎の意思なのか。

「お主は逆に、俺を助けてくれたわけか」

又七郎は事切れた薫を掻き抱いて、分別を失っていた。

あの時、右馬允が、迫る猛火から救い出してくれた。

「昔の味方を討った後に、今の味方なぞ殺せなんだ。されど又七、早まってくれるなよ」

「俺には師匠を殺せぬ理由《わけ》がある。が、痛い目には遭っていただこう」

又七郎は明日出立すると決めた。かねて思案中の計画を実行する。行く先は常陸《ひたち》の国だ。

八

「して、右馬允殿。初仕事の首尾はいかがじゃったかな?」

昔から、駒井高白斎は馬鹿が嫌いだった。頭の巡りが悪いと、行動も遅い。おまけに足を引っ張る。相手にすると苛立つのだ。目の前にいる馬面の田舎者は、まさにその部類に属した。

「上々にござります。すべて高白斎様が仰ったとおりになり申した。又七郎は、わしが味方になったと信じて疑いますまい」

平瀬城での暗殺指示をあえて伝えさせた理由は、右馬允が高白斎を見限ったと、又七郎に誤信させるためだった。又七郎はすっかり右馬允を信頼し、昨夜遅くまで痛飲したという。

青空とて、いつまでも晴れているわけではない。曇らぬうちに事を済ませてしまうのが、計策の基本だ。北条手筋を完膚なきまでに潰しておく。

「かの向山又七郎を手玉に取るとは、どうして右馬允殿も、一廉《ひとかど》の計策師ではないか」

右馬允は満面の笑みを隠そうともしなかった。頭が悪いと、すぐにおだてに乗る。

「あやつの救いようのない弱点は、計策師のくせに情が深く、人を信じたがるところじゃ」

人を信じれば必ず裏切られて、人の醜さを見せつけられる。人を信じぬからこそ、まれに出会う人の真心や美しさに胸を打たれもするのだ。高白斎の「計策師十箇条」の第一は、「敵も味方も信用するな。利か理か情で、縛れ」である。誰も信じるなと、弟子筋には教えてきたのに、守らぬ馬鹿がもう一人いた。孫次郎は優れた計策師だったが、望月城で死んだ。

「又七郎は三国同盟に失敗すれば、お払い箱じゃ。後任には、わしから右馬允殿を推挙しよう」

むろん、ただの方便だ。推挙などすれば、晴信が腰を抜かすだろう。右馬允もこき使われるうち、計策師に愛想を尽かすに決まっていた。百人のうち、計策師に向いている人間は、せいぜい二、三人がいいところだ。

右馬允はのっぺりした馬面を器用に動かして、感謝と憐憫の気持ちを同時に表した。

「ありがたき幸せ。わしには、又七郎が気の毒な気もいたしまするが……」

「命まで奪いはせぬ。計策師など辞めたいとは、彼奴《きゃっ》の口癖よ。されど又七郎は侮れぬ。右馬允殿は又七郎に従《つ》き、何ぞ怪しい動きがあれば、わしに知らせてくれい」

「畏まってございまする」

胸を張って得意満面の右馬允を、高白斎は腹の中で嗤った。意外な埋伏《まいふく》の毒を身近に仕込んでおけば、又七郎が妄動してもすぐに伝わる。

頼りない道具が満足げに帰ると、もうひとつの確かな道具が影を現わした。

「伊織、聞いてのとおりじゃ。わしが又七郎ならお手上げよ。われらの勝ちじゃの？　三国同盟は絶対に無理じゃ」

道具は無用の返事をしなかったが、高白斎は相好を崩した。

高白斎の嘲笑は、梅雨の曇天のせいか、すぐに湿りけを帯びた。又七郎を腹の底から嗤《わら》えなかった。わしもまだ少し甘いか。打てば響く愛弟子を、誇りに思った時期もあった。又七郎を娘と娶《めあわ》せたいとも考えた。だが、師弟の間柄はあの望月城で壊れたのだ。同情の要はない。

「又七郎は二日酔いで、臥せっておったろう？」

「御意。されど夕刻、旅装で東へ向かいました」

「懲りぬようじゃな。が、捨て置け。向山又七郎監視の任を解く。小田原へ行って、引き続き流言飛語で桑原盛正を陥れよ」

八年前の交渉でも苦労させられたが、桑原は謹厳無双、愚直な忠義者で、思うように動かせる玉ではなかった。北条氏康の信頼が厚い同盟推進派の桑原を不祥事で失脚させ、贈賄で動く反対派の松田に手筋を一本化させれば、駿相同盟は確実に潰せる。北条手筋の頓挫は高白斎の失態になるが、主たる責めは小山田弥三郎に負わせればいい。

「御館様から得られずとも、われらはいずれ真の主から褒賞を得られような」

高白斎は気安く声をかけたが、伊織は黙したままうなずいて去った。不思議な若者だ。闇に棲まうがごとく、決まって日が暮れてから現れ、闇に姿を消した。

今のところ、抜かりはない。

三国同盟が成立する可能性は、皆無だ。

宗家の威を懸けた政策の失敗に、晴信の威信も傷付くだろう。二度の大敗に増税の後だ、勝沼信元が国主の座を奪取する好機やも知れぬ。そうなれば、腹心の高白斎は、確実に城持ちになれるだろう。晴信への遺恨も晴らせる。

「望月城の恨み、忘れたことはない。晴信めに後悔させてくれるわ」

高白斎はひとりごちて嗤った。

第七章　放浪の画僧

一

海に近いせいか、常陸太田の夏は、甲府より過ごしやすいようだ。夏木立にすだく油蟬たちの鳴き声も、幾分《いくぶん》おおらかな気がした。小田原のように潮の匂いまではしない。

「先生、渾身の作が描け申した。いかがでございましょう」

向山又七郎が隙を見計らって一幅の絵を差し出しても、雪村周継《せっそんしゅうけい》はたいてい一瞥《いちべつ》するだけだ。この日も、手にしていた鹿毛の線書《せんが》き筆で、又七郎が半日掛けた山の稜線に細い線を一本だけ書き加えた。最初は変な付け足しに見えるのだが、やがてその一本のおかげで、まるで血液がどくどくと流れ出したように、山の一部分が絵の中で息づき始めるのだから、不思議でならぬ。雪村は、一番うまくない箇所をたいてい、一つだけ直してくれる。

「出直して参りまする！」

又七郎が頭を下げると、雪村は小さくうなずいて、己の絵に戻った。

雪村は文字どおり、骨張るまで痩せた小柄な老画僧だが、その風貌は悪戯《いたずら》好きの隠者にも見えた。だが、実際は全身覇気の塊のごとき男で、昼夜を分かたず、がむしゃらに絵を描き続けていた。いや、正確には、絵筆を動かしてばかりではない。

初対面の日など、雪村は終日、大きな虫籠に入れた一匹の蟷螂《かまきり》を飽きずに睨んでいた。颪の強い日は、たとえば揺れる竹林を眺め続けた。近ごろの雪村は、取り憑かれたように馬の絵ばかり描いていた。鹿島神宮に百の馬を描いて奉納するという。又七郎が、甲斐の黒駒を晴信の付けで買って連れていくと、雪村は大いに喜んだ。

又七郎は押しかけ弟子である。

雪村も、最初は「わしは弟子を取らん」「お前を弟子にした覚えなぞない」と、けんもほろろだった。だが、又七郎が右馬允とともに近くの茅屋《ぼうおく》に住み始め、勝手に雪村の絵の模写などを続け、粘り強く訪問して食い物などを持っていくうち、雪村も見かねたのか、又七郎の描いた絵を指導するようになった。「先生、先生」と親しく呼ぶうちに、雪村も雑用を申しつけるようになった。

雪村から「蟷螂を百匹捕まえてこい」と言われ、右馬允と二人、虫探しに追われた日もあった。ある時は崖っぷちに立たされ、「そこで踊って見せよ」と命ぜられて、右馬允と二人、ひねもす踊り続けた。だが、できあがった絵を見ると、太鼓腹の布袋の踊る姿が描かれている。右馬允が文句を言うと、「やつがれは、お前たちなんぞを描きたかったのではない」と憎まれ口を叩く始末である。ある時は竹林の七賢が酔っ払って騒ぐ様を描くために、又七郎と右馬允に村人四人を加え、三日三晩酒宴を開かせて、己も酔いながらその有様を描いた。

雪村はこの日、絵を丸めて持ち帰ろうとする又七郎を呼び止めた。

「お前は本当に山市晴嵐図《さんしせいらんず》を描きたいのか？　今のお前が一番描きたいものを描けと言うたはずじゃ。己でも気づかずに作っておる殻を破るには、畢生《ひっせい》の力を込めねばならぬぞ」

又七郎の心を、雪村は見抜いている。

本当はゆき、と、さち、の姿を描きたかった。未練と言われてもいい。心から愛し、失われた家族の姿をせめて残しておきたかった。

「先生……死んだ者を描き遺すは、生者の未練ではありますまいか」

おそるおそる尋ねた又七郎に対し、雪村は叱るように即答した。

「知らん。さような心配は、まともな絵を描けるようになってからにせい。大地の理《ことわり》に照らせば、人の生などほんの数瞬。生者と死者の間に、さしたる違いはない」

——ならば、描こう。

又七郎はいても立ってもいられず、雪村の前を足早に辞した。

二

「右馬、膠《にかわ》が残り少のうなった。明日、買うてきてくれぬか。後で御館様に支払わせる」

膠は絵具《えのぐ》の定着に使う。近ごろは又七郎もひたすら絵を描いているため、今は一刻でも惜しかった。

雪村と又七郎の身の回りの世話は、哀れ右馬允が一身に負っていた。

昨日は雪村の指示で、二頭の馬を並んで走らせたり、喧嘩させたり、寝転がらせたり、仔馬を連れてきて母乳を吞ませたりと、八面六臂《び》の活躍であったらしい。

「のう、又七。日がな絵ばかり描いておるが、同盟のほうは何とする気じゃ?」

もっともな問いだが、又七郎は横着して「今はとにかく絵じゃ」とだけ、答えていた。

又七郎の雪村への弟子入りには、手詰まりの北条手筋を動かす計策上の意味があった。が、雪村には、又七郎の俗心など一瞬で看破された。最初、雪村が又七郎を全く相手にしなかったのはそのせいだった。

又七郎が心を入れ替え、真剣に絵を描いてぶつかり続けると、雪村はようやく応じるようになった。今は雪村の最初の弟子になることが、又七郎の唯一最大の目標だった。

「先生も又七も、いつ寝ておるんじゃ？　絵とは、さほどに根を詰めて描くものかの？」

雪村には、床に入って眠るという習慣がないらしい。

尋ねてみると、愚問と言わんばかりに「人生はあとどれだけ残っておる？」と反問してきた。誰が見るか、どう評するかなぞ、雪村に関心はない。己が納得できる作品を、生涯であと何枚描けるかだけを、気に懸けていた。

又七郎にとっても、絵は今や気晴らしなぞではない。真剣勝負だった。

「のう、又七。いつまで常陸におる気じゃ？」

「俺がひとまず満足のいく絵を描けるまでよ」

雪村の絵をひと言で評するなら「型破り」であった。雪村は、この時代で最高の絵師たちから正統技法を学びながら、従来の画法や画題なぞ、まるで何も知らぬかのように無視した。機嫌のよい時に尋ねると、「誰ぞがやったことなぞ、何が面白いのじゃ？」と反問した。

たとえば雪村は「風」を描いた。雪村が創り出す烈風に、画中の松はひしゃげ、舟の帆は吹き飛ばんばかりになっている。あるいは「流れ」を描いた。画中の川は、絵からはみ出しながら縦に重なり合うように、見る者の懐へ迫ってくる。実際には起こりえぬ、ありえぬ絵であるがゆえに、自然の猛威が見えるのだ。かくも破天荒な絵を、又七郎は見た覚えがなかった。かと思えば、驚くほどの細密画も描く。画風の広さと奔放も、雪村の持ち味だった。

絵画の要諦を問うと、雪村は「お前が見た物をそのまま突き出せ」とのみ答える。

雪村との対話は面白かった。最初は意味がわからない。が、何度も反芻するうち、氷が溶けるように、次第に腑に落ちていき、一生を懸けて描く意味を教えられた気がするのだ。

「又七、正直に申せ。同盟の件は諦めたのじゃな？」

何度か話しかけられた様子だった。

絵に集中していると、右馬允の声も聞こえない。

「案ずるな。この絵が俺の思いどおりに描ければ、弟子入りを許されるはず。右馬、腹が減ってきた。夕餉を頼む」

又七郎は背筋を伸ばすと彩色筆に替え、美濃紙に描いた人物画に淡彩を施し始めた。

三

右馬允の鼾《いびき》が止まぬ夜明け前、又七郎が茅屋を出ると、雪村の庵には、やはり明かりが灯っていた。

又七郎が一幅の絵を差し出すと、雪村は数瞬、射貫くような視線で睨んでいた。一人の若い母親が幼女の手を引いている。これから訪れる悲劇を知らず、最後の幸せを噛みしめている図だ。

雪村は面相筆を手にしていた。

しばし母娘の姿を睨んでいたが、ゆっくりと手を戻し「続けよ」と応じた。

指導を受けるようになってから、手が入れられなかったのは初めてである。

「ありがとう存じまする！」

狂喜して頭を下げると、すでに己の絵との格闘に戻ろうとしていた雪村が「されど、やつがれがこの世にもう一人おっても、意味はないぞ」と付け加えた。

又七郎の絵は一定の水準に達してはいる。だが、それだけだ。雪村の画風に影響されすぎてもいた。

雪村の亜流は、しょせん師を超えられまい。

「先生より一字賜り、これよりそれがしは雪洞《せつどう》と名乗りたく存じまする」

又七郎は計策師として法螺《ほら》ばかり吹いてきたから、これに「洞《ほら》」の一字を宛ててみた。

「好きにせい」

――認められたのだ。

又七郎は有頂天になって、雪村に向かい何度も平伏した。

四

「文に記しましたが、近ごろはますます絵に精を出し、弟子入りを喜んでおりまする」

駒井高白斎は、今宵も勝利の美酒にほろ酔いながら、心地よい疲れを味わっていた。ふた月ぶりにのっそり現れた右馬允の馬面が懐かしく思え、「大儀じゃ」と口先で労《ねぎら》ってやった。

近ごろの高白斎は多忙を極めた。

晩秋に予定される今川の姫の輿入れは、二大国の威信を懸けた豪奢な催しであった。粗相は赦されぬから、念には念を入れて、その下準備をしていた。今川家の仲介で駿府から晴信に嫁いだ正室、三《さん》条ノ方《じょうのかた》の例に倣う。

高白斎の提案で、姫は甲斐南部の興津《おきつ》、内房《うつぶさ》、南部、下山、西郡《にしごおり》を一泊ずつ楽しむ。甲府では穴山館に泊まる。その翌日、躑躅ヶ崎館《つつじがさきやかた》で式を挙げ、新築した西ノ曲輪《くるわ》の私邸に入る段取りだ。実際に現地を見分し、受け入れの責任を負う穴山信友の家人《けにん》らと事前の談合を重ねてきた。

華々しい政務の後、新築予定の駒井屋敷の間取りを思案する夜のひと時は、まさに至福であった。右馬允が報告に訪れるまで、引導を渡した又七郎のことなど忘れ去っていた。右馬允からは文がたまに来るが、変に気取ったひどい悪筆と誤字のために解読できぬ箇所があり、読む気も失せた。田舎武士の誇りを傷つけるわけにもいかず、放置してあったが。

「ささ、まずは一献。又七郎も息災そうで何よりじゃ」

声を丸めて酒を勧めた。

高白斎の妨害工作が功を奏し、北条手筋は春からまったく動いていなかった。仮に誰ぞが動かそうと試みても、松田憲秀が阻止する手筈だ。賠償問題は、高白斎が今川手筋の穴山とともに折衝すると言って引き取り、放置してある。実際には穴山も高白斎も、今川家との婚儀の準備に追われてそれどころの話ではなかった。「今川に面倒な話を持って行けば、十一月の輿入れに障りが出る」と、小山田弥三郎を牽制してもいた。弥三郎は自領内の紛議だけでなく、時どき起こる夜盗騒ぎに手いっぱいの様子で、時おり高白斎に進捗を確認するくらいが、関の山だった。

勝沼信元には自信たっぷりに報告したが、信元は「大儀」とひと言労っただけだ。もともと三国同盟の実現など至難だった。阻止したところで、大した功でもないというわけか。

「鳥や花、竹に龍。又七郎は何でも描きまするな。近ごろは市の賑わいなぞを」

「あやつは昔から絵師になるのが夢じゃったからのう」

いつか二人で海を見たとき、潮騒を、海風を、潮の匂いを描きたいと言っていたものだ。

高白斎が上機嫌で嗤うと、右馬允は長い馬面に追従笑いを浮かべた。

よく見ると、長い顔に生々しい引っかき傷の痕がある。右馬允は傷だらけの腕を見せ、又七郎の絵の師匠が猿を好んで描くため、野山で又七郎と二人、猿を捕まえていたのだと言う。

右馬允はいたって真剣な表情である。「又七郎の動向を逐次知らせよ」との指示を懸命に守っているわけだ。新米計策師の愚直さに、高白斎は必死で笑いを堪《こら》えた。

「して、又七郎はまだ常陸におるんじゃったかの?」

「はっ。岩絵具などを買いに、数日出るときもありまする」

常陸統一を目指す佐竹氏は清和源氏の名門だが、常陸近辺に北条の支配域はまだ及んでいない。佐竹を通じて北条を動かすのは迂遠すぎる。又七郎の行動に計策上の意味はないはずだ。

「もう又七郎は放っておいてよいかの。ときに何という絵師に弟子入りしたんじゃ?」

「雪村周継先生にございまする」

高白斎の背に一瞬、怖気が走った。

肝心の絵師の名が、右馬允の悪筆で読めなかったが、又七郎の奇矯に見える行動は、もしや北条手筋を動かす手立てなのか。

雪村は佐竹一族の出だが、奇人として知られる高名な絵師であった。弟子も取らず、わが道を行く放浪の画僧だと聞く。会津、三春、鹿沼《かぬま》、小田原、鎌倉などを旅していた雪村が、故郷の常陸に戻って庵を結んだらしい。だが、二年ほど前、水墨画にすこぶる造詣の深い北条氏康が、雪村の絵を絶賛したとの風聞が流れたことがある。

「終日《ひねもす》ひたすら絵を描いておるだけ。別段怪しい動きではあるまいと……」

絵を学びたければ、当代最高の絵師に弟子入りしたかろう。又七郎の絵師としての成功を邪魔だてする気はなかった。心から祝福してやってもよい。だが、又七郎は弟子のころから諦めの悪い男だ。用心するに如《し》くはない。

「大儀じゃ、右馬允殿。引き続き又七郎の動きをお知らせあれ」

のんびりした右馬允の馬面に、高白斎は強い苛立ちを覚えた。

五

右馬允が甲府から戻ったとき、常陸の茅屋で、又七郎は旅支度を調えていた。

「師匠にはまだ気取られておるまい。右馬もなかなかの役者ではないか」

右馬允から報告を受けた又七郎は相好を崩した。万事順調だ。

二ヶ月前、又七郎は高白斎の意図を見抜き、逆に右馬允を高白斎に対する埋伏の毒とした。右馬允の悪筆を利用し、文での報告も要領を得ない内容にしてあった。おかげで又七郎に対する三ツ者による警戒も完全に解かれ、三ヶ国を自由に行き来できた。

「じゃが、わしには、又七の弟子入り志願が本気としか思えんぞ」

「むろん本気よ。北条手筋を動かすためには、雪村先生の力を借りねばならんからな」

右馬允と入れ替わりで甲斐へ向かう。

いよいよ、反撃開始だ。

又七郎が編み笠を取って茅屋を出ると、うすづいた異郷の夕景に虹が立っていた。

第八章　又七郎がゆく

一

天文二十一年七月、通り雨が郡内の森を濡らすと、木香《きが》がいっせいに匂い立ち、又七郎の鼻を心地よく擽《くすぐ》ってくれる。

「わが領内を恣《ほしいまま》に荒らし回っておった盗賊、虎髭の玄蕃《げんば》とは、お主であったのか？」

声変わり途中の小山田家当主の下問に対し、向山又七郎は「はっ」と、さらに深く平伏した。

「面《おもて》をあげよ」

小山田家を継いだ色白の貴公子は母親似であろう、なかなかの美少年であった。線は細いが、眼光の鋭さが意志の強さを感じさせる。

「虎髭と名乗っておるわりには、ただの貧相な無精髭ではないか」

「ごもっとも。それがしは二代目にございますれば」

「事情は弁えぬが、二代目を称するなら、お主も虎髭にすべきではないのか」

「何ぶん二代目を襲名したのが昨日にて、間に合いませなんだ。しばしのご猶予を賜りたく」

「盗賊団の跡目相続にも、それなりの苦労があるというわけじゃな」

弥三郎はかかと笑うと、まっすぐに又七郎を見た。

「其許《そこもと》から、身どもと内密に会いたいと文にあったゆえ、家人《けにん》たちを下げておいたが」

「ご配慮痛み入りまする」

武田宗家の血を引く母親譲りなのか、素性も知れぬ盗賊団の頭領との折衝に独りで応じるとは、若年ながら弥三郎もなかなかの胆力である。

「このふた月、当家家老の屋敷に賊が何度も押し入った。其許らが下手人なのじゃな?」

「はっ、畏れながら」と、又七郎は悪びれず、両手を突いてから言上した。

「小林尾張守の上吉田衆に対する数多《あまた》の非分は、腹に据えかねるものでございました。小林和泉守の下吉田衆への仕打ちにいたっては言語道断。両家老による数々の残虐無道の振る舞い、弥三郎様のお耳に届いておりましょうや?」

弥三郎は白い頬を赤く染め、口惜しそうに唇を噛んだ。

感情を素直に表へ出す齢ごろだ。

「……両小林の所領にて非法がまかり通っておる次第は、民からの訴えで知ってはおった。若年ゆえ身どもの力が足りず、民には済まぬと思うておる」

鼻毛殿こと先代小山田出羽守は重臣たちに政を任せきりで、家中の壟断《ろうだん》を許していた。十四歳の弥三郎はまだ飾りの当主にすぎない。特に小林尾張守、小林和泉守両家老の非分は目に余った。二人は私欲を肥やすための「新儀非法《しんぎひほう》」、すなわち先例のない課税課役を恣意《しい》で民に負わせた。川除普請《かわよけ》のための木材伐採地が知行地と重なると、無体な境界争いを引き起こした。従わなければ、新鍬など農耕具を「質物」と称して奪い去り、あるいは民をさんざんに打擲《ちょうちゃく》した。両小林の非法に、上下吉田衆の不満が最高潮に高まっていた。

又七郎は堂々と胸を張って、弥三郎に対した。

「初代虎髭の玄蕃は両家老の非法を見るに見かね、ついに義賊となりて、両家老が不正に蓄えし富を奪い、民たちの手もとに戻したのでござりまする。これは領主の弥三郎様に代わり、天罰を下せしもの。虎髭団と両家老、正義はいずれにございましょうや」

又七郎は弥三郎を動かせぬと知るや、一計を案じ、気長に義賊を始めた。気が向くと常陸を出て、夜半、両小林の屋敷を襲って金や米を奪い、民たちに分け与えてきた。盗賊団は一人とも、百人いるとも言われた。又七郎が流した噂だ。

「正直に申さば、身どもも虎髭たちのやりように胸のすく思いをしておった。じゃが、盗みは盗みゆえ見過ごしがたい。法に照らし、罰せられねばならぬ」

「仰せのとおり。されば、虎髭の玄蕃はすでに昨夜、髭を剃り、頭を丸め、それがしに後事を託して、諸国行脚を始め申した。今はどこぞの旅の空の下。追いかけたところで、もはや目印の虎髭もなく、探し出せますまい」

又七郎は両家の家人たちに怪我はさせたが、一人も命を奪わなかった。弥三郎に自首した際に、寛大な処置を得やすくするためでもあった。

「其許は二代目などと申すが偽りであろう。答えよ。いったい何者か?」

又七郎は大仰に袖を振ると、改めて恭しく両手を突いた。

「虎髭の玄蕃の盟友にして武田家臣、向山又七郎。殿には一度ご挨拶にまかり越したるも、その後お目通りが叶いませなんだ」

弥三郎は穴が空くほど、又七郎を見つめた。

「しつこく来ておった向山か。一度会うただけゆえ、わからなんだ。身どもと会うために、ふた月も盗賊の真似ごとをやっておったとは……」

弥三郎が腹を抱えて笑い出した。聡明な若者だ。すべてを察したに違いない。

「どうやら身どもは、其許《そこもと》を見誤っておったようじゃ。赦せ、又七郎」

「滅相もございませぬ。お父君とは美酒の数々をともに堪能した仲。されば、弥三郎様がお困りと知り、ちと無理をして、かくまかり越しましたる次第」

又七郎は改まって両手を突いた。

「民の嘆く国が栄える道理はありませぬ。虎髭なぞしょせんは盗賊。両家老の狼藉、専横はそれしきで止みますまい。小山田家における両家老の力は大きく、すぐには変えられませぬが、両家老より難題はむしろ、弥七郎様にございましょう」

分家の小山田弥七郎が家中を壟断している。その傍若無人には、先代から手を焼いていたが、最近では己が当主であるかのごとき横暴な振る舞いが目立った。

「其許はあの厄介な御仁を知らぬ。言うて聞くような玉ではない」

「武田宗家の力で、弥七郎様を抑える策がございまする」

「宗家といえども、郡内《ぐんない》の政に口は出せまいが」

「いかにも。されば、永昌院《えいしょういん》を使いまする」

郡内全域が小山田領であるわけではない。武田宗家の御料所、さらには勝沼家の知行地もあった。又七郎は晴信の示唆を受けて、横暴の限りを尽くす小山田弥七郎の所業を調べて、永昌院の郡内にある寺領で、弥七郎が年貢を押妨《おうぼう》(不当課税)してきた確たる証拠を得ていた。永昌院そのものは、武田宗家の領する国中《くになか》にある。

「なるほど。郡内の寺領相論《そうろん》であっても、寺が国中にあれば、武田宗家が介入できるわけか」

若いが、事理を弁えた若者だ。

「いかにも。永昌院が躑躅ヶ崎に訴え出る支度は調っており申す。さらに宗家として、小山田家に対し、弥七郎様の谷村召喚と永昌院への出入り禁止を命ずるよう、手配してござる」

それを機に、都留《つる》郡法に照らして裁く。役職をすべて剝奪し、軟禁してしまえばよい。

弥三郎は腕を組んで考え込んだ。

両家老も、弥七郎と繫がっている。又七郎とて、難事は承知の上だった。惰弱な当主なら、当てもなく先送りするだろう。懸念は弥三郎の器量だけだったが、今日、話をして、この若者なら必ず乗ってくると確信していた。

「お指図あらば、それがしが宗家の使者として立ち合い、ついでに弥七郎様の処置につき、お手伝いいたしまする。弥七郎様が失脚すれば、両小林の新儀非法も糺《ただ》せましょう」

弥三郎は身を乗り出して聞き、幾つも質問を重ねた。

一刻（約二時間）ほども論じ合った後、ついに弥三郎は決断した。先代は何もしなかったが、弥三郎は違う。弥七郎の永昌院事件を契機に、武田宗家の権威を用いて、小山田家中を掃除していくのだ。

「身どもは戦うぞ、又七郎。手を貸してくれるか」

「はっ。武田宗家は全力で、弥三郎様にお力添えいたしましょう。が、小山田家中の不祥事なれば、事は隠密に進めまする。それがしの動きを含め、誰にも口外されませぬよう。たとえばわが師、駒井高白斎にも伝えてはなりませせぬ」

弥三郎は重くうなずいた。この若者は信頼するに足る。武田家は有力家臣によい人材が出なかったが、次代の小山田家は武田家の支柱となり、甲信繁栄の礎となるだろう。

二

勝沼館に呼ばれた駒井高白斎は不機嫌だった。

近ごろの高白斎の日々は、公私ともに充実していた。

甲駿同盟の履行として、今秋行なわれる武田、今川両家の縁組の差配は、高白斎が一手に仕切っている。北条手筋は完全に封じた。右馬允からの報告では、その後も又七郎は絵ばかり描いているらしい。又七郎の負けだ。私事ながら、高白斎は屋敷を新築するのだ。

この多忙な時期に、すでに決した勝負のために、何の談合か。

高白斎は顔を緩め、何気ない表情に戻してから、いつもの北向きの部屋に入った。信元は人を待たせない。すぐに現れた。無表情で報告を聞き終えると、「大儀」と短く労ってから続けた。

「まもなく、越後の長尾景虎《かげとら》が南下する」

長らく上杉手筋の取次を務めてきた勝沼家には、武田宗家も把握していない情報網があった。信元によれば、越後勢が上野《こうずけ》に侵攻するらしい。北条氏康が初めて長尾景虎と干戈《かんか》を交えるわけだ。戦の結果如何《いかん》では、北条の家論が三国同盟に傾きかねない重要な情勢の変化であった。

「景虎はさいわい凡将ではないらしい。今後、上杉派の巻き返しもありうる」

国主となって年が浅く、家臣らの叛乱に悩まされてはいるが、自ら指揮する戦では、負けた経験がないという。越後に晴信に伍する国主が出たとすれば、晴信の戦略は狂ってくる。

「ところで、又七郎が谷村館に出入りしておるようじゃな」

かねて又七郎は門前払いを厭わず、谷村館を足繁く訪れていた。今に始まった話ではない。

「ご安心召されませ。小山田弥三郎には、しかと計策を施しておきましたゆえ」

「が、晴信も又七郎も、簡単に引き下がる玉ではあるまいが」

いずれも一筋縄ではいかぬ第一級の計策師だ。

だが、高白斎が二人の立場なら、北条手筋はお手上げだ。逆転はない。高白斎は明日からまた、穴山とともに駿府入りして、婚儀の段取りを詰めねばならぬ忙しい身だった。すでに片の付いた話のために、時を奪われたくなかった。

「念には念を入れるぞ、高白斎。奥三保《おくみほ》の件じゃが、内藤の支援を強化せよ。同盟の条件は、小山田が一方的に譲る内容とする。金に糸目は付けぬ。北条手筋を徹底的にこじれさせよ。矢留の破棄にまで至れば、面白い」

甲相国境にある相模の「奥三保」は長年、小山田氏と内藤氏の係争地であり、武田は小山田、北条は内藤の肩を持って介入してきた。が、十五年あまり前に北条方が勝利して以来、北条家に従属する国衆の内藤氏が同地を治めていた。奥三保は小山田にとって宿願の地であった。が、晴信も積極的に動かず、先代小山田の惰弱もあって、八年前の矢留でも、奥三保問題は棚上げにされた。

内藤家に資金援助をして、奥三保でさまざまな普請をさせる。奥三保に知行地を持っていた小山田家臣らは、既成事実の形成に焦燥を覚え、立腹するだろう。内藤から松田に贈賄させて、現状での所領の確定を主張させる。小山田側がすべての権益放棄を迫られる内容だ。弥三郎や小山田家臣団はとうてい承服できまい。

高白斎は信元の執拗さに内心辟易しながら、平伏して命を請けた。

三

向山又七郎を館に迎え入れた小山田弥三郎は、真っ青な顔をしていた。その隣では、山家右馬允が泣き出しそうな馬面で沈んでいた。

「待ち焦がれたぞ、又七郎。何じゃ、あの鼠顔の小男は？　まったく話が通じぬぞ」

賠償金の話以外は、何を話してもよいとの指示を与えただけで、又七郎はあえて弥三郎と右馬允に交渉を一任していた。弥三郎はさっそく筆頭取次として良い所を見せようと、交渉を開始したらしい。が、ほとんどの条件につきおしなべて「否」との回答で、取りつく島もない。相手も話さないので、日がな一日黙って見つめ合っていたという。

たしかに北条家取次の桑原盛正は、風変わりな男だった。主君の北条氏康と激しく口論しながら出世した男は、桑原くらいだろうと聞いている。

「鼠殿は堅物なれど、なかなかに話のわかる御仁。息災の様子でござるな」

「いたって壮健じゃ。されど又七、あの朴念仁をいかにして説き伏せる？」

右馬允が並べ始めた泣き言は、想定したとおりだった。

桑原は「買収にあたる」として、接待を一切断り、桑原以下数名の一行の飲食物も自前で持参し、薪代や油代、宿賃なども毎日支払うのだそうだ。谷村館の別館で、いとも清廉な生活を送っているという。

晴信の呼出しを口実に、又七郎が交渉の場にわざと遅れた理由は、高白斎の離甲を見届けるとともに、弥三郎たちに苦労をさせるためであった。助っ人として右馬允をつけたが、物の役にも立っていまい。高白斎は弥三郎に安請け合いしたそうだが、奥三保問題では小山田家の譲歩が不可欠だ。又七郎は小山田家中の掃除で弥三郎の信頼を得てはいたが、難物の桑原から説かせたほうが、話が早い。桑原も、又七郎不在では話が進まぬとわかったはずだ。双方の取次を疲れさせれば、話がまとまりやすい。計策師十箇条の六、話をまとめるには、疲れさせよ、だ。

又七郎は弥三郎に向き直ると、甲相国境にある奥三保の絵地図を開いた。

「高白斎殿は全領の返還を主張すべしと言うておられたが、鼠は寸土も返さぬと言いおる」

弥三郎とて当主らしく、小山田家の私益にもこだわっている。若さゆえ純粋で頑《かたく》なうえに、高白斎から間違った入れ知恵をされてもいた。

「武田と北条は、国力において対等。一方的に譲歩を迫るわけには参りませぬ」

「長年、父祖が命がけで守ろうとしてきた土地ぞ。代替わりしたからとて手放せば、顔向けができぬ。内藤めがにわかに普請なぞ始めおって、小癪《こしゃく》ではないか」

「手放すわけではありませぬ。ここは実利を取りましょうぞ」

交渉に疲れた今の弥三郎なら、又七郎の提案を受け入れる余地があるはずだ。

「領地争いで話を急いではなりませぬ。半歩前進でも、今よりはましでござる」

交渉で話がまとまらぬ時、力ずくの合戦以外にもう一つ知恵がある。計策師の心得第七条、知恵なきときは、先延ばしせよ、だ。すべての紛争を今すぐに解決せねばならぬ理由はない。じっくりと取り組めばよいのだ。そのうちに事態も変わる。解決の必要さえなくなるやも知れぬ。

「されば、甲相同盟締結より、奥三保については当面、小山田様と内藤殿の半手《はんて》と致しまする」

対立する領主の間で帰属が確定しない場合、年貢を半分ずつ双方の領主に納めさせるやり方である。問題の先送りには違いないが、小山田家にとっては、現状よりも前進する。

「鼠殿と睨み合っておれ。相手を休ませるな」

右馬允を送り出して、一刻にわたり、奥三保の絵地図を前に討議した後、ついに弥三郎は「又七郎に任せる」と折れた。

「さて、鼠殿がお待ちかねでござろう」

四

又七郎が笑顔を作りながら、二刻あまり説き続ける間、桑原盛正はニコリともしなかった。息の掛かった北条家臣団を派閥として持つ大身の松田とは違い、桑原自身は小領主にすぎないが、北条氏康の信を最も得ている側近の一人である。

桑原は眠そうな眼をしながらも、相手の話をひと言漏らさず聞き、考え抜いている男だった。崇孚と違い、駆け引きの通用しない馬鹿正直さは弱さに見えるが、この男には正攻法しか意味がないと交渉相手に知らしめる意味では、かえって強みになっていた。桑原さえその気にさせれば、あとは北条家中で勝手に動いてくれる。

「三国同盟は北条にとって益となりうるが、条件次第じゃ。家中には、今川に対し強い遺恨を持つ者もおる。しかるに貴殿の話は、今川に膝を屈せよと言うておるようにしか聞こえぬ」

桑原の実弟は先年の河東一乱で戦死したはずだが、おくびにも出さぬのは、私情よりも国益を案ずるがゆえであろう。

「いかにも。が、ただではござらんぞ。今川は牧谿《もっけい》の名画をお譲りいたす」

「埒《らち》もない。絵なんぞ人質の代わりにはならぬ。北条家は姫を出すのじゃぞ」

敵とも言える交渉相手ながら、桑原は信頼できる。仇敵の間柄であった武田、北条間の矢留は困難を極めたが、北条方取次が桑原であったことが幸いした。桑原は頑固者だが、己が身を顧みず、ただ北条家とその民のゆくすえのみを案じていた。桑原が人質差し出しに同意しないかぎり、駿相同盟は成らぬ。

「この件は今川軍師からの発案。先年の聖護院様の下向に続き、二度も今川が頭を下げて、同盟を提案しておる。北条からも歩み寄ってもらわねば」

「さればこそ、駿河善徳寺での会盟を了承したのではないか」

「今川と北条は戦をやりすぎた。婚姻以外にも絆があったほうがよい」

桑原は水の入った盃をガチャリと猫足膳に置いた。

「甲州の美味い水を馳走になった」

「待たれい」

駆け引きではない。引き留めねば、桑原は本当に帰る。そういう男だ。

「義元公には一男一女。姫は武田に嫁がれる。人質に出す玉がござらん。馬の骨の家臣の子を養子にして差し出せば、北条は満足するのか？　遠浦帰帆図《えんぽきはんず》は一国の太守をも動かす家宝。絵画の造詣深き氏康公なら、義元公の思いを重々おわかりのはず」

「御館様にはお子が多いゆえ、一人くらいかまわぬとでも思うておるか？　情け深き御館様は、お子のお一人おひとりを大切になさる。この三月には、新九郎様を亡くされたばかりじゃ。今またお子が二人もおそばを離れるなど、金輪際ありえぬ話よ」

「子を思わぬ親がどこにおろう。子を出すからこそ、同盟は固い絆となる」

死んださちと平瀬城で死んだ薫の姿が、脳裏に浮かんだ。

「今川に一万貫文を払わせる代償のつもりか。なぜ北条だけが人質を出さねばならぬ？」

高白斎の置き土産である賠償問題の誤解は、まだ解いていない。今持ち出せば、話が壊れるに決まっていた。金目の話は、後でもなるようになる。まずは人質の話だ。

「悔しかろうが認められよ。今川は今や大国だ。その気になれば、同盟国の武田と結び、北条を滅ぼせる。武田と北条が共闘せねば、今川には勝てん」

「脅しか！　武田は何を考えておる！　武田は漁夫の利を得る気じゃろうが！」

「武田、武田と言うがな」

又七郎は桑原の鼠顔に向かって、己の顔を突き出した。

「俺は武田ごときのために動いてはおらん！　三国の民が喜ぶ平和を創るためだ！」

桑原は細眼を倍くらいに見開いたまま、又七郎と睨み合った。

「五男の助五郎様は、格別に聡明であられるとか。寿桂尼様は祖母じゃ。大切になされよう」

やがて桑原は小さくうなずいた。

「人質の件、氏康公に伝えるだけは伝えよう」

普通に考えれば、人質を出すはずがない。本来は今回の交渉における最大の難関だが、又七郎が説けば、助五郎は承知してくれるはずだ。

「お頼み申す。さて、今ひとつの問題、奥三保《おくみほ》でござる。内藤殿は全領について譲歩をお求めと伺ったが、あまりに一方的なお話にて、とうてい承服いたしかねる。話はむしろ逆でござろう。そもそも小山田家が武田家に臣従するはるか昔から、佐野川、沢井、与瀬、吉野、小淵、名倉、日連《ひづれ》、若柳、三井、川尻の十ヶ村は小山田の所領でござった」

「いや、川尻、三井まで小山田領になったことはないはずじゃ」

又七郎はわざと間違える。相手が聞いているか確認し、あるいは応答せざるを得ないようにする意味もあるが、又七郎に一方的に押し切られたという印象を最後に残さぬためでもある。いちおう桑原が正しいのだが、もっと歴史を遡れば話は単純に割り切れなくなる。

「それは一を知って二を知らぬ申されよう。よろしいか、小山田家は伊勢宗瑞《そうずい》（北条早雲）公が韮山《にらやま》城《じょう》に入られるより先、はるか平安の古より関東の地に根付いておる。洞院公定《とういんきんさだ》の手になる『尊卑分脈《そんぴぶんみゃく》』によれば、小山田の姓を最初に名乗りし小山田別当有重《べっとうありしげ》公は、秩父太郎大夫重弘公が次子。されど重弘公が父君、下野権守重綱公は、武蔵秩父平氏の末流にして……」

奥三保は現在、北条家臣の内藤家が実力で支配し、矢留から八年の時が流れている。戦もなしに国境を変えるのは至難だ。後は落とし所の問題だが、強気に出る北条方を疲れさせるには、徹底的に論じ合うしかなかった。議題は何でもよい、堂々巡りでもよい、奥三保について議論を尽くしたと言えるまでやりあう過程が必要なのだ。

桑原はまじめひと筋の男である。三刻（約六時間）もかけて、又七郎の脚色で四百年前に大活躍した小山田別当有重から先々代の小山田越中守に至る系譜をともに確認してくれた。太陽は疲れて、とっくに沈んでいる。

「さて、桑原殿。いよいよこれからが本題だ。今より遡ること、十七年前の天文四年八月、北条家先代氏綱公は突如、二万余の大軍を起こして郡内に攻め入られた。この時だ、内藤家が奥三保を完全に奪い取り、支配下に置いたのは」

「あいや、それは当時あった今川との同盟の約定に従い、手合《てあわせ》（援軍派遣）として兵を動かしたもの。翌年には小山田家が青根郷を攻め、足弱を百人ばかり連れ去っておる」

最近の合戦については記録もずいぶんあり、話が格段に細かくなる。飲まず食わずでさらに三刻も話し続けるうち、夜も深まってきた。

弥三郎は私領の話とて居眠りするわけにもいかず、右馬允も疲れ果てた顔で付き合っているが、桑原の家人たちの中には舟を漕ぐ者もいた。又七郎は、桑原との交渉が必ずこうなると予想して寝だめをし、しっかり飲み食いしてきたから、体調は万全だった。

やがて夜が明けていき、目を覚ました太陽が高く昇った。

「さて、桑原殿。いよいよこれからが本題だ。天文四年八月の合戦で、北条家は小山田の兵約八百人を討ち捨て、三百七十人を討ち取った。上吉田、下吉田も焼き払った。北条家に対する怨恨を思わば、奥三保すべてをそっくり返してもらうが筋よ。しかるに、すべてを内藤領とするなど言語道断。もし武田宗家がかかる同盟を強行するなら、小山田家は謀叛《むほん》独立さえ辞さぬはず」

「さればこそ恩讐を超えて、苦心の末、われらが八年前の矢留にこぎ着けたのではないか」

「さよう。が、矢留では、奥三保問題には触れず、棚上げとした。棚上げとは現状維持。しかるに内藤家は昨今、奥三保の道普請に血道を上げておる。これは明白な約定違背ぞ。北条は武田と手切れするおつもりか！　甲相同盟の条件は、奥三保全領の小山田への返還じゃ！」

大声を張り上げると、目の下に隈《くま》を作った桑原の家人たちが、驚いて飛び上がった。又七郎は既成事実を作ろうとした内藤側の行為を逆手に取ったわけである。

「とにかく奥三保に隣接する川尻、三井の二ヶ村は今回の件と関係がない。そこさえ確認できれば、この件、改めて持ち帰り、談義するといたそう」

さらにやり合ったが、もともとその二ヶ村については桑原が正しい。又七郎が折れた。すでに日が傾き始め、さすがに疲れた様子の桑原一行を、一転して笑顔で別館へ送り出すと、又七郎は「失礼いたしますぞ」と言って縁側に寝転がった。

疲労困憊の弥三郎と右馬允も倣った。

「いやはや疲れましたな。鼠殿も相変わらずだ」

「小山田のためにあれほど説いてくれるとは、父祖も喜んでおろう」

「されど、弥三郎様。落とし所は半手《はんて》でござるぞ。領地は戻らぬと覚悟なされませ」

「身どもは、向山又七郎に任せると決めた」

「又七、わしは不安でならぬ。奥三保、人質に賠償金、どれ一つまとまるとは思えん」

「仲の良い相手同士の同盟など、二流の計策師でもできる。平和は、いがみ合っておる敵同士の間に創るものだ。もともとあの難しき御仁を、二夜で説き伏せられるなどとは思うておらぬ。先だっての矢留にあっても、三日三晩、一睡もせずにやり合うた仲よ。北条家中で折り合いをつけるにも手順があろう。安請け合いをせんのが、桑原殿のよき所だ」

計策師が交渉に出向いてすぐに譲歩して帰国したのでは、内部で突き上げを食らう。北条も大国だ。交渉に時をかけること自体が大事なのだ。

——申し上げます。越後の長尾景虎が上野に侵攻した由！

「運が向いて参りましたな。これで、三国同盟の機運がますます高まるはず」

小山田の家人の報告に、又七郎はあくび交じりに笑った。

五

小田原城二ノ丸の小書院には、秋風が挨拶に来ていた。何度も談合を重ねてきた桑原盛正が約束の刻限に遅れるのは初めてだった。

向山又七郎の前にゆっくりとした足取りで現れたのは、南条差府《なんじょうさふ》綱良《つなよし》と名乗る枯れ木のような白髪白髯《はくぜん》の老人だった。神通力も怪しげな、冴えない仙人を思わせる風貌である。南条は白く長いあご髭をしごきながら笑顔で座った。

「さてと、お若いの。時はたっぷりある。ゆるりと談合いたそうかの」

案内された座敷には、豪勢な酒食が用意され、女まで呼ばれていた。面妖な話だ。今は何よりも交渉のはずだった。

尋ねると、桑原には何やら逆意の疑いが生じ、投獄されて役を離れたため、さしあたり南条が代行するという。同盟反対派の巻き返しに違いなかった。

「桑原はもてなしに水しか出さんとか。変わり者も困るわい」

初対面だが、南条については知っていた。

若いころに先代北条氏綱から偏諱《へんき》も賜った歴戦の名将だったが、戦場で敵に騙されて敗れた。その責めを負い不遇を託《かこ》っていたところを松田家に拾われたはずだ。となると同盟反対派だが、松田よりは話せる相手やも知れぬ。

女たちが次々注いでくる酒を干しながら、又七郎は三国同盟の大義を改めて語り、桑原と詰めていた妥結条件を噛んで含めて説明した。南条は又七郎の申し向きをうんうんうなずきながら聞いている。だが、人質の件を含めて何の質問も差し挟まずに飲食を続け、時おり女をからかった。聞き上手、呑ませ上手のえせ仙人である。

南条は、今日は顔合わせだと繰り返して本題に入ろうとせず、すぐに話題を逸らした。

「向山殿は絵画にうるさいと聞いたが、興悦《こうえつ》の『山水図』はご覧になったかの」

雪村の弟弟子にあたる興悦の山水図は、関東随一の文化人である北条幻庵が絶賛したとされる名画だ。又七郎の好みさえ弁えている。どうやら南条はただのえせ仙人ではなさそうだった。

又七郎は話を三国同盟に戻して、利害得失を手際よく説いた。だが、南条の心に届く様子はまるで見えない。疲れてきた又七郎がひと息吐いたとき、南条がまた話を逸らした。

「そうじゃ、この次参られたときは、陸信忠《りくしんちゅう》の『十王図』をご覧に入れよう。人を食い物にする計策師は、地獄に落ちる宿命じゃ。閻魔王の取り調べを受ける時の役に立とうからの」

話もろくに進まないまま、又七郎も酔いが回ってきた。

だめだ。桑原と違い、南条には交渉をまとめる気がまったくないのだ。のらりくらりと構えて同盟締結の機をやり過ごし、現状を維持する肚だ。もともと家論を動かす意思がないのだろう。

桑原を復帰させねば、交渉が前へ進まない。だが、桑原は松田への贈賄も拒んで、正面から冤罪に挑んでいるに違いなかった。己の力では出獄できまい。世話の焼ける男だ。いよいよ松田憲秀を動かすべき時だろう。太原崇孚にも手伝わせる必要がありそうだった。

六

崇孚に用意させた駿河の寓居では、又七郎の握る彩色筆の先が震えていた。牧谿《もっけい》は手強い相手だった。画題は「町の賑わい」である。雪村の描く金山寺の伽藍を模範にして線描を真似たが、失敗作を含めると、すでに千人近く描いたろうか。

「うむ。一番の難所は乗り越えた。納得の出来ばえよ」

賄賂をうまく貢げば、交渉次第で松田の態度はまだ変えられる。

だが、大金が要った。

「贈賄に使う金を一千貫文ばかり、御館様に無心してみたが、にべもなく断られてな」

「当然じゃろな」

右馬允が呆れるように吐き捨てた。

「それでも、岩絵具の金を出してくださったのはありがたい」

同盟反対派の松田は、高白斎に取り込まれているはずだ。高白斎の背後には勝沼信元がいた。塩山の黒川金山衆を支配する勝沼家の財力は、穴山家をもしのぐ。信元が計策に金を惜しむ理由もなさそうだった。

「なぜまた絵ばかり描いておるんじゃ？」

この半月、又七郎はひたすら牧谿らしき画風を身に付けようとした。一度だけ計策の際に実物を見た覚えはあるが、とにかく細密な水墨画だった。

「知らんのか、右馬。絵には莫大な値打ちがある」

「それは高名な絵師の話であろう。又七の絵が――まさか贋作を？」

又七郎は、ようやく気づいた様子の右馬允に向かって、にんまりと笑った。

「金持ちの悪党に本物の金をくれてやるなぞ、癪ではないか。天もお許しにならぬ悪事よ」

「持ち金がないだけの話ではないか」

「天下の太原崇孚からの贈物が贋作とは、誰も思うまい。松田は人の真贋も見抜けぬ阿呆だ。噂話で桑原を投獄するくらいだからな。俺の絵を贋作と見抜く眼はない」

「じゃが、居間にでも飾って自慢しておれば、誰かがいずれ偽物と気づくであろうな」

「むろん手は考えてある。……できたぞ！」

又七郎は大きくうなずくと、灯明皿にかざして、描いた絵を炙《あぶ》り始めた。

「焦げておるぞ、又七！　何をしておるんじゃ？　せっかくの絵を！」

七

「おお、鳥屋の玄蕃ではないか。こたびは何用で参った？」

松田憲秀はまた少し肥えたようで、肥満体の上には三重のあごが乗り重なっていた。又七郎は付け髭をして衣服さえ替えれば、鳥屋の玄蕃になれる。守銭奴は金づるを忘れぬものだ。

「こたびは、太原崇孚様の内意を受けて、まかり越しましたる次第」

松田はわずかに身を戦《おのの》かせた。崇孚が絡むとなれば、ただの儲け話とは違う。厄介な政争に巻き込まれる事態を警戒したに違いない。北条家は崇孚の鬼謀に敗れ、駿河東部の河東を奪還された苦い経験をしていた。

「巷間取り沙汰される甲駿相三国同盟の一件、お許し願いたいのでございまする」

首なしが露骨に眉をひそめて口を開こうとするや、又七郎は機先を制した。

「あいや、当然の仕儀として、この同盟が続くかぎり、河東における旧知行地に見合う補償は、今川家が致しまする。松田家に対してのみでございまするが」

嘘八百を並べ立ててゆくが、小悪党を騙しても良心は痛まない。崇孚には松田を騙す内諾を得ていた。崇孚の与《あずか》り知らぬところで、偽商人が暗躍しているだけの話だ。

松田は又七郎が脇に置いた細長い包みにちらりと目をやった。

「崇孚様の調べでは、甲斐の駒井高白斎なる計策師が、晴信公の意に反して、秘かに同盟阻止に動き始め、松田様にも何やら働きかけをしておる様子」

極秘であるはずの事実に触れると、松田は顔色を変えた。

高白斎の贈賄がなくとも、もともと松田家は同盟反対の立場である。だが、より確実で大きな利益が目の前にあるなら、乗り変えも辞さぬはずだ。松田はこの世に転がっている利を一つも見逃すまいと思い定めたごとく、細眼を見開いていた。

「わしとて、事と次第によっては、大義のため、三国同盟の話を進めるに吝《やぶさ》かではない」

松田のいう「事と次第」は、まず私利と保身の意だが、収賄者は疚《やま》しさゆえに、大義を是認して欲しいものだ。松田家は同盟反対派の首魁であった。己だけが裏取引で補償を得て反対を取り下げたのでは、立場がない。だが、大国今川から河東を再奪取する目処《めど》が立たない以上、裏で実利が得られるなら、松田は必ず取引に乗ってくる、と又七郎は見た。小悪党との密約など、同盟締約後に反故《ほご》にしてもかまわない。

「松田様のお力で、関八州と東海の民に平和をもたらしてくださいませ。両家の間に、十五年の恩讐はございましょう。されど、海は川を、山は落ち葉を拒まずに受け入れるもの。松田様なら……」

崇孚からの伝言として、又七郎が形ばかり同盟の大義を説くと、松田は大きくうなずいた。

「されば今宵は、崇孚様のご命にて、松田様にこそ相応《ふさわ》しき絵を持参してございまする」

「絵……じゃと?」

松田は失望の色を隠そうとせず、大げさに身をのけぞらせた。

「牧谿《もっけい》の手になる『瀟湘八景図《しょうしょうはっけいず》』の一つ、『山市晴嵐図《さんしせいらんず》』でございまする」

「伯父上も騒いでおられるが、あの物の怪でも出てきそうな地味な絵のどこがよいのやら」

さも関心なさそうな松田に向かい、又七郎は自作の絵を広げながら、気にせず続けた。

「およそ金は人を選びませぬ。驍勇無双のお武家様、高貴なお公家、強欲な豪商、げすな木端《こっぱ》役人、あらゆる人間のもとへ、大なり小なり参りまする。されど絵は、持つに相応しき人が現れた時のみ、不思議にそのお人のもとへ渡るのでございます」

説教を聞いている不出来な小僧のように、松田が口を尖らせている。

「この牧谿こそはかつて、かの鹿苑院《ろくおんいん》(足利義満)様が大いに愛され、八幅の掛け物となさったうちの一図。高名な『遠浦帰帆図』は駿河の義元公が所持なさる家宝にて、氏康公が強く所望される代物なれど、『山市晴嵐図』はまさにそれと同格。牧谿の『寒山拾得《かんざんじっとく》』二幅対は三十年近く前、北条家より越後長尾家に贈られましたが、たとえ牧谿をお気に召さずとも、松田様ほどのお方なら、お屋敷に一幅を飾られても、罰《ばち》は当たりますまい」

松田家が今川、北条、長尾家当主と肩を並べる権勢を持つとまで持ち上げると、松田はようやくまんざらでもない顔をした。

「手前は、鳥以外にも絵の商いを手がけ、大名家にも出入りいたしまするが、かねて武田様より『牧谿をぜひにも一作』と仰せつかっておりました。『金に糸目は付けぬ』と仰いますが、ないものはない。八方手を尽くし、ついに見つかりましたる作品がこの一幅。実は『山市晴嵐図』は応仁の大乱で焼失したものと皆、諦めておりました。が、価値を知らぬ者の手にわたり、京の市にて二束三文で売られておったところを、運よくわが手の者が買い求めた次第。本来、武田様にお売りすべきところ、崇孚様から、もしや松田様ほどの方なら、ご入り用ではと――」

「その絵、売ればいかほどになるか？」

俗人はしつこく金にこだわる。己に自信を持たぬからだ。

「金では買えぬ代物にて、値札はつけられませぬ。戦火に遭ったせいで焦げ目がついておりまするが、絵を知る大名ならたとえ一郡と引き換えてでも、手に入れたがりましょう。武田様には一万貫文でお譲りしようと考えておりました」

松田はまばたきもせず、畳の上に広げられた偽牧谿を睨んでいる。

「三国同盟成立の暁には、今川家より松田家に対し、ささやかながら埋め合わせを致す所存にて。向こう十年を見越し、旧知行地分は一万貫文ほどが先払いされましょう」

「……承知した。して、わしは何をすればよい？」

松田が短く促すと、又七郎は両手を突いた。

「三国同盟が北条家中にて議題となりしときは、所用にかこつけて、ご退座くださりませ」

北条氏康は名君だ。親の七光りだけで要職にある若い甥の言動などで、北条家のゆくすえを左右する大事を決めはすまいが、家中の大きな反対を押し切るわけにはいかない。他方、松田にも従前からの強硬反対派としての立場がある。今さら賛成派には回れまいが、松田が動きさえせねば、反対派は力を失う。氏康は飾りの筆頭取次でなく、本物の忠臣たる桑原盛正の言葉に耳を傾けるはずだ。

「同盟に向けた条件は当方で整えまするが、奥三保《おくみほ》の件で一点お含みおきを」

奥三保の帰属につき又七郎が「半手《はんて》」を落とし所に説くと、すでに内藤家の手が回っていたのか、松田が意外に反発してきた。だが、偽牧谿の力は金より偉大であったらしく、まもなく折れた。

又七郎は自筆の贋作を宝物《ほうもつ》に触れるように扱いながら、丁重に巻いていく。

「この牧谿は好誼の印にございまするが、三国同盟の締結までは秘蔵なさいませ。氏康公より先に牧谿を入手されたとあれば、差し障りも生じましょうゆえ」

「そちに口を出されるいわれはない。主君より先に当家が手に入れるからこそ意味がある。実はちょうど氏康公の私邸が修築に入って手狭になるゆえ、新年はわが松田屋敷にお成り遊ばす。北条家臣団が、新年の挨拶にわが松田家を訪れるわけじゃ。わしの差配で、新年の宴を盛大に催す。宴の座興を思案しておったが、ちょうどよい。氏康公にこの牧谿をお披露目すれば、一興となろう。公は若いわしを軽んじておられる節があるが、必ずや見直されよう」

首なしは思いつきに興奮した様子で、鼻息荒く頬を紅潮させている。

北条幻庵を筆頭に北条家臣にも人はいる。その鑑賞眼を欺けるほどの画力は、又七郎にはない。新年の宴で松田自慢の牧谿が贋作だと知れれば、松田は諸将の前で赤っ恥を掻く。すでに三国同盟が成っていれば、まんまと計策師に騙されたと臍《ほぞ》を噛んでも後の祭りだ。まさか賄賂を間違えて受け取ったと吹聴して回りはすまい。逆に年内の締結にしくじれば、同盟の機運は一気に遠のくわけだ。つまり、何としても年内に、同盟締結を成し遂げねばならぬ。

「これが補償を約した崇孚様からの直状《じきじょう》にございまする。ご確認くださりませ」

偽書だが、又七郎が崇孚から文を借りて、筆跡も花押も真似たものだ。

「すべてご内密に願いまするが、牧谿を受領なさった念書を持ち帰らねばなりませぬ」

松田は露骨に顔をしかめた。

贈収賄の証拠を残すなど異例だが、崇孚が直状を差し入れている以上、使者を手ぶらでは返せまい。相手が密約の証を欲しがるのは当然だ。松田が牧谿をみすみす逃すはずはないと、又七郎は確信していた。松田の心変わりへの牽制にもなろう。

松田は家人に硯を持ってこさせ、しぶしぶ念書を書いた。これで、又七郎は松田の弱味を握ったわけである。封書を受け取ると、後ろに置いていた包みをそっと前に置いた。

「以上は今川家の話なれど、実は今ひとつ、手前からお願いが」

包みの結び目を解くと、又七郎が右馬允に手伝わせて軸装した一幅の絵が現れた。贋作だ。

「周季常《しゅうきじょう》と林庭珪《りんていけい》の筆になる『五百羅漢図』の一枚にございまする。これは五千貫文を下りますまい」

「これで、何を所望する？」

松田はしげしげと仏画を眺めながら顔を上げた。

「実は懇意の小田原商人がさるお武家と事を構え、公事《くじ》（訴訟）が沙汰（裁判）の場に出ておりまする。桑原様が奉行人であれば、公正なる落着が得られると思うておりましたるに……」

松田は嫌な顔をして渋ったが、最後は追って桑原を釈放すると約した。

八

駒井高白斎は己でも持て余すほどに気持ちがささくれ立っていた。

「其方《そのほう》としたことが、見事してやられたの、高白斎」

現世に恨みを残す死者を思わせるくらい、勝沼信元の顔は不気味に青白かった。

高白斎の若い息子、昌直《まさなお》に法度《はっと》違反があった。

齢を取ってから授かった嫡男で、武田家重臣の通字《とおりじ》である「昌」を晴信から賜ってもいたが、苦労知らずで脇が甘い。昌直は白昼の路上で駒井家から逃げ出した下僕を見つけ、血気に逸って実力で屋敷へ連れ帰ったのである。『甲州法度之次第』第十五条では、現在の主に断りを入れてから、取り返さねばならない。高白斎が知るや直ちに帰したが、違反の事実は変わらない。

しばしばある過誤だが、昨年暮れに恩地の件で法度破りをした前科があったばかりである。子の失態とはいえ、法度の起草者である駒井家が二度続けて違背したとなれば、いかに軽微でも謹慎は免れまい。

「誠に面目次第もござりませぬ」

昌直がたまたま逐電《ちくてん》した下僕に出会う偶然がないとはいえない。だが聞けば、わざわざ鼻歌など唄いながら昌直の行く手を横切ったという。又七郎の仕業《しわざ》だ。

「今川との婚姻に其方は欠かせぬ。晴信と談合したが、十一月までふた月ばかりの謹慎の沙汰と相成ろう。……ただの意趣返しなら、よいのじゃがな」

信元も同じ懸念を抱いているらしい。

又七郎は仕返しをして、溜飲を下げて喜ぶような小粒ではない。伊織によれば、又七郎は甲府、駿府、小田原の三都を頻繁に往来している。弥三郎は何も知らぬと答えるが、もしや水面下で三国同盟が進められているのか。高白斎を足止めする謹慎は、これから又七郎が繰り出してくる計策の一手にすぎぬのか。

「ご懸念には及びませぬ。北条手筋の松田は買収済み。もう一人の取次、桑原盛正は獄中。もとより北条が崇孚の条件を呑むはずもありませぬ」

人質、さらには法外な賠償金問題を解決せぬかぎり、三国同盟成立の見込みはないのだ。

「小倅《こせがれ》だけでは心許ない。松田の父親にも手を打ったか?」

松田憲秀の父盛秀は、北条家譜代の最有力家臣だが、大病を患ったと聞いている。死んだとの話は聞かないが、そのまま隠退したのか。もともと松田家は同盟反対派であり、太りすぎの首なしのみで十分と考え、父親は念頭になかった。答えられぬ高白斎を信元が冷笑した。

「よい。どうせあの頑固者は一筋縄ではいかぬ。余が差配するゆえ、其方は余の指示に従え」

信元は切り捨てるように高白斎から視線を逸らして立ち上がった。高白斎はぞっとした。昔、大失態をしでかした側近に、信元が平然と腹を切らせた時のしぐさと同じだった。

「信元様。三国同盟を確実に阻止する手立てがひとつ、ございまする」

高白斎が必死で食い下がると、信元が振り返った。

九

高白斎の腹は煮えていた。桑原が釈放されたという。やられっ放しではないか。

この八月、高白斎はかねて計画していた屋敷の新築を実行に移していた。新屋敷は躑躅ヶ崎館から鍛冶小路を相当下って、南の妙遠寺へ至る道すがらにある。政庁から遠いぶん、広い屋敷だ。東と南に門を構え、主屋のほか接客用の家屋もあり、厩《うまや》も土蔵もある自慢の屋敷だった。十月半ばにも完成する見込みだった。

しかるに高白斎は、又七郎に足を掬《すく》われて謹慎中の身となった。屋敷が建ち上がっていく様子さえ堂々とは見られぬのだ。高白斎は昔から簡単な日記を付けてきたが、内密の計策は記していないし、むろん己の失敗なぞ、馬鹿らしくて記録していない。近ごろは番匠から話を聞いて柱が立ったとか、棟上げしたとか些事を書き記すだけだ。

歯噛みする高白斎のもとに影が現れた。小田原に潜伏していた伊織だ。

「信元公より、次のお指図があった。向山又七郎を討て」

たとえば穴山と違い、信元は武田家全体の損得を勘定に入れていた。武田家をわが物とする野望を抱いているために、一時的には勝沼家に不利でも、長い目で見て受け容れる場合があった。又七郎暗殺をなかなか承知しなかったのはそのためだろう。

だが、強い危惧を抱いた信元は、ついに高白斎の進言に乗った。三国同盟を成功させれば、又七郎は筆頭計策師の地位に上り詰める。師が弟子に仕えるなどできぬ。高白斎は城持ちになれぬまま、隠退を余儀なくされよう。

「かの者、新當流の使い手にて用心深く、容易ではありませぬが」

「女じゃ。千春とやらを使うがよい。又七郎は惚れやすい男ゆえ、くノ一に情を移しておるはず。勝沼衆に伝えよ。彼奴は人を殺せぬ。刀を抜いても、決して命は奪われぬとな」

微かな会釈だけで去ろうとする三ツ者を呼び止めた。

「伊織よ。そなた、よもや千春とやらと通じてはおるまいな？　実は信元公がお疑いでな。こたびこそは必ずや又七郎の首を取り、ご懸念を晴らすがよいぞ」

小さくうなずいて去る暗殺者の背が心なしか、いつもより力を失っているように、高白斎には見えた。

第九章　一輪の梅花

一

常陸国太田の庵には、秋化粧を始めた森の葉ずれの音以外には、雪村が時おり筆を洗う水音しか聞こえなかった。

「先生、何とぞお力をお貸しくだされ」

向山又七郎が両手を突いても、雪村は表情も変えず己の絵と睨み合ったままだ。

雪村は面相筆を手にしたまま、左手で酒を呷った。

「また、人が人を、多く殺めました」

この八月、武田軍がついに安曇野の小岩嶽城《こいわだけじょう》を攻略した。小笠原残党が立て籠もる最終拠点である。平瀬城の計策が広く知られたために降伏はありえず、城方は玉砕戦を選んだ。三ヶ月に及ぶ籠城戦の末、城兵五百余名が戦死した。だが、晴信は今回、足弱の命を助けた。

「武田の残虐非道は、今に始まった話ではあるまい。今川、北条もしかり。なぜやつがれが大名なんぞのためにひと肌脱がねばならぬ？　お門違いじゃ」

又七郎は弟子入りを認められてしばらく後、素性を明かして三国同盟への協力を雪村に求めた。雪村に小細工は通用せぬ。正面から頼んだが、峻拒されていた。

北条家は代々、文芸に深い理解と愛着を持つ当主が出た。金に糸目を付けず、朝廷や幕府から高価な美術品を買いあさった。むろん政治献金の意味合いも強いが、初代早雲以来の成り上がりへの負い目もあったろうか。当代氏康も、絵画好きでは人後に落ちない。

二年前、雪村は箱根湯本の早雲寺に招かれ、開山である以天宗清《いてんそうせい》の頂相《ちんぞう》（禅僧の肖像画）を描いた。当時、氏康は前年の大地震による百姓たちの困窮対策に忙殺されていたが、後に雪村が残した絵をひと目見て惚れ込み、面会を切望したという。氏康は牧谿と雪舟を特に好むが、いずれもすでに世にない。生きている本物の絵師に会いたい、あわよくば己の望む絵を描かせて後世に残したいと権力者は欲するものだ。

だが、天邪鬼《あまのじやく》の雪村を動かすのは容易でない。現に雪村は、氏康の申出を一蹴していた。又七郎は、幽境で真剣に遊ぶ雪村と対話できる唯一の俗人やも知れぬ。

「武田の利でなく、甲信、東海、関八州に住まう幾百万の民のためでござる」

「やつがれは政に関心がない。人にはそれぞれ持ち場があるのじゃ」

又七郎は雪村に接近するに先立ち、その出自と半生を調べていた。雪村はただの世捨て人ではない。又七郎の企てに一役買ってくれるとの確信を抱いて常陸に来ていた。

「先生こそは乱世に対し、誰よりも激しい憎しみを抱いておられるはず」

雪村の絵画に対する苛烈な打ち込みは、乱世への憎悪の裏返しだと又七郎は感じていた。

幼少のころ、雪村も乱世に生まれた凄惨を味わった。

雪村の生まれた佐竹の分家は、近隣と抗争しながら、骨肉相食《あいは》む闘争に明け暮れていた。雪村の父は敵将の妻を側室とした。雪村を生んだ母は雪村の父を殺そうとして失敗し、殺害された。幼い雪村は生かされたが、怨嗟の連鎖を断ち切るために寺へ出された。母を殺した父や兄たちも、本家との戦で死に絶え、雪村が天涯孤独の身となって久しい。

だが雪村は一切、醜い乱世を描かなかった。

戦とはまるで無縁な世に遊ぶがごとく、猫に猿、葡萄、瓜、蕪菁《かぶら》から茄子のへたまで描いた。あるいは異国の風物を描き、さらにはこの世の物ならぬ龍や仙境を画中に創り上げた。雪村の絵は乱世などまるで存在せぬかのように、現実をあざ笑っている。雪村の絵の一枚一枚が、乱世への挑戦なのではないか。

「非才の身ながら、小田原では『酒伝童子《しゅてんどうじ》絵巻』なぞ、狩野派の傑作を拝見した覚えがございまする。先生もつねづね、人生も絵も日々の学びであると仰せのはず。相模の名画の数々をじっくりご覧になれば、得る物もございましょう。ご希望あらば甲斐、信濃での鑑賞も、武田家として喜んで実現させまする」

「気に入らぬな。やつがれを利で釣りおるか」

「利のない話は害となるか、口先の綺麗事にすぎませせぬ。先生がさらに優れた絵画を世に残す機会を作れるなら、後世にとっても大いなる利となりましょう」

「断る。やつがれは描きたいときに描き、呑みたいときに呑み、死にたいときに死ぬ。京の天子様とてやつがれに指図はできぬぞ」

埒があかぬ場合は時をおくべきだが、又七郎は一つ、事態打開の策を思いついた。

二

「文でお願いしておりました三条西実枝様《さんじようにしさねき》の一件、首尾はいかがでございましたか」

近ごろは太原崇孚ももったいぶらず、最優先で又七郎との面会に応じるようになった。

「お主の申すとおり手筈を整えた。今年のうちに駿河入りされよう」

当代最高の歌人として名高い三条西実枝は、一子相伝の古今伝授継承者である。

今川は実枝を駿河に移り住まわせる。今川が実枝を取り込んだ以上、実枝の教えを乞いたければ、北条は今川との融和を図らねばならぬ。実枝は駿河を拠点に相模、甲斐を訪れて和歌を伝授する。いずれも和歌を嗜む《たしな》義元、晴信、氏康の三大名が、実枝を通じて繋がるわけである。又七郎が仕組んだ、同盟締結に誘導する一手だった。

「又七郎、お主も人使いの荒い男よな。拙僧をいったい誰と心得る？　義元公でさえご遠慮なさるものを、拙僧をあごで使うとは」

「崇孚様がお偉いことは承知してござる。されど、それがしごときが三条西家にお願いすれば、会っていただくだけで五年ほども時を要しましょうゆえ、近道を選んだもの」

今川家としても、実枝ほどの人物の受け入れは甚だ名誉であり、崇孚を動かせぬはずはないと又七郎は見越していた。

「実は今ひとつ、崇孚様にお骨折りいただきたく、本日まかり越しました」

崇孚が鷲鼻を鳴らすのも気にせず、又七郎は続けた。

「画僧の雪村周継先生を小田原に招聘《しようへい》いたしまする。苦心の末に弟子入りを許され、話ができるようにはなり申したが、容易なお人ではなく難儀しておりまする」

雪村の名を口にするや、崇孚は察したように腕組みをして唸った。

「使える物は何でも使いおるな。悪くない目の付け所じゃが」

「聞けば、崇孚様は雪村先生とご昵懇《じっこん》の間柄とか。一筆賜れませぬか」

崇孚は鷲鼻を大きく広げ、珍しく感情を表に出した。

「若いころにやり合った仲じゃが、あの狂った坊主は好かぬ。周継にはずいぶん世話をしてやったが、喧嘩別れしておってな」

崇孚によると、今川と北条が同盟、縁戚関係にあった三十年ほど昔の話である。

京の妙心寺にあった崇孚は、同じ臨済宗で鎌倉建長寺の書記を務める画僧祥啓《しょうけい》から周継の世話を頼まれた。崇孚が会ってみると、風来坊のような小男は、師である性安《しょうあん》の絵に満足せず、性安の師祥啓に学んだが、やはりまったく飽き足らぬ。祥啓は恐るべき孫弟子の才に惚れ込み、当代最高の絵師、相阿弥《そうあみ》に学ばせたいと考え、崇孚に頼み込んできたのである。

「あのくそ坊主めが、拙僧の顔を潰しおったのじゃ」

相阿弥といえば、足利将軍家の同朋衆を務める大物であった。

崇孚は関東から上京してきた周継を親身に世話してやり、中御門《なかみかど》家、山科《やましな》家など今川家の京における公家人脈を駆使して、「国工相阿」とまで謳われた相阿弥に引き合わせた。相阿弥は新たな弟子を大いに気に入ったらしく、己の後継者にとまで考えたらしいが、弟子のほうはそうでなかった。

「周継めが、天下の名画工に向かって、何とほざいたと思うか?」

相阿弥の絵は優れているが、それだけだ。己の求める絵ではない。だが、雪舟の絵に出会えたは僥倖《ぎょうこう》、わざわざ上京してきた甲斐があったというもの。されど雪舟なき今、京で学ぶものは何もない、と言い切ったらしい。

雪舟への畏敬を込めて、周継はその後、勝手に「雪村周継」を名乗り始めた。

「彼奴めが、蟹と喧嘩しておる鷲の絵を一幅、礼代わりに置いて去りおったわ」

蟹は雪村の好む画題だ。鷲は崇孚を現わすわけか。食えぬ者どうしのやりとりに、又七郎は内心笑ったが、改めて鄭重に手を突いた。

「崇孚様のお骨折りなくば、北条の懐柔はできませぬ。四の五の言われず、お力添えを」

北条家には、今川家の口添えで雪村の相模招聘に成功したと伝える。氏康は駿相同盟に向けた布石と悟るだろう。崇孚もこの策が持つ意味をすべて承知している。

「拙僧の力なら、建長寺を通じて正宗寺《しょうじゅうじ》（雪村が修行した佐竹家の菩提寺）に嫌がらせができぬでもない。が、周継は毛ほども痛がるまいな。あやつは押しても引いても動かぬ男。突《つつ》けば噛みつかれる。が、突きようによっては、己が意思で勝手に動き出す」

崇孚は手を叩いて家人を呼ぶと、紙と硯を用意させた。

さらさらと何やら書き始めたが、やがてその紙を破り、背の後ろへ放り投げた。同じ動作を何度か繰り返した後、崇孚は又七郎を見て、犬を追うように手をひらひらさせた。

「お主がおっては気が散る。書き上げたら呼ぶゆえ、縁側で昼寝でもして待っておれ」

又七郎は寝転がって日暮れまで待ったものの呼出しがかからず、出された酒肴を右馬允と楽しんだ。翌日も呼ばれず、翌々日の朝、目の下に隈《くま》を作った崇孚に呼ばれた。

「書けた。幾度も書き直し、考え抜いた文じゃ。これで雪村も、お主の話を真剣に聞かざるを得まいて。わしにできる最大の協力じゃ。が、すべてはお主にかかっておる」

崇孚は自信ありげに又七郎に封書を手渡した。

三

雪村は縁側で身じろぎもせず、完全に終わろうとする夏の空を見上げていた。

空には数片の白雲が浮かんでいるだけだが、雪村の眼には龍が舞う姿でも見えているのか。絵筆を取らぬときの雪村は、身体じゅうの感覚を研ぎ澄ませて、大地の真理を感じ取ろうとしているかのようだった。縁側から下りて庭を歩き回る姿も見えるが、こんなときに声を掛けても、黙殺され、機嫌が悪くなるだけだと、二ヶ月あまりの濃密な付き合いの中で、又七郎も学んでいた。

日が傾き始めたころ、ようやく呼ばれた。

雪村は又七郎が差し出した封書を一瞥しただけで、手に取ろうともしなかった。

「又七郎、やつがれはあの腹黒い男を好かぬ。権謀術数にばかり長けたえせ坊主よ」

雪村は又七郎に背を向け、乳鉢に膠《にかわ》を入れ始めた。

「俗世の欲に塗《まみ》れた文なぞ、読まずともわかる。やつがれは五十年も前に、武家を捨てた放浪の身。世事とは関わりを持たぬと決めておる。昔の腐れ縁なぞ、今さら持ち出されても迷惑じゃ」

「崇孚様は、先生を動かすは至難の業と言われ、ふた晩をかけられました。一睡もされなんだご様子なれど、自信ありげにこの文を託されましたぞ」

「ほう。天下の太原崇孚に動かせぬ者なしと、思い上がりおったか」

「さにあらず。動かせるかどうかは、それがし次第と仰せになりました」

「説得はできぬと知っておろうに何を書いたか、昔の誼《よしみ》で一見してやるか」

雪村は封を切り、竪切紙《たてきりがみ》を開いた。

ひと目見るなり唸り、苦虫を嚙み潰したような顔をした。

「祟孚も相変わらず小憎らしい男よ」

雪村は手にしていた祟孚の手紙をそのまま音を立てて乱暴に握ると、又七郎を見た。

「やつがれは綺麗事が大嫌いでな。口先だけの者ほど耳触りのよい戯言《たわごと》を並べ立ておる。が、こたびの祟孚の文は正しい」

雪村は一度しわくちゃにした切紙を裏返して、又七郎に示した。

又七郎はあっと声を上げた。何も書かれていない、ただの白紙であった。

白紙とは「己が眼で見よ」の意である。

「お前はやつがれがただ一人認めた弟子じゃ。明日、奥州へ旅するつもりであったが、二日くれてやる。それまでにお前のありのままの覚悟をやつがれに示してみよ」

祟孚は言葉ではなく己が意思を示す使者として、又七郎を雪村に突きつけたのだ。雪村との真剣勝負になる。

四

その日の雪村は、野山へいっせいに訪れようと待ち構える秋の気配を睨《ね》めつけていた。

「先生、用意が調《ととの》いました」

又七郎は右馬允とともに運んできた六曲一隻《せき》の巨大な屏風絵を、雪村の前に広げた。

雪村は細眼でじろりと又七郎の絵を見据えていた。

雪を被った梅の細密画である。たった一輪だけ開いた花が、小さいながら迷いなく堂々と咲き誇っている。同じ枝の天辺には、大きな蕾が一つあるが、まだほころんではいない。他の無数の微小な蕾はいつまでも開く気配がない。雪村の弟子らしく、現実にはありえぬ絵だ。絵師を説くのに、言葉は邪魔だった。正々堂々と絵で説くべきだと考えた。

「これを二晩で描き上げたか……」

一輪だけ咲いた梅花なぞ、何も美しくはない。だが、又七郎の覚悟を示すに相応しい絵はこれしかないと思い、小さな固い蕾をひたすら丁寧に描き続けた。

「無駄で、下手くそな絵じゃ。……が、胸を打つ。お前の心意気を見事に示しておるわ」

雪村は大きくうなずき、絵の前で居住まいを正した。

「春も初めは一輪の梅花から始まる。乱世は厳寒の冬じゃ。されど、必ず春は訪れるはず。己こそが春の訪れを告げる最初の一輪になってみせるとの誓いが込められておる」

雪村は絵から眼を離すと、憐れむように又七郎を見た。

「やつがれは政を知らぬが、世の摂理は知っておるつもりじゃ。厳冬のうちに咲き、魁《さきがけ》となった最初の一輪は、最も早く散らねばならぬ。それはまだ、春さえ来ぬうちであるやも知れぬぞ。それでもお前は、平和とやらを創りたいと申すか」

「もとより覚悟の上。先生は次に咲く一輪となってくださりませ。雪村周継が咲けば、枝じゅうの蕾がほころび、やがて花開きましょう」

又七郎は計策師としての己の人生を語った。どれだけの人間を騙し惑わせ、裏切らせ、争わせ、殺し合わせてきたか。最後に平瀬城を語った。もう、たくさんだ。

「心得た。この拾い物の命、ついでに役立ててやろう」

雪村は、梅雨の晴れ間のような微笑みを見せた。

が、すぐにふだんの厳しい顔つきに戻した。

「相模に引っ越すゆえ、手配せい」

「ありがとう存じまする！　ただちに北条家にて受け入れを手配いたしまする」

雪村は不機嫌そうに手を振った。

「じゃから、礼なぞ申すな。やつがれの行動は、お前たちの意思とは何も関係がない。やつがれは雪舟を超えねばならん。そのためには、まだ見ぬ名作や風物を見るも必要じゃ。戦乱を言い訳にして気の利いた作品を遺せなんだなら、後世に恥ずかしいからの」

五

十月、又七郎は桑原に伴われて、半年ぶりに氏康私邸を訪れている。

数日前、無罪放免で釈放された桑原にさっそく会って談合した。桑原はあくまで仮定の話と断って人質につき氏康に打診したところ、峻拒されたという。氏康との面談を手配すると言う桑原に対し、又七郎は助五郎との面会を望んだ。渋る桑原に対し、又七郎は「もし説けねば、人質の件は逆に今川方を説得する」と約した。

賑やかに囀《さえず》る庭籠の鳥たちの中に、見慣れた姿があった。

夏の間に少し背が伸びたようだ。

「武田家臣、向山又七郎にございまする」

又七郎が静かに片膝を突いて挨拶すると、助五郎が駆け寄ってきた。

「よう参った、又七郎！　待っておったぞ！」

助五郎は親しげに又七郎の両肩に手を置いた。文では無事を伝えてあった。

「あれから鳥の世話が好きになってな。ずっと俺が世話しておるんじゃ。粟黒も完璧に乗りこなしておるぞ。俺に用があって参ったと聞いたが？」

「御意。本日は、助五郎様にお願いの儀があってまかり越しましたる次第」

「俺にできることなら、聞き届ける約束じゃ。申せ」

傍らでは、桑原が呆気にとられた顔で、二人の親密なやりとりを見ている。

又七郎は助五郎に向かい、深々と頭を下げた。

「されば助五郎様。相甲駿三国の泰平のため、人質として駿府にお住まいくださりませ」

助五郎は一瞬みじろいだが、やがて笑い出した。

「鳥屋の玄蕃がこの屋敷へ参った理由、俺を命懸けで守ろうとした理由、すべてが腑に落ちたわ。約束ゆえ、願いは聞き届ける。されど、まこと、俺の身ひとつで泰平を創れるのか？」

助五郎が得心せねば、氏康は嫡子からの提案を不審に思うだけだ。計策は空回りしよう。

「これより桑原殿にご同道賜り、粟黒にて駿府見聞に参りましょうぞ。己が眼で、今川をご覧なされませ。先方の受け入れの段取りは付けておりまする」

「待たれよ、向山殿――」

「よいのじゃ、桑原。俺と又七郎の仲よ。この男の言葉は信じてよい」

六

又七郎たちはぶらりと駿府の町を歩いている。案内役は眉毛の朝比奈蔵人であった。人当たりしそうなほどの雑踏だが、今川家の威信を懸け、貴賓の北条助五郎の警固には抜かりない様子である。助五郎は初めて見る事物に目を輝かせていた。

「悔しいが、駿府は小田原より大きいのう」

今川家は安倍、井川の金山を持つ。三州を貫く東海道には日本一の交通量がある。茜《あかね》を京で売り捌《さば》いて巨富を得たやり手の商人もいた。今川の経済政策は大成功を収めている。

「小田原も甲府も、駿府には敵いませぬ。駿府は京の都に似せて創られておりまするが、長き戦乱で荒れ果てた京にも、これほどの賑わいはございますまい」

又七郎は幕府工作のために、京へ何度か出向いたからわかる。駿府では安倍川を鴨川に見立ててあった。その名のとおり清水寺もあれば、愛宕山もあった。

「叔父上（今川義元）と太原崇孚殿は、それぞれ京の都で若き日を過ごされたとか」

「いかにも。お二人にとって京は想い出多き地なれば、いずれ京を戦乱から解き放ち、荒廃から救いたいとお思いのご様子。義元公が天下を望まれる日も、遠くはありますまい」

駿府の中心では、友野屋と松木屋の土蔵が長さを競うように続いている。

「こちらが駿府で最も大きな店にございまする」

眉毛のお国自慢に、助五郎はまぶしそうに見世棚を見上げた。

全国の特産品から舶来品まで取り揃えてある。「春姫への土産に、解き櫛でも買いましょうぞ」など又七郎は調子に乗り、あれやこれやと指さして、酒肴にしかなりそうにない山海の珍味まで買いそろえた。むろん支払いは案内役の眉毛である。

「太原崇孚様はげに恐ろしき禅僧にて、他国から商人まで奪ってしまいまする」

友野二郎兵衛も松木与三左衛門も、もともとは甲州商人であった。信虎の時代、崇孚の経済政策を知った二人は、甲府に見切りを付けて、駿府に移住した。繁栄した町は近隣国から商人を惹きつける。関東甲信の最も有能な商才は駿府に集まった。

「駿府で手に入らぬ物は、鳳凰の羽と龍の鱗くらいでございましょうかな」

又七郎の傍らで助五郎は唇を嚙みしめている。全身で今川の力を感じているはずだった。

最後に富士を見、駿河湾を臨んだ。

小田原の海に比べて色が明るい気がした。

「又七郎が俺を駿府に連れてきた理由がわかった。今川は……強い」

「畏れながら、御意。北条が今川と結ばねば、今川と武田が北条を滅ぼしましょう」

「その次は、武田が滅ぶわけか」

「御意。北条と武田は命運をともにしてござる。氏康公は人質を出すは屈辱と思うておられましょう。されど助五郎様から駿河を見聞したいと仰せになれば、話は違って参りまする」

「俺はもっと今川を知りたいと思う」

「今川を知る者が北条には必要なはず。助五郎様なら、しかとお役目を果たされましょう」

夜の今川館には、太原崇孚が寿桂尼を伴って現れ、山海の珍味を一行に馳走した。助五郎の堂々たる物腰と受け答えに、二人とも感銘を受けたらしく、宴は深更にまで及んだ。桑原は同盟締結までは呑まぬと言い張って水で通したが、又七郎は朝比奈と前後を忘れるほどに呑んだ。

翌日、氏康私邸に戻ると、モズやノビタキなど秋の鳥が、助五郎たちを出迎えた。

「お春と俺は、いつ駿府に出向く？」

「おそらく、二年のうちには」

助五郎の顔に不安が見えた。当然だろう。二年後でも助五郎は十歳、春姫は八歳にすぎない。乱世は親と子を引き裂く酷《むご》い世だ。

「牛や山羊と違い、仔馬は母馬に付き従うて育ちまする。されど、名馬になる馬は、幼いころに親元から引き離して、厳しく育てられまする」

又七郎は傍らの桑原に「拝借しますぞ」と言うなり、勝手に鯉口を切って刀を抜き放った。己の刀は屋敷へ入る際に預けてある。

「籠中の鳥は、いつまでも大空を羽ばたけませぬ」

又七郎は横一文字に一閃、ウグイスの庭籠の上部を切り捨てた。やがてウグイスは飛び立ち、青空を舞って、飛び去っていった。

「春先に身体をぶつけて弱っておったウグイスであったな。俺もやるぞ、又七郎」

助五郎が腰の脇差を抜いた。二人は桑原の制止も聞かず、笑いながら庭籠を切りまくった。辺りに鳥の賑やかな声が満ちた後、やがて静けさが戻ってきた。

「楽しかったのう、又七郎。俺も飛び立つ。駿府行きの件、父上にお願いしてみようぞ」

助五郎なら、北条と今川の橋渡しの役目を立派に果たすだろう。又七郎は助五郎に微笑んだ。

七

「天啓だ、右馬允。運が向いてきたぞ」

晴信からの使いが届けた知らせに、又七郎は手を打って喜んだ。

「わしには、同盟の追い風になるとは思えんが」

関東管領上杉憲政の復権を名目として、この七月、越後の長尾景虎が初めて上野《こうずけ》に侵攻した。北条氏康もこれに応じて出兵したが、両軍は一進一退のまま推移し、十月下旬になって、長尾軍は越後へ引き上げたのである。

「長尾景虎が口先だけの男ではないと知れた。管領復権のために兵を動かし、戦いおった」

「じゃが、戦果は何も上がらなかったではないか」

「逆から見よ。氏康公でさえ、遠路出征してきた景虎を破れなかったのだ。追撃も許さず、見事に一夜で兵を引いたという。引き際を弁えておる。恐るべき将が越後に現れたものよ」

没落した管領上杉家は、恐るるに足りぬ。だが、長尾景虎が脅威となれば、氏康も態度を軟化せざるを得ない。

数日後、又七郎が呼ばれて、桑原の狭い屋敷に右馬允と赴くと、桑原が待ち構えていた。左腕を包帯で吊っており、左肩から袖がだらりと垂れている。尋ねると「大事ない」と面倒くさそうに答えたが、家人によれば、何度も同盟反対派に襲われているらしい。

「山が動いた」

桑原は開口一番、早期締約について切り出してきた。

過日、雪村が小田原入りした。

稀代の絵師の招聘成功に氏康は狂喜した。上野から帰陣するなり、鎌倉にある雪村の茅屋を自ら訪れ、親しく話したという。桑原から今川家の骨折りがあったと聞いた氏康は、三国同盟に前向きな態度を示し、助五郎からの申し出を受けて、人質についても内諾したらしい。すこぶる順調な展開だった。次は懸案の所領問題である。

この間、水だけの談合を重ねるうち、奥三保《おくみほ》の帰属は決めぬまま、桑原から「半手」とする提案を引き出すことには成功していた。だが、すべて半手とするには所領が広すぎるため、一ヶ村ずつ双方に帰属させる案が浮上していた。相模領であり北条家から小山田が与えられる知行地となるが、武田宗家もそれを承認する。穴山が今川から得た知行地と同じ扱いである。

だが、奥三保の八ヶ村は、それぞれ互いの本拠からの遠近、人口、土地の肥沃などが少しずつ違った。双方に思惑があって、どの村をいずれに帰属させるかが合意できなかった。

「昨夜の月は冴え返っておったの。異国で眺める月は格別よ」

交渉に何の関係があると言わんばかりに、桑原が又七郎を睨んだ。

「右馬允と散歩に出て、相模湾の潮騒を聞きながら、ようやく名案を思いついた」

又七郎は絵地図の奥三保を二本指で差した。

「まず八ヶ村のうち、二つを小山田が選び提案する。内藤はその二つのうち、いずれかを選んで本領とし、残りの一方を小山田の本領とする。残りはすべて半手となす。いかがじゃ?」

桑原は頭の中で繰り返し確認していた様子だったが、やがて大きくうなずいた。

「……なるほど、確かに名案じゃ」

小山田としては、二つのいずれが本領となるかわからないから、二つとも条件の良い村を選ぶはずだ。単純だが、小山田にも、内藤にも、選ぶ機会を公平に与える妙案といえた。

六ヶ村で年貢を折半すれば、百貫文あまりが小山田家に入る計算だ。これならまとめられる。

「桑原殿、物は相談じゃがな。雪村先生の描かれる絵は、小田原北条家の文化を最高に高めるはず。一万貫文なぞではとても買えぬぞ。先生の招聘にあたっては、今川家には多大なお骨折りをいただいた。されば賠償金の件、お取り下げ願えぬか」

「その件は氏康公にご相談申し上げた」と桑原は小さくうなずいた。

「崇孚殿のご尽力は万貫にも値しよう。されば一千貫文の支払いで手を打とう」

「大国の名君ともあろうお方が、吝嗇《りんしょく》な物言いをなさるものかな」

又七郎は大げさに嘆いて見せたが、桑原は真顔で首を激しく横に振った。

「北条家は人質まで差し出すのじゃ。われらが頭を下げて和を乞うのではない。御館様が内諾されたとはいえ、家中には反対論も依然として根強い。名目的にせよ一千貫文の支払いがぜひとも必要じゃ。加えて何かあとひと押しが欲しいところ」

武田家同様、北条家も一枚岩ではない。桑原も命懸けでぎりぎりの調整を続けているのであろう。松田は買収成功以来、傍観を決め込んでいるらしいが、反対派の巻き返しも激しいという。無理押しは慎むべきだ。

「向山殿。あとひと息で三国同盟は成る。身辺にはくれぐれも留意されよ」

「感激じゃな。桑原殿に身を案じてもろうたのは初めてかの」

「二度目じゃ。八年前も案じた」

まじめな返答に又七郎が噴き出すと、右馬允が大笑いし、桑原も尖らせていた口先を緩めた。

又七郎は甲駿相三国同盟の締結まで、あとわずかの位置まで漕ぎ着けていた。後は北条家臣団の背を押す、もうひと押しの融和と賠償問題だけだった。

八

十一月、又七郎は甲府へ戻って、晴信に計策の進捗を報告して談合した後、己の屋敷で降り続く糸雨を眺めていた。又七郎は三都を韋駄天のごとく駆け回っている。三国同盟の成否は、又七郎の双肩に掛かっていた。だが、同盟締結には大金が要った。

名目はともかく、今川に一万貫文、北条に一千貫文を持ち返らせる。金に色はない。後は取次たちが頭を使って主君に説明すればよいのだ。金銭の授受と額について双方が守秘する約定にはできよう。都合一万一千貫文が入用だった。晴信に掛け合ったが、実際、国庫は空で、むしろ借金漬けだった。工作資金としてつけの支払いを含め、結局、二千貫文近くを晴信に負担させてきた。それでも「是非にも必要なら、工面しよう」と、晴信は応じたが、三度目の過料銭を課す以外に方法はない。だが、民を更なる重税で苦しめるわけにはいかぬ。金山を持たぬ小山田家も財政は苦しい。金策は又七郎が何とかするほかなかった。

とにかく金がない。寝転がって天井を見上げていても、名案は浮かばぬ。

又七郎は無心になろうと絵筆を取った。

女を描く。自然、女は千春になった。浅葱色の小袖に唐紅の打掛けを着て、はにかむように微笑んでいる。忍び装束などでない、本来あるべき千春の姿だ。

右馬允は半年ぶりに信濃の自領に戻っていて、屋敷は静かである。

絵の中に稲とその香を描いてみた。又七郎の筆では、まだ香など匂い立ってはこない。だが、雪村から技を盗むうち、絵の腕は格段に上がった。雪村は大胆な太線で波を描くかと思えば、猿の毛一本一本を細密に描きもする。又七郎にはまだ太線を描く力がなかった。

「なかなかよく似ておりますこと」

気がつくと、気配を消した千春が傍らに立っていた。今回は短刀を抜いていない。

「恩に着るぞ、千春。また、お前に命を救うてもろうたわけか」

おどけようとしたが、千春はいきなり又七郎を抱き締めてきた。

「……お会いしとうございました」

又七郎は絵筆を取り落とした。千春のなよやかな身体を抱き締める。橙に似た香りがした。

「達者にしておったか？」

「しばし又さまとお別れしていた間に、どれだけお慕いしていたかがわかりました」

「よう戻った。されば俺と夫婦《めおと》になると決めたか？」

黙ってうなずく千春の髪の匂いを嗅いだ。ときめく幸せを感じる。

「御館様に頼んで、いっそ派手に婚礼の儀でもやってみるか。武田宗家に認めてもらうわけだ」

又七郎の腕の中で千春は短く頭《かぶり》を振った。

「それはご勘弁くださりませ。人前には出られぬ身にございますれば」

又七郎の腕の中で、千春の肩が小刻みに震えている。なぜ泣いているのか、又七郎にはわからない。

かつて千春の過去、素性は問わぬと約した。

千春が落ち着くと又七郎は香を焚いた。ゆきも愛した「羅国《らこく》」は気が安らぐ。

「爽やかな甘い香りが致しまする」

すっかり気に入った様子の千春は、女の顔になっていた。

九

翌日、又七郎は千春と二人、馬上にあった。ひさしぶりの気晴らしである。

昨夜、「明日はどこぞに遠出するか」と誘うと、千春が「猿橋を見たい」と言い出したので、大月まで馬を駆ったのである。

大月は小山田領内にあった。甲州街道を行くとき、旅人は必ず猿橋を使って鮎川（現在の桂川）を渡る。女好きの鼻毛殿が側室を住まわせていた地でもあり、幾たびか訪れていた。

「なかなか見事な橋であろう？　亡き鼻毛殿からは『わしの父上が架けられし天下の名橋じゃ』と二十回以上、自慢話を聞かされたものよ」

両岸そそり立った崖である。崖が狭まる辺り、刎木《はねぎ》を重ね、支え木としてせり出させた上に橋桁を乗せた奇妙な橋が架かっている。馬を川のそばの松の木に繋ぎとめると、二人で険しい谷間をのぞき込んだ。千春は喜ぶどころか、尻込みするように後ずさりした。

「どうした、千春？　怖いのか？　百尺（約三十メートル）はあるからのう」

ちょうど長雨の後で、濁った激流が勢いよく通り過ぎるさまは爽快でさえあった。

「怖ければ、手を繋いでやってもよいぞ」

もともと寡黙だった昔に戻ったように、今日の千春は朝から言葉少なだった。

「いかがした、千春？　元気がないのう。俺の子を孕《はら》んでしもうたか？」

下品な戯れ言にも千春は反応せず、黙って又七郎の手を取った。

「気をつけよ。滑って転べば、命はなさそうだ」

千春は又七郎の手を引っ張って橋を渡り始めた。

「どうした、千春。何ぞ怒らせるような真似をしたかの？」

半ばまで来ると、又七郎は欄干から長身を乗り出して、流れをのぞき込んだ。欄干は長身の又七郎の腰より下の高さである。

「ん、何か変だな。めまいがするわい」

又七郎は手で頭を押さえながら、身体を欄干から橋の中ほどに戻した。目の前には、涙を浮かべた千春がいた。長睫毛が濡れてくっ付いている。

「三国同盟を成し遂げれば、夫婦《めおと》にはなれぬと申し上げたはず」

「なるほど。さっき握り飯を食った時にくれた水に、痺れ薬を入れておったわけか」

にわかに人のざわめきがした。見ると、橋の両袂にはぬめり柿の装束の三ツ者たちが五、六人ずつ現れていた。総勢、十数人になる。

「私は千春という名も、又さまも好きでした。でも私は千春ではない。残念でなりませぬ」

「場所は悪うないが、最期に告白されてものう」

又七郎は苦笑いしながら、手ぐしにしようとした手を止め、千春の頬に触れた。

「惚れた男を己が手で殺せば、心に傷が残ろう。されば俺は、俺の意思で去《い》ぬ。惚れた女のために死ぬるは男の本望よ。千春、守ってやれずに済まなんだ」

又七郎は身体をこわばらせながら欄干に座った。

橋が小刻みに揺れ始めた。抜刀した三ツ者たちが左右から迫ってくる。

「さらばだ」

又七郎は千春に微笑むと、そのまま背を後ろへ倒した。

「又さま！」

とっさに千春が手を伸ばした。が、すでに身体は欄干から落ちている。

又七郎は真っ逆さまに落下していく。濁流に呑み込まれる寸前、又七郎は千春に向かって右手を軽く挙げた。千春の姿はすぐに視界から消えた。

十

天文二十一年十一月二十八日、今川家の嶺《れい》姫が武田家に輿入れした。

謹慎を解かれた駒井高白斎は、武田方取次として穴山信友を輔佐《ほさ》し、躑躅ヶ崎館で見事に婚礼の儀をやり遂げた。有職故実に通暁した高白斎以外にはなし得ぬ、われながら実に見事な式典であった。

だが、婚儀の熱狂も、勝沼までは届かない。

深沢用水の川音が聞こえるいつもの小部屋で、高白斎は背筋を伸ばして平伏した。

「婚儀の後始末が済み次第、駿河の善徳寺にて、駿相同盟を白紙に戻し、甲相同盟ともども交渉を無期延期とする旨、しかとまとめて参りまする」

向山又七郎暗殺の報は、すでに伊織から勝沼信元にもたらされている。

詳細は知れぬが、北条家中は同盟締結の数歩前まで来ていたらしい。高白斎の進言どおり、最初から速やかに又七郎を消していれば、話は簡単だったのだ。

だがいずれにせよ、又七郎は負けて死んだ。

甲相関係も当面はこれまでどおり、矢留のままで推移する。信元の望みどおりの結果だ。北条手筋失敗の責めは高白斎にもあるが、主として筆頭取次である小山田弥三郎が負う。今川手筋の成功と帳消しで、高白斎は傷つかぬ。今回も何とか危機をすり抜けられたようだった。

「高白斎よ。向山又七郎はこれまで、幾たび死んだ？」

冷笑を含んだような問いかけだった。

これまで又七郎の訃報は何度か耳にしていた。一度などは本当に死んだと高白斎も思い込んで、又七郎の妻に伝え、東光寺で葬式を挙げもした。

「伊織が千春なるくノ一を寝返らせて、確実に仕留めさせたもの。こたびは間違いありませぬ」

又七郎は痺れ薬を呑まされ、動かぬ身体で深い谷底へ転落した。濁流に飲み込まれて流されていく姿を、勝沼衆が何人も目撃していた。

「又七郎が骸《むくろ》、其方《そのほう》がその目で確かめたわけではあるまい」

「下流で又七郎が愛用しておる緞子《どんす》の羽織が見つかりました。雨後の急流ゆえ、亡骸《なきがら》は上がりませなんだが、遠く相模まで流されたのかと。海の好きな男でしたゆえ……」

いざ死ぬと、又七郎の憎めない人柄が思い起こされた。計策から戻るたび、美味い酒が見つかったと土産に買ってきてくれたものだ。後味は悪いが、又七郎には警告を与えた。時流を読み違えて、負け筋の計策に懸けた又七郎が悪いのだ。

「其方の説明を、晴信も信じたのか？」

わからぬ。又七郎の不慮の死を伝えると、晴信は「さようか」とだけ応じて、表情を変えなかった。晴信も信元も、又七郎の死を信じていないのか。執拗なまでの疑り深さは、武田家の血筋に違いない。今生きて武田の血を引く者たちは、肉親同士で騙し、殺し合った末に生き残った勝者の末裔であった。

「三国同盟は必ず潰してみせまする。北条家中はまだ踏ん切りがついておらなんだ様子。何より、金の話が手つかずのままにて、今川、北条はいずれも相手に払わせる気でおりまする」

高白斎は同盟潰しの奥の手として賠償問題を伏せ、悪化させて放置してあった。あと一歩で合意ができる段階で出された金の話なら、双方も譲歩しやすい面がある。又七郎もそう考えて賠償問題を後回しにしたはずだが、未調整のまま死んだ。

「武田から双方に払う手はあれど、国庫は火の車、支払えようはずもありませぬ。今、万貫の大金を動かせる者は、甲信に勝沼様のほか、穴山様のみ。あの吝嗇《りんしょく》な御仁が金を出すはずもなく、仮に又七郎が生きておったとて、手も足も出せますまい」

勝沼信元は薄い口髭を、人差し指と親指でゆっくりとしごいた。

「本当に穴山は大丈夫か。あの男も食えぬぞ。穴山家のゆくすえを思わば、いつまでも私利のみを求めておるわけにもゆくまい。穴山に不穏な動きがないか、注視を怠るな」

婚姻の成立を以て甲駿同盟はすでに成っており、今川手筋の穴山に当面、出番はない。だが、松田に贈賄して北条手筋に食指を動かした前科があった。密書紛失という右馬允の失態で罪に問いそびれたが、密書事件以来、所領で身を慎んで鳴りを潜めていた。

「まだ崇孚がおる。実はあの鵺《ぬえ》のごとき坊主が、松田を買収し直しておったと知れた。松田に飴だけでは足りまい。過去の数多の贈賄を逆手に取り、脅して締め上げよ。余も勝沼衆に指図して、二、三度痛い目に遭わせておく」

松田憲秀は最初、同盟反対の立場だったが、おそらくは又七郎の計策で寝返り、家論が同盟に向かう論議を傍観していたらしい。だが、小心者の松田を心底震え上がらせれば、今からでも、逆転は可能だ。

「其方は松田を再び味方としたうえ、しかと談合し、善徳寺で同盟を白紙に戻させよ。……されどよいか、高白斎。万一同盟が成る事態となれば、迷わず奥の手を使え。伊織には因果を含めてある。松田あたりは手ごろであろうが」

高白斎は身震いした。

信元がいう「奥の手」とは、手練れの勝沼衆による北条家取次の暗殺であった。今川領での使者襲撃は、同盟を潰す最後の手段としてかねて考案されていた。下手人が知られればもちろん、知られずとも北条家の大いなる疑念と反発を招く。矢留さえ破棄されかねない不祥事であった。

勝沼衆の仕業と知れた場合、晴信は勝沼討伐に動けるであろうか。もし動けば、信元は独立して長尾・上杉と結び、反攻に出る覚悟だ。そのとき穴山と小山田はいずれにつくか。信濃の降将たちはどうか。さらに、今川はどう動くか……。

この最後の一手で、武田領の甲信は新たな戦場と化す。

いや、「万一」などありえぬ。三国同盟はわしが必ず潰してみせる。

信元が去った後、全身に掻いた冷や汗で、高白斎の背に小袖がぴたりと張り付いていた。

第十章　善徳寺の会盟

一

「右馬、誰ぞに見られなんだろうな?」

甲府は玉屋の二階は、死んだはずの向山又七郎の新たな隠れ家であった。

「いや、今日は何の気配もなかったのう。何やら物騒な世の中じゃがな」

近ごろ右馬允の跡をつける者があった。未練がましく、千春だろうかと想ったが、違うようだ。この秋口から武士たちが惨殺される事件が甲府を震撼させていた。下手人はまだ上がっていない。

「して、俺の葬式はどんな案配であった?」

天文二十一年の十二月も半ば。

甲駿同盟の賑やかなりし婚儀の興奮もまだ冷めやらぬこの日、東光寺で向山又七郎の葬儀が執り行なわれた。幼少の又七郎が師事した岐秀元伯《ぎしゅうげんぱく》が導師を務め、晴信まで姿を見せたという。晴信にだけは生存を秘かに知らせてあるが、なかなかの役者ぶりだったらしい。

「駒井殿などは、涙ながらに弔辞を読んでおられた」

「師匠の空泣きを見たかったのう。まさか俺が焼香を上げに出るわけにもいくまいがな」

「頼まれておった土産じゃ」

右馬允が差し出してきたのは、森村の京饅頭である。

「おお、恩に着るぞ」

又七郎はさっそく包み紙を開けて、饅頭をほおばった。千春を思い出した。千春は涙を流しながら又七郎を罠に掛けた。本意ではなかったはずだ。あの朝、千春は様子がおかしかった。暗殺者としては失格だが、本当に又七郎を愛してしまったせいだろう。又七郎は千春が差し出した水を飲むふりをした。身体が痺れる演技をしながら、川へ飛び込んだ。

千春は勝沼衆のくノ一と見てよかろう。信元の指図で動き、又七郎の動向を伝えていたのだ。そう考えれば、色々と腑に落ちる。

「して、いつまで又七を死んだことにしておくんじゃ？」

「御館様が許してくださるなら、ずっとこのままよ」

死を装ったほうが動きやすい上に、武田家を抜けるにも好都合だ。又七郎の生存が知られれば、再び命を狙われよう。千春の身に危険が及ぶやも知れぬ。千春を憎む気にはなれなかった。むしろ身も任せた愛する男を手に掛けねばならなかった千春の胸の内を思った。千春を今の境涯から救い出し、涙を笑顔に変えてやりたい。だがまずは三国同盟だ。その実現には、桁違いの大金が要った。

折しも謹慎を解かれた高白斎が動き、善徳寺での会盟の日時を定めた。十日後である。同盟を白紙撤回する気に違いない。

「葬儀には、重臣のお歴々もお見えであったぞ」

小山田弥三郎に加え、ゴマ目の穴山信友までが姿を見せたという。

ゴマ目から取るか。あの抜け目のない守銭奴から金を騙取《へんしゅ》できるかは難題だが、計策師の腕の見せ所だ。いくら考えても、他に金策を思いつかなかった。

それから三日間、又七郎はひねもす寝転がって思案した。夜、森村の京饅頭をほおばりながら、玉屋の酒を呑んでいたが、「右馬、聞け。儲け話だ」とやおら身を起こした。

「まず大きな船を買う。一万一千貫文よ」

目を丸くする右馬允に向かい、又七郎はかまわず続けた。

「駿河の江尻湊《えじりみなと》には日々、全国から特産品が荷揚げされる。江尻の商人たちはしこたま儲けておるが、実は今、ある船問屋が法外な船賃を取って荒稼ぎしておってな。鷲鼻殿にお許しを賜って江尻湊に新たな船問屋を作り、半値の船賃とすれば、商人は雪崩《なだれ》を打ってわれらに流れる。すでに茜で大儲けした商人がおるゆえ、手始めに茜の船荷からだ」

又七郎が丸三日かけて思案した儲け話に、右馬允は目を輝かせた。細かい数字を並べ立てるだけで、もっともらしく聞こえるものだ。おまけに甲斐信濃の人間は、概して海の話に弱い。海や船と聞いただけで勝手に良い夢を描いてしまう。何でもできそうな気がするのだ。そこにつけ込む。

「やろうぞ、又七。商いも面白そうじゃ」

すぐにその気になる男だ。明日はその気になった右馬允とともに説く。

「右馬、明日は目立たぬよう、夜明け前に下山へ向かうぞ」

二

穴山館の本館からは、冬ざれの庭に林立する白い大岩群が見えた。その向こうに古い別館が森を背に立っている。脇には金鉱を砕く石臼が置いてあった。鉱山技術はゴマ目の自慢だ。

金の亡者として著名な穴山信友に、正面から協力を求めたところで、一蹴されるだけだ。騙し取ると決めた。強欲な者は欲で目が眩む。ゴマ目は北条手筋にまで手を出していた。儲け話を巧妙にでっち上げれば、乗ってくるはずだ。又七郎は太原崇孚でさえ認めた甲州最高の計策師だ。ゴマ目ごとき金の亡者から、あぶく銭を巻き上げるなぞ容易《たやす》い。

穴山は駆けるように現れると、ゴマ目をいくぶん膨らませて相好を崩した。

「くたばったと思うておったぞ、又七郎。死霊ではあるまいな?」

ゴマ目は上段の間を下りて、両手を突く又七郎の肩に親しげに手を載せた。

「何かと妨害が入って難儀いたし、いったん黄泉《よみ》の国に身を寄せておりました」

「そちなぞ、歯牙にもかけておらなんだつもりが、いざこの世にはもうおらんと思うと、何やら寂しゅうてならなんだのじゃ。不思議なものよ」

他人の心とはわからぬものだ。そのゴマ目を騙すと思うと心が疼《うず》く。その己の甘さも嫌になる。

「本日は耳寄りの話を持って参りました」

又七郎が切り出すと、その場に座った穴山はゴマ目をしばたたかせた。

「穴山様。駿州で秘かに船を買われませぬか?」

昨夜、右馬允が目を輝かせた渾身の儲け話である。古船でも崇孚に用意させるか、海難で沈んだことにすればいい。又七郎は調子に乗って熱く語った。ゴマ目はしばらく聴いていたが、鼻白んだ様子で手を挙げ、又七郎の嘘話を途中で止めた。

ゴマ目は親指と人差し指で目頭をつまみほぐしながら尋ねた。

「茜を運ぶのに、人足は何人要る? 眼を付けた船頭はおるか? 川荷駄賃は勘定に入れたか? 茜が取れぬ時期は何を運ぶ？　京、大坂からは何を持ち帰る？　いつまで半値で続けられる？　今おる船問屋が値を下げたらどうする？　海賊に襲われぬためには、何とする？」

立て続けに問いを発した後、ゴマ目は小さな眼を開くと、諭すように又七郎に尋ねた。

「そちは商いをした経験がなかろう？」

「……ございませぬ」

「知者が商売上手とは限らぬ。そちは決してわしのごとき金持ちにはなれぬ。なぜかわかるか？　わしとそちは根本的に人間が違うからじゃ。金儲けの秘法を知っておるか？」

ゴマ目は憐れむように又七郎を見た。

「誰よりも金を愛せよ。そちは金を心底愛しておらぬ。ただの道具じゃと蔑み、心のどこかで金を軽侮しておる。さような不心得者のもとに、金がやって来てくれると思うてか。わしほど金を愛し、大切にする者も珍しかろうがな」

今川手筋の交渉のため下山館に宿泊した際も、宿賃を要求するほど吝嗇な男だ。

「いかに武田最高の計策師といえど、金儲けに関してはわしのほうが数枚上手じゃ。そちごとき素人《しろうと》が、このわしから金を騙して巻き上げようなぞ、百年早いわ」

ゴマ目は勝ち誇ったように高笑いした。

負けだ。万策尽きた。海千山千の穴山信友から詐取するなど、考えが浅すぎた。

又七郎は畏れ入って言葉を失い、ゴマ目に両手を突いた。

「して又七郎、金はいくら要るんじゃ？」

半端な金額ではなかった。美酒や珍味を求めるのとは桁が違う。

「水くさいぞ、又七郎。そちとわしの仲ではないか。申してみよ。用立ててやらんでもない」

「されば……一万一千貫文、お借りしとう存じまする」

穴山信友のゴマ目が大豆ほどに膨らんだように見えた。

「ちと大きいの。いつまでに入り用じゃ？」

「されば五日後の夕刻までには、駿河の善徳寺に」

会盟は六日後に迫っていた。

「今、館にある金だけでは足りぬな。が、手配しよう。穴山衆に届けさせる」

「……されど畏れながら、お借りしても、この金はお返しする目処《めど》が立ちませぬ」

ゴマ目は野良猫に餌でもやるように、あっさりと言ってのけた。

「よい。そちにくれてやる」

「何と！　……使い道も、お聞きにならぬのでございまするか？」

「金に無頓着なそちが、このわしを騙してまで、手に入れようとした金じゃ。天下のために、ぜひとも必要な金なのであろう。金は天下の回りものよ。よき金の使い方をすれば、金はいずれわしの所へ倍になって戻って参る」

かかかと穴山信友が面白そうに笑うと、ゴマ目が小さくなった。穴山は金の入りこそ汚いが、使い時、使い方を誰よりも弁えている。

又七郎は穴山のゴマ目が、すがりつきたくなるほど愛おしかった。

「甲駿相の三国同盟、穴山様のお力なくば、成らぬところでございました」

「松田の一件で、そちがわしを救うてくれた件の礼もある。それに、今しがたそちが語った舟運の商いも、やり方次第では悪くない。三国が栄えれば、穴山も儲かる。平和が一番じゃ。戦は人も、わしの大好きな金も、無駄にするゆえな」

ゴマ目が大笑すると、小さな眼が、顔からついに消えてなくなった。

三

寝付きが悪くなったのは、小田原の常宿を変えたせいか、それともただの緊張か。

又七郎が両手を伸ばして大あくびしていると、二階に小柄な娘が上がってきた。

「又さま、ご機嫌麗しゅう」

澄まし顔で挨拶する千春に苦笑しながら、勝手に胸がときめくのを感じた。若い町娘の変装が妙に似合っていた。きっと、男を裏切るたびに、女は美しくなるのだろう。

又七郎の生存が知られ始めていた。小田原に入るなり、イヌマキの巨木の陰に隠れていた北条の同盟反対派に襲われもした。今は宿を転々としている。

「よう俺の居場所がわかったのう」

「ご友人が隙だらけのお方ですから」

苦笑した。右馬允の動きをずっと見張っていれば、いずれ又七郎に辿《たど》り着けるわけだ。

「して、俺とよりを戻す気になったわけか?」

「これだけ裏切った女を、まだ赦してくださるのですか?」

千春は呆れ顔で又七郎を見ている。

「何度裏切っても赦すと言うたであろう。男に二言はない。俺がまだ生きておると勝沼衆が知れば、お前も疑われよう。されば、そろそろ俺と組まぬか」

「さすがは又さま、お話が早い。実は、勝沼衆の伊織と申す三ツ者に追われておりまする」

「では、宗旨替えしてくれるのか？　たしか、同盟の阻止が、お前の目的と聞いたが」

「勝沼衆を抜けて、御館様にお仕えする以外、生きてゆく道がなくなりました」

晴信も、勝沼の事情を知る三ツ者を欲しかろう。寝返りはありうる話だ。

「よかろう。人は歳の暮れになると、交渉ごとをまとめたくなるもの。誰しも心機一転、新年を迎えたいからな。同盟は大詰めに来ておる。後は金策だけだ。二万貫文要るが、どこにも金がない。さればやむなく、武田家として駿河の友野屋から一万貫文を、極秘で借りる話をつけた。が、それでも足りぬ。されば、残りの一万貫文を、甲府の坂田屋の伝手《つて》をたどって、伊勢商人から借りる段取りになった」

ひとまず出まかせを並べておいた。重要局面を千春に担当させるには、裏切りの前科がありすぎた。千春を使って駿府や伊勢に勝沼衆を誤導できれば、そのぶん自由に動ける。

右馬允が戻ると、千春の姿を見て喜び、三人でひさしぶりに酒を酌み交わした。

「明日は俺と右馬允で桑原殿に会うが、千春は手ごろな隠れ家を探しておいてくれぬか」

又七郎はしたたかに酔ったふりをしているが、千春も同様らしい。本当に酔っ払っているのは、右馬允だけだった。

四

通い慣れた桑原屋敷だが、謹厳無双の主が遅れて来客を待たせているのは、何やら不吉でもあった。

善徳寺での会盟まで、あと三日である。北条家中の意見集約はどうなったか。

「千春殿はよい隠れ家を見つけてくれるかのう」

右馬允はどこか楽しげな様子である。

「そこに住めば殺されるぞ。千春を信じてはならぬ。当面は敵と思え」

「何じゃと？　お主らは夫婦《めおと》じゃろが？」

「時は乱世。妻が夫の命を狙うておる夫婦なぞ、星の数ほどある。話せば長うなるが、千春は勝沼衆のくノ一でな。一度、俺を殺した女でもある」

右馬允は腰を抜かさんばかりに驚いた。猿橋で襲われた話はしたが、千春には触れていなかった。

「済まぬ、ご両人。お待たせした」

桑原によると、鎌倉円覚寺《えんがくじ》で厄介な相論が起こった。境内にある岩蔵《いわくら》が同じ円覚寺内の塔頭《たっちゅう》である正続院《せいぞくいん》と続燈庵《ぞくとうあん》のいずれに帰属するかにつき、北条氏康の裁定を求めるという。円覚寺は北条時宗の開基であり、後北条《ごほうじょう》たる北条家は、格別の保護を与え、一族の鶴隠周音《かくいんしゅういん》を送り込んでいた。この処理に失敗すれば面目も潰れ、大きな痛手となろう。

「ついておる！　俺たちにもどんどん運が向いてきた。これで、同盟は成るぞ！」

不謹慎な言葉に顔色を変えた桑原を見て、右馬允が取りなすように割って入った。

「失礼ではないか。同盟に何の関係がある？　いかに又七とて、宗論に明るくはなかろう」

「幼いころ寺にはおったが、絵ばかり描いておったゆえな。されど円覚寺と申さば、臨済宗の大本山。争いを治めるにうってつけの業師《わざし》がおるではないか。もっけのさいわい、厄介な相論を片付けるのに、今川にひと肌脱がせようぞ」

太原崇孚は、臨済宗開祖の栄西が創建した京都五山「建仁寺」で修行し、得度した傑僧である。今や臨済宗の大本山妙心寺の第三十五世住持として、その学識と権勢を知らぬ者はない。

「この件は本来、相当に難問だが、中立の立場にある誰かが中に入ってまとめておけば、やりやすかろう。いずれの結論でも、氏康公への不満は和らぐはず」

相論の結論はどちらに転んでもかまわない。太原崇孚の仲介なら、優に通用する。崇孚が両派の間を調整してまとめた話を、氏康は追認するだけでよい。

「なるほど、崇孚殿のお墨付きを得ておれば、裁定に疑義は出しにくい。相論を巡る傷も浅くて済むわけか。良策じゃ。向山殿、ぜひとも頼み入る」

「承知した。これより俺は、駿府へ向かう」

又七郎はすでに刀を手に立ち上がっている。

うまく行けば、駿相融和の最後のひと押しが完成する。賠償については玉虫色の文言で起請文を書き、金は武田が出せばいい。甲駿相三国同盟のすべての条件が満たされたわけだ。

桑原屋敷を出ながら、右馬允にそっと耳打ちした。

「俺は御館様に呼ばれて甲府へ向かったと、千春に伝えよ。お主には、一世一代の大仕事を頼む。穴山衆とともに、穴山家の大金を善徳寺まで運んでくれ。お主の武勇に同盟の成否が掛かっておる。明日は友野屋に金を借りに行くと千春に言うて、二人で駿府に入れ。が、夜のうちに駿府を出て、穴山館に向かえ」

右馬允は引き締まった顔で、厳かにうなずいて見せた。

五

透き通った冬空を、数片の雲が心地よさそうに流れていく。又七郎の舌で頼み込めば、雲が乗せてくれそうな気さえした。

又七郎は、宿所に割り当てられた善徳寺の方丈の縁側で、冬の日だまりに温もっていた。自然に笑みがこぼれてくる。腹が鳴った。喜んでいるだけでも、腹は空くものらしい。

さすがに才学非凡、博覧強記の学僧だけあって、太原崇孚は見事に円覚寺の相論を裁いた。又七郎も裏で大いに活躍したが、家中の火種となりかねない厄介な宗論を、鮮やかに解決して見せた今川家の手腕と骨折りは、北条家臣団でも好意的に評価された。桑原は同盟締結の機が熟したと判断し、家中での最終的な合意取り付けに自信を見せていた。

明日の昼下がり、予定どおり善徳寺で三大国の取次が一堂に会する。高白斎が同盟撤回を提案するだろうが、又七郎はこれを逆転するのだ。

右馬允と穴山の大金を待っていた。

まだ、何も知らせはなかった。千春がどうしているかもわからない。

あくまで穏やかな縁側に又七郎が寝転がっていると、朝比奈蔵人が太い眉毛を怒らせて駆けてくる様子が見えた。

「又七郎殿！　穴山様から――」

眉毛は息を切らせ、何度も喘いでいる。

ゴマ目は約束を守る。一万一千貫が到着したのだ。眉毛もそれほどの大金を見た経験がなかったのか、あわてているのだろう。

「ゴマ目様には、ちょいと頼み事をしてござった」

「――急使がござってな」

眉毛は申し訳なさそうな顔で付け加えた。

「甲駿の国境付近にて穴山衆が襲われ、積み荷が強奪されたそうな。入り用の品を届けられんで済まぬ、と伝言がござった」

あの世に旅立ち、いったん入った極楽から地獄へ突き落とされた者は、さして多くなかろうが、又七郎はその者たちの気持ちがわかった気がした。又七郎のあまりの落胆ぶりにあわてた眉毛に「腹が痛い」と嘘をつくと、「薬師《くすし》を呼ぶ」などと騒ぎになったが、「もう治った」と繰り返し言い、ようやく一人になれた。

再び縁側に横になって、冬空に浮かぶ片雲を見上げた。今度は又七郎を嗤うかのように、わざとゆっくり流れている気がした。

賠償問題が振り出しに戻った。

同盟を締結する明日までに一万一千貫文もの大金など用意できるはずがない。数日、延期したところで、金を工面する方途は見当たらぬ。あと一歩のところで、天は俺を見放したのか。やはり俺には、平和なぞ創れぬのか。平瀬城の時も同じだった。薫との約束を守れなかった。

――今度ばかりは、お手上げか。すまん、薫……。

燃えさかる平瀬城の焦げた匂い、腕の中で震える薫の小さな身体の感触を思い出した。

あのとき、薫は又七郎に、何を言おうとしたのだろう……。

――いや、きっとまだ、何か、道があるはずだ。

又七郎は縁側に起き上がると、両手の四本指を浅く交差させ、両の親指だけをぴんと立てた。眼を閉じ、下腹の前にかざす。薫が教えてくれたお呪《まじな》いだ。又七郎は春のような光を感じながら、同盟締結が創る平和を想った。野良仕事に汗する百姓たちの姿、泥だらけになって野で遊ぶ子どもたちのはしゃぎ声、家族が揃って食べる粗末でも温かな糅飯《かてめし》の匂いを心に描きながら、ゆっくりと手を上げていく。胸、額の前、最後に頭上で手を止めてから、眼を開いた。又七郎は安曇野のある北の方角を見やった。富士が物言わず座っている。

「力を貸してくれ、薫。あと一歩なんだ」

又七郎は縁側で座禅を組み、澄んだ心で静かに思案した。

善徳寺の境内を、春を想わせる微風が吹き始めた。

数刻過ぎたろうか、慌ただしい足音がした。

真っ青な顔をした右馬允である。新米計策師は両手を突いて、何度も頭を下げた。

「すまん、又七。このとおりじゃ」

右馬允は、穴山の下山館から駿府へ向かう途中、南部宿《なんぶじゅく》の茶店で休みを入れた。が、店ごと敵に抱き込まれていた。千春をまいたつもりが、後を付けられて、積み荷を奪われたらしい。右馬允は奪い返そうと辺りを探し回ったが、影も形もなかった。鮮やかな手並みだ。同盟も女も、同時に手に入れようとした又七郎の甘さが生んだ失敗ともいえた。

「三ヶ国の取次の眼前で、詫びの印に腹を切る。そのためだけにおめおめと戻ってきたんじゃ」

「一つしかない腹なんぞ切るな。しょせんは金の話よ。騒ぐな」

右馬允は肩を振るわせて、男泣きに泣いた。

「静かにせよ。思案がまとまらぬ」

今は金策だ。いや、もはや金策は不可能だ。いかにして賠償問題を片付けるか。北条の要求する一千貫文なら、何とかなるやも知れぬ。が、今川に支払う一万貫文は無理だ。崇孚に土下座して詫びるくらいしか思いつかなかった。考えが堂々巡りするばかりだ。

「計策師十箇条の第九条だ、右馬。とことん考えて、それでも行き詰まったら、寝ろ。大事は早朝に思案せよ。人間の頭は、朝のほうがよく回るゆえな」

空腹だったはずが、まるで食欲も湧かなかった。

「明日は予定どおり、小田原まで桑原殿を迎えに行く。鼠殿がおらねば、同盟は成らぬ。襲われでもしたら、台無しだからな」

昼ころ、国境《くにざかい》まで朝比奈蔵人の手勢が迎えに出るが、両家の仲を取り持つ武田の取次が立ち会う必要があった。勝沼衆は駿河、相模にも潜伏していよう。千春の動きもある。何をどこまで摑んでいるか知れぬが、確実に同盟阻止を図るなら、取次の襲撃が手っ取り早い。今川家が威信を懸けて守ろうとする駿河より、相模のほうが危ないとも言えた。

冬の陽も、まだ傾き始めたばかりで、善徳寺の高台から見渡せる民家のどこにも、明かりは灯っていなかった。

六

ついにその日が、来た。

日は容赦なく昇り、春を思わせる日差しが又七郎と右馬允を包んでいた。

又七郎は結局、一睡もできずに思案を続けたが、打開策は浮かばなかった。

小田原へ向かう途中、柿田川のほとりで馬を休めた。馬は川面に長い頭を垂らして、うまそうに水を飲んでいる。至るところ清水の湧き出る湧水の里だ。

「又七、すまん」と右馬允が繰り返すので、「二度と申すな」と禁じてあった。

金だけの問題ではない。たとえ一文の賠償でも、過去の経緯《いきさつ》につき非を認めた意味になる。大国の互いの体面がかかる問題だった。海千山千の太原崇孚に、杓子定規の桑原盛正。いずれも放棄の説得に応じるとは思えなかった。一縷《いちる》の望みも、見当たらない。

「頭を冷やせば、名案でも浮かばんものかの」

右馬允は冬の柿田川の流れに飛沫《しぶき》を立てて頭を突っ込んだ。半ば自棄《やけ》になっている。同盟に失敗すれば、責めを負って、腹でも切りかねない様子だった。

又七郎も水に頭を入れてみた。

冷たい。透き通る川の水底には、生き物が蠢《うごめ》いているように、至るところに湧き水があった。手をやってみる。水温《ぬる》む春は遠いのに、むしろ温かく感じた。

水中で右馬允と眼が合った。笑い合う。

息が続かず顔を上げると、富士が見えた。ゆっくり立ち上がって、辺りを見回す。

柿田川に注ぎ込む支流はどこにもなかった。富士の湧水だけでこの大きな川が作られているわけだ。

日照りが続いても涸れそうにない。捨てるほど水があり余っていた。

「われらは真冬にずぶ濡れになって、何をやっておるんじゃろうな」

右馬允が寂しげに笑ったとき、遠くで怒鳴り合う声が聞こえてきた。

又七郎が騒ぎ声に向かって歩を進めようとすると、右馬允が袖を摑んだ。

「諍《いさか》いに関わっておる暇《いとま》はあるまい」

「争いごとは、放っておけぬたちでな」

怒鳴り声を頼りに、二人が短い急傾斜を登ると、老人と若い百姓が口角泡を飛ばしながら、罵り合っていた。二人を十数名の百姓が取り巻いている。

「朝っぱらから元気じゃのう」

又七郎は、百姓たちの間へ、ずいと長身を入れた。

喧嘩中の百姓をなだめて聞き出すと、玉川、伏見、八幡、長沢、柿田の五ヶ村は「泉之郷」と呼ばれながら、慢性的な水不足のために水争いが日常茶飯事で、今川家も手を焼いて久しいという。冬に水を争うとは、よほど水事情が悪いらしい。

「川なら、近くにいくらでも流れておるではないか。水なら存分に使えようが」

右馬允が問うと、若者から憮然とした答えが返ってきた。

「お侍は幻術でもお使いか？　低い川から、どうやって水を引き上げるんじゃ」

この地は、駿河と伊豆を分かつ黄瀬川《きせがわ》が、狩野川《かのがわ》と合流する国境である。郷のすぐ東を流れる小さな境川《さかいがわ》の水を使うが、郷を潤すには到底足りない。南の低地は、豊かな湧水が柿田川の流れを作るが、低きに流れて駿河湾へ注ぐ。これだけ水に囲まれながら、泉之郷は周囲より少し高いために、引水できないわけだ。

又七郎は北東にある丘を見やった。

郷をいったん下って、なだらかな上り坂の向こうには、豊かな森があり、二筋の川が流れ出ていた。柿田川のように豊かな湧水があるのではないか。

「老人、あの森に池はあるか？」

「小浜池《こばまいけ》があるが、あの森は豆州《ずしゆう》よ。北条は今川様にとって不倶戴天の敵じゃからな」

目と鼻の先にある森は国境を跨《また》いで、北条領・伊豆国の三島地方である。

「老人のお若いころは、北条が味方であったはず。過去は変えられぬが、未来は創れ申そう」

「お侍は、さして偉いお人のようには見えんがの」

老人が噴き出すように笑うと、数本抜けた前歯が見えた。

「封土も家臣も金もない、冴えぬ下級武士だが、志はある」

又七郎は明るく、右馬允を振り向いた。

「同盟は成ったぞ。欲張りの崇孚も、くそまじめな桑原も、俺の計策に必ず乗ってくる。されば、お前に折り入って頼みがある」

目を白黒させる右馬允の両肩に手を置くと、又七郎はさらりと言ってのけた。

「善徳寺の会盟だがな。俺が行くのは夜になるゆえ、それまで引き延ばせ」

右馬允はのけぞって、口をあんぐりと開けた。

「又七が仕切らんで、誰が話をするんじゃ？　わしは正式な取次でもない。弥三郎様はお若すぎる。第一、何も経緯《いきさつ》をご存じあるまい」

「ひとり大事な人間を忘れておるぞ。駒井高白斎がこの同盟を壊すつもりで、甲斐からやって来る。放っておいても、師匠が仕切るわ。松田は黙り込んでおるはず」

右馬允を怯えさせる必要はないが、事態はもう少し厄介だった。千春の動向を考えても、同盟締結の動きを勝沼信元が摑んでいないはずがない。何か新たな手を打っているおそれもあった。

「お主の来ぬうちに、高白斎殿がせっかくの話を壊してしまうではないか」

「いや、俺が作ってきた三家の信頼は、師匠の上辺の言葉くらいでは揺るがぬ。この同盟は今や、三国の盟主と民が望んでおるゆえな」

「されど何をして時間を稼ぐんじゃ？　わしは後ろの廊下に控えておる身じゃぞ」

「俺の幽霊が出たという噂話でもしておけ。とにかく俺を信じろ」

「切れ者、曲者、変わり者相手に、夜まで無駄話で繋ぐなぞ、わしには、絶対に無理じゃ」

「弥三郎様に、俺が生きておると打ち明けて、二人して時を稼げ。どうせ鷲鼻は遅れてくる。意地でも皆を引き留めよ。俺が十万貫文とともに、善徳寺に戻るまではな」

「どこにそんな大金がある？　わしはまだ、計策師の見習いじゃぞ」

泣き出さんばかりの右馬允の背をどんと叩いた。

「お前はもう立派な武田の計策師よ。名誉挽回の機会だ、気張れ。眉毛殿には、泉之郷で俺が待っていると伝えてくれ。あれでも、今川家の正式な取次だ。おらねば始められまい。とにかく俺が戻るまで、裸踊りを披露してでも時間を稼げ。よいな？」

又七郎は百姓たちを振り返ると、笑顔で頼んだ。

「さてと皆の衆、俺を小浜池に案内してくれぬか。太原崇孚様のご命だ」

七

駒井高白斎は善徳寺の門前で下馬して、長い坂道を上ってきた。小堂宇の脇を行き過ぎて、さらに上がると、高台に大きな方丈があった。駿河湾と富士山を同時に望むには、絶好の地である。高白斎は一番先に着いた。取次たちが次々と到着したが、又七郎の姿はない。

昼、高白斎は会盟の場である方丈の中にいた。三国同盟を潰すためだ。

隣には、同じく武田家取次の小山田弥三郎がおり、その背後の廊下には、なぜか山家右馬允が控えていた。右馬允は途中から又七郎の動きを摑めなくなり、高白斎から死んだと聞いて、腰を抜かしていた。だが、違う。馬の骨は、最初から又七郎に寝返っていたのだ。そう考えねば、合点のいかぬ話が多すぎた。

武田側の右手には太原崇孚、左手には松田憲秀と桑原盛正が座した。各国取次の後ろの廊下にはそれぞれ幾人かの家人が控えている。ちょうど西の駿河、東の相模が相対し、北の甲斐が間に入る構図であった。

敵対関係にある今川、北条両家の取次が正式な場で面会するのは、七年前の和睦交渉の決裂以来であった。双方の取次は、軽く会釈をしただけで、睨み合ったまま口を開こうとしない。

「当家取次の向山又七郎は過日、甲斐国内にて何者かに襲われ、命を落とし申した。身どもの不肖の弟子でござったが、手癖の悪い男にて、どうやら痴話喧嘩の果てに女の手にかかった様子。まことにお恥ずかしきかぎり」

高白斎は頭を下げたが、出席者に驚いた様子はない。

又七郎はまだ生きていて、この取次たちと会っているのか。だが、武田家では、又七郎がすでに死去したとされ、法要まで行っていた。何より伊織からは、又七郎生存の報告がまだない。武田家の取次としては、又七郎が死んだ前提で話を進めるほかなかった。

「されば、今日は身どもが小山田弥三郎とともに、武田家の取次を相務めまする」

高白斎は黒衣を纏《まと》う鷲鼻の僧侶を見た。遅参で有名な太原崇孚が定刻に現れるとは、何とも珍しい話である。

「今川家の朝比奈殿のお姿が見えませぬが、進めてよろしゅうございまするか」

崇孚がうなずく。高白斎は居住まいを正すと、咳払いをしてから重々しく告げた。

「武田家としてご両家の間に入り、主に向山が手がけておりました三国同盟なれど、生憎と、もろもろの条件が折り合いませぬ。ここはいったん白紙へ戻し、日延べと致したく存ずる」

「異議なし」

すかさず甲高い声で引き取ったのは、松田憲秀であった。打ち合わせどおりだ。勝沼衆の襲撃が効いたのか、松田が高白斎の脅迫に震え上がって同盟潰しを誓ったのは、二日前だ。

松田の隣では、桑原が目を見開いたが、唇を噛んで黙していた。松田の土壇場での豹変ぶりに、桑原もさぞ驚いているに違いない。

他方、崇孚は眠そうな眼で、他人事《ひとごと》のように鷲鼻を二本指でまさぐっている。

「あいや、お待ちくだされ」

高白斎の隣で声変わり途中の若者が胸を張っていた。弥三郎はどうやら又七郎に取り込まれていたらしく、高白斎とは近ごろ没交渉で、何を考えているか知れぬ。

「身どもは向山又七郎の葬儀に出ましたが、あの者が生きておるとの噂を耳に致しました」

「三日前には、円覚寺で小豆の羊羹《ようかん》をたらふく食って、すこぶる息災な様子でござったが」

桑原の言葉を、崇孚が引き取った。

「ひと肌脱いでやったは拙僧じゃと申すに、又七郎にたかられ、高価な澄み酒を馳走させられたのは一昨日の話じゃ。あやつめ、あれから甲斐へ殺されに戻ったのか。相も変わらず、忙《せわ》しい男じゃのう」

高白斎は袖でしきりに冷や汗を拭った。

やはり又七郎は生きている。三国同盟のために動いたにせよ、金の工面はできていまい。伊織からは穴山館を出立した不審な積み荷を途中で奪取したとのみ、報告があった。伊織が又七郎の生存を知らぬのはおかしい。もしや、伊織までが又七郎に取り込まれたのか。

「近ごろ向山又七郎を騙《かた》る者が出没しておる様子。されど、武田家の正式な取次は、ここにある二人のみ。されば、お気になさいますな。さて――」

「遠路お疲れでございましょう。ひとまず、ゆるりと休まれてはいかがにございましょうや」

後ろを見やると、弥三郎の後ろに控えていた右馬允である。

「ここ河東《かとう》はつい先年まで北条領であった。小田原とは目と鼻の先。疲れなどせぬ」

松田の言葉に崇孚も小さくうなずいた。

信濃の田舎武者が、頓珍漢な物言いをするものだ。

「さてと。今から出れば、日暮れまでに小田原に着く。話は終わりでよろしいな?」

首がなくなるほど肥満した松田が、息を切らせながら念を押した。

とつぜん右馬允が、大きな芋虫を思わせる動きで、場へ這うように出ると、両手を突いた。

「ただ今、向山又七郎が善徳寺に向かっておりますれば、いま少しお待ちを！　何とぞ！」

「下がれ、右馬允！　お前は口を出すな！」

高白斎が叱責すると、右馬允は手を突いたまま、尺取り虫が後ずさりするように、みっともなく引き下がっていった。弥三郎の従者としてつき従ってはいるが、右馬允は本来、会盟の場に同席して発言できる立場ではない。

「澄み酒の肴に上等な蒲鉾を馳走してやったおり、又七郎からは必ず定刻に来るよう、何度も念押しされたが、本人が遅れるとは笑止千万。あやつめ、拙僧の真似をして、大物計策師を気取り始めたか」

崇孚は面白そうな表情だが、松田は憮然とした様子で、いかにも不機嫌そうに問うた。

「駒井殿。わしはその向山とやらに会うた覚えもないが、北条家は正式な取次でもない者の到着を待たねばならぬのか？」

「滅相もござらぬ。協議不調なれば、起請文の類《たぐい》も不要。われらの合意だけで、交渉を白紙に戻せばよき話」

又七郎が生きているなら、何を仕出《しで》かすか知れぬ。早くこの会盟を終えるに如《し》くはない。

「考えあって伏せており申したが、ご両家の間には埋められぬ深い溝がござった。実は縁組、証人（人質）とは別に今川家、北条家よりご要望がござる。先年の河東一乱では、双方に被害が出ており申す。両家は一時の休戦に合意されたが、賠償の件はまだ話がついておらぬと」

高白斎が双方要求の「一万貫文」の数字を出すと、桑原も崇孚も顔色を変えた。やはり又七郎はまだ賠償問題を解決できていなかったのだ。高白斎は自信を取り戻して松田を見た。

「当家に向かって一万貫文も支払えなぞと、無礼も甚だしい」

吐いて捨てられた松田の言葉に、崇孚は鷲鼻を二本指で撫で続け、桑原はうつむいていた。勝負ありだ。双方が大金を要求する賠償問題の解決など、土台無理な話だったのだ。

「お待ちくださりませ！」

またもや右馬允が、倒れ込むように両手を突いて前に出てきた。実に見苦しい猪武者だ。

「ここ善徳寺は高台にあり、駿河湾をきれいに見渡せまする。それがしが一番よき眺めのある場所へご案内いたしましょうぞ！」

「何じゃ、お主は！　つい先年まで河東は北条領。他国者に教えられる謂《いわ》れなぞないわ！」

松田に一喝されたが、右馬允は不退転の覚悟を決めた押込み強盗のように居座った。

「控えよ、右馬允。話は終わったのだ」

「いやいや、お待ちを。それがしがこっそり厨房を覗いたところ、三国同盟の成立を祝すべく美酒美食が用意されてございました。今川家の威信を懸けたもてなし料理。中でも寒平目《かんびらめ》は、最高の美味とか。食わねば罰《ばち》が当たりますぞ。それがしは寒平目のために、はるばる信濃から参ったのでござる。せっかくご用意くだされたご馳走。取次のかたがた、ぜひともご賞味あれ！」

高白斎は右馬允の羽織の背を乱暴に摑んで、後ろへ引きずり戻した。

「卑しい物言いを致すな。楽しみになんぞしておったのは、お前だけじゃ」

「いや。向山殿に何度も言われたせいで、わしも寒平目を楽しみにしてござった」

桑原がまじめくさった顔で言い放つと、場に沈黙が走り、さわやかに淀んだ。顔つきと言葉が不似合いなのである。

堪《こら》えきれぬ様子で、崇孚が噴き出した。うまくない流れだ。

「相模湾と駿河湾で、さして魚の味が変わるとも思えん。つい先年まで河東は――」

「かたがた、お待ちくだされ」

松田の言葉をさえぎったのは若い声、小山田弥三郎である。

「今川家の取次、朝比奈蔵人殿がまだお見えではござらん。聞けば、朝比奈殿は今川家中の尊敬と人望を一身に集める、今川随一の名臣の一人であられるとか。本日この交渉を打ち切るにせよ、正式な取次全員が揃った場でせねば、後腐れを残しかねませぬ」

朝比奈は名門だが、分家の蔵人にそれほどの評判はない。

弥三郎の狙いも、引き延ばしだ。

「拙僧も物別れに異議はないが、形としてはそのほうが望ましかろう。当家の事情で相済まぬが、朝比奈が参るまでご猶予賜りたい。詫びに、拙僧がこれより茶を馳走して進ぜよう」

崇孚はわずかに首を前へ傾けた。滅多に見られぬ詫びの印だ。天下の大軍師手ずからの点前となれば、松田も断れぬ。高白斎も受け入れるほかなかった。

右馬允がほっとした様子で胸をなで下ろしている。又七郎が来るまでの浅はかな時間稼ぎのつもりだろう。だが、又七郎が間に合ったとて、今さら何ができようか。

八

「又七郎殿。もう戻らんと、皆、待ち草臥《くたび》れて帰ってしまうぞ」

朝比奈蔵人の言葉に、又七郎は傾き始めた陽を見上げた。

泉之郷周辺を村人たちと駆けずり回っているうちに、数刻が過ぎていた。風もすっかり肌寒くなっている。

「それもそうだな。やむを得ん。朝比奈殿は先に善徳寺へ行き、俺が着くまで話を引き延ばしておいてくだされ」

「さような無茶を申されても――」

「腹痛《はらいた》でござるよ。取次が腹を壊しておっては、落ち着いて話なぞできまい」

朝比奈は困り顔で頭を抱えた。

「国を動かすには、人の心をまず動かさねばならん。村人たちの気持ちを軽んじて、俺の秘策を進めるわけにはいき申さぬ。あと少しだ。俺を信じてくだされ」

九

すでに冬の日はとっぷりと暮れていた。

駒井高白斎は居住まいを正し、座を見渡した。

「さればこれにて、三国同盟の件につき談合を終えたいと存ずる。武田と今川の間には、甲駿同盟がござるが、武田と北条の間は矢留のまま。この二つの約束ごとを除き、従前の交渉をすべて白紙に戻し、改めての交渉日時は、当面定めぬことと致す」

崇孚のゆっくりした点前に、思いのほか時を要した。

途中で駆けつけた朝比奈蔵人が加わったが、やにわに腹痛を訴えて、東司《とうす》に籠もっているうちに日が暮れた。だが、すでに全取次が揃い、朝比奈が笑顔で懸命に繰り出していた雑談の種も尽きた。

「かたがた、ご異存あるまいな」

崇孚は腕組みをしたまま瞼を閉じ、朝比奈はその隣でしきりに襖のほうを見やっている。

「お待ちを！　寒平目はどうなりまする？」

またもや背後から這い出ようとした右馬允は、高白斎の家人の手で引きずり戻された。

「ご苦労でござった。今川家の方々とは、いずれまた戦場でお会いいたそう。参るぞ、桑原」

松田が片膝を立て、仏頂面の桑原が一礼したとき、遠くで馬の嘶《いなな》きがした。

「又七郎殿でござる！」

朝比奈の声に重なって、蹄《ひづめ》の音が近づいてくる。

もう一度馬が高く嘶いた後、廊下を駆けてくる足音が聞こえた。

「御免！」

襖が勢いよく両側に開け放たれた。

飄々とした長身の若者が立っている。

――こやつ、やはり生きておったわ……。

この計策師は、同盟締約の成算を持ち合わせているとでもいうのか。

「天下の素浪人、向山又七郎でござる！　長らくお待たせして、相済みませぬ！」

又七郎は堂々と交渉の場に乗り込んでくると、高白斎に向かい合って座った。

高白斎は、又七郎が「武田家の取次」を名乗った時、即座に「資格がない」とさえぎるつもりだったが、意表を突かれた。

「何やら秘策があると、朝比奈にもったいぶっておったそうじゃな」

崇孚がさも面白そうに、若い計策師に鷲鼻を向けた。

「又七郎。賠償については、両家にとくとお話しした。双方、相手に支払う理由なぞないと仰せで、まとまらなんだ。お前が万貫の金を持っておるとでも申すのか？」

高白斎の問いに、又七郎は苦笑しながら、総髪に手ぐしを通した。

「武田の計策師をお払い箱になって以来、何かと物入りでしてな。持ち合わせは、右馬允に借りておる路銭の七十文ほどでござろうか」

「何をへらへら笑っておる？」

「賠償の話で揉めておられたものと拝察いたしまするが、俺にも金の用意はございませぬゆえ、せめて笑顔でもお見せせねばと」

「笑い事ではないぞ！　わしは向山殿を信じて、家中をまとめた。賠償の話など、持ち返るまでもない。もしまとまらぬなら、氏康公に対し面目が立たぬ。戻り次第、腹を切る所存じゃ」

桑原が暗い顔でたしなめると、又七郎はぺこりと頭を下げた。

「北条一の忠臣らしき仰せかな。されど腹を召されるのは、俺の話を全部聞いてからにしてくだされ。やたらと切りたがる武士は多いが、腹は誰しも一個しかもってござらん」

黙って聞いていた松田が、ゆらりと立ち上がった。

「わしは御免じゃな。取次でもない浪人の世迷い言なぞ、聞くまでもなかろうて。同盟の話はもう終わったのじゃ」

高白斎は松田を再び取り込み、同盟推進派を欺くため、会盟当日に寝返らせることとした。何食わぬ顔をしていても、又七郎は想定外の事態に、内心ひどく焦っているに相違なかった。

「俺の話を聞かれねば、松田様は大損をなさいまするぞ」

「ふん、扶持もない貧乏侍が何を抜かすか」

「松田様の収賄は、天下にあまねく知れ渡っておるところ。明《みん》の国の童まで唄にしてござる」

松田は水ぶくれした顔を真っ赤にして、身体を震わせた。

「武田家の計策師は、公の場で他家の取次を侮辱し、糾弾するのか？」

「先ほど松田様も仰せのとおり、俺は天下の民に仕える素浪人でござる。ちょうど良き折なれば、厳正で知られる小田原奉行、桑原盛正殿にこの場にて、松田様の瀆職《とくしょく》につき訴え出る所存」

「わしを貶める讒言《ざんげん》の数々なら、聞き倦《あ》いておるわ」

又七郎は座ったまま、去ろうとする松田を、片手で捻《ね》じ伏せるようにして座に引き据えた。

「無礼者！　出合え！　こやつを討ち取らんか！」

左手の廊下で、いっせいに鯉口を切る音がした。

「やめておけ！　お前たちが何人たかったとて、この御仁は斬れぬ！」

桑原の一喝に、北条家の従者らの動きが止まった。

「向山殿、手を放されよ」

手を緩めると、松田は「ろくでなしめが！」と悪態を吐《つ》きながら、肩で息をしている。

「松田様が太原崇孚様より、賄賂として牧谿《もっけい》を受け取られた証は、俺の懐の中にござる。生憎と今、髭が足り申さぬが、『鳥屋の玄蕃《げんば》』と名乗る駿河の商人《あきんど》を、ご記憶ありませぬかな？」

又七郎は泰然として動ずる気色がない。松田は訝《いぶか》しげに又七郎の無精髭を見ていたが、やがてあっと驚いた顔をしてへたり込んだ。

「松田様。この御仁の話、まずは聞いてみましょうぞ」

桑原に助け起こされ、松田は転がるように上座へ戻った。

「されば、仕切り直しまするぞ」

又七郎は座の面々を見渡してから、祭りでも始めるような口調で明るく宣言した。

「まずは今川家より、一千貫文を出していただきましょうかな」

崇孚は顔色まで変えぬが、じろりと横目で又七郎を睨んだ。

「拙僧に無駄な茶を点てさせるとは。今川には一文たりとも払う金はないと言うたはず。拙僧としたことが、生まれて初めて人物を見誤ったわ。とんだ猿芝居に付き合わされたものよ」

立ち上がろうとする崇孚を、朝比奈が必死で止めている。

「今川はその一千貫文で、北条から一万貫文を得るのでござる」

さような手品ができるはずもない。高白斎は腹の中で嗤った。

「待たれい！　当家には、今川家に支払う金なぞ、びた一文ござらぬぞ！」

桑原盛正も業を煮やして立ち上がった。

「じゃから、最後までお聞きくださらんか」

崇孚と桑原が同時に身構え、まじろがずに見ているが、又七郎は悠揚迫らぬ態度で、無精髭をまさぐっている。だが、賠償を求める両者の要求には隔たりがありすぎた。

「北条家におかれて金の用意は無用。一万貫文ぶんは水で払いまするゆえ。金は食えませぬが、水は喉を潤し、米はもちろん酒まで作り、女の肌まできれいにしてくれ申す」

崇孚は探るような顔で、又七郎を凝視している。

「北条領の豆州三島は、湧水だらけの里で水が余っておる。他方、今川領の泉之郷は、『泉』とは名ばかりで、水が低地を流れるため、水不足で年じゅう困っており申す。さればここへ、北条領三島の小浜池《こばまいけ》から長い長い木の樋《とい》をかけ申す。これにて、広大な泉之郷は、肥沃な土地に生まれ変わりましょうぞ。作物だけではござらん。水争いはなくなり、今川の政も、大いに安定するはず。十年、二十年と平和が続けば、この水の融通は、万貫にも値するはず。むろん、この同盟が末永く続く前提でござるがな。水は奪い合えば諍いになるが、分かち合えば、平和が手に入り申す」

場が一変した。

怒りと懐疑が、強い関心と驚嘆へと変わっていく様子を、高白斎は感じとった。

皆が、又七郎の口元を見詰めている。

まずい。流れを戻さねば危うい。

「できもせん絵空事じゃ」

松田の介入に、高白斎はすかさず同調に入った。

「武田の計策師は口が達者でござる。かたがた、お気をつけあれ」

「師匠。俺は今、天下の素浪人でござるぞ。――ご覧あれ」

又七郎は、相駿国境付近の絵地図を広げると、絵筆を手にした。又七郎が描いたのであろう、相当の腕前である。

「小浜池はこの森にござる。ここから泉之郷の五ヶ村に樋で水を送り申す。幅は一間（約一・八メートル）、深さは一尺五寸（約四十五センチメートル）で計算してござる」

又七郎は懐から小包を出して開くと、手慣れた手つきで画材を並べた。さらに小さな酒瓶から数滴垂らして、平筆で岩絵具を溶いた。筆先に付けると、小浜池と泉之郷の北東端を結ぶ最短の線で樋の絵を描いてゆく。斜めにまっすぐの瑠璃《るり》色の線だ。

「境川を跨いで、その上に水路を渡すとは……」

崇孚が唸った。桑原は穴が空くほど絵図を見ている。

「測ってみると、樋の長さは三十九間（約七十・二メートル）。決して渡せぬ距離ではござらん」

「さように長い樋を渡すなぞ、聞いた覚えもないわ」

松田がくさしても、又七郎は涼しい顔である。

「先人たちが気づかなんだだけの話。その昔、牛若丸と武蔵坊弁慶がじゃれ合った五条大橋より少し長いくらいでござる。それなりの人足と日数《ひかず》は必要になろうが、一千貫文もあれば作れ申そう。今朝がたから村人総出で見分し、木工《もく》ともあらかた話をつけてござる」

崇孚は鷲鼻の頭を撫でていた二本指を下ろすと、大きくうなずいた。

「豆州より駿州に向かって、宙を走る長大な用水を引くなぞ、拙僧も思いつかなんだ」

「的場《まとば》、戸田、玉川、堂庭《どうにわ》なぞの地に水が引けるなら、民も大いに喜びましょう」

朝比奈が感嘆したように同調した。

今川からすれば、賠償金ではない。水を買うだけだ。名目はともかくとして、水を買うのに一千貫文では安い。高白斎は敗北をはっきりと感じながら、食い下がった。

「問題はその長大な樋を作る金じゃ。今川家が北条家のために支払う提案か？」

「そこでござる。一千貫文もあれば、作事はでき申そう。名付けて千貫樋《せんがんどい》。武田家より両家和解のご祝儀にと準備しておった金が、輸送中に盗まれましてな。されば——」

又七郎は居住まいを正すと、桑原に向かって恭しく両手を突いた。

「言祝《ことほ》ぐべき春姫の輿入れにあたり、氏康公より、聟《むこ》である氏真公に対し、引き出物として長大なる樋を賜るわけには参りませぬか。氏康公ほどの仁君なら、必ずやお認めあるべし」

高白斎が口を挟む間もなく、又七郎の提案は乾いた土に水が染み込むように、今川、北条双方の取次の腹に落とし込まれている。両取次の表情を見れば、察しが付いた。

悔しいが、稀代の良策だ。見事というほかない。

ひとまずこの場は、高白斎の負けだ。

桑原は鼠顔の口先に軽い笑みを浮かべた。

「仁義に厚きわが主が、否とは言われまい。両家の絆となる千貫樋、北条家より進呈いたそう」

「よう言われた！　今川家におかれては如何？」

又七郎の問いに、崇孚と朝比奈は同時にうなずいた。

「むろん拙僧にも異存はない。妙案じゃ。仲人《ちゅうにん》として、向山又七郎ほどの計策師がいたことは今川、北条にとって僥倖《ぎょうこう》であった」

十

「ならん！　北条家は認めんぞ！　桑原、何を勝手に、話を決めおるか！　筆頭取次たるこのわしが承服せぬ。北条家はもともと今川家に対して、一万貫文の賠償を求めておったもの。今川ばかりを利する約定に応じられるとでも思うてか」

松田が最後に足掻いた。無駄と知りつつ、高白斎も手伝ってやった。

「当初より条件がずいぶんと異なって参りましたな。ここはいったん双方持ち帰られませ」

「そうじゃ。伯父上（北条氏康）のお許しを得ねばな。拙速に話をまとめるわけにはいかぬ」

立ち去ろうとする松田を、又七郎が再び一喝した。

「待たれよ！　松田様がとつぜん立場を変えられたは、武田の計策師に脅されたためと拝察いたす。されど、俺も収賄の証を持ってござれば、逃げ道はどこにもござらんぞ。ここは潔く覚悟を決められ、北条家のゆくすえを担う重臣らしく、三国同盟の是非をお考えあれ」

「そちが申す証とやらを見せよ。わしの筆跡かどうか、桑原に確かめさせてやろうぞ」

又七郎が懐から封書を差し出すなり、松田は奪い取って、その場で何度も破いた。天井に向かって放り投げると、紙吹雪ができた。

「わしは鳥屋の玄蕃なぞ知らん。会うた覚えもないわ」

「今しがたお渡しした紙は、俺の描いた、蟷螂《かまきり》が昼寝をしている絵でござる。観念なされよ」

落ち着き払った又七郎の低音に、松田が力なくへたり込んだとき、桑原の後方、廊下に控えていた小柄な侍が、ゆっくりと部屋の真ん中に進み出た。

「又七郎殿、その程度にしてくださらんかの」

侍が黒々とした長い付け髪、付け髭を取り去ると、白髪白髯、仙人のごとき風貌が現れた。

「おお、これは南条差府殿。北条家の手強い計策師におわしまするな」

又七郎は面識があるようだが、高白斎の知らぬ顔である。

松田は驚き怯えた土気色の顔で老人を見上げ、桑原は老人に向かい両手を突いている。明らかに同輩に対する態度ではない。高白斎は老人にどこか見覚えがある気がした。

「ずいぶん痩せられたな、盛秀殿。しばらくじゃ」

崇孚の呼びかけに、老人は長い白髯をしごいた。

「思わぬ大病を患って、身体も軽うなったわ。そのぶん我欲も落ち、己の栄達なぞより、天下国家を案じられるようになった。が、できの悪い倅《せがれ》を持つと苦労するわい。病を機に、試しに政を任せてはみたが、始終悪い噂が絶えぬでな。愚息の仕事ぶりを検《あらた》めるために、こうして時おり見張っておるのじゃ」

高白斎も思い出した。北条家宿老の松田盛秀だ。

肥満体だったが、別人のように枯れている。盛秀は桑原に言い含めて従者となり、外交交渉の場に立ち会っていたわけだ。小柄だが、矍鑠《かくしゃく》たる盛秀の物腰に自然、計策師たちの背筋が伸びた。

「この場におられる取次の面々は、皆、おわかりじゃろうがな。憲秀よ、なぜ又七郎殿の策を、皆が受け容れたか、千貫樋が持つ真の意味を、お前は心得ておるかのう?」

「北条方は余っておる水を融通するだけの話にて、懐は痛みませぬ」

盛秀は小さく首を横に振ると、幼子をあやすように息子を諭した。

「又七郎殿はもっと先を見ておるのじゃ。北条は水を握っておる。今川と手切れとなれば、水を止めればよい。同盟が破棄されれば、今川家は損をする。水が欲しければ、北条との誼《よしみ》を大切にするほかはない。千貫樋は相駿国境を結ぶのみにあらず。今川、北条の同盟を揺るぎなく保つ、ひとつの絆ともなるのじゃ」

高白斎にも分かっている。すぐに破れる同盟に支えられた平和は脆い。平和を創るなら、当事国が同盟を維持したがる利害を仕組んでおけばよいわけだ。

「単に水の話ではないぞ。金は払えばそれで終《しま》いじゃが、普請には、時も人も要る。国を跨いで架ける長大な樋など、両国の民が力を合わせねば作れる代物ではない。千貫樋の普請は、いがみ合うていた民が旧怨を水に流し、心を通わせるために大いに役立つのじゃ」

民がお上から授かるただの平和の器ではない。又七郎は器に入れる中身をも作ろうとしていた。

盛秀は又七郎の前に親しげに座り直した。

「じゃがな、又七郎殿。人間、齢を取ると、なかなか物事に心を動かされぬようになるものぞ。千貫樋の秘策、あざとすぎて、わしはまだ気に入らぬ。知恵者にしてやられたとしか思えんのじゃ。氏康公も同様であられよう。まこと十五年の恩讐を乗り越えて、民たちの力で長大な樋を国境に架けられると申すか。人を動かすものは結局、利よりも情じゃ」

松田盛秀は挑むように又七郎を見やった。崇孚は面白げに見物している。

「かたがたを説き伏せられぬ場合に備え、手当を一つ用意してござる。そろそろ善徳寺に届くころかと。耳をお澄ましくださりませ」

皆が揃って耳を澄ます。遠くで何やら賑やかな人声がした。

次第に近づいてくる。

長身が立ち上がると、外に面した襖を両手で勢いよく開け放った。

又七郎は駿河湾の方角に向かって叫んだ。

「かたがた、参られい！　俺だ！　ここだ！」

数十人、いや百人以上いるだろうか。泉之郷の村人たちだという。四里あまりの夜道を請願のために歩いてきたのだ。又七郎の屈託のない笑顔と巧みな話術、いやおそらくは無私の言葉に乗せられたに違いなかった。

「かたがた！　もう水には困らんぞ！　何となれば、北条家が今川家との同盟締結の証に、千貫樋を通してくださるからだ！」

方丈前の庭を埋め尽くす群衆からいっせいに歓声が上がった。口々に礼を述べる者、踊り出す者まで
いる。一番前では、老人と若者が抱き合って喜んでいた。

「盛秀様、ご覧くだされ。春姫お輿入れの暁には、駿遠三は春姫の国となり申す。愛娘の国に生きる民の笑顔を、氏康公にお伝えくださいませぬか」

「又七郎殿、よき土産をもろうたわ」

盛秀はさも愉快げに笑った。

十一

善徳寺の誇る大方丈は、泉之郷の村人たちも加わっての大宴会となった。

入れ替わり立ち替わり盃に酒を注がれて、向山又七郎もほろ酔い加減だが、頭はまだ冴えていた。後始末が残っている。浮かれ騒ぐにはまだ早かった。

「崇孚様、酔い潰れられぬうちにお願いが。今後は三国同盟を潰す動きに備えねばなりませぬ。されば、武田家中を鎮めるため、黒衣の宰相より一筆賜りたく」

「天下の宰相に向かって、つくづく人使いの荒い男じゃの。が、承知した」

太原崇孚も鷲鼻まで赤くしながら酒席に付き合っている。若き日々を過ごした善徳寺での同盟に、

感慨もあろう。

盛秀も上機嫌である。長らく三国間の戦陣にあった歴戦の老将の胸には、何が去来しているのか。

「齢を取ってからの子は、甘やかしていかん。親は無くとも子は育つと申すが、誤りじゃな。放っておいては、目も当てられん」

「そは、盛秀殿が生きておるからじゃ。親が死んでみせぬかぎり、子の覚悟は固まらん」

「尼御台（寿桂尼）に黒衣の宰相もご健在じゃ。はてさて、義元公が独り立ちなさるには、まだしばしの時を要しようのう」

崇孚の毒舌に盛秀がやり返すと、座に笑いが起こった。首なしこと松田憲秀は人が変わったように、盛秀の前では縮こまって酒を啜るのみである。おとなしく酒の肴にされていた。

部屋を見回すと、寒平目を平らげ、独り酒を啜る桑原がいた。又七郎は桑原の前にあぐらを掻いて、北条家中をまとめあげた努力を労《ねぎら》った。おくびにも出さぬが、鼠殿は相当の苦労を重ねたに違いなかった。瓶子を出すと、桑原が盃を受けた。

「今宵の酒が美味いのは、貴殿のおかげじゃ。向山殿、こたびも世話になった」

「矢留の後の打ち上げ以来でござるな。桑原殿が注いでくださるとは感激だ」

謹厳実直な桑原は酒に弱いらしく、顔を真っ赤にしていた。

「これから何とする？　武田家の取次にお主がおらねば、うまくないぞ」

「売り出し中の山家右馬允に引き継ぐゆえ、安心されよ。後始末が済んだら、女と暮らす」

「女？」

桑原が肩すかしを食らったような顔つきになった。不得手な話題なのだろう。

又七郎は千春を想っていた。何度裏切っても、赦してやる約束だ。齢が離れているせいで、悪戯を赦す度量を示したい気持ちもある。いずれにせよ惚れている。

「甲斐を離れる気か。貴殿なら、北条家も高禄を約束する。わしが責任を持って、氏康公に推挙しよう。仕官が嫌なら、食客でもよい」

「何もせんで飲み食いさせてくれるのか？　楽な商売もあるものだ」

酒席でも大まじめに勧誘してくる桑原を、又七郎は笑っていなした。

「されば、貴殿にひとつ、折り入って願い事がある。小田原衆の所領役帳に、向山又七郎の名を記したいのじゃ。氏康公が貴殿をことのほか気に入られたようでな」

又七郎は啜ろうとしていた盃の酒を唇から離すと、桑原の鼠顔を見た。

小田原衆所領役帳に名を書き記すことは、又七郎が武田家臣でありながら、他国衆として北条家の禄を食むことを意味する。小山田家も北条領の奥三保に所領を有しているから、役帳に名が載っている。

「むろん貴殿のことゆえ、まとまった所領など与えれば、肩が凝ると言い出すであろう。ゆえに形ばかりの所領にした。わしが面倒を見て進ぜる。酒代くらいのあがりはあるはずじゃ」

むろん又七郎には、桑原の意図がわかった。

三国同盟を成し遂げ、用済みとなった計策師の身を、今度は武田家から守ろうとしてくれているのだ。名目にせよ、北条氏康の家臣としての地位を又七郎に与え、武田晴信を牽制するための心憎い計らいだった。あの晴信にどれほど通用するかは知れぬが、無駄な用心ではない。

「酒代を断るほど野暮ではない。桑原殿、礼を申す」

頭を下げる又七郎の盃に鼠殿が酒を注いできた。

「落ち着いたら一度、嫁御と共にわしの里へ来られるがよい。鯛で作ったとっておきの蒲鉾を馳走いたそう」

「ありがたや。鷲鼻様から上等な澄み酒を巻き上げて手土産にいたそう。されど、乱世にさような贅沢をすれば罰が当たりそうだな」

「いや、貴殿はそれだけの大事を成し遂げたのだ」

又七郎は鼠殿が差し出してきた盃に、己の盃を打ち合わせて鳴らした。

小山田弥三郎は会盟後、葬儀に無駄足を踏まされたと又七郎に笑顔で文句を言っていたが、気のいい朝比奈蔵人と何やら話し込んでいる。教えでも乞うているのであろう。右馬允は泉之郷の若者たちと肩を組んで賑やかに唄っていた。足りぬのは千春だけだ。

「かたがた。夜も更けて参った。中締めといたそう」

盛秀の痩身に似合わぬ大音声に、眉毛の朝比奈蔵人が立ち上がって、家人に指図を始めた。

「明日は起請文に連署せねばならぬが、武田家の筆頭は、やはり小山田殿かの？」

崇孚の問いに、弥三郎が即答した。

「甲駿相三国同盟は、向山又七郎がすべて一人で成し遂げし計策。身どもは飾りでござる」

又七郎は手を振って、さらりと言ってのけた。

「あいや、その儀は平にご容赦を。無位無冠の素浪人の名なぞ、ご無用に願いまする。武田家からは、国主側近にして、筆頭計策師の駒井高白斎が顔を出しておりますれば」

座がいっせいにどよめくなか、又七郎は一礼してからゆらりと立ち上がった。

宴の場から姿を消した高白斎は往生際悪く、よからぬ計策を企んでいるに違いなかった。さて、後始末だ。

十二

駒井高白斎は朝比奈の家人に案内された善徳寺境内の離れの一室で、ひと筋の裸火を眺めていた。一陣の風でも吹き込めば、すぐにも消えそうな弱い炎である。三国同盟の下合意を祝う宴会のざわめきが、時おりここまで届いてくる。高白斎は気分が優れぬと、早々に引き取った。伊織に善後策を指示するためだが、影はまだ姿を見せていない。

高白斎は高く舌打ちをした。

計策の天才、向山又七郎に挫折を味わわせ、鼻を明かしてやりたかった。

天賦の才を持つ幸運な者でなく、努力精進を重ねた者が最後には勝つのだと示したかった。だが、高白斎は負けた。何度も勝利を確信したが、最後に覆された。負け犬となって勝沼信元のもとに帰れば、破滅が待っている。信元が保身に走れば、同盟妨害もすべて高白斎の仕業とされよう。口封じのためにも、信元は誰ぞに高白斎を誣告《ぶこく》させて糺《ただ》し、甲府奉行として望むがままに裁き、駒井一族を地上から抹殺するだろう。信元を敵に回してまで、無節操な高白斎を守る理由など、晴信にはない。裏で信元と手を打ち、高白斎を生け贄《いにえ》にして、勝沼家との和をひとまず図り、協力を引き出そうとするはずだ。

還暦を目前にして、高白斎は大きく下手を打った。この難局をいかに生き延びるか。

いや、まだ勝負は終わっていない。

何事も、創るより壊すほうが、はるかに容易だ。皆、又七郎の妖術に酔い、騙されて合意した気になっているだけだ。千貫樋もまだ着手していない。妨害工作は十分に可能だ。

伊織に命じて、盛秀らを襲わせる奥の手も、まだ残っている。

「北条家の取次ご一行は、眉毛殿が今川家の名誉に懸けて、しかと護衛すると仰せでござる」

襖ごしに、憎らしい低音がした。

明るい声の調子が、よけいに腹立たしい。

「よしんば闇討ちに成功したとて、用済みの師匠は、信元公に消されましょうな」

許しもせぬのに静かに襖が開き、向山又七郎が高白斎の前にゆっくりと座った。

――この男さえ、おらねば……。

「敗残の計策師を嗤いに来たか」

「酔い潰れる前に、耳寄りの計策を持ってきただけでござる」

「わしはお前を欺き、何度も命を奪おうとした。わしを生かしてはおくまいな?」

「長生きなされ。師匠は望月城で死んだわが親友、駒井孫次郎殿のお父上でござる」

情けなさゆえか、高白斎の眼から勝手に涙があふれ出た。

孫次郎は庶子ゆえ表舞台に出していなかったが、高白斎自慢の息子で、計策師としての己の後継者と目していた。己と同じ庶子の恵まれぬ境遇とその快活明朗な人柄ゆえに、高白斎は孫次郎を愛した。又七郎も、孫次郎を実兄のように慕っていた。

「孫次郎殿が生きておられたなら、師匠を勝沼家の呪縛から解き放っておられたでしょうな」

九年前、計策師、駒井孫次郎は駆け出しの又七郎とともに、佐久の豪族望月家の居城へ和睦交渉に赴いた。孫次郎は難航した交渉の末、己を人質にして矢留を成立させた。望月家は孫次郎の命懸けの説得に感じ入り、武田家を信じたのだった。武田軍が退却する様子を見て、望月は兵装を解き、集めていた将兵らを帰した。だが、晴信は甲府まで戻らず、途中で兵を止めた。集めた重臣たちを前に、「今、望月を討たねば、佐久の平定は成るまい」と言い放つと、満月を思わせる丸いえびす顔で高白斎をじっと見た。

高白斎は雷《いかずち》を喰らったような衝撃を受けた。が、震える声で「ただちに兵を返されませ。望月が兵を解き放ち、油断しておる今なら、必ずや望月城を落とせましょう」と応じた。

武田軍の反転に驚いた又七郎は、陣へ戻ってきた高白斎に真意をただした。

又七郎は「師匠は兄者を殺すおつもりか！」と必死で食い下がり、晴信に直談判しようとした。高白斎は「口出し無用。孫次郎も計策師なら、覚悟しておる。駒井家が大功を立てる好機じゃ。邪魔立ていたすな」と、又七郎を一喝した。もともと高白斎は晴信が追放した信虎の最側近であった。保身と出世のためには、わが子の命を捧げるというわかりやすい忠誠により、新しい主君の信を確実に得る必要があった。

武田の破約を知った望月は、孫次郎の首を刎ねて、城門に晒した。晴信は守りの薄くなった城を力攻めで落とし、怒りに任せて望月一族を鏖殺《おうさつ》した。甲斐に帰還した晴信は、高白斎の忠烈を称えて封土を与えた。高白斎はわが子を生け贄にして、筆頭計策師の地位を得たのだった。

だが、愛息を犠牲にしてまで得た地位を、高白斎は一夜にして失おうとしていた。

「望月城では最初、正使でなく、俺を人質に残す話がござった。俺は孫次郎殿に命を救われたようなもの。最後に孫次郎殿は仰せでござった。『万一のときは、父上を頼む』と。俺には、孫次郎殿との約束がござる。されば、信元公に駒井家は潰させませぬ」

うつむき加減だった高白斎は、又七郎の力強い言葉に顔を上げた。

「師匠には今、道がひとつだけござる。望月城の一件は忘れ、武田宗家に味方なされませ」

高白斎はびくりと身体を震わせた。

信元に捨てられるなら、その前に晴信に乗り換えるのも一手だ。だが、高白斎が同盟潰しに動いていた事実を、晴信も承知していよう。晴信が裏切り者を赦すとは思えなかった。

「いずれ御館様は、勝沼討滅を仕組まれましょうが、勝沼家の内幕を知る人間が必要となり申す。実はすでに御館様と話を付けてござる」

高白斎は生唾を呑み込んだ。

強敵から身を守るには、別の強者の庇護を受けるのが道理だ。

「師匠は昔から城持ちになる夢をお持ちでしたな。甲駿相による歴史的な三国同盟を成し遂げた計策師として、弥三郎様とともに堂々と甲府へ戻られませ」

又七郎は起請文に連署せず、同盟締結の手柄をそっくり高白斎に譲るという。

「何と……お前は副状《そえじょう》に名を出さぬと申すか？」

又七郎は当然のことと言わんばかりにうなずいた。

計策師の勲功は、副状（外交書状）に取次として名を連ねて明らかとなる。武者が手柄を記す首《くび》注文《ちゅうもん》に相当する。高白斎はそのために涙ぐましい努力を重ねてきた。この男はそれを放棄するのか。

主君に誓詞を披露する檜舞台を、進んで他人に譲る計策師など前代未聞だった。

「されば師匠は爾後、三国同盟を確実に履行し維持するために、邁進してくだされ」

「……勝沼様は何とする？　あのお方の恐ろしさは、御館様に引けを取らぬぞ」

「俺から説きまする。御館様に伍する器量をお持ちなら、必ずご理解あるはず」

高白斎は瞑目して思案した。

落ち着いて、保身と利害得失を考えた。

三国同盟はまだ壊せる。文書を交わしても、なお反対派による巻き返しはありえた。だから又七郎は取引に来たのだ。又七郎は条約実現を阻む動きの芽を摘み、同盟を徒花《あだばな》に終わらせぬよう高白斎を利用する肚だ。そのために、先を見越して晴信の事前了承まで取り付けていた。狙いどおり同盟推進派に取り込まれた高白斎はこれから、保身立身のために必死で同盟を守る立場に変わる。又七郎の思う壺ではないか。

だが、他に道はあるまい。計策師は諦めどきの判断も大切だ。

見事だ。たった一人で、かくも巨大な計策を成し遂げるとは。

高白斎は同じ計策師として、この同盟を壊したくないとも思った。在りし日の孫次郎の姿がしきりに浮かんだ。

「この齢になって、孫次郎に救われたわけか。……お前の申すとおりにしよう」

「御礼申し上げまする。明日にも甲斐へ戻り、信元公に面会いたす所存」

又七郎は両手を突いたが、礼を言うべきは高白斎であったろう。

「わしは、最高の計策師を育てられたことを誇りに思う」

「口の悪い師匠に、褒め言葉は似合いませせぬぞ」

照れ隠しに、又七郎が総髪に手ぐしを通した。

だが、高白斎は勝沼家に深入りしすぎた。簡単ではあるまい。懸念は伊織だった。あの若者は、宗家に寝返った高白斎を殺すだろう。

「さてと、隠れておらんで、そろそろ姿を見せよ、伊織。いや、千春と呼んだほうがよいか」

又七郎が隣室に向かって親しげに声をかけると、襖が静かに開いた。

現れた伊織が頭巾を取り、眼帯を外すと、若い美貌の女が現れた。

「俺の許嫁《いいなずけ》でござる、お見知りおきを」

気づかなかった。近ごろの若者は抜け目がない。伊織、すなわち千春が、又七郎の生存や右馬允の動きを高白斎に報告しなかったのは、又七郎の命を守りたかったためか。

「いつからお気づきだったのですか？」

いつもの掠《かす》れ声とは違う。冬空のように澄んだ高音だった。

「意外と最近の話でな。お前が小田原の宿を訪れる前の夜、俺の跡をつける小男から、羅国《らこく》の香りがした時からだ。師匠、この出来のいいくノ一をお借りしますぞ」

「好きにせよ。もともとお前たちは、わしが動かせる玉ではなかった。……されど、わからぬな」

高白斎は首をかしげながら弟子を見た。

「この乱世を奔放に生きて、お前はいったい何を望んでおる？」

晴信から恩賞として城をやると言われ、又七郎が断った話も耳にしていた。

又七郎は、枯れた男でも惚れてしまいそうなほど、爽やかな微笑みを口元にふわりと浮かべた。

「酒と女に、猫に鳥。絵と海があれば、極楽でござる。それ以上の欲はかきませぬ」

二人が眼前から去った後も、高白斎は心地よい敗北感を味わっていた。

第十一章　心を血に染めて

一

天文二十一年も暮れようとするころ、薄氷《うすらひ》を踏みしめて、勝沼郷に入った向山又七郎を、その男はやはり待っていた。

「其方《そのほう》とは、一度ゆるりと話したいと思うておった」

同感だった。又七郎が許されて面を上げると、勝沼信元の青白い細面《ほそおもて》があった。じかに話すのは初めてである。

勝沼館は晴信の躑躅ヶ崎館《つつじがさきやかた》にこそ及ばない広さだが、武家というより貴族の館の趣があった。派手ではないが、焚きしめていた上品な香が、畳や襖に染みついているようだ。

「ひとまず同盟の形を作り、其方も満足そうではないか」

最大の政敵が余裕の冷笑を浮かべていた。敗北を認めて悔しがるほど、柔《やわ》な器ではない。

「はっ。畏れながら」

「向山又七郎でのうては、なし得ぬ計策であったな。されど、裏を知る計策師なれば、わが意に背きし者たちのなれの果てを弁えておるはず。なにゆえ、わざわざ余のもとへ参った？」

「まずはお叱りを受けに参りました」

又七郎は最初よりも深く平伏した。

「人は相手を想うて叱るもの。余が其方を叱ってやる理由もあるまいが」

「ごもっとも。実は三国同盟の総仕上げに参上いたしました」

おざなりな追従言葉が通用する相手ではない。

「余に向かって穏やかならぬ物言いじゃな。棒道《ぼうみち》の一件で、余に恩でも売ったつもりか?」

「はっ。僭越ながら」

晴信は戦時における武田軍の機動性を高めるために、甲斐と信濃を結ぶ軍用道路の建設をかねて企図していた。「棒道」である。道幅は九尺(約二・七メートル)、馬が二頭並んで走れる幅で、できるだけ高低差の少ない地形を選んで敷設する。勝沼家の財力を削《そ》ぐ意味もあって、晴信は信元に対し、甲府から諏訪への棒道建設を打診していた。

だがこの秋、晴信は又七郎の計策を容れ、勝沼家に代えて、国衆の高見沢氏に建設を指示する形で決着を見た。融和の態度を示し、信元を懐柔するためである。

「其方と晴信は一つ、大きく見誤っておる。越後じゃ」

又七郎が促されて再び顔を上げると、冷酷な貴族を思わせる信元の青ざめた顔があった。

「長尾景虎は凡将にあらず。武田に、越後は取れぬ」

「お言葉ながら、今川と結んだ武田と北条を、同時に敵に回して勝てる者が、この世におるとは思えませぬ」

「勝てはすまい。が、負けもせぬ。武田が北進すれば、越後との果てなき戦いに終始するであろう。武田、北条、長尾は三すくみのまま、ついに天下を望めまいぞ。今川は北に関心がない。むしろ長尾、今川と大連合を結び、北条を分ける南進が正解なのじゃ」

議論して、結論が出る話ではない。

信元が正しいのやも知れぬが、これは賭けだ。北進、南進の是非は歴史が決めるだろう。反駁しようとしない又七郎に、信元が問うた。

「さて、武田が生みし最高の計策師よ。いかにして余を説き伏せるか？」

「同盟の大義と、損得勘定を以て」

又七郎は改めて恭しく両手を突いた。

「年明けにも、北条家の正式な使者が参府の予定。武田は万全の警固にてお迎えする段取りなれど、甲斐にも躑躅ヶ崎館にも、不届き者はおるはず。使者が襲われでもすれば一大事、同盟は画餅に帰しましょう。されば、無作法者が出ぬよう、信元公に路地馳走《ろじちそう》をお願いできぬものかと、まかり越しました次第」

武田側で使者の安全を確保し、宿所の手配も行う路地馳走の責任者を、同盟反対派として知られる勝沼家が務めれば、三国同盟の盤石を世に知らしめられよう。

「余がその役を請けねば何とする？　余と差し違えにでも参ったか？」

「さにあらず。勝沼様こそは、三国の安寧に不可欠の重鎮。さような愚挙には及びませぬ」

信元さえその気になれば、今からでも三国同盟を壊せる。同盟につき信元の同意を得ないかぎり、真の意味での平和は覚束《おぼつか》なかった。

「其方は穴山、小山田を懐柔した気でおろうが、あの者たちも今川も、しょせんは日和見じゃ。余と晴信、いずれか勝ったほうに付く。違うか？」

「仰せのとおり。今川は長く同盟国でありながら、武田が二分して相争い、力を落としてゆくなりゆきを心待ちにしておるはず。北条もまた、しかり」

「武田とて、同じじゃがな。晴信は余をいかにして滅ぼすか、日々、思案しておろうが」

「それは信元公におわしても同じはず。甲信の民にとっては、晴信公、信元公のいずれが主君でもかまいませぬ。平和と安寧をもたらす主君であれば、民は幸せにござる。実はそれがし、昨夜は勝沼の若者たちと、雪女探しに出かけておりました。昨冬、勝沼郷に出没した雪女が絶世の美女じゃとの噂が流れておりますれば」

物の怪の話なぞと思ったのか、信元はわずかに眉宇を曇らせた。信元には女色にうつつを抜かす軽薄さはない。

「いつの世も、美女と結ばれるは、身分の上下を問わぬ男子《おのこ》の夢。されば、七人ばかりの若者を誘い、山へ入ったのでございます。されど、見つかったのは、雪女が使っていたと思しき荒屋《あばらや》のみ。当然でござる。雪女の噂は必要があって、それがしが広めたもの。ゆえに見つかるはずもなく、結局、不器量な山姥《やまんば》の二、三匹でも出てきそうな小屋で、若者たちと一夜を呑み明かしたのでございまする」

又七郎がひと息ついたとき、信元が口を挟んできた。

「其方なら、すでに気づいておろうが、隣室には勝沼衆の手練れが控えておる。昨夜、其方と呑んだ者もおろう。其方が今からでも、わが手につくなら歓迎する。されど従わぬなら、消すまで。余が計策師としての其方の力量を認めたがゆえの差配じゃ。むしろ誇りに思え。命乞いをしたとて助けられぬが、今生の最期に与太話をしておってよいのか?」

「お前は前置きが長いと、師匠にも叱られまする。が、話はまさにこれから。隣室の面々もお聞きくだされ。さて、とにかく若い衆は女が好きでござる。結局ひと晩、女の話ばかりでしたな」

面会に際し、腰の大小は家人に預けてあった。

が、又七郎の武器はあくまで、舌だ。

「若い衆が、女の話だけで夜を明かせるのは、平和で満ち足りておるがゆえ。食う物に困り、満足な住まいもなく、重税賦役に苦しむ民ならば、領主を恨む怨嗟の声が満ち、雪女探しに出かけたりなぞ致しませぬ。勝沼郷に入ると、それがしはホッと致しまする。百姓は鼻歌交じりで田を耕し、時には仲良く喧嘩しておりまする。甲信、東海、坂東、畿内とさまざまに歩き、見て参りましたが、勝沼郷ほど民の笑顔で満ちあふれる地は、数えるほどしかございませなんだ。民の笑顔こそは、善政が敷かれておる何よりの証《あかし》」

又七郎は、乱世を生きる民たちの笑顔と苦悩を言葉で描いた。計策師として生きた十年余で出会った、民を守ろうとする武士たちの矜持と哀惜を、将兵を守ろうとする城主たちの忠義と背信を、国を守ろうとする国主たちの覚悟と懊悩を、語り続けた。

人は乱世をさまざまに生きる。与えられた力と境涯で笑い、泣き、悲喜こもごも死んでいく。だが皆、同じ人間だ。

「乱世に生まれるは不運、生きるは不幸、死ぬるは面倒。それでも人は、生きねばなりませぬ。気まぐれにしか乱世を訪《おとな》わぬ平和は、たとえば酒に似ておりましょうか。酒師《さかし》たちが時をかけて苦労の末作りあげた美酒も、皆で呑み尽くせば一晩で消える。平和は美味なれど、創り続けねば、たちまち費消されまする」

又七郎は今さらながら三国同盟の大義を弁じた。この同盟をいかに成功させたか。なぜ命を懸けたのかを語り続けた。平瀬城で死んだ小さな友の話までした。

「他国を知らねばならぬ計策師は、国の外にあるために、かえって己の国がようわかりまする。それがしは今川、北条と渡り合って参りましたが、畏れながら北条家が一番好きでござる」

信元に視線だけで促されて、又七郎は続けた。

「北条家では必ず長子が当主となり、決して跡目争いを致しませぬ」

「その長子に国主の器なき場合は、何とする？」

「皆で助けまする。北条家では、一族の親兄弟から姉妹までが皆で助け合い、国を守り立てる。上が家族相和して幸せであるなら、その幸せは必ず民にまで及び、やがては国じゅうに広がりまする。この先、北条はさらなる強国となりましょう」

「そうならぬうちに、北条を討つべしと、余は説いてきたのではないか」

「今の武田では、今川はもちろん、北条にも勝てませぬ」

又七郎がそっけなく言い切ると、信元の白いこめかみに青筋が走った。

「上は将軍家から古河公方、両上杉管領家しかり、はたまた小笠原しかり、器にあらざる者が国主となって国を滅ぼした例は数知れず。されど、武田の内紛の歴史が証しておるとおり、一つの国に幾つも大器があるのも困り物。武田家には近年、国主の器を持つお方が幾人も出ました。御館様は申すに及ばず、信元公、典厩《てんきゅう》（武田信繁）様しかり。先代信虎公もまたしかり」

信元は思案するように瞼《まぶた》を閉じた。

「小田原の飲み屋で蜷局《とぐろ》を巻いておる酔っ払いでさえ、断言いたしまするぞ。晴信公と信元公のいがみ合いが続くかぎり、北条は武田に負けぬと」

ややあって信元は目を開き、又七郎を直視した。

「余と晴信が雌雄を決する日は遠くあるまい。其方はいずれが勝つと見るか」

「お二人とも、負けでござる」

又七郎は即答しながら、何度も大きく首を横に振った。

「武田のお歴々は、一朝ことあらば、両公のいずれにつくべきか、思い悩んでおられる様子。されど敵は今川と北条。いずれも強敵にございまする。御館様はかつて、信元公を実の兄のごとく慕われたとか。昔の水魚の交わりを取り返せはいたしませぬか？」

不機嫌そうに薄い口髭を撫でる信元に、又七郎はたたみかけた。

「実は日本一の計策師より、信元公への密書を預かっておりまする」

又七郎は太原崇孚に書かせた封書を懐から取り出すと、謹んで差し出した。

信元は表情ひとつ変えずに読み終えると、薄い冷笑を浮かべて、又七郎を見た。

「なるほど。武田宗家では足りぬゆえ、大今川の力を借りて、余を威迫するか」

「畏れながら、御意」

又七郎が崇孚に依頼した書状の内容は、崇孚から信元に対する手切れの意思表示である。かねて崇孚は、晴信に不測の事態が生じた場合、信元が次期国主の座につくと見ていた。晴信が今川を害するなら信元にすげ替えると、信元への協力を内約してもいた。だが、三国同盟を期に、今川が晴信政権を支える意思を明確に示す文書になっているはずだ。

「信元公は小国の王座なぞ、望まれますまい。されば、武田を今川、北条に勝る大国とする日まで、何とぞ御館様にお力をお貸しくださりませ」

又七郎が平伏していると、信元が合図の手を二度打った。

襖が開いた。殺気はない。

代わりに、着物が畳にすれる音がした。

「面を上げよ、又七郎。其方ほどの計策師じゃ、余に会いに来た以上は、すでに余の取れる手立てをあらかた封じておると思うてはいた。が、あの太原崇孚の心を完全に摑むとはの。向背は乱世の常なれば、しばし様子を見るとしよう。されば、北条家使者の路地馳走も、当家が差配する」

「ありがとう存じまする！」

酒膳を持っているのは千春であった。信元は千春に酒を注がせると、又七郎に「付き合え」と差し出してきた。

又七郎は両手で酒盃を押し頂いた。いずれにせよ勝沼邸に入った時点で、生殺与奪は信元に委ねてあった。信元の器量は、報復のために計策師を毒殺するほど、小さくはない。

又七郎が礼を述べて、ひと口に酒を呑み干すと、信元は片笑みを浮かべて高笑いした。

「晴信はよき計策師を持ったものよ。羨ましいわ」

「過分のお言葉、痛み入りまする。されば図に乗って、この向山又七郎、信元公に折り入って、お願い申し上げたき儀が一つ」

眼で問う信元に向かい、又七郎は両手を突いた。

「願わくは、わが妻として、この伊織を賜りとう存じまする。これよりはすべてを忘れ、異国に暮らさせますれば、勝沼家にご迷惑は掛けませぬ」

信元は驚きよりも、興味深げに又七郎を見た。

「其方を信じよう。じゃが、伊織は乱世の申し子。無駄やも知れぬが、ひとつ警告しておこう。こやつは其方でも思いどおりには動かせまい。諦めたほうが無難じゃな」

「ご忠告痛み入りまする。されど、すでに二人して、心を決めておりますれば」

信元は初めて笑顔を見せた。どこか寂しげだが、口元には上品な微笑みが浮かんでいた。

二

武田晴信はえびす顔を紅潮させて、何度も又七郎を労った。場所は本主殿のいつもの小部屋だが、今宵は又七郎が千春を伴っている。

晴信にすべての報告を済ませ、許嫁として千春を紹介すると、大きく笑った。小田原衆の所領役帳に名を載せる件も、ふたつ返事で認めた。

「お前ほどの計策師を得たことを、武田は多とせねばなるまい」

又七郎は平和を創ったが、実際に平和を守るのは、晴信ら大名たちだ。計策師の仕事はひとまず終わった。又七郎が暇乞いの話を持ち出すと、晴信はまず慰留にかかった。「これよりは計策師として三大国を動かせ。わしとともに天下泰平を創らぬか」と口説いた。

心を動かされた。

計策師としてなしうる大事があるのなら、己にしか創れぬ平和があるのなら、計策師も悪くないと思った。だが、これから晴信が北進すれば、又七郎はまた人を欺き、陥れ、追い詰め、裏切らせる日々を送る羽目になる。いずれまた、計策の道に戻る日が来るとしても、今はひとまず、創り上げた平和を、千春とともに味わいたかった。

又七郎の決意が固いと知ると、晴信は折れ、約束のとおり暇《いとま》を与えると明言した。

晴信は始終笑顔を絶やさず、酒を出させて側近の新たな門出を祝してくれた。が、油断はなるまい。

腹中では、武田の裏表を知り尽くした計策師を生かしておくべきか、思案しているに違いなかった。

これは、度量の問題ではない。危機の芽を摘んでおく知略の話だ。

「惜しいのう、又七郎」

命を奪うと決めたゆえに、晴信は又七郎を惜しんでいるのか。知略の塊のごとき主君は、はるか天下を望み、泰平の世を創らんと欲していた。邪魔なら、又七郎でも迷わず討つだろう。

「駿相同盟には不安も残りまするゆえ、千貫樋や人質を含め、履行を見届ける所存にて」

又七郎は当面、駿河と相模に逗留し、三国同盟の約定を守らせる役回りだ。崇孚と桑原が望んだので請けた。仕事を残したのは、今川と北条に又七郎を守らせるだけでなく、武田には又七郎をまだ生かしておく意味があると示すためでもあった。いずれは武田に帰参してもよい、ころあいを見て畿内か西国か、気に入った地に千春と住まうのもよい。気が向けば、その地に計策で小さな平和を創ってもよかろう。

「息災に暮らせよ、又七郎。武田家はいつなりとも、お前の帰参を許す。じゃが、武田を裏切れば、命はないと思え」

笑顔のまま威嚇する晴信のえびす顔に向かって、又七郎は深々と平伏した。

三

駿河へ向かう又七郎と千春は途中、下山の穴山館に立ち寄り、穴山信友と面会した。

又七郎は千春こと伊織が勝沼衆と奪った荷駄を返還した。ゴマ目は何食わぬ顔で蔵へ運ばせた。何も事情を尋ねなかったのは、下手に知れば、政争に巻き込まれると警戒したせいだろう。

ゴマ目は宿賃は要らぬからと、下山に宿泊するよう強く勧め、又七郎は千春とともに大いに歓待された。穴山家臣団も勢揃いした宴では、穴山家秘蔵の酒がふるまわれ、ゴマ目手ずから盃に注いでくれた。

宴も果て、千春とともに古びた離れに案内されたが、又七郎は酔いのせいで、すぐに眠りに落ちたらしかった。

だが夜半、騒がしい音で目を覚ました。同衾《どうきん》したはずの千春はいない。

外の様子を窺うと、ゴマ目と千春が並んで立っていた。

又七郎はあくびを噛み殺しながら外へ出た。

「何のつもりじゃ、千春？」

「見てのとおりです。これが、最後の裏切りにございましょう」

勝沼信元の忠告が思い浮かんだ。千春は信元でさえ使いこなせなかった女だ。まったくわれながら面倒な女に惚れたものだ。

「私は、武田宗家の三ツ者として、晴信公の命で、勝沼家に埋伏させられていた毒だったのです。無事に三国同盟が実現した今、役目を終えて武田を去る計策師には、死あるのみ。晴信公のお指図により今宵、向山又七郎さまのお命を頂戴いたしまする」

腑に落ちなかった。又七郎は本当に晴信の心を読み違えたのか。

「そういうわけじゃ。すまんな、又七郎。わしはそちを嫌いではなかったが、こたびの同盟を機にわしも宗家の忠臣となったものでな」

ゴマ目に率いられた穴山衆は百人あまり、又七郎でも脱出は不可能だった。だが殺す気なら、なぜ宴で毒でも仕込まなかったのか。

「向山又七郎は武田の生んだ一級の計策師にして、こたびの三国同盟の立役者じゃ。せめて武士の情けよ。切腹を許す。しばし時をやるゆえ、愛する女に見届けられるがよいぞ」

ゴマ目に促されて、千春が又七郎に歩み寄った。

「最後に私の素性など、お知りになりたいでしょう。お戻りなされませ」

四

「まだ私を信じておられたとは、又さまもお人好しが過ぎまする」

二人は褥《しとね》を敷いていた寝所で向かい合っている。

「惚れた女はとことん信じる。それが俺の愛し方だ。だが、千春よ。本当に俺を殺すのか？」

千春は使い捨ての三ツ者にすぎず、人質にはならない。又七郎は千春の白い柔肌に傷ひとつ付けたくなかった。殺さねば生きられぬというのなら、己が死ぬほかない。

「はい。御館様の最後のお指図なれば。これで、私にも愛想が尽きたでしょうね」

千春は無理に明るく振る舞い、強がっているように、又七郎には見えた。

「そうでもないぞ。俺をここまで追い詰めるとは、大した女子《おなご》よ。惚れ直したわ」

「三国同盟を成し遂げし今、この世に未練はありますまい」

「あるのう。俺は本気で、お前と幸せになれると思うておったのだがな」

「他人様《ひとさま》の幸せなぞ求めるゆえ、己の幸せを失うてしまうのです」

又七郎は間違えて愛した女に向かって微笑んだ。

「せめて愛する女が幸せであればよい。お前のために役立つのなら、この命、くれてやろう」

「なぜ責めませぬ？　又さまに愛されながら、裏切り続ける私を！」

千春は涙を浮かべていた。

昔と違い、近ごろは秋空のように表情がよく変わる。

「言ったはずだ。俺はお前に惚れておると。だが、お前はまだ嘘を吐いている。御館様に忠誠など尽くしてはおらぬ。信元公も利用していただけだ」

千春はハッとしたように、涙目で又七郎を見返した。

「俺はお前に何度か殺されかけた。が、御館様が俺を殺す気なら、今日が最初のはず。同盟成立まで、手を下すはずがないからな。しかるに猿橋でお前は、本気で俺を殺そうとしておった。それにお前は、やはり同盟を阻止せんとして穴山衆の金を奪った。普通なら、あれで話は壊れていた。同盟を望まぬお前は、御館様に忠義など尽くしておらぬ。そろそろ尋ねてもよいか？　お前はいったい何者だ？」

「最初のころ、又さまを何度も殺そうとしていたのは、己の復讐のため。風魔衆の手も借りました。でも、又さまや右馬允どのが真の仇ではないと知りました」

「されば、お前が本当に狙うておるのは――」

「そのとおり。憎き武田晴信の命です。そのために今、愛するお人を手に掛けるのです」

「お前は、武田に滅ぼされたどこぞの姫だな？」

「私は、平瀬城の筆頭家老、虎髭の玄蕃の娘です」

すべてが腑に落ちた。

女ながら幼少より玄蕃に武術を仕込まれた伊織は、高い身体能力を見込まれ、小笠原家のくノ一として育てられた。晴信の信濃侵略が始まると、埋伏の毒となるべく、密命を帯びて武田の三ツ者となった。十二歳であった。母親似であるらしく、玄蕃の面影はないが。

「平瀬一族鏖殺《おうさつ》の真相を又さまから聞き、憎むべきは武田晴信と知りました。私は信元公を利用して三国同盟を壊し、武田に戦乱と不幸を呼び込もうとしました。私のただ一つの計算違いは、又さまと出会い、愛してしまったこと。又さまが命懸けで創られた平和は潰しますまい。されど晴信の命は、諦めませぬ。昨夜、晴信は約しました。又さまの首を持ち帰れば、私を側室にすると。閨《ねや》であれば、差し違えてでも晴信が首、確実に挙げられましょう」

晴信は謀略で人を殺めすぎた。千春だけではない。今や万の人間が晴信を恨み、その死を願っているだろう。

「お前は一流の三ツ者だが、計策師ではない。御館様はとうにお前の素性に気づいておる」

「……それが真なら、なぜ今まで、私を生かしておいたのです？」

「信元公も御館様も、お前の三ツ者としての才を惜しんで、利用していただけよ。御館様は非情だが、家臣に対しては情に篤い。俺によき女と娶《めあわ》せたいと何度か言われたが、どうやらお前のことであったようだ。御館様は俺をまだ殺すまい。御館様は同盟成立の暁には、役目を終えたお前を消す肚であったはず。が、俺が嫁にくれと頼んだために、はたと困った。俺の首でお前を側室にするとの話は、俺にお前を止めさせるためよ。そうせぬかぎり、御館様の命を狙うお前を生かして俺には渡せぬからな。お前に殺されたなら、俺もそれまでの男と割り切ったのだろうが、俺の舌ならお前を説けると踏んだわけだ。御館様を信じて俺の首を持って行けば、お前は武田の敵として、すぐに始末される」

千春は驚愕して、又七郎を見た。

眼に絶望が浮かんでいる。

「計策師たちの言葉は、おしなべて信用ならぬ。されば、俺の見立てを信じるも信じぬも、お前に任せる。が、もったいない話ゆえ、一つだけ言い遺して死にたい。実は友野屋に飛びきりの打掛けを注文してある。唐紅《からくれない》でな、お前にはよく似合うはずだ。着てみてくれ」

千春は打ちひしがれたように、両手を突いてくずおれた。

「私は今まで何のために……いったいどうすれば……」

「簡単な話だ。俺と夫婦《めおと》になればよい」

又七郎が千春を抱き寄せようとした時、戸口で大きな音がした。

「いったい、何を？」

あわてて千春が戸口に向かったが、つっかえ棒がされてびくともしない。

幾つもの弦音がし、離れの板壁に次々と突き刺さる音がした。

木の焦げる匂いがし始めた。火矢である。

「さすがは武田晴信公だ。先の先まで見通しておられるわ」

「知りすぎた三ツ者も、用済みになれば消しておく。穴山様といい、食えぬ人ばかり」

かわいそうな千春を、背後から抱き締めてやった。哀しいほどに柔らかい。

千春は小笠原家の復讐のために育てられ、生きてきた。どれだけ心を殺してきただろう。初めて会ったとき、千春はもう、人の心をほとんど残していなかった。

「お前は独りで十分すぎるほど戦った。御館様や俺を赦せとは、虫のいい話であろう。が、恨みとともにあったお前の人生が、幸せであったとは思えぬ。女は愛されて幸せになる生き物だ。千春、俺を信じよ。俺がお前を守ってやる。もう心を血に染めて生きるのはやめよ」

千春は絶望した様子で笑い出した。

「又さまは賢いお人ですが、ひとつだけ大きな勘違いをしておられまする」

向き直った千春が涙を浮かべながら、又七郎に微笑んだ。

「伊織は武田への復讐を誓いましたが、千春は又さまを心から愛しています。……私は今、伊織を捨てます。又さまは、愛するとは信じることだと、何度も教えてくださいました。ゆえに信じます。この館が燃え落ちるまでのわずかの時でもいい、女として生き、死にたい……」

「いや、これから始まるんだ。俺とお前の新しい人生がな」

又七郎が微笑むと、二人を包んでゆく猛火が、音を立てて火花を散らせた。

五

天文二十一年もまもなく暮れる。駿河は臨済寺の境内を、木枯らしが凍りつかせてゆく。

「相変わらず崇孚さまは、遅うございますね」

「鷲鼻様は、人を待たせねば損だと思うておるゆえな」

「誰が鷲鼻じゃな?」

太原崇孚はこの日、向山又七郎を少ししか待たせなかった。

「これは失礼申し上げました」

又七郎が明るく詫びを入れ、千春を妻として紹介すると、崇孚は眼を細めた。

「似合いの夫婦のようじゃが、拙僧は向山又七郎が今度こそ死んだと聞いておったぞ」

「その者は確かに死に申した。過去帳にもさように記されておるはず。今は雪洞と名乗っております」

「当代一の計策師が、三流絵師になり果てるとは。この崇孚でも、運命の数奇は読めぬわ」

苦笑する又七郎に向かい、崇孚がわずかに身を乗り出してきた。

「乱世の一寸先は闇じゃが、今川の優位は揺らぐまい。又七郎よ。今川には、拙僧の後を継げる計策師がおらんでな。当家に仕官せぬか。悪いようにはせぬぞ」

武田の内情を知悉する計策師は、今川にとって膨大な利用価値があろう。

「実はそれがしが抜けた後、武田家もよき計策師を求めておりますれば、勝手ながら、崇孚様を推挙しておきました」

「埒もない。互いに無駄話はやめるかの」

崇孚は手を叩いて家人を呼んだ。

襖が開き、茶坊主が重そうな包みを二つ抱えて現れ、又七郎と千春の前に置いた。

包みを開くと、甲州の碁石金が畳にこぼれ出た。

「晴信公と穴山殿からの褒美のようじゃな」

穴山館の離れで穴山衆に襲われたとき、又七郎は晴信の意図を察した。

三国同盟の立役者となった又七郎の生存は、広く知られていた。衆人環視の中、晴信の命で焼き殺したと見せれば、誰も死を疑うまい。又七郎が千春とまったく新たな人生を始められると考えたわけだ。

甲斐有数の金山を持つ穴山家は、金掘衆を多く抱えている。用心深い穴山は、屋敷のそこかしこに抜け道を拵《こしら》えていると、又七郎に周到さを自慢してもいた。又七郎は、ゴマ目が自慢の離れを襲ったため、配慮に気づいた。火矢も、又七郎らを抜け道へ押しやるように、一方向からしか放たれなかった。

「畏れながら崇孚様に、われらのささやかな祝言の式師を、お願いできぬものかと」

太原崇孚の言祝《ことほ》いだ夫婦を討つ者は、今川の顔を傷つける覚悟をせねばならぬわけだ。

「黒衣の宰相を使い倒すとは生意気な。が、承知した。守り札にはなろう」

終章　千本浜

一

天文二十二年（一五五三年）閏《うるう》一月、駒井高白斎は全身にびっしょりと冷や汗を掻きながら、おそるおそる顔を上げたが、勝沼信元は意外に済まし顔で、脇息に手を置いていた。

人目も避けずに、朝の勝沼館を訪れたのは、何年ぶりか。日の光のもとで見ると、信元の青白い肌にも、やはり己と同じ血が流れているのだとわかった。

「こたびはかような仕儀となり、誠に、誠に面目次第もございませぬ」

視線を合わせていられず、改めて深々と平伏した。言い訳や隠し立てをしたところで、すべて見透かされている。開き直るしかなかった。そう決めていた。

甲駿相三国同盟が正式に締約された際、高白斎は小山田弥三郎とともに、武田方の取次として名を連ねた。信元に対するあからさまな背信行為であった。信元派から晴信派への乗り換え宣言としか受け取りようがない。又七郎の忠告に従って、高白斎は逃げも隠れもせず、むしろ堂々と表舞台に立った。そのほうが身を危険に晒されまいと考えた。

北条家の使者の応対も無事に済ませて数日後、ついに信元からの使者が来たのである。

「同盟の件、申し開きのしようもございませぬ」

「申し開きなら、すでに又七郎がした」

又七郎からは大事ないと聞いていたが、不安だった。

高白斎は、最後に同盟阻止の非常手段を発動しなかった。勝沼衆に対し、北条家取次の襲撃指示をしていれば、同盟の成否はまだわからなかった。

「ははっ」

高白斎はさらに深く平伏した。

信元の役に立たぬと切り捨てられれば、いずれ必ず始末されよう。が、晴信のさらなる信を得られれば、武田宗家の事情も、信元に伝えられる。高白斎にはまだ利用価値があるのだと、いや、これまでより高まったのだと、知らせる必要があった。

「勝沼様。実は府中における宿の夜廻番帳の件につき、耳寄りの話が――」

「今日はよい」

信元は手で軽く、高白斎を制した。

「近ごろ甲府の町を脅かしておった殺しの件だが、下手人が割れた」

信元は甲府奉行として、その怜悧さを遺憾なく発揮してきた。昨秋来、己の管轄で起きていた連続殺人を快く思わぬのも、無理はなかった。

「平瀬、小岩ら小笠原残党による報復と知れた。諏訪の連中まで加わっておる」

捕縛された一味のひとりが残党に雇われたと認めたらしい。武田に降《くだ》った旧家臣に加え、調略に手を染めた計策師たちが惨殺されていた。

「突き止めた根城を昨夜、襲わせたが、すでにもぬけの殻であった。お前の身も危なかろうが、その者たちが最も憎んでおる人間は、晴信ともう一人、向山又七郎であるとの話じゃ」

「又七郎の生存は知りますまいが」

「あやつは、北条家使者の出迎えの際、甲府に姿を晒した。おまけにその夜、己の屋敷に立ち寄ったようじゃ。不用心にも、ほどがあろうにの」

又七郎は駿河に潜んでいるが、先月、偽名ながら小山田弥三郎に強く頼まれて、甲府での儀式に立ち会った。家族との思い出の詰まった屋敷に別れを告げに行ったか、お気に入りの絵筆でも取りに戻ったか。

剣豪の奢りか、又七郎には、己が身の安全を軽んずる節があった。

「其方《そのほう》の家人では心許ない。手練れの勝沼衆を数名連れていけ。又七郎は武田に必要じゃ」

勝沼館を出るなり、高白斎は馬を疾駆させた。

これまで又七郎は、まるで天がその意思で守っているごとく、死とは無縁だった。高白斎が何度消そうとしても、しぶとく生きていた。又七郎に限って、小笠原残党などに討たれるはずがない。居場所さえ簡単には摑めぬはずだ。

――だが、なぜこんなに不安なのだ。

切るような寒風が、馬上の高白斎の頬を襲ってくる。数日降り続いた雪は止んだが、甲斐に春の温もりはとうぶん来そうになかった。

二

向山又七郎は絵筆を咥《くわ》えて、腕組みをしていた。

駿河は千本浜の浜小屋にいる。富士も海も見える絶景を堪能した後、肌寒さに中へ入り、火鉢で暖をとっていた。

柿田川のほとり、朝比奈家別邸の離れに仮住まいを与えられたが、庭の梅は蕾のまま、まだ一輪も開く気配はなかった。昼下がり、ひさしぶりに来訪した右馬允に絶景を見せてやろうと、近ごろ気に入っている千本浜へ案内したのである。

右馬允は、弥三郎を輔佐する計策師としての道を歩み出していた。何やら多用らしいが、事情は聞いていない。弥三郎の名代として、千貫樋視察の名目で訪れたが、又七郎と一献傾けたかっただけかも知れない。

右馬允の立てかけた刀が音を立てて倒れると、又七郎が餌付けしている野良猫たちが驚いて逃げた。

右馬允は浴びるように呑んでいる。

「飲みすぎるなよ、右馬。夜には眉毛殿の屋敷で宴会をやる。千春も交えてな」

「また寒平目が食えるかのう。ときに、お主の刀はどうした？　丸腰で歩いておるのか？」

「俺の新しい得物は絵筆でな。駆け出しの絵師、雪洞なんぞを襲う物好きがどこにおる？　皆、忙しいのだ。それに、この浜小屋は、秘密の場所よ。千春にもまだ教えておらん」

酒はもちろん、絵皿、筆洗から膠鍋《にかわなべ》まで持ち込んでいた。酒肴にも不自由はしない。漁の時期ではないが時々、懇意にしている漁師の伊助が新鮮な海の幸を届けてくれた。

「髭はもそっと跳ね上がっておったか？」

面相筆を手に尋ねる又七郎の絵を覗き込んで、右馬允は呆れ顔で首を振った。

「髭はよいが、まるで仏様のような玄蕃殿ではないか。全然似ておらんぞ」

「雪村周継曰く、己が心にあるがままを描け、だ」

又七郎が描く玄蕃は、顔つきこそいかついが、目元、口元には微笑みを湛えている。たった一日の邂逅《かいこう》の記憶を頼りに、右馬允の助けを借りながら、描き進めていた。

雪村に師事してから、又七郎は世を去った人物たちを描くようになった。ゆき、さち、亡き父母、薫も描いた。富士や駿河湾は、今日描かずとも逃げてはいかない。それよりも、岳父にあたる玄蕃を描こうと決めた。秘かに描き、千春に贈ろうと思ったのである。折よく訪ねてきた右馬允の記憶が、助けになった。

「弥三郎様はお若いが、よき重臣となられるぞ。同盟も当面は安泰じゃな」

右馬允は寄ると触ると、弥三郎を褒めちぎるが、同感だ。武田はよい家臣に恵まれている。

先月十七日には、北条家の使者として、桑原盛正らが甲府を正式に訪れた。武田側で堂々と応対した取次は、弱冠十五歳の小山田弥三郎であった。外交儀礼ではあったが、弥三郎の強い要請で、又七郎も烏帽子まで着けて交渉に立ち会った。

又七郎が「武田家臣、宮川将監《しょうげん》でござる」とありきたりの偽名を名乗ると、晴信が大笑いした。偏屈者の桑原までが堪えきれずに噴き出し、場が和んだ。梅姫の輿入れが翌年末に決まり、弥三郎が蟇《ひき》目役《めやく》（邪気払いのため音の鳴る鏑矢《かぶらや》を射る重要な役）を務め、諸国に対し、大国間の同盟たる偉容を広く示すべく、騎馬三千を含む一万人を供奉《ぐぶ》させるなどが取り決められた。

「千貫樋も、すこぶる順調じゃのう。皆、仲良う励んでおるわ」

北条家の春姫の輿入れと助五郎の駿府入りは、来年七月に決まった。「良きことは速やかになされませ」との桑原の進言を受けて、北条氏康は約束を果たすべく、相駿国境で大規模な土木工事に着手した。相模の百姓たちも「聟殿への引き出物に、天下一の樋を」と、普請の先頭に立っている。早ければ、春にも樋が完成し、泉之郷の田は豊かな水を湛えるであろう。野良仕事を手伝って、いつか薫が言っていた稲の香を確かめたいと、又七郎は思っていた。

過日、崇孚の手で二人は祝言を挙げた。

宴には、桑原が雪村と北条助五郎を伴って現れた。小山田弥三郎も右馬允に伴われて来たし、ゴマ目は美酒を崇孚に言付《ことづ》けて贈ってくれた。祝福されて、新たな人生を歩み始めた二人は、幸せの絶頂にあった。

「すまんのう、右馬。俺だけが幸せになってしもうて」

酔っ払って陽気に話しかけてくる右馬允に、又七郎はいちいち応答してやる。

「何を抜かすか。わが室も、千春殿には遠く及ばぬが、別嬪《べっぴん》じゃぞ。実は二人目が無事に生まれたと文が届いた。戻って名を付けねばならんが、わしには似ておらんで、可愛らしい女子じゃそうな。……わしのようなくたばり損ないも、玄蕃殿のおかげで、小領と一族を守りえた。今でもわしの恩人じゃ」

右馬允が差し出した盃を干す。が、すぐに注いでくる。

ふだんは真剣勝負で絵に対しているが、今日くらいはよかろう。今、又七郎は描きたい、呑みたい、話したい。三つの欲望を同時に叶えられるのだ。

「心配事は千春の具合だけじゃな。ただの風邪で、大事はあるまいが」

十日ほど前から、千春は身体が熱っぽく、寝込みがちだった。体調不良が続くため、眉毛に頼んで、下女が親身に世話してくれる朝比奈の別邸で寝起きさせていた。又七郎がつききりで看病していたが、千春が恥ずかしがるので、ふらりと絵を描きに外へ出る。それでも毎朝顔を出し、夜も眉毛の別邸で寝泊まりしていた。又七郎が「なぜ治らん」と騒ぐので、千春の不調を聞きつけた眉毛は「又七郎殿の嫁御が一大事じゃ。万一の事あらば、今川の沽券《こけん》に関わる」と大騒ぎし、今日にも駿府から名高い薬師《くすし》を呼んで、往診させる話になっていた。又七郎は玄蕃の絵を仕上げ、今宵、千春を驚かせるつもりである。

「眉毛殿もたいそうな。それは心配事というより、慶事じゃぞ、又七」

右馬允の含み笑いに、又七郎は気づいた。

なるほど悪阻《つわり》なのか。悪阻のひどい女もいる。右馬允の妻もそうらしく、色々聞くと、どうやら千春の症状と同じだった。

俺はもう一度、子の親になれるわけか。心が浮き立ってくる。本当に俺はまた、新たな人生を始められるのか。

「たしかに玄蕃殿が笑えば、この絵のような顔であったやも知れぬ。よき供養となろうな」

玄蕃だけではない。乱世をともに生きた仲間として、又七郎が計策で死なせた諸将、平瀬義兼や諏訪頼継らも描き残したかった。独りよがりの供養だろうが、絵師となった雪洞こと、向山又七郎にできるのは、描くことだけだ。師の雪村と全く違う画風でもある。

「いつまで、柿田川で暮らすつもりじゃ？」

「千貫樋が完成すれば、小田原へ参る。助五郎様に呼ばれておるでな。鎌倉の雪村先生も『雪洞はいつ戻る？』と言われ、あれで寂しがっておられるそうだ。鼠殿と蒲鉾も食わねばならん」

「弥三郎様も、小山田家中の件で相談があると、仰せであったぞ。引っ張りだこじゃな」

憎しみを一身に受ける計策師も、平和を創ると、人に好かれもするらしい。

「朋《とも》あり遠方より来たる。酔っ払いながら絵筆を取る。愛する女が生きてある。子まで授かるのなら、これ以上の幸せがあろうか。罰《ばち》が当たりそうだな」

「いや、世人はわずかしか知らぬし、歴史にも残るまいが、甲駿相の三国同盟は、向山又七郎が全部ひとりでやってのけたんじゃ。お主は己が幸せになれるだけの大事を、世のために成した。堂々と報われておればよい」

「お言葉に甘えてさようにいたそう。……仕上がったぞ、右馬！」

「千春殿も喜ぼう。では、この酒樽を空けてから戻るとするかのう」

三

駒井高白斎は勝沼衆に命じて、あらかじめ駿府の太原崇孚に早馬を走らせていた。

崇孚に会うと、朝比奈蔵人が今、善徳寺で捜索の采配をとっていると聞かされた。高白斎が善徳寺に着くと、朝比奈が戦場にいるかのような出で立ちで、物々しく鎧兜に身を固めて、数百の今川兵を指揮していた。

「又七郎殿は今川家の恩人なれば、当家の誇りに懸けてお守りする所存じゃ」

朝比奈が眉毛を怒らせていた。

又七郎は朝比奈別邸の離れに逗留中だが、毎日ふらりとどこかへ出かけるらしい。野良猫よろしく風任せに出かけるため、家人たちも行き先がわからないという。又七郎か不審者を見つければ、狼煙《のろし》が上がる手筈で、境内からはすぐに見える。

駿河湾は刻一刻と夕日の色に染まり始めていた。

右手から澄んだ甲高い声がした。

「朝比奈さま。又七郎さまは、まだ……？」

千春だった。浅葱色の小袖に唐紅の見事な打掛けを羽織っている。

軽い会釈を交わしたが、高白斎は覚えず見惚れた。外見だけではない。人はかくも変わるものか。かつて伊織と呼ばれた冷徹な三ツ者の姿は、まったくそこにはない。凛とした清楚な武家の女にしか見えなかった。

「千春殿、安心召されよ。今、手分けして、探させてござる。もっとも、又七郎殿はああ見えて、剣の玄人と聞き及ぶ。賊が襲うても、返り討ちにされましょうが。はて、いったい何処《いずこ》におわすのか……」

又七郎が好きなものは、酒と女に、猫に鳥。絵と——

「海じゃ！」

高白斎と異口同音に、千春も「海」と叫んだ。

「朝比奈殿、海沿いじゃ！　又七郎は潮騒やら、海風やらを描きたいと言うておった」

「皆の衆、虱潰しに海沿いを調べよ！　山におる連中を皆、海へ回せ！　わしも出る！」

立ち上がった朝比奈は、千春を振り返って微笑んだ。

「千春殿は書院で暖を取りながら、ゆるりとお待ちくだされ。大切なお体に触るといけませぬ。佳き知らせを、又七郎殿に届けねばなりませんからな」

四

夕照が浜小屋の窓ごしに中を覗いていた。

潮騒が酔心に心地よく響いてくる。

「調子に乗って呑みすぎたわい。右馬、そろそろ戻るぞ。千春を玄蕃殿に会わせてやりたい」

横臥していた向山又七郎は、ゆるりと半身を起こした。

したたかに酔っている。

泥酔気味の右馬允より先に、又七郎のほうが外の気配に気づいた。

「おお、誰ぞ差し入れに来てくれたか？　ありがたや。伊助か？」

返事はない。

野良猫か、風のいたずらか。空音《そらね》のようだ。

引き戸がとつぜん、蹴破られた。

とっさに刀を探す。ない。又七郎は振り返ろうとした。

が、背に灼ける痛みが走った。深く斬られた。両手を突く。

闖入者たちを横目に見た。

入ってきた敵は五人か。いずれも眼だけを出し、頬かむりをしていた。

すばやく部屋を見渡す。武器は向こうの板壁に右馬允が立てかけた刀があるきりだ。

又七郎に向かって白刃が振り下ろされる。

前へ逃れた。避け切れまい。俺も終わりか。

が、新たな痛みはなかった。なぜだ。

振り向くと、丸腰の右馬允が又七郎の盾になっていた。

鈍い悲鳴が上がり、右馬允が倒れた。刀への道は敵に塞がれていた。

又七郎は崇孚が祝言の時にくれた硯を摑んだ。

墨液を相手の眼にすばやく飛ばした。成功だ。

背後から来た別の敵の太刀を、硯で受け止めた。太刀を押し戻し、立ち上がる。

が、硯が割れ、墨が飛び散った。一歩後ろへ跳びすさる。

「又七！　お主は死んではならん人間じゃ！」

深傷《ふかで》を負った右馬允が、敵の前へ躍り出た。その隙に右馬允の刀を摑んだ。鯉口を切る。

殺気がした。まだ抜けぬ刀の鞘で受け止める。

が、別の敵が左右から襲ってくる。身を引くが、躱《かわ》しきれぬ。

太腿と右腕に灼ける痛みが走った。鮮血が迸る。

襲いかかってくる敵に、火鉢を蹴転がす。

刀身を抜こうとした。また後背から来る。墨と血で汚れた手が滑った。

それでも抜いた刀で、先に後ろの敵の手首を叩いた。こんな時でも峰打ちする己の癖に苦笑した。

「こやつは腕こそ立つが、決して人を殺さぬ。恐れず踏み込め！」

又七郎は雄叫びを上げて刀を構えた。

だが、変だ。身体が妙に重い。柄を握れぬ。腕にも力が入らなかった。

血がずいぶん流れたらしい。立っているだけで精いっぱいだった。

身体が勝手にふらついた。

背後から来る。が、身体は言うことを聞かぬ。

背から激痛を感じた。

血塗りの切っ先が己の胸のすぐ前に現れ、やがて消えた。

又七郎は夥《おびただ》しい血を吐きながら、仰向けに倒れた。

真横には、右馬允が倒れている。

「この程度でよかろう。いずれも、致命傷を負わせた」

頭《かしら》らしき男の若い声がした。右馬允が血反吐を吐きながら、問いを発した。

「お前たちは、何者じゃ……」

「息を残してやったは、その問いに答えるためじゃ。憎き計策師たちよ、殺される理由を知ってから、地獄へ落ちるがよい。善行の真似事をしてみたところで、過去に重ねた悪事は、永遠に消えはせぬのじゃ」

頬かむりを取ると、見覚えのある面疱《にきび》顔の若者が現れた。平瀬城で虎髭の玄蕃に従っていた主水《もんど》だった。昨年の春にも、星谷寺《しょうこくじ》で遭った。

「俺は小岩嶽城の最終決戦に加わっておった。落城してからは、お前たちを付け狙うていたのよ。武田を恨む旧諏訪家臣の浪人たちと力を合わせてな。小笠原の面汚しが間抜けに動き回ってくれたおかげで、ずいぶん手間が省けた」

右馬允を尾行していた連中の正体は、小笠原と諏訪の残党であったわけか。

「なるほど、お前たちには、俺を殺す真っ当な理由がある。人違いでのうて、よかったわ」

「憎き仇を二人も仕留めたぞ。これで亡き殿、玄蕃様、平瀬の者たちも皆、成仏できよう」

又七郎は血まみれで大の字に倒れたまま、主水の若い顔を見上げた。

宿願を果たしたせいか、主水は涙さえ浮かべている。

「この姫は小岩嶽城で、武田に親兄弟を殺され、甲府の人市《ひといち》で売られておりなすった。さあ、こやつこそが、小笠原を滅ぼした計策師、向山又七郎。姫の仇ぞ。とどめを刺しなされ！」
十二、三歳と見ゆる娘が、脇差を持った手首を押さえながら、前に出た。
先ほど又七郎が峰打ちをした相手のようだった。晴信が命を助けた足弱が、復仇のために現れたわけだ。昔の千春も、この娘のようだったろうか。

又七郎は、今しばらくだけは使えそうな、ただひとつ残された計策師の武器を、相手のために使おうと決めた。

「姫、やめておかれよ。この深傷《ふかで》だ。どのみち俺はもう助からん。今は乱世ゆえ、皆、狂って殺し合っているが、人は人を殺してはならんのだ。手と心を血に染めて、ずっと苦しんできた可哀想な女子《おなご》がおってな。その女も、俺を殺そうとした。何度もな。だが、今では、俺を愛してくれている。失くしてしもうた心を取り戻すのは、容易でない。血の匂いは、ずっと嫌いなままでおるほうがよいのだ。俺の死で気が済むのなら、もう刃《やいば》なぞ持たんでくれんか。女子には、打掛けのほうが、ずっとよく似合うゆえ」

浜小屋の蹴破られた戸から、もやしのような長身が入ってきた。

「主水！　今川の騎馬兵が、動き出したぞ！」

喉に何かが引っかかったような声には、聞き覚えがあった。

「チッ。朝比奈あたりが気づきおったか。仇は他にもおる。参るぞ」

主水の指図に従って、仕事を終えた襲撃者たちは、浜小屋を足早に立ち去った。


ほどなく夕暮れの静けさが戻った。

海の国の潮騒だけが、聞こえている。

「神様も、ひどくせっかちな性格だな。仕事が終わるなり、すぐさま迎えを寄越しおったわ」

「すまん、又七。わしは阿呆じゃ。わしのせいで、いつもお主に迷惑をかける」

右馬允は詫びの気持ちであろう、何度も又七郎の盾になろうとした。

「済んだ話だ。だが、神様も、気の利いた真似をするものよ」

もやしが生きていると知って、又七郎は最後に救われた気がした。

あの笛吹川の夜、人を斬った経験のない又七郎の太刀筋には、やはり迷いがあったのだろう。人が人を殺して当たり前の乱世で、武家に生まれた侍が、ただの一人も殺さずに往生ができるとは、奇跡のような話ではないか。平和も創れた。悔いはない。

「右馬、命が残っておるうちに一献やらんか？　鷲鼻からまきあげておいた、取っておきの澄み酒を隠してある。呑まずして、死ねんからのう」

「おお……そうじゃな」

又七郎は立ち上がろうとした。が、もうできなかった。

まだ動く左手で、這って進んだ。

右馬允が鈍い呻《うめ》き声を上げた。

「しっかりせい、右馬！　赤子に名を付けてやるんじゃろうが」

「名はもう、考えた。薫が、よい……」

「それはいかん。薫の名は俺の子に譲れ。俺が他のよき名を考えてやる」

這って、ようやく三尺ほど進んだ。盃を摑んだつもりが、血のぬめりで取り落とした。

盃が己の血の海に転がった。

不思議と血の匂いはしなかった。

美酒のような香りは何だ。

――これが稲の香りなのか、薫？

辺りを白い蝶が舞い始めた。幻か……。

「おお。ゆき、さち、そこにおったのか。どうしておった？　ひさしぶりだな……」


遠くで、馬の嘶きが聞こえる。

目の前には玄蕃がいて、又七郎に仏顔で微笑んでいた。

――これが、俺の最後の絵か。

又七郎は最後の力で半身を起こすと、板壁に背をもたせかけた。

震える手で彩色筆を取り、己の胸の血に浸した。

動こうとしない右腕を左手で支えながら、仏の玄蕃の隣に「復仇無用」と朱書きした。

かろうじて読み取れる字になった。

瓶子に残る酒を、盃二つにこぼしながら注いだ。

「すまん、右馬。鷲鼻の酒だと、間に合わん。眉毛殿の濁り酒でよいな?」

右馬允からの返事はもう、なかった。

向山又七郎は、千春と生まれくる子を想い、詫びた。

うすく微笑んで、末期《まつご》の酒をゆっくりと味わった。意外に美味いと思った。

【主な参考文献】

『高白斎記』駒井高白斎
『甲陽軍鑑』佐藤正英校訂・訳　ちくま学芸文庫　二〇〇六年
『武田信玄のすべて』磯貝正義編　新人物往来社　一九七八年
『新編　武田信玄のすべて』柴辻俊六編　新人物往来社　二〇〇八年
『武田信玄』平山優　吉川弘文館　二〇〇六年
『戦国大名の外交』丸島和洋　講談社選書メチエ　二〇一三年
『戦国大名の日常生活　信虎・信玄・勝頼』笹本正治　講談社選書メチエ　二〇〇〇年
『甲信の戦国史　武田氏と山の民の興亡』笹本正治　ミネルヴァ書房　二〇一六年
『武田氏年表　信虎・信玄・勝頼』武田氏研究会編　高志書院　二〇一〇年
『武田信玄大事典』柴辻俊六編　新人物往来社　二〇〇〇年
『戦国大名武田氏の研究』笹本正治　思文閣出版　一九九三年
『武田信玄の古戦場をゆく　なぜ武田軍団は北へ向かったのか？』安部龍太郎　集英社新書　二〇〇六年
『雪村　奇想の誕生』東京藝術大学大学美術館・読売新聞社編　読売新聞社　二〇一七年
『郡内小山田氏　武田二十四将の系譜』丸島和洋　戎光祥出版　二〇一三年
『今川義元』小和田哲男　ミネルヴァ書房　二〇〇四年
『北条氏年表　宗瑞 氏綱 氏康 氏政 氏直』黒田基樹編　高志書院　二〇一三年

その他、多数の史料・資料を参照いたしました。

著者注

本作品は、甲駿相三国同盟を題材とした書下ろし歴史エンターテインメント小説であり、史実とは異なります。戦国時代に計策を担当した者は、「奏者」ないし「取次」等と記されており、江戸時代に生まれた「軍師」という言葉と同様に、「計策師」も後世を生きる筆者の造語です。また、「平和」は『神道集』や十六世紀前半の『清原国賢書写本荘子抄』にすでに見られますが、現在通用する概念として広く使われるようになったのは明治以降ともされています。安寧、平安、和平など類する言葉はありますが、現代読者に最も直截的に伝わる表現として、会話文でもあえて「平和」の言葉を用いました。なお、本書の執筆に当たっては、長尾直茂上智大学教授、中澤克昭上智大学教授から貴重なご指導を頂戴しました。文責はすべて筆者にあります。

装画　ヤマモトマサアキ
装幀　泉沢光雄

赤神諒（あかがみ・りょう）
一九七二年京都市生まれ。同志社大学文学部を経て東京大学大学院法学政治学研究科修士課程修了、上智大学大学院法学研究科博士後期課程単位取得退学。二〇一七年、『大友二階崩れ』（受賞時タイトル「義と愛と」）で第九回日経小説大賞を受賞しデビュー。著書に『大友の聖将』『大友落月記』『神遊の城』『酔象の流儀 朝倉盛衰記』『戦神』『妙麟』など。

計《けい》策《さく》師《し》　甲《こう》駿《すん》相《そう》三《さん》国《ごく》同《どう》盟《めい》異《い》聞《ぶん》

二〇一九年十月三十日　第一刷発行

著　者　赤神諒
発行者　三宮博信
発行所　朝日新聞出版
〒一〇四‐八〇一一　東京都中央区築地五‐三‐二
電話　〇三‐五五四一‐八八三二（編集）
〇三‐五五四〇‐七七九三（販売）
印刷製本　広研印刷株式会社

Published in Japan by Asahi Shimbun Publications Inc.
ISBN978-4-02-251640-4
定価はカバーに表示してあります
落丁・乱丁の場合は弊社業務部（電話〇三‐五五四〇‐七八〇〇）へご連絡ください。
送料弊社負担にてお取り替えいたします。